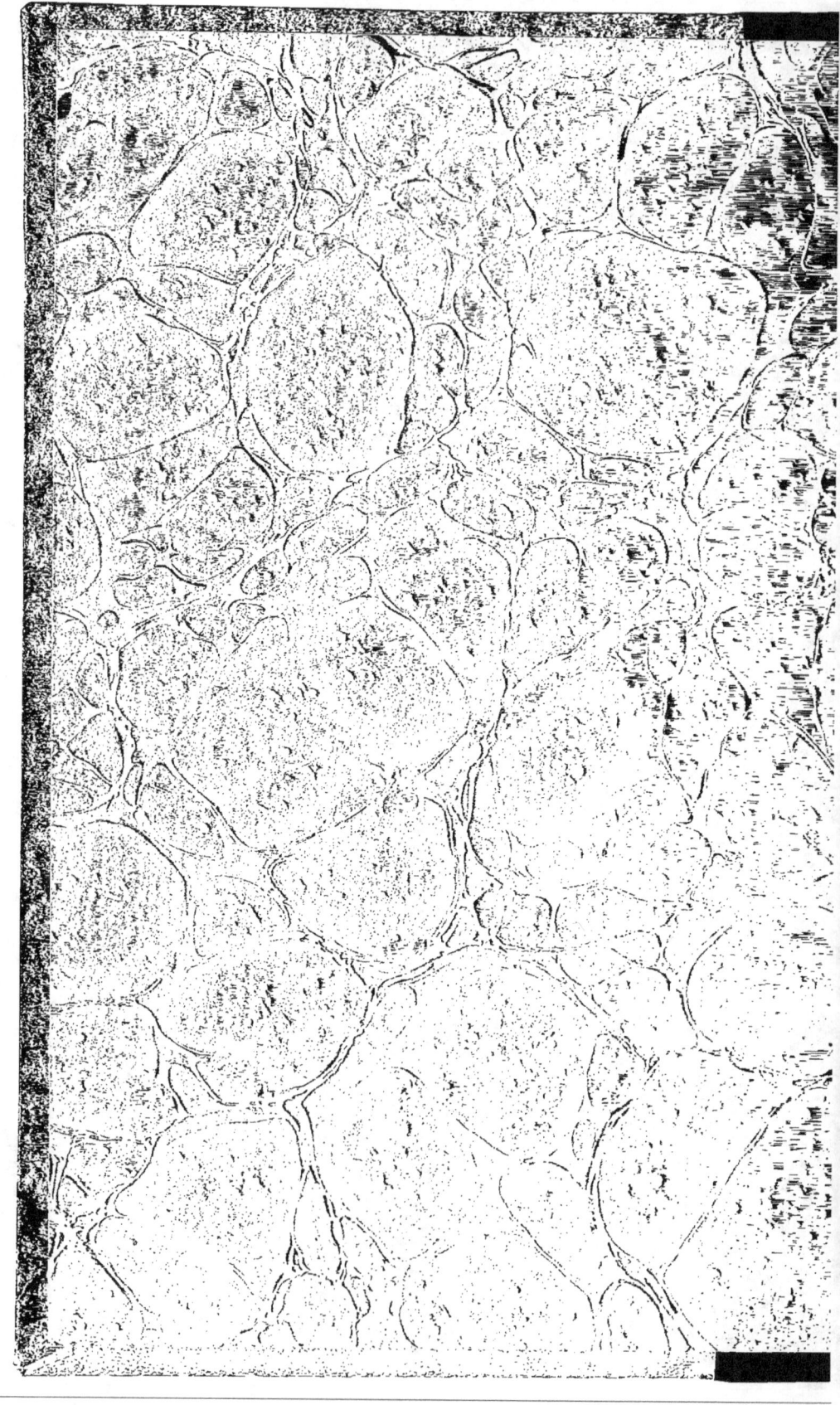

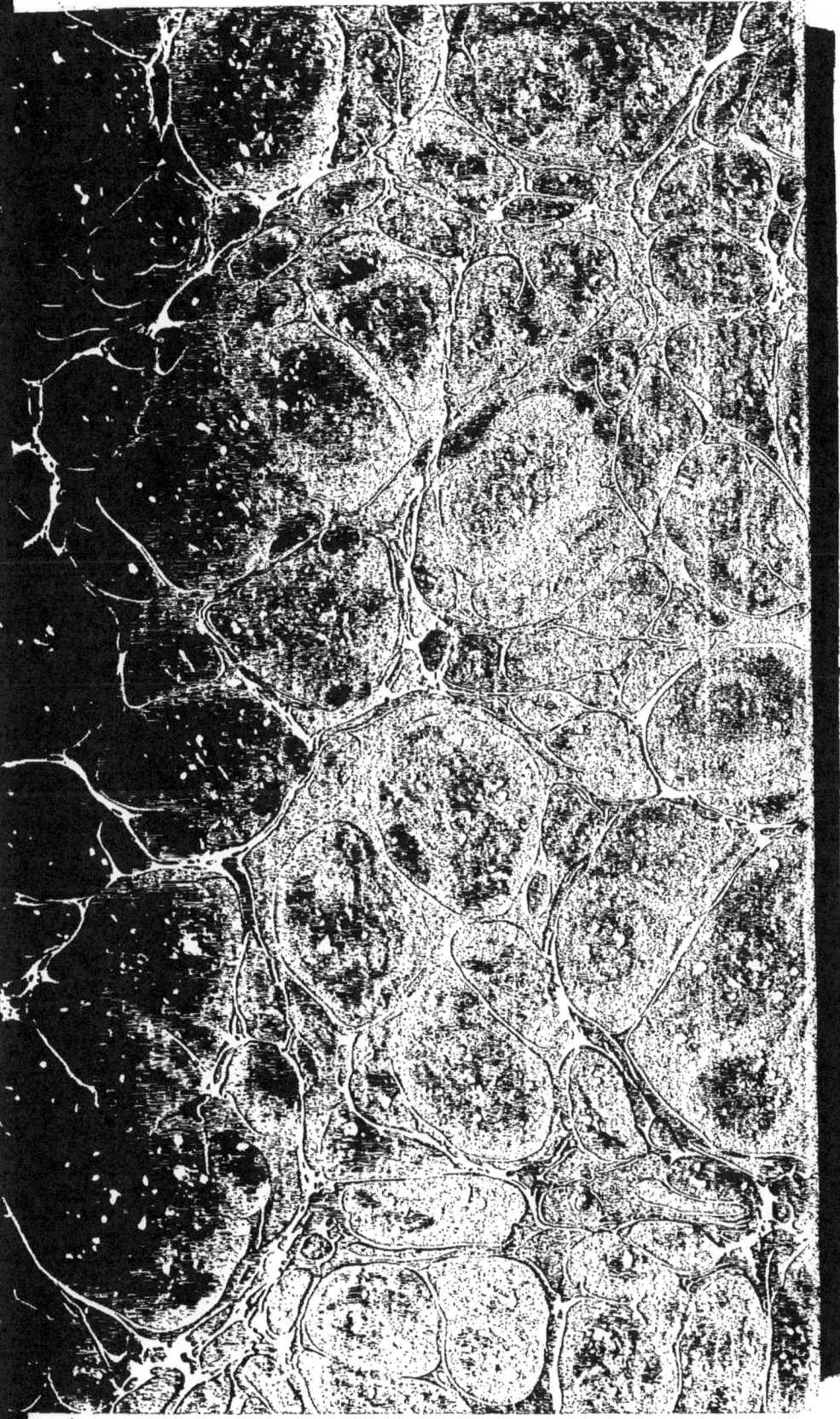

ROBERT 1984

LETTRES

PROVINCIALES

ET

PENSÉES.

DE L'IMPRIMERIE DE CRAPELET.

LETTRES
PROVINCIALES
ET
PENSÉES,

PAR BLAISE PASCAL.

NOUVELLE ÉDITION,

Augmentée, 1°. d'un Examen des Lettres Provinciales, et des
sources de la perfection du style de Pascal; 2°. d'une Introduction aux Pensées, par M. le Comte François de Neuf-
château; 3°. d'une nouvelle Table analytique des Pensées.

TOME PREMIER.

A PARIS,
CHEZ LEFÈVRE, LIBRAIRE,
RUE DE L'ÉPERON, N° 6.

1821.

AVIS DE L'ÉDITEUR

SUR CETTE NOUVELLE ÉDITION.

L'ÉDITION des *Provinciales* et des *Pensées* de Pascal que j'ai donnée en 1819, est entièrement épuisée. Quoiqu'elle fût incontestablement plus complète que toutes celles qui l'avoient précédée, des circonstances inattendues m'ont, depuis sa publication, mis à même de faire à celle qui lui succède des améliorations telles, que j'ose maintenant regarder comme infructueuses toutes recherches faites désormais dans cette vue.

Mon édition de 1819 ne contenoit, comme les autres, que cent seize Remarques ou Notes de Voltaire et de Condorcet sur les Pensées. Dans celle que je publie aujourd'hui leur nombre s'élève à cent quatre-vingts.

Les soixante-quatre Notes que j'ai ajoutées sont prises sur l'édition des Œuvres complètes de Voltaire, que publie en ce moment M. Renouard. Cet habile éditeur les a toutes vérifiées sur les meilleures éditions. Il a également consulté le manuscrit original des Pensées, pour fixer le texte de plusieurs passages qui laissoient de l'incertitude; ce qui l'a conduit à des rectifications dont il a bien voulu me permettre de profiter.

En classant ces Notes parmi les anciennes, j'ai remarqué que j'étois tombé précédemment dans une erreur commune à tous les autres éditeurs des Pensées, en attribuant à Voltaire plusieurs Remarques qui sont indubitablement de Condorcet, *et vice versâ*. J'ai restitué à chacun ce qui lui appartient.

En tête de toutes ces notes est un Avertissement que

Voltaire lui-même publia avec ses premières Remarques, sous la date de 1728. On y voit dans quel esprit l'auteur les composa, et, sous ce rapport, ce morceau n'est pas sans intérêt.

On trouvera aussi quelques *Réflexions* de l'auteur de l'*Introduction à la connoissance de l'esprit humain*, sur des sujets déjà traités par Pascal, ou qui sont l'explication de sa pensée même. En réunissant ainsi sous les yeux du lecteur des morceaux épars dans plusieurs volumes, je l'ai mis à même de comparer la manière de sentir de deux moralistes qui ont eu entre eux une triste ressemblance, et dont, à la suite d'une de ces Réflexions, on verra le parallèle fait par le philosophe de Ferney.

Enfin, quoique ma Table analytique fût beaucoup plus étendue que toutes celles qui existent, un nouvel examen m'a convaincu qu'elle laissoit encore à désirer. Plus de cent cinquante articles que j'y ai ajoutés la rendent maintenant aussi complète qu'il est possible.

BERTHOU.

DES PROVINCIALES

ET

DU STYLE DE PASCAL.

Des Lettres Provinciales, et des sources de la perfection du style de Pascal. (*)

LE titre de *Lettres Provinciales* est consacré par le temps ; mais il ne signifie rien, et n'a aucun rapport avec l'objet de l'ouvrage. Nicole, qui a traduit ces lettres en latin, les a mieux caractérisées en les intitulant : *Litteræ de morali et politicâ Jesuitarum disciplinâ.* Les jésuites vouloient arriver à une sorte de domination universelle. Leurs constitutions les y portoient ; mais c'étoit encore un secret : ces constitutions n'étoient pas connues alors, et ne l'ont été que beaucoup plus tard. Leur conduite et leurs écrits révéloient seuls le mystère de leur ambition ; et ce mystère a été dévoilé d'une manière éclatante dans les *Lettres Provinciales.*

Ainsi la morale et la politique des jésuites sont le vrai sujet de ces Lettres. La censure prononcée par une partie de la Sorbonne contre le docteur Arnauld n'en a été que le prétexte. Le père Gabriel Daniel, jésuite, qui a voulu réfuter les *Provinciales* quarante ans après leur publication, convient que « ce livre seul a fait plus de jansénistes « que l'Augustin de Jansénius, et que tous les ouvrages de « M. Arnauld ensemble » ; il prévoit, en outre, « que les « jésuites se sentiront long-temps de ce coup que le jansé-

---

(*) Ce morceau est extrait de *l'Essai sur les meilleurs ouvrages écrits en prose dans la langue françoise*, par M. François de Neuf-château. Cet Essai se trouve en entier dans l'édition complète des OEuvres de Pascal ; *Paris, Lefèvre*, 1819 ; 5 vol. *in-8°.*

« nisme leur a porté. » Ici, Daniel a été prophète; mais notre objet à nous n'est pas d'entrer dans le détail des controverses théologiques sur la prédestination et sur la grâce. Nous avons promis d'examiner ce bel ouvrage sous ses rapports purement littéraires; nous devons donc chercher comment l'auteur parvint à se former un style si net et si pur, et comment il s'étoit préparé d'avance la supériorité incontestable qu'il acquit, par la publication de ses Lettres, sur tous nos écrivains en prose. Il avoit reçu de la nature un génie précoce et peu commun; mais ce génie, abandonné à lui-même, auroit pu être étouffé. Toutes les circonstances le favorisèrent; l'aisance de sa famille en conserva le germe, la philosophie en régla la culture, et sa manière de travailler en améliora les fruits.

On sait assez communément que Pascal, né en 1623, avoit en quelque sorte deviné, dès son enfance, les premières propositions d'Euclide; mais on devroit savoir aussi que cette aptitude prématurée pour les sciences mathématiques avoit jeté le jeune Pascal dans une carrière où il eut bien des moyens de se perfectionner, et surtout de se former un esprit vraiment philosophique.

Il est très-présumable que ce jeune homme si étonnant assista aux premières représentations du *Cid* en 1636, et qu'il dut être frappé de la prodigieuse impression que fit cette belle tragédie. Il avoit une sœur qui déclamoit et récitoit des vers avec force et avec grâce; elle fut admise, ainsi que sa famille, aux spectacles du cardinal de Richelieu, passionné pour les représentations théâtrales. Le goût du premier ministre pour l'art dramatique influa sur le goût public, et ne contribua pas peu à polir la nation : il faut en revenir à l'expression d'Olivier Duvair, ce fut la poésie qui *nous dénoua la langue*, comme Horace a dit qu'elle forme et qu'elle façonne l'organe encore tendre et mal assuré des enfants :

Os tenerum pueri balbumque poëta figurat.
De Art. poët., v. 126.

Mais l'esprit du jeune Pascal, naturellement sérieux, eut bientôt besoin d'un autre aliment. Il le trouva dans une circonstance dont on a trop peu tenu compte. Le goût de la littérature avoit porté les écrivains à se réunir chez Valentin Conrart, dès 1629, et leurs assemblées avoient reçu la sanction de l'autorité en 1635. L'Académie Françoise étoit illustre dès sa naissance; mais elle paroissoit ne s'occuper que des mots. Les savants, qui s'occupoient des choses, furent en quelque sorte électrisés par cet exemple. Dès 1640, il se forma dans Paris une société de physique et de mathématiques, composée d'hommes instruits dans les sciences, qui se donnèrent d'abord rendez-vous chez le père Mersenne, minime. De ce nombre étoient nos célèbres philosophes, Réné Descartes, Pierre Gassendi, Gilles Personne de Roberval, Pierre Fermat, Claude Gaspard Bachet, et Gérard Desargues, excellent géomètre. Thomas Hobbes, anglois; Henri Oldenbourg, allemand; Robert Boyle, anglois; Nicolas Stenon, danois, et divers autres illustres étrangers, s'y trouvèrent dans leurs voyages, et portèrent le goût de ces assemblées savantes dans leurs pays. Telle fut la première origine de la Société royale de Londres, de notre Académie royale des Sciences, etc. Formée d'abord dans la cellule du père Mersenne, la réunion des savants de Paris passa dans l'hôtel du maître des requêtes Montmor, ensuite chez Melchisedech Thévenot, fameux voyageur, garde de la Bibliothéque du roi, etc. Enfin, lorsque ces premières conférences scientifiques eurent lieu, en 1640, MM. Pascal père et fils eurent l'honneur d'y être admis, et le fils n'avoit alors que dix-sept ans.

Ses premiers travaux furent consacrés aux sciences exactes, et contribuèrent à leurs progrès. Ce n'est pas ici le lieu de nous en occuper, ni de parler de la cycloïde, de l'expérience du Puy-de-Dôme, de la presse hydraulique, etc.; mais en cultivant les fruits il ne négligeoit pas les fleurs. Tous ses ouvrages sont bien écrits en françois, et dès 1650, âgé de vingt-sept ans, Pascal adressa une lettre éloquente à

la reine Christine de Suède. Cette lettre est digne d'être lue,
et nous la consignons ici, en regrettant de n'avoir pas la
réponse de la reine.

Lettre de Pascal à la reine Christine (de Suède), en lui envoyant la machine arithmétique (*), en 1650.

Madame, si j'avois autant de santé que de zéle, j'irois moi-même
présenter à Votre Majesté un ouvrage de plusieurs années, que j'ose
lui offrir de si loin; et je ne souffrirois pas que d'autres mains que les
miennes eussent l'honneur de le porter aux pieds de la plus grande
princesse du monde. Cet ouvrage, madame, est une machine pour
faire les règles d'arithmétique sans plume et sans jetons. Votre Majesté
n'ignore pas la peine et le temps que coûtent les productions nouvelles,
surtout lorsque les inventeurs veulent les porter eux-mêmes à la dernière perfection ; c'est pourquoi il seroit inutile de dire combien il y a
que je travaille à celle-ci; et je ne pourrois mieux l'exprimer qu'en
disant que je m'y suis attaché avec autant d'ardeur que si j'eusse prévu
qu'elle devoit paroître un jour devant une personne si auguste. Mais,
madame, si cet honneur n'a pas été le véritable motif de mon travail,
il en sera du moins la récompense; et je m'estimerai trop heureux, si
à la suite de tant de veilles, il peut donner à Votre Majesté une satisfaction de quelques moments. Je n'importunerai pas non plus Votre
Majesté du particulier de ce qui compose cette machine : si elle en a
quelque curiosité, elle pourra se contenter dans un discours que j'ai
adressé à M. de Bourdelot (**). J'y ai touché en peu de mots toute
l'histoire de cet ouvrage, l'objet de son invention, l'occasion de sa
recherche, les difficultés de son exécution, les degrés de son progrès,
le succès de son accomplissement, et les règles de son usage. Je dirai
donc seulement ici le sujet qui me porte à l'offrir à Votre Majesté,
ce que je considère comme le couronnement et le dernier bonheur de
son aventure. Je sais, madame, que je pourrai être suspect d'avoir
recherché de la gloire en le présentant à Votre Majesté, puisqu'il ne
sauroit passer que pour extraordinaire, quand on verra qu'il s'adresse

---

(*) La machine arithmétique de Pascal a été parfaitement décrite par Di-
derot, dans le premier volume de l'*Encyclopédie*. Le privilége du roi pour
cette machine est donné à Compiègne, le 22 mai 1649.

(**) L'abbé Bourdelot (dont le vrai nom étoit Pierre Michon), savant médecin, avoit obtenu du Pape une permission d'exercer cette profession,
quoique prêtre. Il fut appelé en Suède par la reine Christine, et devint ensuite médecin du grand Condé.

à elle; et qu'au lieu qu'il ne devroit lui être offert que par la considération de son excellence, on jugera qu'il est excellent par cette seule
raison qu'il lui est offert. Ce n'est pas néanmoins cette espérance qui
m'a inspiré un tel dessein. Il est trop grand, madame, pour avoir
d'autre objet que Votre Majesté même. Ce qui m'y a véritablement
porté est l'union qui se trouve en sa personne sacrée de deux choses
qui me comblent également d'admiration et de respect, qui sont l'autorité souveraine et la science solide. Car j'ai une vénération toute particulière pour ceux qui sont élevés au suprême degré, ou de puissance,
ou de connoissance. Les derniers peuvent, si je ne me trompe, aussi-
bien que les premiers, passer pour des souverains. Les mêmes degrés
se rencontrent entre les génies qu'entre les conditions; et le pouvoir
des rois sur leurs sujets n'est, ce me semble, qu'une image du pouvoir
des esprits sur les esprits qui leur sont inférieurs, sur lesquels ils exer-
cent le droit de persuader, ce qui est, parmi eux, ce que le droit de
commander est dans le gouvernement politique. Ce second empire me
paroît même d'un ordre d'autant plus élevé, que les esprits sont d'un
ordre plus élevé que les corps; et d'autant plus équitable qu'il ne peut
être départi et conservé que par le mérite, au lieu que l'autre peut
l'être par la naissance ou la fortune. Il faut donc avouer que chacun
de ces empires est grand en soi; mais, madame, que Votre Majesté
me permette de le dire, elle n'y est pas blessée; l'un sans l'autre me
paroît défectueux. Quelque puissant que soit un monarque, il manque
quelque chose à sa gloire, s'il n'a la prééminence de l'esprit; et, quelque éclatant que soit un sujet, sa condition est toujours rabaissée par
sa dépendance. Les hommes qui désirent naturellement ce qui est le
plus parfait, avoient jusqu'ici continuellement aspiré à rencontrer ce
souverain par excellence. Tous les rois et tous les savants en étoient
autant d'ébauches, qui ne remplissoient qu'à demi leur attente; ce
chef-d'œuvre étoit réservé à notre siècle. Et afin que cette grande mer-
veille parût accompagnée de tous les sujets possibles d'étonnement, le
degré où les hommes n'avoient pu atteindre est rempli par une jeune
Reine, dans laquelle se rencontrent ensemble l'avantage de l'expérience
avec la tendresse de l'âge (*), le loisir de l'étude avec l'occupation
d'une royale naissance, et l'éminence de la science avec la foiblesse du
sexe. C'est Votre Majesté, madame, qui fournit à l'univers cet exemple
unique qui lui manquoit; c'est elle en qui la puissance est dispensée
par les lumières de la science, et la science relevée par l'éclat de l'au-

---

(*) Christine, fille de Gustave-Adolphe, roi de Suède, et de Marie-Éléo-
nore de Brandebourg, étoit née en 1626. Elle succéda à son père en 1632.
Elle avoit vingt-quatre ans lorsque Pascal lui adressoit cette lettre tout à la
fois élégante, respectueuse et fière.

torité. C'est cette union si merveilleuse qui fait que, comme Votre
Majesté ne voit rien qui soit au-dessus de sa puissance, elle ne voit
rien aussi qui soit au-dessus de son esprit, et qu'elle sera l'admiration
de tous les siècles. Régnez donc, incomparable princesse, d'une manière toute nouvelle; que votre génie vous assujettisse tout ce qui
n'est pas soumis à vos armes; régnez par le droit de la naissance, pendant une longue suite d'années, sur tant de triomphantes provinces;
mais régnez toujours par la force de votre mérite sur toute l'étendue
de la terre. Pour moi, n'étant pas né sous le premier de vos empires, je
veux que tout le monde sache que je fais gloire de vivre sous le second;
et c'est pour le témoigner que j'ose lever les yeux jusqu'à ma Reine,
en lui donnant cette première preuve de ma dépendance. Voilà, madame, ce qui me porte à faire à Votre Majesté ce présent, quoique
indigne d'elle. Ma foiblesse n'a pas arrêté mon ambition. Je me suis
figuré qu'encore que le seul nom de Votre Majesté semble éloigner d'elle
tout ce qui lui est disproportionné, elle ne rejette pas néanmoins tout
ce qui lui est inférieur; autrement sa grandeur seroit sans hommages,
et sa gloire sans éloges. Elle se contente de recevoir un grand effort
d'esprit, sans exiger qu'il soit l'effort d'un esprit grand comme le sien.
C'est par cette condescendance qu'elle daigne entrer en communication
avec le reste des hommes; et toutes ces considérations jointes me font
lui protester, avec toute la soumission dont l'un des plus grands admi-
rateurs de ses héroïques qualités est capable, que je ne souhaite rien
avec tant d'ardeur, que de pouvoir être adopté, madame, de Votre
Majesté, pour son très-humble, très-obéissant et très-fidèle serviteur.

BLAISE PASCAL.

Peu de temps après cette lettre, lorsque Pascal atteignoit
l'âge de trente ans, il se fit dans sa vie un très-grand changement. La cruelle maladie dont il est mort si jeune, com-
mençoit à le tourmenter. Il avoit une sœur religieuse à
Port-Royal des Champs. A la persuasion de cette pieuse
fille, il renonça aux sciences humaines, pour ne s'occuper
que de son salut. Il se lia spécialement avec les deux cory-
phées de Port-Royal, Antoine Arnauld et Pierre Nicole.
Lorsque la Sorbonne fut soulevée contre Arnauld par l'in-
fluence du parti jésuitique, Pascal fut naturellement appelé
à la défense de cet illustre docteur, son ami intime. Ce fut
l'occasion de ces dix-huit Lettres, composées par Pascal,
mais revues avec soin par Arnauld et par Nicole, qui lui
en avoient aussi fourni les matériaux.

La perfection de ce chef-d'œuvre de notre langue s'explique aisément par le concours des efforts de ces trois grands collaborateurs ; mais la perfection particulière du style de Pascal tient à la manière dont il travailloit. Nicole nous a mis dans la confidence de ce rare génie, par quelques mots de l'éloge latin qu'il lui a consacré. On y voit qu'il s'étoit fait un art et des règles au-dessus de l'art commun et des règles vulgaires qu'on trouve dans les livres ; qu'il en avoit trouvé les principes secrets dans la nature ; qu'il se servoit heureusement de cette doctrine exquise pour juger ses ouvrages et ceux des autres : aussi, quand il vouloit examiner à fond et à la rigueur certains écrits qui passoient alors pour avoir beaucoup d'élégance, il y montroit au doigt et à l'œil tant de taches, que ceux à qui ces mêmes écrits avoient paru si agréables se repentoient de leur indulgence, et rétractoient volontiers leur première approbation. Mais cette sévérité qu'il déployoit rarement à l'égard des ouvrages des autres, il ne manquoit jamais de l'exercer sur les siens ; de manière que la même rédaction que tout le monde avoit jugée parfaite au premier coup d'œil, Pascal, plus difficile pour lui-même, n'hésitoit pas de la retravailler et de la recommencer entièrement jusqu'à six ou dix reprises ; tant il sortoit à l'envi, du sein de cette âme si féconde, des pensées nouvelles qui se présentoient en foule, et qui étoient toutes plus fleuries et plus ornées les unes que les autres! (*)

(*) *Nec deerant tamen artis præcepta, non illa quidem vulgaria, quæ in libris extant, sed alia longè secretiora et reconditiora, quæ sibi ipse ex ipsâ naturâ expressa formaverat, quibusque in dijudicandis et suis et aliorum scriptis feliciter utebatur. Atque adeò cùm in nonnullorum scripta quæ pro elegantibus circumferuntur, severiùs libebat inquirere, tot in illis nævos ad oculum demonstrabat, ut judicium ultrò suum reprehenderent quibus illa nimiùm placuerunt. Sed quàm rarò in alienis operibus, hanc in suis semper adhibebat severitatem, ut eandem sæpè scriptionem, quam vel initio absolutam cæteri judicaverant, sexies ac decies facere de integro non cunctaretur, adeò ex fecondissimæ mentis sinu novæ subindè cogitationes aliæ aliis ornatiores efflorescebant!* (Elogium D. Blasii Pascal à D. Nicole.)

Nous ne nous flattons pas d'avoir rendu toute la force du latin de Nicole ; mais en voilà le sens. Nicole dit aussi , en parlant des *Provinciales :* « Il étoit souvent vingt jours en- « tiers sur une seule lettre. Il en recommençoit même quel- « ques-unes jusqu'à sept ou huit fois , afin de les mettre au « degré de perfection que nous les voyons. » (*Histoire des Provinciales ,* dans la préface de Wendrock.)

De tout ce que nous venons de dire , on doit conclure que le style de Pascal étoit surtout le résultat d'une raison très-cultivée ; c'est une nouvelle preuve de la vérité du vers d'Horace , qu'on ne sauroit trop méditer ,

> Scribendi rectè sapere est et principium et fons ;

et de la sagesse du conseil que Boileau donne à tous les au- teurs , dans cet autre vers , qu'on oublie trop souvent ,

> Avant donc que d'écrire , apprenez à penser.

Ces Lettres, ainsi travaillées, méritèrent leur grand succès. Elles parurent d'abord séparément , et furent appelées les PETITES LETTRES , parce que chacune ne contenoit qu'une feuille d'impression de huit pages *in-*4°., excepté les trois dernières qui sont un peu plus étendues. Les Elzeviers les réunirent et en donnèrent une jolie édition , sous le titre de *Cologne,* 1657, *in-*12. On leur fit les honneurs de la polyglotte ; car il y en eut une belle édition en quatre langues , 1684 , *in-*8°. Elles furent lues dans ces quatre langues , au Conclave de 1689.

La publication de ces Lettres fit tomber dans le mépris les ouvrages des casuistes relâchés. La *Théologie morale d'Es- cobar,* qui avoit été imprimée trente-neuf fois , comme bonne , avant les *Provinciales ,* fut imprimée une quaran- tième fois après , comme mauvaise. La Fontaine dit alors , dans une *Ballade* qui fut fort courue :

> Veut-on monter sur les célestes tours ?
> Escobar fait un chemin de velours ;

et le nom de ce jésuite fournit même à notre langue un verbe familier (escobarder), qui n'est pas plus honorable

pour l'auteur qui l'a fait naître, que le mot de machiavé-
lisme n'est flatteur pour la mémoire de Machiavel.

On peut voir ce que Boileau, Racine, Voltaire, et tous
nos critiques ont dit de la perfection du style des *Provinciales.* C'est un concert d'éloges si unanime, qu'il est impossible d'y rien ajouter. Les jésuites, atterrés du succès de
ce livre, furent quarante ans sans oser y répondre en forme;
car eux-mêmes comptoient pour rien la mauvaise réplique
publiée par le père Annat, sous ce titre : *La bonne-foi
des Jansénistes.* Depuis, on prétend qu'ils avoient eu recours
à la plume de Bussi-Rabutin, qui, après avoir essayé cette
entreprise, jugea qu'il étoit impossible d'y réussir. En 1694,
le père Daniel, aidé, à ce qu'on dit, de Bouhours et d'un
autre, hasarda ses *Entretiens de Cléandre et d'Eudoxe sur
les lettres au Provincial :* le père Jouvenci les traduisit en
latin; mais les jésuites se hâtèrent de supprimer ce livre qui
venoit, après coup, rallumer des querelles non encore assou-
pies. Daniel avoit voulu réfuter Perrault, qui, dans son
Parallèle des anciens et des modernes, avoit donné de
grands éloges aux *Lettres Provinciales.* D'autres voulurent
réfuter Daniel; et, dès 1696, il parut une apologie victorieuse des *Provinciales,* par Matthieu Petit-Didier, béné-
dictin de Lorraine; ainsi, tout le fruit de l'ouvrage du
jésuite Daniel fut de réveiller l'attention en faveur de celui
de Pascal, de faire réimprimer les lettres qu'on vouloit combattre, et de leur procurer, en quelque sorte, un nouveau
succès et une seconde existence.

Ce n'est pas que l'on n'eût cherché, du vivant de Pascal
même, à lui inspirer quelques alarmes, ou du moins quelques
scrupules sur la nature satirique et hardie de cette immortelle
production. Il manqueroit quelque chose à l'histoire de ces
lettres, si nous ne rapportions ici les réponses que Pascal
fit lui-même à ces objections, dans une conversation qu'il
eut un an avant sa mort, et dont on nous a conservé le
récit.

On m'a demandé, dit-il, si je ne me repens pas d'avoir fait les

Provinciales. J'ai répondu que, bien loin de m'en repentir, si j'étois à les faire, je les ferois encore plus fortes.

On m'a demandé pourquoi j'ai mis le nom des auteurs où j'ai pris toutes ces propositions abominables que j'y ai citées. J'ai répondu que, si j'étois dans une ville où il y eût douze fontaines, et que je susse certainement qu'il y en eût une d'empoisonnée, je serois obligé d'avertir tout le monde de n'aller point puiser de l'eau à cette fontaine; et, comme on pourroit croire que c'est une pure imagination de ma part, je serois obligé de nommer celui qui l'a empoisonnée, plutôt que d'exposer toute une ville à s'empoisonner.

On m'a demandé pourquoi j'ai employé un style agréable, railleur, et divertissant. J'ai répondu que, si j'avois écrit d'un style dogmatique, il n'y auroit eu que les savants qui auroient lu ces Lettres, et ceux-là n'en avoient pas besoin, en sachant pour le moins autant que moi là-dessus; ainsi j'ai cru qu'il falloit écrire d'une manière propre à faire lire mes Lettres par les femmes et les gens du monde, afin qu'ils connussent le danger de toutes ces maximes et de toutes ces propositions qui se répandoient alors, et dont on se laissoit facilement persuader.

On m'a demandé si j'ai lu moi-même tous les livres que j'ai cités. J'ai répondu que non. Certainement il auroit fallu que j'eusse passé une grande partie de ma vie à lire de très-mauvais livres. J'ai lu deux fois Escobar tout entier; et, pour les autres, je les ai fait lire par quelques-uns de mes amis; mais je n'en ai pas employé un passage sans l'avoir lu moi-même dans le livre cité, examiné la matière sur laquelle il est avancé, et lu ce qui précède et ce qui suit, pour ne point hasarder une objection pour une réponse, ce qui auroit été reprochable et injuste.

Ici notre tâche seroit finie, si nous ne devions porter encore notre examen sur les critiques littéraires dont le style des *Provinciales* a paru susceptible.

Des reproches qu'on a faits, 1°. au style des Provinciales; *2°. à la réforme qui s'est opérée dans la langue, et dont ce livre passe pour être le premier modèle.*

Il faut que la difficulté d'écrire purement en françois soit bien grande, puisqu'en y regardant de près on peut trouver à reprendre, même dans le chef-d'œuvre de Pascal.

Il n'a pas tenu au père Daniel de détruire, à cet égard, la réputation de ces Lettres; il a employé près de trente pages à faire l'anatomie de la première, et il prétend que l'auteur manque tout à la fois à la pureté du langage et à l'art du dialogue; mais il ne le prouve pas, et ne fait guère que des chicanes minutieuses sur des QUI et des QUE trop près les uns des autres, comme dans cette phrase de la première Lettre :

« Si je ne craignois d'être aussi téméraire, je crois *que* « je suivrois l'avis de la plupart des gens *que* je vois, *qui*, « ayant cru jus*qu'*ici sur la foi publique, *que* ces proposi- « tions sont dans Jansénius, commencent à se défier du « contraire, par le refus bizarre *qu'*on fait de les montrer, « *qui* est tel *que* je n'ai encore vu personne *qui* m'ait dit « les y avoir vues. » (*)

Condorcet a fait un *Éloge de Pascal*, où il propose en ces mots ses doutes sur le même sujet :

Si l'on osoit trouver des défauts au style des *Provinciales*, on lui re-procheroit de manquer quelquefois d'élégance et d'harmonie; on pour-roit se plaindre de trouver dans le dialogue un trop grand nombre d'expressions familières et proverbiales qui maintenant paroissent manquer de noblesse.

Condorcet justifie son assertion par la note suivante :

Ce jugement, dit-il, paroîtra peut-être trop sévère. Voici cependant quelques passages qui pourroient le justifier.

« Je les viens de quitter sur cette dernière raison pour vous écrire ce récit, *par où* vous voyez qu'il ne s'agit *d'aucun* des points suivants, et *qu'ils ne sont* condamnés de part ni d'autre.

« De sorte qu'il n'y a plus que le mot de *prochain*, dans aucun sens, qui *court risque.*

« Mais je vois qu'elle ne fera point d'autre mal que de rendre la Sor-

(*) La consonnance vicieuse des *qui* et des *que* redoublés n'est pas seulement un écueil de la langue françoise. Leur répétition ne fait pas un meilleur effet dans la langue latine. On cite à ce sujet un passage de Cicéron, où ce grand orateur paroît s'être un peu oublié, par le grand nombre de *quis*, de *qui* et de *quo* qu'on y trouve. C'est dans son traité *De Finibus bonorum et malorum. De* QUO , dit-il , *omnis hæc* QUÆSTIO est : QUASI QUIS , in QUIT , *sit* QUI QUID *sit voluptas nesciat, aut* QUI QUO, etc.

bonne moins considérable par ce procédé, *qui lui* ôtera l'autorité *qui lui* est nécessaire en d'autres rencontres.

« Le bon père, se trouvant aussi empêché de soutenir son opinion *au regard* des justes qu'*au regard* des méchants, ne perdit pas courage.

« Comme je fermois la lettre que je vous ai écrite, *je fus visité* par M. N***, notre ancien ami, le plus heureusement du monde pour ma curiosité, car il est très-informé des questions du temps; il sait parfaitement le secret des jésuites, *chez qui* il est à toute heure, et *avec* les principaux. »

Condorcet ajoute que « quand Pascal, après avoir cité un passage des casuistes jésuites, demande sérieusement si ce sont *des Chrétiens* ou *des Turcs qui parlent; si leurs textes sont des inspirations de l'Agneau,* ou *des abominations suggérées par le Dragon;* quand, après avoir rapporté je ne sais quelles sottises du père Le Moyne, il s'écrie : *Cette comparaison vous paroît-elle fort chrétienne dans une bouche qui consacre le corps adorable de Jésus-Christ;* quand il fait un long parallèle de *Jésus* et du *Diable;* quand, pour s'excuser d'avoir plaisanté les jésuites, il rapporte que *Dieu le père s'est moqué d'Adam* dans le paradis terrestre, et *qu'au jour du jugement il plaisantera les damnés,* etc.; on est obligé de convenir que ces traits ne sont ni d'assez bon goût, ni d'assez bon sens. Il ne faut pas accuser notre auteur de manquer de respect à Pascal, en remarquant quelques défauts, etc. »

Le marquis d'Argens s'étoit déjà récrié avec force contre l'apologie que Pascal a faite de son style railleur et satirique. « Est-il possible, dit-il, qu'un homme qui avoit autant de « génie, de science et d'érudition, ait voulu justifier les excès « les plus criminels par les choses les plus respectables? Non « content de rendre les prophètes et les saints des plaisants « antiques, il n'a pas tenu à lui qu'on n'ait cru que Dieu « même avoit donné des exemples qui autorisoient les plai- « santeries les plus piquantes. C'est là une preuve bien évi- « dente qu'il n'est rien qu'un auteur qui suit sa passion ne « croie pouvoir justifier. » (*)

Ces reproches, plus ou moins fondés, n'empêchent pas que les *Lettres Provinciales* ne soient encore le meilleur

(*) *Mémoires secrets de la République des Lettres*, Tome III, pages 412-415.

ouvrage en prose du siècle de Louis XIV, comme Boileau
l'a décidé et proclamé hautement ; mais, par cette raison-là
même, il seroit bien à désirer que l'Académie Françoise
réalisât l'idée qu'elle a eue si souvent de faire des remarques
de grammaire et de goût sur nos auteurs classiques, et
qu'elle commençât, pour la prose, par l'examen des *Lettres*
Provinciales. Quel service elle rendroit à la littérature !

Mais en convenant du mérite et de la prééminence de cet
ouvrage, que faut-il penser des plaintes de plusieurs écrivains célèbres contre l'excès de la réforme opérée dans la
langue après l'établissement de l'Académie Françoise, réforme dont Vaugelas avoit proposé les règles, et dont les
Provinciales de Pascal furent la plus solennelle et la première exécution ? Chapelle, dans une lettre en vers à made-
moiselle de Saint-Christophe, se plaint de l'épuration de la
langue par l'Académie Françoise :

> A votre lettre en vieux gaulois
> Faire réponse est difficile,
> Tant excellez en ce patois,
> Comme en tout autre êtes habile !
> On dit ce qu'on veut dans ce style,
> Et non dans notre beau françois
> Que messieurs de l'Académie
> Ont tant décharné, que leurs lois
> L'ont fait du françois la momie, etc.

Racine, La Bruyère, Fénélon, Bayle et Rollin regrettent
tous la naïveté et l'énergie de la langue d'Amyot. Et la même
opinion a été fortement exprimée par un savant anonyme,
du temps même de Louis XIV, dans ces réflexions sur l'usage
de la langue françoise, qui méritent d'être plus connues.

Examen de cette question :

Si l'on a corrompu la langue françoise depuis le temps
d'Amyot. (Extrait de la Bibliothéque universelle et histo-
rique de l'année 1687.)

Vaugelas a eu sans doute raison de dire que l'usage de la cour et des
bons auteurs étoit l'arbitre souverain de la langue françoise. C'est un

principe incontestable ; mais il est cause que le françois que l'on parle aujourd'hui est, au goût de bien des gens, inférieur à celui que l'on parloit du temps d'Amyot. Cela paroîtra peut-être un paradoxe à ceux qui n'ont pas fait assez de réflexion sur le changement qui est arrivé à notre langue depuis ce temps-là ; mais voici les raisons sur lesquelles on se fonde.

Pendant que la langue grecque et la langue latine étoient florissantes, l'usage des personnes de qualité en étoit l'arbitre aussi-bien qu'aujourd'hui. Mais, dans ces heureux temps, les gens de qualité se faisoient honneur d'étudier leurs langues avec plus de soin que nous ne le faisons présentement qu'elles sont mortes. Ils lisoient soigneusement les poëtes et les livres de ceux qui avoient écrit en prose, avec l'approbation de leur siècle. Ils tâchoient d'imiter ce qu'ils avoient de bon, et d'éviter les fautes qu'ils pouvoient avoir commises. Ils étudioient outre cela toutes sortes de sciences, et s'entretenoient souvent de sujets sérieux. Enfin ils passoient leur vie également dans l'étude des choses et dans celle des mots. C'est ce qui a rendu ces deux langues, et particulièrement la grecque, si douces, si fortes, et si étendues en même temps. Pour parler de tout avec facilité, il falloit nécessairement avoir une infinité de mots ; et il falloit parler et écrire correctement et avec quelque politesse, si l'on vouloit passer pour une personne bien élevée. Ceux qui ont quelque connoissance de l'ancienne Grèce et du siècle de Cicéron et d'Auguste, savent qu'il n'y a point d'exagération dans ce que l'on vient de dire. On sait aussi que, dans les siècles suivants où l'on négligea l'étude des sciences et des belles-lettres parmi les gens de qualité, la langue latine perdit et sa politesse et son abondance, ce qui arriva aussi à la langue grecque, quoiqu'elle se soit conservée dans sa pureté plus long-temps que la latine. Mais au moins, et dans l'une et dans l'autre, il étoit permis d'imiter dans les livres, autant qu'on le pouvoit, les auteurs qui avoient écrit dans les siècles de pureté, et de prendre leurs mots et leurs phrases, sans se mettre en peine si le langage présent des personnes ignorantes s'y accommodoit, ou non. Les écrits des auteurs des bons siècles avoient si bien fixé l'usage, pour ce qui regarde les livres, qu'il ne changeoit point, quoique le langage commun fût changé. Du temps de Lactance, par exemple, et de Sulpice Sévère, on ne parloit ni on n'écrivoit communément comme ils ont écrit ; cependant on admiroit leur style, parce qu'ils l'avoient formé sur les auteurs de la pure latinité.

Voilà en peu de mots l'histoire de l'usage des langues grecque et latine. Tout le contraire est arrivé à l'égard de l'usage de la langue françoise : quand on a commencé à la cultiver, c'a été véritablement à l'occasion de la renaissance des belles-lettres, sous le règne de François Iᵉʳ. Mais les princes et les personnes de la première qualité n'ont guère plus étudié, depuis ce temps-là, qu'auparavant. La noblesse a employé tout son temps à jouer, ou à s'entretenir avec des femmes. Elle a regardé l'étude sérieuse des sciences et des belles-lettres plutôt comme une pédanterie, que comme une occupation digne des gentils-hommes; et si quelques personnes de qualité s'y sont appliquées, ce n'a été pour l'ordinaire que pour en acquérir une connoissance très-superficielle. Ces lumières confuses et générales n'ont pas laissé de les remplir d'une sotte vanité qui leur a fait mépriser les connoissances exactes, comme s'ils en avoient effectivement découvert le néant, après les avoir pénétrées à fond. Ils ont cru que c'étoit parler avec esprit que de parler de tout d'une manière vague et superficielle sans venir jamais à rien de distinct et de solide. Enfin, on a vu les personnes du premier ordre passer leur vie dans les plaisirs et les divertissements, et faire consister ce qu'on appelle le bel esprit à entretenir agréable-ment une femme dont les lumières bornées se trouvoient à peu près de la même étendue que les leurs. Cependant l'usage de ces gens-là n'a pas moins été la règle de la langue françoise que s'ils avoient été très-savants, et qu'ils se fussent appliqués avec soin à l'étudier. Les auteurs les plus estimés ont cru les devoir imiter, particulièrement en notre siècle, où l'on s'est fait une règle d'écrire comme on parle, et de ne parler presque jamais que de bagatelles, à l'imitation des personnes de qualité.

Cette conduite de la nation françoise a ôté à notre langue l'abon-dance des mots et des phrases, la force de l'expression et la cadence majestueuse des périodes que l'on remarque dans les langues grècque et latine.

1. Pour reconnoître que la langue françoise est fort appauvrie, il ne faut que lire Amyot, ou quelques autres livres comme les siens, où l'on trouvera une infinité de mots qui ne sont plus en usage, sans qu'on leur en ait substitué d'autres. Il est vrai que pour l'ordinaire nous avons d'autres mots pour exprimer la même chose; mais nos pères les avoient aussi, et, outre cela, ceux que nous avons retranchés.

Ceux qui écrivent s'aperçoivent souvent qu'ils auroient besoin de ces mots qui ont vieilli ou qui vieillissent, quoique dans la conversation on ne s'en aperçoive point, parce qu'on ne fait pas difficulté de redire plu-sieurs fois le même mot. Les dames surtout se mettent peu en peine de varier leurs expressions; et les cavaliers, qui sont aussi savants qu'elles, ne s'en soucient guère plus.

Il en est des phrases de même que des mots. Il étoit autrefois permis d'en transposer un peu l'ordre, de mettre le verbe à la fin, et de retran-cher les articles, sans qu'il fût défendu de ranger les mots comme nous le faisons présentement, et de mettre aussi les articles. Mais nous n'avons plus la même liberté, ni par conséquent le moyen de varier nos expres-sions autant qu'on le pouvoit faire autrefois. Outre cela, nous n'osons pas prendre la même hardiesse à l'égard des métaphores que l'on remarque dans nos bons auteurs du siècle passé (Montaigne, etc.), et du commencement de celui-ci (Balzac, etc.). Notre langue est devenue à cet égard non-seulement chaste, mais même précieuse, si j'ose m'exprimer ainsi.

2. Ce qu'on appelle l'ordre naturel de la phrase, c'est-à-dire celui de la construction, selon lequel on place le nominatif le premier, et ensuite le verbe, et enfin le cas (régime ou complément), ce qui est presque perpétuel en françois; cet ordre, dis-je, rend souvent notre langue plate et languissante, comme on peut le voir en la comparant à la latine, ainsi que M. l'abbé Danet l'a montré dans la judicieuse préface de son *Dictionnaire latin*.

3. Dans la conversation, on ne s'attache point à faire des périodes justes. Les personnes du grand monde ne savent même ordinairement ce que c'est; de sorte que leurs discours ne sont que de petites phrases coupées, où chaque période, si l'on peut lui donner ce nom, est une seule expression qui ne contient qu'un seul verbe et qu'un seul régime. Il est arrivé de là que ceux qui ont voulu écrire comme parlent les gens du bel air, n'ont fait qu'entasser phrases sur phrases, sans y mettre aucune liaison et sans se soucier de la cadence. Dans les histoires mêmes et dans les narrations, on se sert d'un style si coupé, qu'on ne peut plus raconter une chose avec la même grâce et la même force que nos anciens historiens l'ont racontée. C'est ce qui a fait avouer à l'illustre M. Racine qu'un événement qui est dans le *Plutarque* d'Amyot a *une grâce dans le style de ce vieux traducteur que l'on ne sauroit égaler dans notre langue moderne*. On peut lire cet endroit dans la préface de son *Mithridate*, et essayer si l'on pourra venir à bout de ce que M. Racine a déclaré lui être impossible.

C'est ainsi que le bel usage de la langue françoise l'a enrichie depuis cent ans. Ce n'est pas qu'on veuille nier qu'elle ne se soit embellie à quelques égards, ou blâmer ceux qui suivent l'usage moderne; mais on soutient qu'à tout compter elle a plus perdu qu'elle n'a gagné, et que si l'on parle comme font les autres, ce ne doit pas être dans la pensée que nous parlions mieux que nos pères, mais que c'est un mal nécessaire, et auquel on ne sauroit remédier. Peut-être que notre postérité, plus heureuse que nous, réunira dans son style toutes les richesses et toutes les beautés que notre langue a possédées et perdues depuis qu'on a commencé à la polir. C'est ainsi que font les Italiens, qui, en suivant le style d'aujourd'hui, ne laissent pas de regarder comme des mots et des tours de leur langue ceux dont Pétrarque et Boccace se sont servis, quoiqu'ils ne soient plus dans la bouche des dames et des cavaliers. Ils ne font pas difficulté de les employer, au moins dans leur poésie, et d'en conserver ainsi l'usage parmi les savants, malgré l'ignorance de ceux qui ne lisent pas les ouvrages de leurs anciens auteurs.

Il ne laisse pas d'y avoir du vrai dans ces réflexions, quoi-que tout n'en soit pas également incontestable.

A peu près dans le même temps, Danet avoit décrié notre langue, dans la préface d'un dictionnaire où il la mettoit fort au-dessous de la langue latine. Il comparoit du françois très-plat à du latin plus choisi. Cette manière d'argumenter a été renouvelée par Pluche et par quelques autres. Voltaire y a répondu victorieusement dans ses *Questions sur l'En-cyclopédie* (*) ; mais, sous Louis XIV même, un célèbre avocat au parlement de Paris (**), indigné contre ceux qui affectoient encore de rabaisser notre langue, publia un *Discours sur le génie de la langue françoise*; et nous de-vons aussi en donner une idée.

« L'auteur s'en prend surtout aux traducteurs, qui ont cherché à s'excuser aux dépens de leur langue, et qui ont demandé grâce pour elle, comme si elle n'étoit pas assez riche, ni assez féconde, pour exprimer les beautés de l'ori-ginal. Il les blâme d'accuser la langue françoise de la foi-blesse et de la stérilité qui est dans leur génie, et de rejeter sur elle les fautes dont ils devroient se charger eux-mêmes. Il croit que cette langue peut soutenir noblement les traits les plus hardis de la plus sublime éloquence ; car elle est simple sans bassesse, libre sans indécence, élégante et fleurie sans fard, majestueuse sans faste, harmonieuse sans enflure, délicate sans mollesse, abondante sans barbarie, et éner-gique sans rudesse. Elle ne souffre ni les synonymes inutiles, ni les épithètes superflues; elle bannit les périphrases trop lon-gues, les hyperboles trop hardies, et les métaphores outrées, et toutes ces fougues d'imagination, et ces transports déréglés

---

(*) Article *Génie des langues*, où il combat le président de Brosses, qui, en copiant les erreurs de Danet et de Pluche, a voulu faire croire que les inversions du latin sont naturelles, et que c'est la construction naturelle du françois qui est forcée.

(**) *Plaidoyers de Gillet*, in-4°, 1696.

qui donnent dans le galimatias. Elle ne prend point pour
des ornements de froides antithèses, de ridicules allusions,
des équivoques, des pointes ou des jeux de mots ; bien loin
d'approuver ce badinage, elle ne pardonne pas même un
style trop fleuri, des locutions trop ornées ou trop figurées,
des phrases trop brillantes, des périodes trop étudiées et
trop compassées. En un mot, son caractère principal, c'est
la netteté et la clarté dans le discours ; c'est en quoi elle
excelle par-dessus toutes les langues. Elle évite avec soin
tout ce qui peut laisser quelque doute et quelque ambiguité.
Elle ne veut point devoir sa cadence et l'arrondissement
de ses périodes à des transpositions, ni à un arrangement bizarre, ni à ces inversions qui causent tant d'embarras et
tant d'obscurité dans la langue latine. Elle épargne à l'esprit jusqu'aux moindres efforts ; le nominatif précède toujours le verbe, et le verbe marche toujours devant les cas
obliques qu'il régit (*). Elle expose les pensées dans le même
ordre que l'imagination les a conçues, et cette construction
naturelle ne fatigue point le lecteur. Il n'y a point de langue dont le tour soit plus simple, plus facile et plus naïf ;
il n'y en a point qui réussisse plus heureusement à copier les
pensées, à lier les expressions aux choses avec une juste
proportion, et à observer exactement toutes les bienséances.

« Après cela, il est évident que les traducteurs ne doivent
point faire leur apologie, en ravalant la langue françoise
au-dessous de la latine. On a beau dire qu'ils font des para-
phrases ou des commentaires plutôt que des versions, et
qu'ils ne sauroient garder la brièveté du latin, qui dit en
un mot ce que le françois ne peut exprimer que par circon-
locution ; le françois n'a-t-il pas aussi ses expressions courtes

---

(*) L'auteur parle ici dans le sens des grammaires de ce temps-là,
qui supposoient des cas dans la langue françoise. On diroit aujour-
d'hui que le verbe est toujours précédé de son sujet, et suivi de ses
compléments.

et significatives, que le latin ne peut abréger ? De plus, cette brièveté tant vantée n'est pas toujours une perfection : on n'est point trop long, quand on ne dit rien de superflu, et qu'en retranchant exactement les paroles perdues, toutes celles qui composent la phrase sont nécessaires, pour mettre la pensée dans tout son jour. Bien loin que cette abondance qu'on nous reproche soit un défaut, c'est un avantage de la langue françoise, qui, préférant la clarté à tout le reste, veut qu'on développe nettement tout ce qu'on pense, et qu'on le présente à l'esprit sans embarras. Comme elle ne souffre rien d'obscur, ni de confus, elle ne s'accommode ni de ces fréquentes parenthèses qui interrompent le discours, ni de ces phrases tronquées dont il faut deviner le sens, et qu'on n'entend qu'après y avoir long-temps rêvé. Tout ce qui a besoin de réflexion pour être compris, tout ce qui demande de l'application pour être entendu, ne convient point au génie vif et prompt de la nation françoise.

« Il est vrai encore qu'il est nécessaire de tempérer en françois les figures et les métaphores trop poussées en latin ; mais il ne faut point regarder comme un défaut de notre langue ce qui est l'effet de ce goût raisonnable qui lui est propre, et qui ne s'éloigne jamais de la nature et de la vérité.

« Si les défenseurs de la latinité vouloient juger équitablement, et rabattre un peu de la vénération qu'on leur a imprimée pour les anciens, ils reconnoîtroient de bonne foi que si le latin traduit perd quelques-unes de ses beautés, il en est quelquefois dédommagé par des expressions françoises très-élégantes et très-heureuses. On pourroit défier les latins à leur tour de traduire tel de nos bons ouvrages françois : il leur échapperoit peut-être bien des grâces et bien des finesses que la langue latine ne sauroit exprimer. »

Soyons donc justes pour nous-mêmes ! ne calomnions pas les ressources de notre langue, faute de les connoître ! Sachons jouir de ce que nous avons, sans nous plaindre au hasard de ce qui pourroit nous manquer ! On ne sauroit tout réunir. Les langues sont des méthodes analytiques, plus ou moins parfaites. La nôtre est éminemment douée de ce privilége ; elle semble être calculée exprès pour la lucidité de l'élocution. Or cette clarté qu'elle possède par excellence, est peut-être incompatible avec les autres qualités dont on peut regretter qu'elle soit privée. Nous pouvons convenir des obstacles qu'elle oppose à l'enthousiasme du poète et à la véhémence de l'orateur, quoiqu'elle leur permette les longues périodes qui lui conviennent mal dans le discours ordinaire. Les articles l'embarrassent, les inversions la troublent, les ellipses lui répugnent, la moindre impropriété dans les termes l'effarouche ; enfin, sa syntaxe, asservie à l'ordre naturel, ne peut presque rien déranger dans la marche des mots, sans s'exposer à rompre la liaison des idées ; chargée de tant de chaînes, elle doit procéder avec plus de lenteur que les langues transpositives ; mais ce qu'elle perd sur la célérité du mouvement, elle le regagne par l'éclat de la lumière. Elle rend la raison et la vérité comme transparentes ; elle en est le miroir le plus exact ; car son génie ne se prête ni aux pensées louches, ni aux phrases équivoques, ni aux arguments captieux. Elle n'admet rien d'embrouillé, avantage inappréciable qui la rend plus propre qu'aucun autre idiome connu à être, dans la société et la conversation, l'écho familier de la confiance ; dans les affaires publiques et privées, l'interprète fidèle de la justice ; dans les sciences, les lettres et les arts, l'organe méthodique de la philosophie.

Notre langue, à ce titre, étoit l'instrument le plus propre à être manié par un homme tel que Pascal. Ce grand homme avoit fait un *Traité de l'esprit géométrique*, dont Arnauld a tiré plusieurs règles de l'Art de penser (*). Ces règles, destinées à former le jugement, étoient surtout à l'usage de celui qui les avoit établies ; mais on peut dire que son génie étoit bien secondé ici par le génie particulier de notre langue. Pascal ne vouloit rien admettre qui ne fût démontré

_____

(*) Voyez la préface de la *Logique de Port-Royal*, Œuvres d'Antoine Arnauld, tome XXXVI, *in-4°*, pages 110-111.

jusqu'à l'évidence ; et notre langue aussi ne tolère dans les paroles rien qui puisse obscurcir la pensée : on ne peut tergiverser avec elle ; elle veut qu'on soit clair, à quelque prix que ce puisse être, dût-on même, pour atteindre à ce but unique, suivre à la lettre le grand précepte de Boileau :

> Vingt fois sur le métier remettez votre ouvrage ;
> Polissez-le sans cesse, et le repolissez.

Ce fut aussi par ce moyen, ce fut avec cette arme victorieuse que Pascal sortit triomphant de la lutte qu'il soutint contre les sophismes et les paralogismes derrière lesquels se retranchoient les opinions probables, les restrictions mentales et tous les autres subterfuges de la morale relâchée. Ces ténébreuses doctrines avoient pu passer long-temps à la faveur du vague et de l'obscurité dont les enveloppoit le latin de l'école ; mais elles ne purent soutenir le jour que répandit sur elles la rectitude lumineuse de la langue françoise.

Attachons-nous donc à l'étude de cette langue de la raison, dans laquelle nous avons tant d'ouvrages classiques, tous venus à la suite des *Provinciales ;* mais ces chefs-d'œuvre ne doivent pas nous faire oublier les autres bons ouvrages françois, qui étoient venus précédemment à la suite du *Plutarque* d'Amyot.

Ces réflexions doivent servir du moins à nous justifier du soin que nous avons pris d'esquisser, quoique d'une manière rapide et imparfaite, le tableau des bons ouvrages en prose qui parurent dans notre langue à l'époque de François Ier. La poésie françoise employe quelquefois le dialecte de Marot. Nous ne demandons pas que la prose reprenne aussi le langage d'Amyot ; ce seroit pousser trop loin la passion de cet archaïsme que notre goût moderne ne supporte qu'à peine dans les vers même d'Hamilton et de J.-B. Rousseau, quoiqu'il ait tant de grâce dans ceux de La Fontaine ; mais nous désirons que l'on recherche, que l'on étudie, que l'on relise enfin les auteurs du seizième siècle ; que l'on tienne note de celles de leurs expressions qu'on a eu tort de laisser perdre, et que l'on s'attache à les faire revivre, sans s'écarter néanmoins de la forme sage et précise que Pascal a imprimée à notre prose dans cet admirable livre des *Provinciales*, dont Bossuet a pu envier la composition, et qui a eu la gloire de fixer la langue.

FRANÇOIS DE NEUFCHATEAU.

LETTRES ÉCRITES
A UN PROVINCIAL

PAR

UN DE SES AMIS.

PREMIÈRE LETTRE.

Des disputes de Sorbonne, et de l'invention du Pouvoir prochain,
dont les molinistes se servirent pour faire conclure la censure
de M. Arnauld.

De Paris, ce 23 janvier 1656.

MONSIEUR,

Nous étions bien abusés. Je ne suis détrompé
que d'hier; jusque-là j'ai pensé que le sujet
des disputes de Sorbonne étoit bien important,
et d'une extrême conséquence pour la religion.
Tant d'assemblées d'une compagnie aussi célèbre qu'est la Faculté de Théologie de Paris, et
où il s'est passé tant de choses si extraordinaires
et si hors d'exemple, en font concevoir une si
haute idée, qu'on ne peut croire qu'il n'y en ait
un sujet bien extraordinaire. Cependant vous
serez bien surpris, quand vous apprendrez, par
ce récit, à quoi se termine un si grand éclat; et

c'est ce que je vous dirai en peu de mots, après
m'en être parfaitement instruit.

On examine deux questions; l'une de fait, et
l'autre de droit.

Celle de fait consiste à savoir si M. Arnauld
est téméraire, pour avoir dit dans sa seconde
lettre : « Qu'il a lu exactement le livre de Jansé-
« nius, et qu'il n'y a point trouvé les proposi-
« tions condamnées par le feu pape, et néan-
« moins que, comme il condamne ces proposi-
« tions en quelque lieu qu'elles se rencontrent,
« il les condamne dans Jansénius, si elles y
« sont. »

La question sur cela est de savoir s'il a pu,
sans témérité, témoigner par là qu'il doute que
ces propositions soient de Jansénius, après que
messieurs les évêques ont déclaré qu'elles sont
de lui.

On propose l'affaire en Sorbonne. Soixante et
onze docteurs entreprennent sa défense, et soutiennent qu'il n'a pu répondre autre chose à ceux
qui, par tant d'écrits, lui demandoient s'il tenoit
que ces propositions fussent dans ce livre, sinon
qu'il ne les y a pas vues, et que néanmoins il les
y condamne, si elles y sont.

Quelques-uns même, passant plus avant, ont
déclaré que, quelque recherche qu'ils en aient
faite, ils ne les y ont jamais trouvées, et que
même ils y en ont trouvé de toutes contraires.
Ils ont demandé ensuite avec instance que, s'il
y avoit quelque docteur qui les y eût vues, il

voulût les montrer; que c'étoit une chose si facile, qu'elle ne pouvoit être refusée, puisque
c'étoit un moyen sûr de les réduire tous, et
M. Arnauld même : mais on le leur a toujours
refusé. Voilà ce qui s'est passé de ce côté-là.

De l'autre part se sont trouvés quatre-vingts
docteurs séculiers, et quelque quarante religieux
mendiants, qui ont condamné la proposition de
M. Arnauld, sans vouloir examiner si ce qu'il
avoit dit étoit vrai ou faux; et ayant même déclaré qu'il ne s'agissoit pas de la vérité, mais seulement de la témérité de sa proposition.

Il s'en est de plus trouvé quinze qui n'ont
point été pour la censure, et qu'on appelle indifférents.

Voilà comment s'est terminée la question de
fait, dont je ne me mets guère en peine : car, que
M. Arnauld soit téméraire, ou non, ma conscience n'y est pas intéressée. Et si la curiosité
me prenoit de savoir si ces propositions sont dans
Jansénius, son livre n'est pas si rare, ni si gros,
que je ne le puisse lire tout entier pour m'en
éclaircir, sans en consulter la Sorbonne.

Mais, si je craignois aussi d'être téméraire,
je crois que je suivrois l'avis de la plupart des
gens que je vois, qui, ayant cru jusqu'ici sur
la foi publique que ces propositions sont dans
Jansénius, commencent à se défier du contraire,
par le refus bizarre qu'on fait de les montrer, qui
est tel, que je n'ai encore vu personne qui m'ait
dit les y avoir vues. De sorte que je crains que

cette censure ne fasse plus de mal que de bien, et qu'elle ne donne à ceux qui en sauront l'histoire une impression tout opposée à la conclusion; car, en vérité, le monde devient méfiant, et ne croit les choses que quand il les voit. Mais, comme j'ai déjà dit, ce point-là est peu important, puisqu'il ne s'y agit point de la foi.

Pour la question de droit, elle semble bien plus considérable, en ce qu'elle touche la foi. Aussi j'ai pris un soin particulier de m'en informer. Mais vous serez bien satisfait de voir que c'est une chose aussi peu importante que la première.

Il s'agit d'examiner ce que M. Arnauld a dit dans la même lettre : « Que la grâce, sans laquelle « on ne peut rien, a manqué à saint Pierre dans « sa chute. » Sur quoi nous pensions, vous et moi, qu'il étoit question d'examiner les plus grands principes de la grâce, comme, si elle n'est pas donnée à tous les hommes, ou bien si elle est efficace; mais nous étions bien trompés. Je suis devenu grand théologien en peu de temps, et vous en allez voir des marques.

Pour savoir la chose au vrai, je vis monsieur N., docteur de Navarre, qui demeure près de chez moi, qui est, comme vous le savez, des plus zélés contre les jansénistes : et comme ma curiosité me rendoit presque aussi ardent que lui, je lui demandai s'ils ne décideroient pas formellement « que la grâce est donnée à tous, » afin qu'on n'agitât plus ce doute. Mais il me rebuta rudement, et me dit que ce n'étoit pas là le point ; qu'il y en avoit de ceux de son côté qui tenoient que la grâce n'est pas donnée à tous ; que les examinateurs mêmes avoient dit en pleine Sorbonne que cette opinion est *problématique* ; et qu'il étoit lui-même dans ce sentiment ; ce qu'il me confirma par ce passage, qu'il dit être célèbre, de saint Augustin : « Nous savons que la « grâce n'est pas donnée à tous les hommes. »

Je lui fis excuse d'avoir mal pris son sentiment, et le priai de me dire s'ils ne condamneroient donc pas au moins cette autre opinion des jansénistes qui fait tant de bruit, « que la « grâce est efficace, et qu'elle détermine notre « volonté à faire le bien. » Mais je ne fus pas plus heureux en cette seconde question. Vous n'y entendez rien, me dit-il ; ce n'est pas là une hérésie : c'est une opinion orthodoxe : tous les thomistes la tiennent ; et moi-même je l'ai soutenue dans ma Sorbonique.

Je n'osai lui proposer mes doutes ; et même je ne savois plus où étoit la difficulté, quand, pour m'en éclaircir, je le suppliai de me dire en quoi consistoit donc l'hérésie de la proposition de M. Arnauld. C'est, me dit-il, en ce qu'il ne reconnoît pas que les justes aient le pouvoir d'accomplir les commandements de Dieu en la manière que nous l'entendons.

Je le quittai après cette instruction ; et, bien glorieux de savoir le nœud de l'affaire, je fus trouver monsieur N., qui se portoit de mieux en

mieux, et qui eut assez de santé pour me conduire chez son beau-frère, qui est janséniste,
s'il y en eut jamais, et pourtant fort bon homme.
Pour en être mieux reçu, je feignis d'être fort des
siens, et lui dis : Seroit-il bien possible que la
Sorbonne introduisît dans l'Église cette erreur,
« que tous les justes ont toujours le pouvoir d'ac-
« complir les commandements? » Comment parlez-vous? me dit mon docteur. Appelez-vous
erreur un sentiment si catholique, et que les
seuls luthériens et calvinistes combattent? Et
quoi! lui dis-je, n'est-ce pas votre opinion? Non,
me dit-il, nous l'anathématisons comme hérétique et impie. Surpris de cette réponse, je connus bien que j'avois trop fait le janséniste,
comme j'avois l'autre fois été trop moliniste;
mais, ne pouvant m'assurer de sa réponse, je
le priai de me dire confidemment s'il tenoît
« que les justes eussent toujours un pouvoir vé-
« ritable d'observer les préceptes. » Mon homme
s'échauffa là-dessus, mais d'un zèle dévot, et dit
qu'il ne déguiseroit jamais ses sentiments pour
quoi que ce fût; que c'étoit sa créance; et que lui
et tous les siens la défendroient jusqu'à la mort,
comme étant la pure doctrine de saint Thomas et
de saint Augustin, leur maître.

Il m'en parla si sérieusement, que je n'en pus
douter; et, sur cette assurance, je retournai chez
mon premier docteur, et lui dis, bien satisfait,
que j'étois sûr que la paix seroit bientôt en Sorbonne : que les jansénistes étoient d'accord du

pouvoir qu'ont les justes d'accomplir les préceptes ; que j'en étois garant, et que je leur ferois signer de leur sang. Tout beau ! me dit-il ; il
faut être théologien pour en voir la fin. La différence qui est entre nous est si subtile, qu'à peine
pouvons-nous la marquer nous-mêmes ; vous
auriez trop de difficulté à l'entendre. Contentez-
vous donc de savoir que les jansénistes vous diront bien que tous les justes ont toujours le pouvoir d'accomplir les commandements : ce n'est
pas de quoi nous disputons ; mais ils ne vous diront pas que ce pouvoir soit *prochain* : c'est là le
point.

Ce mot me fut nouveau et inconnu. Jusque-là
j'avois entendu les affaires ; mais ce terme me jeta
dans l'obscurité, et je crois qu'il n'avoit été in-
venté que pour brouiller. Je lui en demandai
donc l'explication ; mais il m'en fit un mystère,
et me renvoya, sans autre satisfaction, pour demander aux jansénistes s'ils admettoient ce pouvoir *prochain*. Je chargeai ma mémoire de ce
terme ; car mon intelligence n'y avoit aucune
part. Et de peur de l'oublier, je fus promptement
retrouver mon janséniste, à qui je dis incontinent, après les premières civilités : Dites-moi,
je vous prie, si vous admettez *le pouvoir prochain ?* Il se mit à rire, et me dit froidement :
Dites-moi vous-même en quel sens vous l'entendez ; et alors je vous dirai ce que j'en crois. Comme
ma connoissance n'alloit pas jusque-là, je me
vis en terme de ne lui pouvoir répondre ; et néan-

moins, pour ne pas rendre ma visite inutile, je lui dis au hasard : Je l'entends au sens des molinistes. A quoi mon homme, sans s'émouvoir : Auxquels des molinistes, me dit-il, me renvoyez-vous ? Je les lui offris tous ensemble, comme ne faisant qu'un même corps, et n'agissant que par un même esprit.

Mais il me dit : Vous êtes bien peu instruit. Ils sont si peu dans les mêmes sentiments, qu'ils en ont de tout contraires. Étant tous unis dans le dessein de perdre M. Arnauld, ils se sont avisés de s'accorder de ce terme de *prochain*, que les uns et les autres diroient ensemble, quoiqu'ils l'entendissent diversement ; afin de parler un même langage, et que, par cette conformité apparente, ils pussent former un corps considérable, et composer un plus grand nombre, pour l'opprimer avec assurance.

Cette réponse m'étonna ; mais, sans recevoir ces impressions des méchants desseins des molinistes, que je ne veux pas croire sur sa parole, et où je n'ai point d'intérêt, je m'attachai seulement à savoir les divers sens qu'ils donnent à ce mot mystérieux de *prochain*. Il me dit : Je vous en éclaircirois de bon cœur ; mais vous y verriez une répugnance et une contradiction si grossière, que vous auriez peine à me croire. Je vous serois suspect. Vous en serez plus sûr en l'apprenant d'eux-mêmes, et je vous en donnerai les adresses. Vous n'avez qu'à voir séparément un nommé M. Le Moine et le père Nicolaï. Je ne connois ni l'un ni l'autre, lui dis-je. Voyez donc, me dit-il, si vous ne connoîtrez point quelqu'un de ceux que je vous vas nommer; car ils suivent les sentiments de M. Le Moine. J'en connus en effet quelques-uns. Et ensuite il me dit : Voyez si vous ne connoissez point des dominicains, qu'on appelle nouveaux thomistes; car ils sont tous comme le père Nicolaï. J'en connus aussi entre ceux qu'il me nomma; et, résolu de profiter de cet avis, et de sortir d'affaire, je le quittai, et allai d'abord chez un des disciples de M. Le Moine.

Je le suppliai de me dire ce que c'étoit qu'*avoir le pouvoir prochain de faire quelque chose*. Cela est aisé, me dit-il; c'est avoir tout ce qui est nécessaire pour la faire, de telle sorte qu'il ne manque rien pour agir. Et ainsi, lui dis-je, avoir *le pouvoir prochain* de passer une rivière, c'est avoir un bateau, des bateliers, des rames, et le reste, en sorte que rien ne manque. Fort bien, me dit-il. Et avoir le pouvoir prochain *de voir*, lui dis-je, c'est avoir bonne vue, et être en plein jour; car qui auroit bonne vue dans l'obscurité, n'auroit pas le pouvoir prochain de voir, selon vous, puisque la lumière lui manqueroit, sans quoi on ne voit point. Doctement, me dit-il. Et par conséquent, continuai-je, quand vous dites que tous les justes ont toujours le pouvoir prochain d'observer les commandements, vous entendez qu'ils ont toujours toute la grâce nécessaire pour les accomplir; en sorte qu'il ne leur manque rien de la part de Dieu. Attendez, me dit-il; ils ont toujours tout ce qui est nécessaire pour les observer, ou du moins pour le demander à Dieu. J'entends bien, lui dis-je; ils ont tout ce qui est nécessaire pour prier Dieu de les assister, sans qu'il soit nécessaire qu'ils aient aucune nouvelle grâce de Dieu pour prier. Vous l'entendez, me dit-il; mais il n'est donc pas nécessaire qu'ils aient une grâce efficace pour prier Dieu? Non, me dit-il, suivant M. Le Moine.

Pour ne point perdre de temps, j'allai aux Jacobins, et demandai ceux que je savois être des nouveaux thomistes. Je les priai de me dire ce que c'est que *pouvoir prochain*. N'est-ce pas celui, leur dis-je, auquel il ne manque rien pour agir? Non, me dirent-ils. Mais quoi! mon père, s'il manque quelque chose à ce pouvoir, l'appelez-vous *prochain*? et direz-vous, par exemple, qu'un homme ait, la nuit, et sans aucune lumière, *le pouvoir prochain de voir?* Oui-dà, il l'auroit selon nous, s'il n'est pas aveugle. Je le veux bien, leur dis-je; mais M. Le Moine l'entend d'une manière contraire. Il est vrai, me dirent-ils; mais nous l'entendons ainsi. J'y consens, leur dis-je; car je ne dispute jamais du nom, pourvu qu'on m'avertisse du sens qu'on lui donne. Mais je vois par là que, quand vous dites que les justes ont toujours *le pouvoir prochain* pour prier Dieu, vous entendez qu'ils ont besoin d'un autre secours pour prier, sans quoi ils ne prieront jamais. Voilà qui va bien, me répondirent mes pères en m'embrassant, voilà qui va bien : car il leur faut de plus une grâce efficace qui n'est pas donnée à tous, et qui détermine leur volonté à prier; et c'est une hérésie de nier la nécessité de cette grâce efficace pour prier.

Voilà qui va bien, leur dis-je à mon tour; mais, selon vous, les jansénistes sont catholiques, et M. Le Moine hérétique; car les jansénistes disent que les justes ont le pouvoir de prier, mais qu'il faut pourtant une grâce efficace; et c'est ce que vous approuvez. Et M. Le Moine dit que les justes prient sans grâce efficace; et c'est ce que vous condamnez. Oui, dirent-ils; mais M. Le Moine appelle ce pouvoir, *pouvoir prochain.*

Quoi! mes pères, leur dis-je, c'est se jouer des paroles, de dire que vous êtes d'accord à cause des termes communs dont vous usez, quand vous êtes contraires dans le sens. Mes pères ne répondirent rien; et sur cela, mon disciple de M. Le Moine arriva par un bonheur que je croyois extraordinaire; mais j'ai su depuis que leur rencontre n'est pas rare, qu'ils sont continuellement mêlés les uns avec les autres.

Je dis donc à mon disciple de M. Le Moine : Je connois un homme qui dit que tous les justes ont toujours le pouvoir de prier Dieu; mais que néanmoins ils ne prieront jamais sans une grâce efficace qui les détermine, et laquelle Dieu ne donne pas toujours à tous les justes. Est-il hérétique? Attendez, me dit mon docteur; vous me pourriez surprendre. Allons doucement, *distinguo* : s'il appelle ce pouvoir, *pouvoir prochain*, il sera thomiste, et partant catholique ; sinon, il sera janséniste, et partant hérétique. Il ne l'appelle, lui dis-je, ni prochain, ni non prochain. Il est donc hérétique, me dit-il : demandez-le à ces bons pères. Je ne les pris pas pour juges ; car ils consentoient déjà d'un mouvement de tête ; mais je leur dis : Il refuse d'admettre ce mot de *prochain*, parce qu'on ne le veut pas expliquer. A cela, un de ces pères voulut en apporter sa définition ; mais il fut interrompu par le disciple de M. Le Moine, qui lui dit : Voulez-vous donc recommencer nos brouilleries ? Ne sommes-nous pas demeurés d'accord de ne point expliquer ce mot de *prochain*, et de le dire de part et d'autre sans dire ce qu'il signifie ? A quoi le jacobin consentit.

Je pénétrai par là dans leur dessein, et leur dis en me levant pour les quitter : En vérité, mes pères, j'ai grand'peur que tout ceci ne soit une pure chicanerie ; et quoi qu'il arrive de vos assemblées, j'ose vous prédire que, quand la censure seroit faite, la paix ne seroit pas établie. Car, quand on auroit décidé qu'il faut prononcer les syllabes *pro chain*, qui ne voit que, n'ayant point été expliquées, chacun de vous voudra jouir de la victoire ? Les jacobins diront que ce mot s'entend en leur sens. M. Le Moine dira que c'est au sien ; et ainsi il y aura bien plus de disputes pour l'expliquer que pour l'introduire : car, après tout, il n'y auroit pas grand péril à le recevoir sans aucun sens, puisqu'il ne peut nuire que par le sens. Mais ce seroit une chose indigne de la Sorbonne et de la théologie, d'user de mots équivoques et captieux sans les expliquer. Enfin, mes pères, dites-moi, je vous prie, pour la dernière fois, ce qu'il faut que je croie pour être catholique. Il faut, me dirent-ils tous ensemble, dire que tous les justes ont *le pouvoir prochain*, en faisant abstraction de tout sens : *abstrahendo à sensu thomistarum, et à sensu aliorum theologorum.*

C'est-à-dire, leur dis-je en les quittant, qu'il faut prononcer ce mot des lèvres, de peur d'être hérétique de nom. Car est-ce que le mot est de l'Écriture? Non, me dirent-ils. Est-il donc des pères, ou des conciles, ou des papes? Non. Est-il donc de saint Thomas? Non. Quelle nécessité y a-t-il donc de le dire, puisqu'il n'a ni autorité, ni aucun sens de lui-même? Vous êtes opiniâtre, me dirent-ils : vous le direz, ou vous serez hérétique, et M. Arnauld aussi; car nous sommes le plus grand nombre : et, s'il est besoin, nous ferons venir tant de cordeliers, que nous l'emporterons.

Je les viens de quitter sur cette dernière raison, pour vous écrire ce récit, par où vous voyez qu'il ne s'agit d'aucun des points suivants, et qu'ils ne sont condamnés de part ni d'autre. « 1. Que la grâce n'est pas donnée à tous les « hommes. 2. Que tous les justes ont toujours le

« pouvoir d'accomplir les commandements de
« Dieu. 3. Qu'ils ont néanmoins besoin pour les
« accomplir, et même pour prier, d'une grâce
« efficace qui détermine invinciblement leur vo-
« lonté. 4. Que cette grâce efficace n'est pas tou-
« jours donnée à tous les justes, et qu'elle dépend
« de la pure miséricorde de Dieu. » De sorte qu'il
n'y a plus que le mot de *prochain* sans aucun
sens qui court risque.

Heureux les peuples qui l'ignorent! heureux
ceux qui ont précédé sa naissance! car je n'y vois
plus de remède, si messieurs de l'Académie, par
un coup d'autorité, ne bannissent de la Sorbonne
ce mot barbare qui cause tant de divisions. Sans
cela, la censure paroît assurée : mais je vois
qu'elle ne fera point d'autre mal que de rendre
la Sorbonne moins (*) considérable par ce procédé, qui lui ôtera l'autorité qui lui est si nécessaire en d'autres rencontres.

Je vous laisse cependant dans la liberté de tenir pour le mot *prochain*, ou non; car je vous
aime trop pour vous persécuter sous ce prétexte.
Si ce récit ne vous déplaît pas, je continuerai de
vous avertir de tout ce qui se passera.

Je suis, etc.

(*) L'édition de 1657 porte *méprisable*, expression plus
juste, et qu'on n'aura osé laisser subsister.

SECONDE LETTRE.

De Paris, ce 29 janvier 1656.

MONSIEUR,

Comme je fermois la lettre que je vous ai écrite, je fus visité par monsieur N., notre ancien ami, le plus heureusement du monde pour ma curiosité; car il est très-informé des questions du temps, et il sait parfaitement le secret des jésuites, chez qui il est à toute heure, et avec les principaux. Après avoir parlé de ce qui l'amenoit chez moi, je le priai de me dire, en un mot, quels sont les points débattus entre les deux partis.

Il me satisfit sur l'heure, et me dit qu'il y en avoit deux principaux : le premier, touchant *le pouvoir prochain*; le second, touchant *la grâce suffisante*. Je vous ai éclairci du premier par la précédente : je vous parlerai du second dans celle-ci.

Je sus donc, en un mot, que leur différend, touchant *la grâce suffisante*, est en ce que les jésuites prétendent qu'il y a une grâce donnée généralement à tous les hommes, soumise de telle sorte au libre arbitre, qu'il la rend efficace ou inefficace à son choix, sans aucun nouveau secours de Dieu, et sans qu'il manque rien de sa part pour agir effectivement : ce qui fait qu'ils l'appellent *suffisante*, parce qu'elle seule suffit pour agir. Et que les jansénistes, au contraire, veulent qu'il n'y ait aucune grâce actuellement suffisante, qui ne soit aussi efficace, c'est-à-dire que toutes celles qui ne déterminent point la volonté à agir effectivement, sont insuffisantes pour agir, parce qu'ils disent qu'on n'agit jamais sans *grâce efficace*. Voilà leur différend.

Et m'informant après de la doctrine des nouveaux thomistes : Elle est bizarre, me dit-il; ils sont d'accord avec les jésuites d'admettre *une grâce suffisante* donnée à tous les hommes; mais ils veulent néanmoins que les hommes n'agissent jamais avec cette seule grâce, et qu'il faille, pour les faire agir, que Dieu leur donne *une grâce efficace* qui détermine réellement leur volonté à l'action, et laquelle Dieu ne donne pas à tous. De sorte que, suivant cette doctrine, lui dis-je, cette grâce est *suffisante* sans l'être. Justement, me dit-il; car, si elle suffit, il n'en faut pas davantage pour agir; et si elle ne suffit pas, elle n'est pas *suffisante*.

Mais, lui dis-je, quelle différence y a-t-il donc entre eux et les jansénistes? Ils diffèrent, me dit-il, en ce qu'au moins les dominicains ont cela de bon, qu'ils ne laissent pas de dire que tous les hommes ont *la grâce suffisante*. J'entends bien, répondis-je; mais ils le disent sans le penser, puisqu'ils ajoutent qu'il faut nécessairement, pour agir, avoir *une grâce efficace, qui n'est pas donnée à tous* : ainsi, s'ils sont conformes aux jésuites par un terme qui n'a pas de sens, ils leur sont contraires, et conformes aux jansénistes dans la substance de la chose. Cela est vrai, dit-il. Comment donc! lui dis-je, les jésuites sont-ils unis avec eux? et que ne les combattent-ils aussi-bien que les jansénistes, puisqu'ils auront tou-jours en eux de puissants adversaires, lesquels, soutenant la nécessité de la grâce efficace qui détermine, les empêcheront d'établir celle qu'ils veulent être seule suffisante?

Les dominicains sont trop puissants, me dit-il, et la société des jésuites est trop politique pour les choquer ouvertement. Elle se contente d'avoir gagné sur eux qu'ils admettent au moins le nom de *grâce suffisante*, quoiqu'ils l'entendent en un autre sens. Par là elle a cet avantage, qu'elle fera passer leur opinion pour insoutenable, quand elle le jugera à propos, et cela lui sera aisé; car, supposé que tous les hommes aient des grâces suffisantes, il n'y a rien de plus naturel que d'en conclure que la grâce efficace n'est donc pas nécessaire pour agir, puisque la suffisance de ces grâces générales excluroit la nécessité de toutes les autres. Qui dit *suffisant*, marque tout ce qui est nécessaire pour agir; et il serviroit de peu aux dominicains de s'écrier qu'ils donnent un autre sens au mot de *suffisant* : le peuple, accoutumé à l'intelligence commune de ce terme, n'écouteroit pas seulement leur explication. Ainsi la société

profite assez de cette expression que les dominicains reçoivent, sans les pousser davantage ; et si
vous aviez la connoissance des choses qui se sont
passées sous les papes Clément VIII et Paul V,
et cmobien la société fut traversée dans l'établissement de la grâce suffisante, par les dominicains, vous ne vous étonneriez pas de voir
qu'elle ne se brouille pas avec eux, et qu'elle
consent qu'ils gardent leur opinion, pourvu que
la sienne soit libre, et principalement quand les
dominicains la favorisent par le nom de *grâce
suffisante*, dont ils ont consenti de se servir publiquement.

Elle est bien satisfaite de leur complaisance.
Elle n'exige pas qu'ils nient la nécessité de la
grâce efficace ; ce seroit trop les presser : il ne
faut pas tyranniser ses amis ; les jésuites ont assez
gagné. Car le monde se paye de paroles : peu
approfondissent les choses ; et ainsi, le nom de
grâce suffisante étant reçu des deux côtés, quoique avec divers sens, il n'y a personne, hors les
plus fins théologiens, qui ne pense que la chose
que ce mot signifie soit tenue aussi-bien par
les jacobins que par les jésuites, et la suite
fera voir que ces derniers ne sont pas les plus
dupes.

Je lui avouai que c'étoient d'habiles gens ; et,
pour profiter de son avis, je m'en allai droit aux
Jacobins, où je trouvai à la porte un de mes bons
amis, grand janséniste, car j'en ai de tous les partis, qui demandoit quelque autre père que celui

que je cherchois. Mais, à force de prières, je l'en-
gageai à m'accompagner, et demandai un de mes
nouveaux thomistes. Il fut ravi de me revoir : Eh
bien! mon père, lui dis-je, ce n'est pas assez que
tous les hommes aient un *pouvoir prochain*, par
lequel pourtant ils n'agissent en effet jamais, il
faut qu'ils aient encore une *grâce suffisante*, avec
laquelle ils agissent aussi peu. N'est-ce pas là
l'opinion de votre école? Oui, dit le bon père; et
je l'ai bien dit ce matin en Sorbonne. J'y ai parlé
toute ma demi-heure, et sans le *sable* j'eusse bien
fait changer ce malheureux proverbe qui court
déjà dans Paris : « Il opine du bonnet comme
« un moine en Sorbonne. » Et que voulez-vous
dire par votre demi-heure et par votre sable? lui
répondis-je; taille-t-on vos avis à une certaine
mesure? Oui, me dit-il, depuis quelques jours.
Et vous oblige-t-on de parler demi-heure? Non.
On parle aussi peu qu'on veut. Mais non pas tant
que l'on veut, lui dis-je. O la bonne règle pour
les ignorants! O l'honnête prétexte pour ceux
qui n'ont rien de bon à dire! Mais enfin, mon
père, cette grâce donnée à tous les hommes est
suffisante? Oui, dit-il. Et néanmoins elle n'a
nul effet *sans grâce efficace?* Cela est vrai, dit-il.
Et tous les hommes ont la *suffisante*, continuai-
je, et tous n'ont pas *l'efficace?* Il est vrai, dit-il.
C'est-à-dire, lui dis-je, que tous ont assez de
grâce, et que tous n'en ont pas assez; c'est-à-
dire que cette grâce suffit, quoiqu'elle ne suffise
pas; c'est-à-dire qu'elle est suffisante de nom, et

insuffisante en effet. En bonne foi, mon père, cette doctrine est bien subtile. Avez-vous oublié, en quittant le monde, ce que le mot de *suffisant* y signifie? ne vous souvient-il pas qu'il enferme tout ce qui est nécessaire pour agir? Mais vous n'en avez pas perdu la mémoire; car, pour me servir d'une comparaison qui vous sera plus sensible, si l'on ne vous servoit à table que deux onces de pain et un verre d'eau par jour, seriez-vous content de votre prieur qui vous diroit que cela seroit suffisant pour vous nourrir, sous prétexte qu'avec autre chose qu'il ne vous donneroit pas, vous auriez tout ce qui vous seroit nécessaire pour vous nourrir? Comment donc vous laissez-vous aller à dire que tous les hommes ont *la grâce suffisante* pour agir, puisque vous confessez qu'il y en a une autre absolument nécessaire pour agir, que tous n'ont pas? Est-ce que cette créance est peu importante, et que vous abandonnez à la liberté des hommes de croire que la grâce efficace est nécessaire ou non? Est-ce une chose indifférente de dire qu'avec la grâce suffisante on agit en effet? Comment, dit ce bon homme, indifférente! C'est *une hérésie*, c'est *une hérésie* formelle. La nécessité de *la grâce efficace* pour agir effectivement est *de foi*; il y a *hérésie* à la nier.

Où en sommes-nous donc? m'écriai-je; et quel parti dois-je ici prendre? Si je nie la grâce suffisante, je suis janséniste. Si je l'admets comme les jésuites, en sorte que la grâce efficace ne soit

pas nécessaire, je serai *hérétique*, dites-vous. Et
si je l'admets comme vous, en sorte que la grâce
efficace soit nécessaire, je pèche contre le sens
commun, et je suis *extravagant*, disent les jésuites. Que dois-je donc faire dans cette nécessité
inévitable, d'être ou extravagant, ou hérétique,
ou janséniste? Et en quels termes sommes-nous
réduits, s'il n'y a que les jansénistes qui ne se
brouillent ni avec la foi, ni avec la raison, et
qui se sauvent tout ensemble de la folie et de
l'erreur?

Mon ami janséniste prenoit ce discours à bon
présage, et me croyoit déjà gagné. Il ne me dit
rien néanmoins; mais en s'adressant à ce père:
Dites-moi, je vous prie, mon père, en quoi vous
êtes conformes aux jésuites? C'est, dit-il, en ce
que les jésuites et nous reconnoissons les *grâces
suffisantes* données à tous. Mais, lui dit-il, il y a
deux choses dans ce mot de *grâce suffisante* : il y
a le son, qui n'est que du vent, et la chose qu'il
signifie, qui est réelle et effective. Et ainsi,
quand vous êtes d'accord avec les jésuites touchant le mot de *suffisante*, et que vous leur êtes
contraires dans le sens, il est visible que vous
êtes contraires touchant la substance de ce terme,
et que vous n'êtes d'accord que du son. Est-ce
là agir sincèrement et cordialement? Mais quoi!
dit le bon-homme, de quoi vous plaignez-vous,
puisque nous ne trahissons personne par cette
manière de parler? Car, dans nos écoles, nous
disons ouvertement que nous l'entendons d'une

manière contraire aux jésuites. Je me plains,
lui dit mon ami, de ce que vous ne publiez pas
de toutes parts que vous entendez par grâce
suffisante la grâce qui n'est pas suffisante. Vous
êtes obligés en conscience, en changeant ainsi
le sens des termes ordinaires de la religion, de
dire que, quand vous admettez une *grâce suffisante* dans tous les hommes, vous entendez
qu'ils n'ont pas de grâces suffisantes en effet.
Tout ce qu'il y a de personnes au monde entendent le mot de *suffisant* en un même sens : les
seuls nouveaux thomistes l'entendent en un
autre. Toutes les femmes, qui font la moitié du
monde, tous les gens de la cour, tous les gens
de guerre, tous les magistrats, tous les gens de
palais, les marchands, les artisans, tout le peuple; enfin toutes sortes d'hommes, excepté les
dominicains, entendent par le mot de *suffisant*
ce qui enferme tout le nécessaire. Presque personne n'est averti de cette singularité. On dit
seulement par toute la terre que les jacobins
tiennent que tous les hommes ont des *grâces
suffisantes*. Que peut-on conclure de là, sinon
qu'ils tiennent que tous les hommes ont toutes
les grâces qui sont nécessaires pour agir, et principalement en les voyant joints d'intérêt et d'in-
trigue avec les jésuites, qui l'entendent de cette
sorte ? L'uniformité de vos expressions, jointe
à cette union de parti, n'est-elle pas une interprétation manifeste et une confirmation de l'uniformité de vos sentiments ?

Tous les fidèles demandent aux théologiens
quel est le véritable état de la nature depuis sa
corruption? Saint Augustin et ses disciples répondent qu'elle n'a plus de grâce suffisante qu'autant qu'il plaît à Dieu de lui en donner. Les jésuites sont venus ensuite, et disent que tous ont
des grâces effectivement suffisantes. On consulte
les dominicains sur cette contrariété. Que font-
ils là-dessus? ils s'unissent aux jésuites; ils font
par cette union le plus grand nombre; ils se séparent de ceux qui nient ces grâces suffisantes;
ils déclarent que tous les hommes en ont. Que
peut-on penser de là, sinon qu'ils autorisent les
jésuites? Et puis ils ajoutent que néanmoins ces
grâces suffisantes sont inutiles sans les efficaces,
qui ne sont pas données à tous.

Voulez-vous voir une peinture de l'Église dans
ces différents avis? Je la considère comme un
homme qui, partant de son pays pour faire un
voyage, est rencontré par des voleurs qui le bles-
sent de plusieurs coups, et le laissent à demi
mort. Il envoie querir trois médecins dans les
villes voisines. Le premier, ayant sondé les plaies,
les juge mortelles, et lui déclare qu'il n'y a que
Dieu qui lui puisse rendre ses forces perdues. Le
second, arrivant ensuite, voulut le flatter, et lui
dit qu'il avoit encore des forces suffisantes pour
arriver en sa maison, et, insultant contre le premier qui s'opposoit à son avis, forma le dessein
de le perdre. Le malade, en cet état douteux,
apercevant de loin le troisième, lui tend les

mains, comme à celui qui le devoit déterminer.
Celui-ci, ayant considéré ses blessures, et su
l'avis des deux premiers, embrasse le second,
s'unit à lui, et tous deux ensemble se liguent
contre le premier, et le chassent honteusement,
car ils étoient plus forts en nombre. Le malade
juge à ce procédé qu'il est de l'avis du second;
et le lui demandant en effet, il lui déclare
affirmativement que ses forces sont suffisantes
pour faire son voyage. Le blessé néanmoins,
ressentant sa foiblesse, lui demande à quoi il
les jugeoit telles. C'est, lui dit-il, parce que
vous avez encore vos jambes; or, les jambes
sont les organes qui suffisent naturellement
pour marcher. Mais, lui dit le malade, ai-je
toute la force nécessaire pour m'en servir? car
il me semble qu'elles sont inutiles dans ma lan-
gueur. Non certainement, dit le médecin, et
vous ne marcherez jamais effectivement, si
Dieu ne vous envoie un secours extraordinaire
pour vous soutenir et vous conduire. Eh quoi!
dit le malade, je n'ai donc pas en moi les forces
suffisantes, et auxquelles il ne manque rien
pour marcher effectivement? Vous en êtes bien
éloigné, lui dit-il. Vous êtes donc, dit le blessé,
d'avis contraire à votre compagnon touchant
mon véritable état? Je vous l'avoue, lui répondit-il.

Que pensez-vous que dit le malade? Il se
plaignit du procédé bizarre et des termes ambigus de ce troisième médecin. Il le blâma de

s'être uni au second, à qui il étoit contraire de
sentiment, et avec lequel il n'avoit qu'une conformité apparente ; et d'avoir chassé le premier,
auquel il étoit conforme en effet. Et après avoir
fait essai de ses forces, et reconnu par expérience la vérité de sa foiblesse, il les renvoya
tous deux ; et, rappelant le premier, se mit entre
ses mains ; et, suivant son conseil, il demanda à
Dieu les forces qu'il confessoit n'avoir pas ; il en
reçut miséricorde, et, par son secours, arriva
heureusement dans sa maison.

Le bon père, étonné d'une telle parabole, ne
répondoit rien. Et je lui dis doucement pour le
rassurer : Mais, après tout, mon père, à quoi
avez-vous pensé de donner le nom de *suffisante*
à une grâce que vous dites qu'il est de foi de
croire qu'elle est insuffisante en effet ? Vous en
parlez, dit-il, bien à votre aise. Vous êtes libre
et particulier ; je suis religieux et en communauté. N'en savez-vous pas peser la différence ?
Nous dépendons des supérieurs ; ils dépendent
d'ailleurs. Ils ont promis nos suffrages : que
voulez-vous que je devienne ? Nous l'entendîmes
à demi-mot, et cela nous fit souvenir de son
confrère, qui a été relégué à Abbeville pour un
sujet semblable.

Mais, lui dis-je, pourquoi votre communauté
s'est-elle engagée à admettre cette grâce ? C'est
un autre discours, me dit-il. Tout ce que je
vous puis dire, en un mot, est que notre ordre
a soutenu autant qu'il a pu la doctrine de

saint Thomas touchant la grâce efficace. Combien s'est-il opposé ardemment à la naissance de la doctrine de Molina! Combien a-t-il travaillé pour l'établissement de la nécessité de la grâce efficace de Jésus-Christ! Ignorez-vous ce qui se fit sous Clément VIII et Paul V, et que, la mort prévenant l'un, et quelques affaires d'Italie empêchant l'autre de publier sa bulle, nos armes sont demeurées au Vatican? Mais les jésuites, qui, dès le commencement de l'hérésie de Luther et de Calvin, s'étoient prévalus du peu de lumière qu'a le peuple pour en discerner l'erreur d'avec la vérité de la doctrine de saint Thomas, avoient en peu de temps répandu partout leur doctrine avec un tel progrès, qu'on les vit bientôt maîtres de la créance des peuples; et nous en état d'être décriés comme des calvinistes et traités comme les jansénistes le sont aujourd'hui, si nous ne tempérions la vérité de la grâce efficace par l'aveu, au moins apparent, d'une *suffisante*. Dans cette extrémité, que pouvions-nous mieux faire pour sauver la vérité sans perdre notre crédit, sinon d'admettre le nom de grâce suffisante, en niant qu'elle soit telle en effet? Voilà comment la chose est arrivée.

Il nous dit cela si tristement, qu'il me fit pitié; mais non pas à mon second, qui lui dit: Ne vous flattez point d'avoir sauvé la vérité: si elle n'avoit point eu d'autres protecteurs, elle seroit périe en des mains si foibles. Vous avez reçu dans l'Église le nom de son ennemi : c'est y avoir reçu l'ennemi même. Les noms sont inséparables des choses. Si le mot de grâce *suffisante* est une fois affermi, vous aurez beau dire que vous entendez par là une grâce qui est insuffisante, vous n'y serez pas reçus. Votre explication seroit odieuse dans le monde : on y parle plus sincèrement des choses moins importantes; les jésuites triompheront; ce sera leur grâce suffisante en effet, et non pas la vôtre, qui ne l'est que de nom, qui passera pour établie; et on fera un article de foi du contraire de votre créance.

Nous souffririons tous le martyre, lui dit le père, plutôt que de consentir à l'établissement de *la grâce suffisante au sens des jésuites;* saint Thomas, que nous jurons de suivre jusqu'à la mort, y étant directement contraire. A quoi mon ami, plus sérieux que moi, lui dit : Allez, mon père, votre ordre a reçu un honneur qu'il ménage mal. Il abandonne cette grâce qui lui avoit été confiée, et qui n'a jamais été abandonnée depuis la création du monde. Cette grâce victorieuse, qui a été attendue par les patriarches; prédite par les prophètes, apportée par Jésus-Christ, prêchée par saint Paul, expliquée par saint Augustin, le plus grand des pères, embrassée par ceux qui l'ont suivi, confirmée par saint Bernard, le dernier des pères, soutenue par saint Thomas, l'ange de l'école, transmise de lui à votre ordre, maintenue par tant

de vos pères, et si glorieusement défendue par
vos religieux sous les papes Clément et Paul :
cette grâce efficace, qui avoit été mise comme
en dépôt entre vos mains, pour avoir dans un
saint ordre à jamais durable, des prédicateurs
qui la publiassent au monde jusqu'à la fin des
temps, se trouve comme délaissée pour des intérêts si indignes. Il est temps que d'autres mains
s'arment pour sa querelle ; il est temps que
Dieu suscite des disciples intrépides au docteur
de la grâce, qui, ignorant les engagements du
siècle, servent Dieu pour Dieu. La grâce peut
bien n'avoir plus les dominicains pour défenseurs ; mais elle ne manquera jamais de défenseurs ; car elle les forme elle-même par sa force
toute-puissante. Elle demande des cœurs purs
et dégagés ; et elle-même les purifie et les dégage
des intérêts du monde, incompatibles avec les
vérités de l'Évangile. Pensez-y bien, mon père,
et prenez garde que Dieu ne change ce flambeau
de sa place, et qu'il ne vous laisse dans les ténèbres, et sans couronne, pour punir la froideur
que vous avez pour une cause si importante à
son Église.

Il en eût bien dit davantage, car il s'échauf-
foit de plus en plus ; mais je l'interrompis, et
dis en me levant : En vérité, mon père, si j'avois
du crédit en France, je ferois publier à son de
trompe : « ON FAIT A SAVOIR que, quand les
« jacobins disent que la grâce suffisante est don-
« née à tous, ils entendent que tous n'ont pas

« la grâce qui suffit effectivement. » Après quoi vous le diriez tant qu'il vous plairoit; mais non pas autrement. Ainsi finit notre visite.

Vous voyez donc par là que c'est ici une *suffisance* politique pareille au *pouvoir prochain*. Cependant je vous dirai qu'il me semble qu'on peut sans péril douter du *pouvoir prochain*, et de cette grâce *suffisante*, pourvu qu'on ne soit pas jacobin.

En fermant ma lettre, je viens d'apprendre que la censure est faite; mais comme je ne sais pas encore en quels termes, et qu'elle ne sera publiée que le 15 février, je ne vous en parlerai que par le premier ordinaire. Je suis, etc.

RÉPONSE

Du 2 février 1656.

M ONSIEUR,

Vos deux lettres n'ont pas été pour moi seul.
Tout le monde les voit; tout le monde les entend; tout le monde les croit. Elles ne sont pas
seulement estimées par les théologiens; elles
sont encore agréables aux gens du monde, et
intelligibles aux femmes même.

Voici ce que m'en écrit un de messieurs de
l'Académie, des plus illustres entre ces hommes
tous illustres, qui n'avoit encore vu que la première : « Je voudrois que la Sorbonne, qui doit
« tant à la mémoire de feu M. le cardinal, vou-
« lût reconnoître la juridiction de son Académie
« françoise. L'auteur de la lettre seroit content;
« car, en qualité d'académicien, je condamne-
« rois d'autorité, je bannirois, je proscrirois,
« peu s'en faut que je ne dise, j'exterminerois de
« tout mon pouvoir ce pouvoir prochain, qui
« fait tant de bruit pour rien, et sans savoir
« autrement ce qu'il demande. Le mal est que
« notre pouvoir académique est un pouvoir fort
« éloigné et borné. J'en suis marri; et je le

« suis encore beaucoup de ce que tout mon
« petit pouvoir ne sauroit m'acquitter envers
« vous, etc. »

Et voici ce qu'une personne, que je ne vous
marquerai en aucune sorte, en écrit à une
dame qui lui avoit fait tenir la première de vos
lettres :

« Je vous suis plus obligée que vous ne pouvez
« vous l'imaginer de la lettre que vous m'avez
« envoyée : elle est tout-à-fait ingénieuse, et
« tout-à-fait bien écrite. Elle narre sans narrer ;
« elle éclaircit les affaires du monde les plus
« embrouillées ; elle raille finement ; elle instruit
« même ceux qui ne savent pas bien les choses ;
« elle redouble le plaisir de ceux qui les enten-
« dent. Elle est encore une excellente apologie,
« et, si l'on veut, une délicate et innocente cen-
« sure. Et il y a enfin tant d'art, tant d'esprit,
« et tant de jugement en cette lettre, que je
« voudrois bien savoir qui l'a faite, etc. »

Vous voudriez bien aussi savoir qui est la
personne qui en écrit de la sorte ; mais contentez-vous de l'honorer sans la connoître, et,
quand vous la connoîtrez, vous l'honorerez bien
davantage.

Continuez donc vos lettres sur ma parole, et
que la censure vienne quand il lui plaira : nous
sommes fort bien disposés à la recevoir. Ces
mots de *pouvoir prochain* et de *grâce suffisante*,
dont on nous menace, ne nous feront plus de
peur. Nous avons trop appris des jésuites, des

jacobins, et de M. Le Moine, en combien de
façons on les tourne, et combien il y a peu
de solidité en ces mots nouveaux, pour nous
en mettre en peine. Cependant je serai toujours, etc.

TROISIÈME LETTRE.

(Pour servir de réponse à la précédente.)

INJUSTICE, ABSURDITÉ ET NULLITÉ DE LA CENSURE
DE M. ARNAULD.

De Paris, ce 9 février 1656.

MONSIEUR,

Je viens de recevoir votre lettre, et en même temps l'on m'a apporté une copie manuscrite de la censure. Je me suis trouvé aussi bien traité dans l'une, que M. Arnauld l'est mal dans l'autre. Je crains qu'il n'y ait de l'excès des deux côtés, et que nous ne soyons pas assez connus de nos juges. Je m'assure que, si nous l'étions davantage, M. Arnauld mériteroit l'approbation de la Sorbonne, et moi la censure de l'Académie. Ainsi nos intérêts sont tout contraires. Il doit se faire connoître pour défendre son innocence; au lieu que je dois demeurer dans l'obscurité pour ne pas perdre ma réputation. De sorte que, ne pouvant paroître, je vous remets le soin de m'acquitter envers mes célèbres approbateurs, et je prends celui de vous informer des nouvelles de la censure.

Je vous avoue, monsieur, qu'elle m'a extrêmement surpris. J'y pensois voir condamner les plus horribles hérésies du monde; mais vous admirerez, comme moi, que tant d'éclatantes préparations se soient anéanties sur le point de produire un si grand effet.

Pour l'entendre avec plaisir, ressouvenez-vous, je vous prie, des étranges impressions qu'on nous donne depuis si long-temps des jansénistes. Rappelez dans votre mémoire les cabales, les factions, les erreurs, les schismes, les attentats qu'on leur reproche depuis si long-temps; de quelle sorte on les a décriés et noircis dans les chaires et dans les livres; et combien ce torrent, qui a eu tant de violence et de durée, étoit grossi dans ces dernières années, où on les accusoit ouvertement et publiquement d'être non-seulement hérétiques et schismatiques, mais apostats et infidèles : «de nier le mystère de la trans- « substantiation, et de renoncer à Jésus-Christ « et à l'Évangile. »

Ensuite de tant d'accusations si surprenantes (*), on a pris le dessein d'examiner leurs livres pour en faire le jugement. On a choisi la seconde lettre de M. Arnauld, qu'on disoit être remplie des plus grandes (**) erreurs. On lui donne pour examinateurs ses plus déclarés ennemis. Ils emploient toute leur étude à rechercher ce qu'ils y pourroient reprendre; et ils en rapportent une proposition touchant la doctrine, qu'ils exposent à la censure.

(*) Édition de 1657. *Si atroces.*
(**) Idem. *Détestables.*

Que pouvoit-on penser de tout ce procédé, sinon que cette proposition, choisie avec des circonstances si remarquables, contenoit l'essence des plus noires hérésies qui se puissent imaginer? Cependant elle est telle, qu'on n'y voit rien qui ne soit si clairement et si formellement exprimé dans les passages des pères que M. Arnauld a rapportés en cet endroit, que je n'ai vu personne qui en pût comprendre la différence. On s'imaginoit néanmoins qu'il y en avoit beaucoup, puisque les passages des pères étant sans doute catholiques, il falloit que la proposition de M. Arnauld y fût extrêmement (*) contraire pour être hérétique.

C'étoit de la Sorbonne qu'on attendoit cet éclaircissement. Toute la chrétienté avoit les yeux ouverts pour voir dans la censure de ces docteurs ce point imperceptible au commun des hommes. Cependant M. Arnauld fait ses apologies, où il donne en plusieurs colonnes sa proposition, et les passages des pères d'où il l'a prise, pour en faire paroître la conformité aux moins clairvoyants.

Il fait voir que saint Augustin dit en un endroit qu'il cite : « Que Jésus-Christ nous montre « un juste, en la personne de saint Pierre, qui « nous instruit par sa chute de fuir la présomp- « tion. » Il en rapporte un autre du même père, qui dit : «Que Dieu, pour montrer que sans

---

(*) Édition de 1657. *Horriblement.*

« la grâce on ne peut rien, a laissé saint Pierre
« sans grâce. » Il en donne un autre de saint
Chrysostôme, qui dit : « Que la chute de saint
« Pierre n'arriva pas pour avoir été froid envers
« Jésus-Christ, mais parce que la grâce lui man-
« qua; et qu'elle n'arriva pas tant par sa négli-
« gence que par l'abandon de Dieu, pour appren-
« dre à toute l'Église que sans Dieu l'on ne peut
« rien. » Ensuite de quoi il rapporte sa proposition accusée, qui est celle-ci : « Les pères nous
« montrent un juste, en la personne de saint
« Pierre, à qui la grâce, sans laquelle on ne peut
« rien, a manqué. »

C'est sur cela qu'on essaie en vain de remarquer comment il se peut faire que l'expression
de M. Arnauld soit autant différente de celles des
pères que la vérité l'est de l'erreur, et la foi de
l'hérésie; car où en pourroit-on trouver la différence? Seroit-ce en ce qu'il dit : « Que les pères
« nous montrent un juste, en la personne de
« saint Pierre? » Mais saint Augustin l'a dit en
mots propres. Est-ce en ce qu'il dit : « Que la
« grâce lui a manqué? » Mais le même saint Augustin, qui dit « que saint Pierre étoit juste, »
dit « qu'il n'avoit pas eu la grâce en cette ren-
« contre. » Est-ce en ce qu'il dit : « Que sans la
« grâce on ne peut rien? » Mais n'est-ce pas ce
que saint Augustin dit au même endroit, et ce
que saint Chrysostôme même avoit dit avant lui,
avec cette seule différence, qu'il l'exprime d'une
manière bien plus forte, comme en ce qu'il dit :

« Que sa chute n'arriva pas par sa froideur, ni
« par sa négligence, mais par le défaut de la
« grâce, et par l'abandon de Dieu? »

Toutes ces considérations tenoient tout le
monde en haleine, pour apprendre en quoi
consistoit donc cette diversité, lorsque cette
censure si célèbre et si attendue a enfin paru
après tant d'assemblées. Mais, hélas! elle a bien
frustré notre att nte. Soit que les docteurs molinistes n'aient pas daigné s'abaisser jusqu'à nous
en instruire, soit pour quelque autre raison secrète, ils n'ont fait autre chose que prononcer
ces paroles : «Cette proposition est téméraire,
« impie, blasphématoire, frappée d'anathème et
« hérétique. »

Croiriez-vous, monsieur, que la plupart des
gens, se voyant trompés dans leur espérance,
sont entrés en mauvaise humeur, et s'en prennent aux censeurs mêmes? Ils tirent de leur conduite des conséquences admirables pour l'innocence de M. Arnauld. Eh quoi! disent-ils, est-ce
là tout ce qu'ont pu faire, durant si long-temps,
tant de docteurs si acharnés sur un seul, que de
ne trouver dans tous ses ouvrages que trois lignes à reprendre, et qui sont tirées des propres
paroles des plus grands docteurs de l'Église
grecque et latine? Y a-t-il un auteur qu'on
veuille perdre, dont les écrits n'en donnent un
plus spécieux prétexte? Et quelle plus haute
marque peut-on produire de la foi de cet illustre
accusé?

D'où vient, disent-ils, qu'on pousse tant d'imprécations qui se trouvent dans cette censure, où l'on assemble tous ces termes « de poison, de « peste, d'horreur, de témérité, d'impiété, de « blasphème, d'abomination, d'exécration, d'ana-« thème, d'hérésie », qui sont les plus horribles expressions qu'on pourroit former contre Arius, et contre l'Antechrist même, pour combattre une hérésie imperceptible, et encore sans la découvrir? Si c'est contre les paroles des pères qu'on agit de la sorte, où est la foi et la tradition? Si c'est contre la proposition de M. Arnauld, qu'on nous montre en quoi elle en est différente, puisqu'il ne nous en paroît autre chose qu'une parfaite conformité. Quand nous en reconnoîtrons le mal, nous l'aurons en détestation : mais tant que nous ne le verrons point, et que nous n'y trouverons que les sentiments des saints pères, conçus et exprimés en leurs propres termes, comment pourrions-nous l'avoir sinon en une sainte vénération ?

Voilà de quelle sorte ils s'emportent; mais ce sont des gens trop pénétrants. Pour nous, qui n'approfondissons pas tant les choses, tenons-nous en repos sur le tout. Voulons-nous être plus savants que nos maîtres? n'entreprenons pas plus qu'eux. Nous nous égarerions dans cette recherche. Il ne faudroit rien pour rendre cette censure hérétique. La vérité est si délicate, que, pour peu qu'on s'en retire, on tombe dans l'erreur : mais cette erreur est si déliée, que, pour

peu qu'on s'en éloigne, on se trouve dans la vérité. Il n'y a qu'un point imperceptible entre
cette proposition et la foi. La distance en est si
insensible, que j'ai eu peur, en ne la voyant pas,
de me rendre contraire aux docteurs de l'Église,
pour me rendre trop conforme aux docteurs de
Sorbonne; et, dans cette crainte, j'ai jugé nécessaire de consulter un de ceux qui, par politique,
furent neutres dans la première question, pour
apprendre de lui la chose véritablement. J'en
ai donc vu un fort habile, que je priai de me
vouloir marquer les circonstances de cette différence, parce que je lui confessai franchement
que je n'y en voyois aucune.

A quoi il me répondit en riant, comme s'il
eût pris plaisir à ma naïveté : Que vous êtes simple de croire qu'il y en ait! Et où pourroit-elle
être? Vous imaginez-vous que, si l'on en eût
trouvé quelqu'une, on ne l'eût pas marquée hautement, et qu'on n'eût pas été ravi de l'exposer
à la vue de tous les peuples dans l'esprit desquels on veut décrier M. Arnauld? Je reconnus
bien, à ce peu de mots, que tous ceux qui avoient
été neutres dans la première question ne l'eussent pas été dans la seconde. Je ne laissai pas
néanmoins de vouloir ouïr ses raisons, et de lui
dire : Pourquoi donc ont-ils attaqué cette proposition? A quoi il me repartit : Ignorez-vous ces
deux choses, que les moins instruits de ces
affaires connoissent? l'une, que M. Arnauld a
toujours évité de dire rien qui ne fût puissam-

ment fondé sur la tradition de l'Église; l'autre,
que ses ennemis ont néanmoins résolu de l'en
retrancher à quelque prix que ce soit; et qu'ainsi
les écrits de l'un ne donnant aucune prise aux
desseins des autres, ils ont été contraints, pour
satisfaire leur passion, de prendre une proposition telle quelle, et de la condamner sans dire
en quoi, ni pourquoi. Car ne savez-vous pas
comment les jansénistes les tiennent en échec et
les pressent si furieusement, que, la moindre
parole qui leur échappe contre les principes des
pères, on les voit incontinent accablés par des
volumes entiers, où ils sont forcés de succomber?
De sorte qu'après tant d'épreuves de leur foiblesse, ils ont jugé plus à propos et plus facile de
censurer que de repartir, parce qu'il leur est bien
plus aisé de trouver des moines que des raisons.

Mais quoi! lui dis-je, la chose étant ainsi,
leur censure est inutile; car quelle créance y
aura-t-on en la voyant sans fondement, et ruinée par les réponses qu'on y fera? Si vous con-
noissiez l'esprit du peuple, me dit mon docteur,
vous parleriez d'une autre sorte. Leur censure,
toute censurable qu'elle est, aura presque tout
son effet pour un temps; et quoiqu'à force d'en
montrer l'invalidité, il soit certain qu'on la fera
entendre, il est aussi véritable que d'abord la
plupart des esprits en seront aussi fortement
frappés que de la plus juste du monde. Pourvu
qu'on crie dans les rues : « Voici la censure de
« M. Arnauld, voici la condamnation des jansé-

« nistes, » les jésuites auront leur compte. Combien y en aura-t-il peu qui la lisent! Combien peu de ceux qui la liront qui l'entendent! Combien peu qui aperçoivent qu'elle ne satisfait point aux objections! Qui croyez-vous qui prenne les choses à cœur, et qui entreprenne de les examiner à fond? Voyez donc combien il y a d'utilité en cela pour les ennemis des jansénistes. Ils sont sûrs par là de triompher, quoique d'un vain triomphe à leur ordinaire, au moins durant quelques mois : c'est beaucoup pour eux ; ils chercheront ensuite quelque nouveau moyen de subsister. Ils vivent au jour la journée. C'est de cette sorte qu'ils se sont maintenus jusqu'à présent, tantôt par un catéchisme où un enfant condamne leurs adversaires ; tantôt par une procession où la grâce suffisante mène l'efficace en triomphe ; tantôt par une comédie où les diables emportent Jansénius ; une autre fois par un almanach ; maintenant par cette censure.

En vérité, lui dis-je, je trouvois tantôt à redire au procédé des molinistes ; mais, après ce que vous m'avez dit, j'admire leur prudence et leur politique. Je vois bien qu'ils ne pouvoient rien faire de plus judicieux ni de plus sûr. Vous l'entendez, me dit-il : leur plus sûr parti a toujours été de se taire. Et c'est ce qui a fait dire à un savant théologien : « Que les plus habiles d'entre « eux sont ceux qui intriguent beaucoup, qui « parlent peu, et qui n'écrivent point. »

C'est dans cet esprit que, dès le commence-

ment des assemblées, ils avoient prudemment
ordonné que si M. Arnauld venoit en Sorbonne,
ce ne fût que pour y exposer simplement ce qu'il
croyoit, et non pas pour y entrer en lice contre
personne. Les examinateurs s'étant voulu un
peu écarter de cette méthode, ils ne s'en sont
pas bien trouvés. Ils se sont vus trop fortement (*) réfutés par son second apologétique.

C'est dans ce même esprit qu'ils ont trouvé
cette rare et toute nouvelle invention de la demi-
heure et du sable. Ils se sont délivrés par là de
l'importunité de ces fâcheux docteurs qui entre-
prenoient de réfuter toutes leurs raisons, de produire les livres pour les convaincre de fausseté,
de les sommer de répondre, et de les réduire à
ne pouvoir répliquer.

Ce n'est pas qu'ils n'aient bien vu que ce man-
quement de liberté qui avoit porté un si grand
nombre de docteurs à se retirer des assemblées,
ne feroit pas de bien à leur censure; et que l'acte
de protestation de nullité qu'en avoit fait M. Arnauld, dès avant qu'elle fût conclue, seroit un
mauvais préambule pour la faire recevoir favorablement. Ils croient assez que ceux qui ne sont
pas préoccupés considèrent pour le moins autant
le jugement de soixante-dix docteurs, qui n'a-
voient rien à gagner en défendant M. Arnauld,
que celui d'une centaine d'autres, qui n'avoient
rien à perdre en le condamnant.

_____

(*) Édition de 1657. *Vertement.*

Mais, après tout, ils ont pensé que c'étoit toujours beaucoup d'avoir une censure, quoiqu'elle
ne soit que d'une partie de la Sorbonne, et non
pas de tout le corps; quoiqu'elle soit faite avec
peu ou point de liberté, et obtenue par beaucoup
de menus moyens qui ne sont pas des plus réguliers; quoiqu'elle n'explique rien de ce qui pouvoit être en dispute; quoiqu'elle ne marque point
en quoi consiste cette hérésie, et qu'on y parle
peu, de crainte de se méprendre. Ce silence même
est un mystère pour les simples; et la censure en
tirera cet avantage singulier, que les plus critiques et les plus subtils théologiens n'y pourront
trouver aucune mauvaise raison.

Mettez-vous donc l'esprit en repos, et ne craignez point d'être hérétique en vous servant de
la proposition condamnée. Elle n'est mauvaise
que dans la seconde lettre de M. Arnauld. Ne
vous en voulez-vous pas fier à ma parole?
croyez-en M. Le Moine, le plus ardent des examinateurs, qui, en parlant encore ce matin à
un docteur de mes amis, qui lui demandoit en
quoi consiste cette différence dont il s'agit, et
s'il ne seroit plus permis de dire ce qu'ont dit
les pères : «Cette proposition, lui a-t-il excel-
« lemment répondu, seroit catholique dans une
« autre bouche : ce n'est que dans M. Arnauld
« que la Sorbonne l'a condamnée.» Et ainsi ad-
mirez les machines du molinisme, qui font dans
l'Église de si prodigieux renversements, que ce
qui est catholique dans les pères devient héré-

tique dans M. Arnauld, que ce qui étoit hérétique dans les semi-pélagiens devient orthodoxe dans les écrits des jésuites; que la doctrine si ancienne de saint Augustin est une nouveauté insupportable; et que les inventions nouvelles qu'on fabrique tous les jours à notre vue passent pour l'ancienne foi de l'Église. Sur cela il me quitta.

Cette instruction m'a servi. J'y ai compris que c'est ici une hérésie d'une nouvelle espèce. Ce ne sont pas les sentiments de M. Arnauld qui sont hérétiques; ce n'est que sa personne. C'est une hérésie personnelle. Il n'est pas hérétique pour ce qu'il a dit ou écrit, mais seulement pour ce qu'il est M. Arnauld. C'est tout ce qu'on trouve à redire en lui. Quoi qu'il fasse, s'il ne cesse d'être, il ne sera jamais bon catholique. La grâce de saint Augustin ne sera jamais la véritable tant qu'il la défendra. Elle le deviendroit, s'il venoit à la combattre. Ce seroit un coup sûr, et presque le seul moyen de l'établir, et de détruire le molinisme; tant il porte de malheur aux opinions qu'il embrasse.

Laissons donc là leurs différends. Ce sont des disputes de théologiens, et non pas de théologie. Nous qui ne sommes point docteurs, n'avons que faire à leurs démêlés. Apprenez des nouvelles de la censure à tous nos amis, et aimez-moi autant que je suis, Monsieur,

Votre très-humble et très-obéissant serviteur,

E. A. A. B. P. A. F. D. E. P.

QUATRIÈME LETTRE.

DE LA GRACE ACTUELLE TOUJOURS PRÉSENTE,
ET DES PÉCHÉS D'IGNORANCE.

De Paris, ce 25 février 1656.

MONSIEUR,

Il n'est rien tel que les jésuites. J'ai bien vu
des jacobins, des docteurs, et de toute sorte de
gens; mais une pareille visite manquoit à mon
instruction. Les autres ne font que les copier.
Les choses valent toujours mieux dans leur
source. J'en ai donc vu un des plus habiles, et
j'y étois accompagné de mon fidèle janséniste,
qui vint avec moi aux jacobins. Et comme je
souhaitois particulièrement d'être éclairci sur
le sujet d'un différend qu'ils ont avec les jansénistes, touchant ce qu'ils appellent *la grâce
actuelle*, je dis à ce bon père que je lui serois
fort obligé s'il vouloit m'en instruire; que je ne
savois pas seulement ce que ce terme signifioit:
je le priai donc de me l'expliquer. Très-volon-
tiers, me dit-il; car j'aime les gens curieux.
En voici la définition. Nous appelons « grâce
« actuelle, une inspiration de Dieu par laquelle
« il nous fait connoître sa volonté, et par la-
« quelle il nous excite à la vouloir accomplir. »
Et en quoi, lui dis-je, êtes-vous en dispute avec

les jansénistes sur ce sujet? C'est, me répondit-il, en ce que nous voulons que Dieu donne des grâces actuelles à tous les hommes à chaque tentation, parce que nous soutenons que, si l'on n'avoit pas à chaque tentation la grâce actuelle pour n'y point pécher, quelque péché que l'on commît, il ne pourroit jamais être imputé. Et les jansénistes disent, au contraire, que les péchés commis sans grâce actuelle ne laissent pas d'être imputés : mais ce sont des rêveurs. J'entrevoyois ce qu'il vouloit dire ; mais, pour le lui faire encore expliquer plus clairement, je lui dis : Mon père, ce mot de *grâce actuelle* me brouille ; je n'y suis pas accoutumé : si vous aviez la bonté de me dire la même chose sans vous servir de ce terme, vous m'obligeriez infiniment. Oui, dit le père ; c'est-à-dire que vous voulez que je substitue la définition à la place du défini, cela ne change jamais le sens du discours ; je le veux bien. Nous soutenons donc, comme un principe indubitable, « qu'une ac- « tion ne peut être imputée à péché, si Dieu ne « nous donne, avant que de la commettre, la « connoissance du mal qui y est, et une inspi- « ration qui nous excite à l'éviter. » M'entendez-vous maintenant ?

Étonné d'un tel discours, selon lequel tous les péchés de surprise, et ceux qu'on fait dans un entier oubli de Dieu, ne pourroient être imputés, je me tournai vers mon janséniste, et je connus bien, à sa façon, qu'il n'en croyoit rien.

Mais, comme il ne répondoit mot, je dis à ce père : Je voudrois, mon père, que ce que vous dites fût bien véritable, et que vous en eussiez de bonnes preuves. En voulez-vous? me dit-il aussitôt. Je m'en vas vous en fournir, et des meilleures; laissez-moi faire. Sur cela, il alla chercher ses livres. Et je dis cependant à mon ami : Y en a-t-il quelque autre qui parle comme celui-ci? Cela vous est-il si nouveau? me répondit-il. Faites état que jamais les pères, les papes, les conciles, ni l'Écriture, ni aucun livre de piété, même dans ces derniers temps, n'ont parlé de cette sorte : mais que pour des casuistes, et des nouveaux scolastiques, il vous en apportera un beau nombre. Mais quoi! lui dis-je, je me moque de ces auteurs-là, s'ils sont contraires à la tradition. Vous avez raison, me dit-il. Et à ces mots, le bon père arriva chargé de livres; et m'offrant le premier qu'il tenoit : Lisez, me dit-il, la Somme des péchés du père Bauny, que voici, et de la cinquième édition encore, pour vous montrer que c'est un bon livre. C'est dommage, me dit tout bas mon janséniste, que ce livre-là ait été condamné à Rome, et par les évêques de France. Voyez, dit le père, la page 906. Je lus donc, et je trouvai ces paroles : « Pour « pécher et se rendre coupable devant Dieu, il « faut savoir que la chose qu'on veut faire ne « vaut rien, ou au moins en douter, craindre, « ou bien juger que Dieu ne prend plaisir à « l'action à laquelle on s'occupe, qu'il la défend,

« et nonobstant la faire, franchir le saut et passer
« outre. »

Voilà qui commence bien, lui dis-je. Voyez
cependant, me dit-il, ce que c'est que l'envie.
C'étoit sur cela que M. Hallier, avant qu'il fût
de nos amis, se moquoit du père Bauny, et lui
appliquoit ces paroles : *Ecce qui tollit peccata
mundi*; «voilà celui qui ôte les péchés du monde. »
Il est vrai, lui dis-je, que voilà une rédemption
nouvelle, selon le père Bauny.

En voulez-vous, ajouta-t-il, une autorité plus
authentique? Voyez ce livre du père Annat. C'est
le dernier qu'il a fait contre M. Arnauld; lisez
la page 34, où il y a une oreille, et voyez les
lignes que j'ai marquées avec du crayon; elles
sont toutes d'or. Je lus donc ces termes : « Celui
« qui n'a aucune pensée de Dieu, ni de ses pé-
« chés, ni aucune appréhension, c'est-à-dire, à
« ce qu'il me fit entendre, aucune connoissance
« de l'obligation d'exercer des actes d'amour de
« Dieu, ou de contrition, n'a aucune grâce ac-
« tuelle pour exercer ces actes; mais il est vrai
« aussi qu'il ne fait aucun péché en les omettant,
« et que, s'il est damné, ce ne sera pas en pu-
« nition de cette omission. » Et quelques lignes
plus bas : « Et on peut dire la même chose d'une
« coupable commission. »

Voyez-vous, me dit le père, comme il parle
des péchés d'omission, et de ceux de commission? car il n'oublie rien. Qu'en dites-vous? O
que cela me plaît ! lui répondis-je ; que j'en vois

de belles conséquences! Je perce déjà dans les suites : que de mystères s'offrent à moi! Je vois, sans comparaison, plus de gens justifiés par cette ignorance et cet oubli de Dieu que par la grâce et les sacrements. Mais, mon père, ne me donnez-vous point une fausse joie? N'est-ce point ici quelque chose de semblable à cette *suffisance* qui ne suffit pas? J'appréhende furieusement le *distinguo* : j'y ai déjà été attrapé. Parlez-vous sincèrement? Comment! dit le père en s'échauffant, il n'en faut pas railler. Il n'y a point ici d'équivoque. Je n'en raille pas, lui dis-je ; mais c'est que je crains à force de désirer.

Voyez donc, me dit-il, pour vous en mieux assurer, les écrits de M. Le Moine, qui l'a enseigné en pleine Sorbonne. Il l'a appris de nous, à la vérité, mais il l'a bien démêlé. O qu'il l'a fortement établi! Il enseigne que, pour faire qu'une action *soit péché*, il faut que *toutes ces choses se passent dans l'âme*. Lisez et pesez chaque mot. Je lus donc en latin ce que vous verrez ici en françois. « 1. D'une part, Dieu répand dans « l'âme quelque amour qui la penche vers la « chose commandée ; et de l'autre part, la con- « cupiscence rebelle la sollicite au contraire. « 2. Dieu lui inspire la connoissance de sa foi- « blesse. 3. Dieu lui inspire la connoissance du « médecin qui la doit guérir. 4. Dieu lui inspire « le désir de sa guérison. 5. Dieu lui inspire le « désir de le prier et d'implorer son secours. »

Et si toutes ces choses ne se passent dans

l'âme, dit le jésuite, l'action n'est pas proprement péché, et ne peut être imputée, comme M. Le Moine le dit en ce même endroit et dans toute la suite.

En voulez-vous encore d'autres autorités? En voici; mais toutes modernes, me dit doucement mon janséniste. Je le vois bien, dis-je; et, en m'adressant à ce père, je lui dis : O mon père, le grand bien que voici pour des gens de ma connoissance! il faut que je vous les amène. Peut-être n'en avez-vous guère vu qui aient moins de péchés; car ils ne pensent jamais à Dieu; les vices ont prévenu leur raison : « Ils « n'ont jamais connu ni leur infirmité, ni le « médecin qui la peut guérir. Ils n'ont jamais « pensé à désirer la santé de leur âme, et encore « moins à prier Dieu de la leur donner; » de sorte qu'ils sont encore dans l'innocence du baptême, selon M. Le Moine. « Ils n'ont jamais eu « de pensée d'aimer Dieu, ni d'être contrits de « leurs péchés; » de sorte que, selon le père Annat, ils n'ont commis aucun péché par le défaut de charité et de pénitence : leur vie est dans une recherche continuelle de toutes sortes de plaisirs, dont jamais le moindre remords n'a interrompu le cours. Tous ces excès me faisoient croire leur perte assurée; mais, mon père, vous m'apprenez que ces mêmes excès rendent leur salut assuré. Béni soyez-vous, mon père, qui justifiez ainsi les gens! Les autres apprennent à guérir les âmes par des austérités pénibles:

mais vous montrez que celles qu'on auroit crues le plus désespérément malades se portent bien. O la bonne voie pour être heureux en ce monde et en l'autre! j'avois toujours pensé qu'on péchoit d'autant plus, qu'on pensoit moins à Dieu. Mais à ce que je vois, quand on a pu gagner une fois sur soi de n'y plus penser du tout, toutes choses deviennent pures pour l'avenir. Point de ces pécheurs à demi, qui ont quelque amour pour la vertu. Ils seront tous damnés ces demi-pécheurs; mais pour ces francs pécheurs, pécheurs endurcis, pécheurs sans mélange, pleins et achevés, l'enfer ne les tient pas : ils ont trompé le diable à force de s'y abandonner.

Le bon père, qui voyoit assez clairement la liaison de ces conséquences avec son principe, s'en échappa adroitement; et, sans se fâcher, ou par douceur, ou par prudence, il me dit seulement : Afin que vous entendiez comment nous sauvons ces inconvénients, sachez que nous disons bien que ces impies, dont vous parlez, seroient sans péché, s'ils n'avoient jamais eu de pensées de se convertir, ni de désirs de se donner à Dieu. Mais nous soutenons qu'ils en ont tous; et que Dieu n'a jamais laissé pécher un homme sans lui donner auparavant la vue du mal qu'il va faire, et le désir, ou d'éviter le péché, ou au moins d'implorer son assistance pour le pouvoir éviter : et il n'y a que les jansénistes qui disent le contraire.

Eh quoi! mon père, lui repartis-je, est-ce là

l'hérésie des jansénistes, de nier qu'à chaque
fois qu'on fait un péché, il vient un remords
troubler la conscience, malgré lequel on ne
laisse pas de *franchir le saut et de passer outre*,
comme dit le père Bauny? C'est une assez plaisante chose d'être hérétique pour cela. Je croyois
bien qu'on fût damné pour n'avoir pas de bonnes
pensées; mais qu'on le soit pour ne pas croire
que tout le monde en a, vraiment je ne le pensois pas. Mais, mon père, je me tiens obligé en
conscience de vous désabuser, et de vous dire
qu'il y a mille gens qui n'ont point ces désirs,
qui pèchent sans regret, qui pèchent avec joie,
qui en font vanité. Et qui peut en savoir plus
de nouvelles que vous? Il n'est pas que vous ne
confessiez quelqu'un de ceux dont je parle; car
c'est parmi les personnes de grande qualité qu'il
s'en rencontre d'ordinaire. Mais prenez garde,
mon père, aux dangereuses suites de votre
maxime. Ne remarquez-vous pas quel effet elle
peut faire dans ces libertins qui ne cherchent
qu'à douter de la religion? Quel prétexte leur
en offrez-vous, quand vous leur dites, comme
une vérité de foi, qu'ils sentent, à chaque péché qu'ils commettent, un avertissement et un
désir intérieur de s'en abstenir! Car n'est-il
pas visible qu'étant convaincus, par leur propre
expérience, de la fausseté de votre doctrine en
ce point, que vous dites être de foi, ils en
étendront la conséquence à tous les autres? Ils
diront que, si vous n'êtes pas véritables en un

article, vous êtes suspects en tous : et ainsi vous les obligerez à conclure, ou que la religion est fausse, ou du moins que vous en êtes mal instruits.

Mais mon second soutenant mon discours, lui dit : Vous feriez bien, mon père, pour conserver votre doctrine, de n'expliquer pas aussi nettement que vous nous avez fait ce que vous entendez par grâce *actuelle.* Car comment pourriez-vous déclarer ouvertement, sans perdre toute créance dans les esprits, «que personne « ne pèche qu'il n'ait auparavant la connois- « sance de son infirmité, celle du médecin, le « désir de la guérison, et celui de la demander « à Dieu?» Croira-t-on, sur votre parole, que ceux qui sont plongés dans l'avarice, dans l'impudicité, dans les blasphèmes, dans le duel, dans la vengeance, dans les vols, dans les sacriléges, aient véritablement le désir d'embrasser la chasteté, l'humilité, et les autres vertus chrétiennes?

Pensera-t-on que ces philosophes, qui vantoient si hautement la puissance de la nature, en connussent l'infirmité et le médecin? Direz-vous que ceux qui soutenoient, comme une maxime assurée, «que ce n'est pas Dieu qui « donne la vertu, et qu'il ne s'est jamais trouvé « personne qui la lui ait demandée,» pensassent à la lui demander eux-mêmes?

Qui pourra croire que les épicuriens, qui nioient la Providence divine, eussent des mou-

vements de prier Dieu? eux qui disoient, «que
« c'étoit lui faire injure de l'implorer dans nos
« besoins, comme s'il eût été capable de s'amuser
« à penser à nous. »

Et enfin, comment s'imaginer que les idolâtres et les athées aient dans toutes les tenta-
tions qui les portent au péché, c'est-à-dire, une
infinité de fois en leur vie, le désir de prier le
vrai Dieu, qu'ils ignorent, de leur donner les
vraies vertus qu'ils ne connoissent pas?

Oui, dit le bon père d'un ton résolu, nous le
dirons; et plutôt que de dire qu'on pèche sans
avoir la vue que l'on fait mal, et le désir de la
vertu contraire, nous soutiendrons que tout le
monde, et les impies et les infidèles, ont ces
inspirations et ces désirs à chaque tentation;
car vous ne sauriez me montrer, au moins par
l'Écriture, que cela ne soit pas.

Je pris la parole à ce discours pour lui dire :
Eh quoi! mon père, faut-il recourir à l'Écriture
pour montrer une chose si claire? Ce n'est pas
ici un point de foi, ni même de raisonnement;
c'est une chose de fait : nous le voyons, nous le
savons, nous le sentons.

Mais mon janséniste, se tenant dans les termes
que le père avoit prescrits, lui dit ainsi : Si vous
voulez, mon père, ne vous rendre qu'à l'Écriture, j'y consens; mais au moins ne lui résistez
pas, et puisqu'il est écrit, «que Dieu n'a pas
« révélé ses jugements aux gentils, et qu'il les
« a laissé errer dans leurs voies,» ne dites pas

que Dieu a éclairé ceux que les livres sacrés nous assurent « avoir été abandonnés dans les ténè- « bres et dans l'ombre de la mort. »

Ne vous suffit-il pas, pour entendre l'erreur de votre principe, de voir que saint Paul se dit *le premier des pécheurs*, pour un péché qu'il déclare avoir commis *par ignorance, et avec zèle?*

Ne suffit-il pas de voir par l'Évangile que ceux qui crucifioient Jésus-Christ avoient besoin du pardon qu'il demandoit pour eux, quoiqu'ils ne connussent point la malice de leur action, et qu'ils ne l'eussent jamais faite, selon saint Paul, s'ils en eussent eu la connoissance!

Ne suffit-il pas que Jésus-Christ nous avertisse qu'il y aura des persécuteurs de l'Église qui croi- ront rendre service à Dieu en s'efforçant de la ruiner; pour nous faire entendre que ce péché, qui est le plus grand de tous, selon l'apôtre, peut être commis par ceux qui sont si éloignés de savoir qu'ils pèchent, qu'ils croiroient pécher en ne le faisant pas? Et enfin ne suffit-il pas que Jésus-Christ lui-même nous ait appris qu'il y a deux sortes de pécheurs, dont les uns pèchent avec connoissance, et les autres sans connois- sance; et qu'ils seront tous châtiés, quoiqu'à la vérité différemment?

Le bon père, pressé par tant de témoignages de l'Écriture, à laquelle il avoit eu recours, commença à lâcher le pied; et, laissant pécher les impies sans inspiration, il nous dit : Au

moins vous ne nierez pas que les justes ne
pèchent jamais sans que Dieu leur donne......
Vous reculez, lui dis-je en l'interrompant, vous
reculez, mon père : vous abandonnez le principe général, et, voyant qu'il ne vaut plus rien
à l'égard des pécheurs, vous voudriez entrer
en composition, et le faire au moins subsister
pour les justes. Mais cela étant, j'en vois l'usage
bien raccourci; car il ne servira plus à guère.
de gens; et ce n'est quasi pas la peine de vous
le disputer.

Mais mon second, qui avoit, à ce que je crois,
étudié toute cette question le matin même, tant
il étoit prêt sur tout, lui répondit : Voilà, mon
père, le dernier retranchement où se retirent
ceux de votre parti qui ont voulu entrer en
dispute. Mais vous y êtes aussi peu en assurance.
L'exemple des justes ne vous est pas plus favorable. Qui doute qu'ils ne tombent souvent dans
des péchés de surprise sans qu'ils s'en aperçoivent? N'apprenons-nous pas des saints mêmes
combien la concupiscence leur tend de piéges
secrets, et combien il arrive ordinairement que,
quelque sobres qu'ils soient, ils donnent à la
volupté ce qu'ils pensent donner à la seule nécessité, comme saint Augustin le dit de soi-même
dans ses Confessions?

Combien est-il ordinaire de voir les plus zélés
s'emporter dans la dispute à des mouvements
d'aigreur pour leur propre intérêt, sans que
leur conscience leur rende sur l'heure d'autre

témoignage, sinon qu'ils agissent de la sorte pour le seul intérêt de la vérité, et sans qu'ils s'en aperçoivent quelquefois que long-temps après?

Mais que dira-t-on de ceux qui se portent avec ardeur à des choses effectivement mauvaises, parce qu'ils les croient effectivement bonnes, comme l'histoire ecclésiastique en donne des exemples; ce qui n'empêche pas, selon les pères, qu'ils n'aient péché dans ces occasions?

Et sans cela, comment les justes auroient-ils des péchés cachés? Comment seroit-il véritable que Dieu seul en connoît et la grandeur et le nombre; que personne ne sait s'il est digne d'amour ou de haine, et que les plus saints doivent toujours demeurer dans la crainte et dans le tremblement, quoiqu'ils ne se sentent coupables en aucune chose, comme saint Paul le dit de lui-même?

Concevez donc, mon père, que les exemples et des justes et des pécheurs renversent également cette nécessité que vous supposez pour pécher, de connoître le mal et d'aimer la vertu contraire, puisque la passion que les impies ont pour les vices témoigne assez qu'ils n'ont aucun désir pour la vertu; et que l'amour que les justes ont pour la vertu témoigne hautement qu'ils n'ont pas toujours la connoissance des péchés qu'ils commettent chaque jour, selon l'Écriture.

Et il est si vrai que les justes pèchent en cette

sorte, qu'il est rare que les grands saints pèchent autrement. Car comment pourroit-on concevoir que ces âmes si pures, qui fuient avec tant de soin et d'ardeur les moindres choses qui peuvent déplaire à Dieu aussitôt qu'elles s'en aperçoivent, et qui pèchent néanmoins plusieurs fois chaque jour, eussent à chaque fois avant que de tomber, « la connoissance de leur infirmité en cette occa- « sion, celle du médecin, le désir de leur santé, « et celui de prier Dieu de les secourir, » et que, malgré toutes ces inspirations, ces âmes si zélées *ne laissassent pas de passer outre* et de commettre le péché ?

Concluez donc, mon père, que ni les pé- cheurs, ni même les plus justes, n'ont pas tou- jours ces connoissances, ces désirs, et toutes ces inspirations, toutes les fois qu'ils pèchent ; c'est-à-dire, pour user de vos termes, qu'ils n'ont pas toujours la grâce actuelle dans toutes les occasions où ils pèchent. Et ne dites plus, avec vos nouveaux auteurs, qu'il est impossible qu'on pèche quand on ne connoît pas la justice ; mais dites plutôt, avec saint Augustin et les an- ciens pères, qu'il est impossible qu'on ne pèche pas quand on ne connoît pas la justice : *Necesse est ut peccet, à quo ignoratur justitia.*

Le bon père, se trouvant aussi empêché de soutenir son opinion au regard des justes qu'au regard des pécheurs, ne perdit pas pourtant courage ; et après avoir un peu rêvé : Je m'en vas bien vous convaincre, nous dit-il. Et reprenant son père Bauny à l'endroit même qu'il nous avoit montré : Voyez, voyez la raison sur laquelle il établit sa pensée. Je savois bien qu'il ne manquoit pas de bonnes preuves. Lisez ce qu'il cite d'Aristote, et vous verrez qu'après une autorité si expresse, il faut brûler les livres de ce prince des philosophes, ou être de notre opinion. Écoutez donc les principes qu'établit le père Bauny : il dit premièrement « qu'une « action ne peut être imputée à blâme lorsqu'elle « est involontaire. » Je l'avoue, lui dit mon ami. Voilà la première fois, leur dis-je, que je vous ai vus d'accord. Tenez-vous-en là, mon père, si vous m'en croyez. Ce ne seroit rien faire, me dit-il ; car il faut savoir quelles sont les conditions nécessaires pour faire qu'une action soit volontaire. J'ai bien peur, répondis-je, que vous ne vous brouilliez là-dessus. Ne craignez point, dit-il, ceci est sûr ; Aristote est pour moi. Écoutez bien ce que dit le père Bauny : « Afin qu'une « action soit volontaire, il faut qu'elle procède « d'homme qui voie, qui sache, qui pénètre ce « qu'il y a de bien et de mal en elle. VOLUNTA- « RIUM EST, dit-on communément avec le phi- « losophe (vous savez bien que c'est Aristote, « me dit-il en me serrant les doigts), *quod fit à* « *principio cognoscente singula, in quibus est actio :* « si bien que, quand la volonté, à la volée et « sans discussion, se porte à vouloir ou abhor- « rer, faire ou laisser quelque chose, avant que « l'entendement ait pu voir s'il y a du mal à la

« vouloir ou à la fuir, la faire ou·la laisser,
« telle action n'est ni bonne ni mauvaise, d'au-
« tant qu'avant cette perquisition, cette vue et
« réflexion de l'esprit dessus les qualités bonnes
« ou mauvaises de la chose à laquelle on s'oc-
« cupe, l'action avec laquelle on la fait n'est
« volontaire. »

Eh bien! me dit le père, êtes-vous content?
Il semble, repartis-je, qu'Aristote est de l'avis
du père Bauny ; mais cela ne laisse pas de me
surprendre. Quoi, mon père ! il ne suffit pas,
pour agir volontairement, qu'on sache ce que
l'on fait, et qu'on ne le fasse que parce qu'on le
veut faire? mais il faut de plus « que l'on voie,
« que l'on sache et que l'on pénètre ce qu'il y a
« de bien et de mal dans cette action ? » Si cela
est, il n'y a guère d'actions volontaires dans la
vie ; car on ne pense guère à tout cela. Que de
jurements dans le jeu, que d'excès dans les dé-
bauches, que d'emportements dans le carnaval
qui ne sont point volontaires, et par conséquent
ni bons, ni mauvais, pour n'être point accom-
pagnés de ces *réflexions d'esprit sur les qualités
bonnes ou mauvaises* de ce que l'on fait! Mais
est-il possible, mon père, qu'Aristote ait eu
cette pensée? car j'avois ouï dire que c'étoit un
habile homme. Je m'en vas vous en éclaircir,
me dit mon janséniste. Et ayant demandé au
père la Morale d'Aristote, il l'ouvrit au commencement du troisième livre, d'où le père Bauny
a pris les paroles qu'il en rapporte, et dit à ce

bon père : Je vous pardonne d'avoir cru, sur la foi du père Bauny, qu'Aristote ait été de ce sentiment. Vous auriez changé d'avis, si vous l'aviez lu vous-même. Il est bien vrai qu'il enseigne « qu'afin qu'une action soit volontaire, il faut « connoître les particularités de cette action : « SINGULA *in quibus est actio.* » Mais qu'entend-il par là, sinon les circonstances particulières de l'action, ainsi que les exemples qu'il en donne le justifient clairement, n'en rapportant point d'autre que de ceux où l'on ignore quelqu'une de ces circonstances, comme « d'une personne « qui, voulant monter une machine, en décoche « un dard qui blesse quelqu'un ; et de Mérope « qui tua son fils en pensant tuer son ennemi, » et autres semblables ?

Vous voyez donc par là quelle est l'ignorance qui rend les actions involontaires ; et que ce n'est que celle des circonstances particulières qui est appelée par les théologiens, comme vous le savez fort bien, mon père, l'*ignorance du fait.* Mais, quant à celle *du droit,* c'est-à-dire, quant à l'ignorance du bien et du mal qui est en l'action, de laquelle seule il s'agit ici, voyons si Aristote est de l'avis du père Bauny. Voici les paroles de ce philosophe : « Tous les méchants « ignorent ce qu'ils doivent faire et ce qu'ils « doivent fuir ; et c'est cela même qui les rend « méchants et vicieux. C'est pourquoi on ne « peut pas dire que, parce qu'un homme ignore « ce qu'il est à propos qu'il fasse pour satisfaire

« à son devoir, son action soit involontaire. Car
« cette ignorance dans le choix du bien et du
« mal ne fait pas qu'une action soit involontaire,
« mais seulement qu'elle est vicieuse. L'on doit
« dire la même chose de celui qui ignore en
« général les règles de son devoir, puisque cette
« ignorance rend les hommes dignes de blâme,
« et non d'excuse. Et ainsi l'ignorance qui rend
« les actions involontaires et excusables, est
« seulement celle qui regarde le fait en parti-
« culier, et ses circonstances singulières : car
« alors on pardonne à un homme, et on l'excuse,
« et on le considère comme ayant agi contre son
« gré. »

Après cela, mon père, direz - vous encore
qu'Aristote soit de votre opinion ? Et qui ne
s'étonnera de voir qu'un philosophe païen ait
été plus éclairé que vos docteurs en une matière
aussi importante à toute la morale, et à la conduite même des âmes, qu'est la connoissance des
conditions qui rendent les actions volontaires
ou involontaires, et qui ensuite les excusent ou
ne les excusent pas de péché ? N'espérez donc
plus rien, mon père, de ce prince des philosophes, et ne résistez plus au prince des théologiens, qui décide ainsi ce point, au Livre ɪ de
ses Rétr., chap. xv : « Ceux qui pèchent par igno-
« rance, ne font leur action que parce qu'ils la
« veulent faire, quoiqu'ils pèchent sans qu'ils
« veuillent pécher. Et ainsi ce péché même
« d'ignorance ne peut être commis que par la

« volonté de celui qui le commet, mais par une
« volonté qui se porte à l'action, et non au
« péché; ce qui n'empêche pas néanmoins que
« l'action ne soit péché, parce qu'il suffit pour
« cela qu'on ait fait ce qu'on étoit obligé de ne
« point faire. »

Le père me parut surpris, et plus encore du
passage d'Aristote, que de celui de saint Augustin. Mais, comme il pensoit à ce qu'il devoit
dire, on vint l'avertir que madame la maréchale
de...... et madame la marquise de...... le demandoient. Et ainsi, en nous quittant à la hâte :
J'en parlerai, dit-il, à nos pères ; ils y trouve-
ront bien quelque réponse. Nous en avons ici
de bien subtils. Nous l'entendîmes bien; et quand
je fus seul avec mon ami, je lui témoignai d'être
étonné du renversement que cette doctrine ap-
portoit dans la morale. A quoi il me répondit
qu'il étoit bien étonné de mon étonnement. Ne
savez-vous donc pas encore que leurs excès sont
beaucoup plus grands dans la morale que dans
les autres matières ? Il m'en donna d'étranges
exemples, et remit le reste à une autre fois.
J'espère que ce que j'en apprendrai sera le sujet
de notre premier entretien.

Je suis, etc.

CINQUIÈME LETTRE.

Dessein des jésuites en établissant une nouvelle morale. Deux sortes de casuistes parmi eux : beaucoup de relâchés, et quelques-uns de sévères : raison de cette différence. Explication de la doctrine de la Probabilité. Foule d'auteurs modernes et inconnus mis à la place des saints pères.

De Paris, ce 20 mars 1656.

Monsieur,

Voici ce que je vous ai promis ; voici les premiers traits de la morale de ces bons pères jésuites, « de ces hommes éminents en doctrine « et en sagesse qui sont tous conduits par la « sagesse divine, qui est plus assurée que toute « la philosophie. » Vous pensez peut-être que je raille : je le dis sérieusement, ou plutôt ce sont eux-mêmes qui le disent dans leur livre intitulé : *Imago primi sæculi*. Je ne fais que copier leurs paroles, aussi-bien que dans la suite de cet éloge : « C'est une société d'hommes, ou plutôt d'anges, « qui a été prédite par Isaïe en ces paroles : Allez, « anges prompts et légers. » La prophétie n'en est-elle pas claire ? « Ce sont des esprits d'aigles ; « c'est une troupe de phénix, un auteur ayant « montré depuis peu qu'il y en a plusieurs. Ils « ont changé la face de la chrétienté. » Il le faut croire, puisqu'ils le disent. Et vous l'allez bien voir dans la suite de ce discours, qui vous apprendra leurs maximes.

J'ai voulu m'en instruire de bonne sorte. Je ne me suis pas fié à ce que notre ami m'en avoit appris. J'ai voulu les voir eux-mêmes; mais j'ai trouvé qu'il ne m'avoit rien dit que de vrai. Je pense qu'il ne ment jamais. Vous le verrez par le récit de ces conférences.

Dans celle que j'eus avec lui, il me dit de si étranges choses, que j'avois peine à le croire; mais il me les montra dans les livres de ces pères : de sorte qu'il ne me resta à dire pour leur défense, sinon que c'étoient les sentiments de quelques particuliers qu'il n'étoit pas juste d'imputer au corps. Et en effet, je l'assurai que j'en connoissois qui sont aussi sévères que ceux qu'il me citoit sont relâchés. Ce fut sur cela qu'il me découvrit l'esprit de la Société, qui n'est pas connu de tout le monde, et vous serez peut-être bien aise de l'apprendre. Voici ce qu'il me dit.

Vous pensez beaucoup faire en leur faveur de montrer qu'ils ont de leurs pères aussi conformes aux maximes évangéliques que les autres y sont contraires; et vous concluez de là que ces opinions larges n'appartiennent pas à toute la Société. Je le sais bien; car si cela étoit, ils n'en souffriroient pas qui y fussent si contraires. Mais puisqu'ils en ont aussi qui sont dans une doctrine si licencieuse, concluez-en de même, que l'esprit de la Société n'est pas celui de la sévérité chrétienne; car, si cela étoit, ils n'en souffriroient pas qui y fussent si opposés. Eh quoi! lui répondis-je, quel peut donc être le dessein du corps entier? C'est sans doute qu'ils n'en ont aucun d'arrêté, et que chacun a la liberté de dire à l'aventure ce qu'il pense. Cela ne peut pas être, me répondit-il; un si grand corps ne subsisteroit pas dans une conduite téméraire, et sans une âme qui le gouverne et qui règle tous ses mouvements: outre qu'ils ont un ordre particulier de ne rien imprimer sans l'aveu de leurs supérieurs. Mais quoi! lui dis-je, comment les mêmes supérieurs peuvent-ils consentir à des maximes si différentes? C'est ce qu'il faut vous apprendre, me répliqua-t-il.

Sachez donc que leur objet n'est pas de corrompre les mœurs: ce n'est pas leur dessein. Mais ils n'ont pas aussi pour unique but celui de les réformer: ce seroit une mauvaise politique. Voici quelle est leur pensée. Ils ont assez bonne opinion d'eux-mêmes pour croire qu'il est utile et comme nécessaire au bien de la religion que leur crédit s'étende partout, et qu'ils gouvernent toutes les consciences. Et parce que les maximes évangéliques et sévères sont propres pour gouverner quelques sortes de personnes, ils s'en servent dans ces occasions où elles leur sont favorables. Mais comme ces mêmes maximes ne s'accordent pas au dessein de la plupart des gens, ils les laissent à l'égard de ceux-là, afin d'avoir de quoi satisfaire tout le monde. C'est

pour cette raison qu'ayant affaire à des personnes de toutes sortes de conditions et de
nations si différentes, il est nécessaire qu'ils
aient des casuistes assortis à toute cette diversité.

De ce principe vous jugez aisément que s'ils
n'avoient que des casuistes relâchés, ils ruine-
roient leur principal dessein, qui est d'embrasser
tout le monde, puisque ceux qui sont véritablement pieux cherchent une conduite plus sévère.
Mais comme il n'y en a pas beaucoup de cette
sorte, ils n'ont pas besoin de beaucoup de directeurs sévères pour les conduire. Ils en ont peu
pour peu; au lieu que la foule des casuistes relâchés s'offre à la foule de ceux qui cherchent le
relâchement.

C'est par cette conduite *obligeante et accommodante*, comme l'appelle le père Petau, qu'ils
tendent les bras à tout le monde : car, s'il se
présente à eux quelqu'un qui soit tout résolu
de rendre des biens mal acquis, ne craignez pas
qu'ils l'en détournent; ils loueront, au contraire,
et confirmeront une si sainte résolution : mais
qu'il en vienne un autre qui veuille avoir l'absolution sans restituer, la chose sera bien difficile,
s'ils n'en fournissent des moyens dont ils se rendront les garants.

Par là ils conservent tous leurs amis, et se
défendent contre tous leurs ennemis ; car, si on
leur reproche leur extrême relâchement, ils pro-
duisent incontinent au public leurs directeurs

austères, avec quelques livres qu'ils ont faits de
la rigueur de la loi chrétienne ; et les simples,
et ceux qui n'approfondissent pas plus avant les
choses, se contentent de ces preuves.

Ainsi, ils en ont pour toutes sortes de personnes, et répondent si bien selon ce qu'on leur
demande, que, quand ils se trouvent en des
pays où un Dieu crucifié passe pour folie, ils
suppriment le scandale de la croix, et ne prêchent que Jésus-Christ glorieux, et non pas
Jésus-Christ souffrant : comme ils ont fait dans
les Indes et dans la Chine, où ils ont permis
aux chrétiens l'idolâtrie même, par cette subtile
invention, de leur faire cacher sous leurs habits
une image de Jésus-Christ, à laquelle ils leur
enseignent de rapporter mentalement les adorations publiques qu'ils rendent à l'idole Cachin-
choam et à leur Keum-fucum, comme Gravina,
dominicain, le leur reproche ; et comme le témoigne le Mémoire, en espagnol, présenté au
roi d'Espagne Philippe iv, par les cordeliers des
îles Philippines, rapporté par Thomas Hurtado
dans son livre *du Martyre de la foi*, page 427.
De telle sorte que la congrégation des cardinaux
de Propagandá fide fut obligée de défendre particulièrement aux jésuites, sur peine d'excommunication, de permettre des adorations d'idoles
sous aucun prétexte, et de cacher le mystère de
la croix à ceux qu'ils instruisent de la religion,
leur commandant expressément de n'en recevoir
aucun au baptême qu'après cette connoissance,

et leur ordonnant d'exposer dans leurs églises l'image du Crucifix, comme il est porté amplement dans le décret de cette congrégation, donné le 9e juillet 1646, signé par le cardinal Capponi.

Voilà de quelle manière ils se sont répandus par toute la terre à la faveur *de la doctrine des opinions probables*, qui est la source et la base de tout ce déréglement. C'est ce qu'il faut que vous appreniez d'eux-mêmes ; car ils ne le cachent à personne, non plus que tout ce que vous venez d'entendre, avec cette seule différence, qu'ils couvrent leur prudence humaine et politique du prétexte d'une prudence divine et chrétienne ; comme si la foi, et la tradition qui la maintient, n'étoit pas toujours une et invariable dans tous les temps et dans tous les lieux ; comme si c'étoit à la règle à se fléchir pour convenir au sujet qui doit lui être conforme ; et comme si les âmes n'avoient, pour se purifier de leurs taches, qu'à corrompre la loi du Seigneur ; au lieu « que la loi du Seigneur, qui est « sans tache et toute sainte, est celle qui doit « convertir les âmes, » et les conformer à ses salutaires instructions !

Allez donc, je vous prie, voir ces bons pères, et je m'assure que vous remarquerez aisément, dans le relâchement de leur morale, la cause de leur doctrine touchant la grâce. Vous y verrez les vertus chrétiennes si inconnues et si dépourvues de la charité, qui en est l'âme et la vie ;

vous y verrez tant de crimes palliés, et tant de désordres soufferts, que vous ne trouverez plus étrange qu'ils soutiennent que tous les hommes ont toujours assez de grâce pour vivre dans la piété de la manière qu'ils l'entendent. Comme leur morale est toute païenne, la nature suffit pour l'observer. Quand nous soutenons la nécessité de la grâce efficace, nous lui donnons d'autres vertus pour objet. Ce n'est pas simplement pour guérir les vices par d'autres vices ; ce n'est pas seulement pour faire pratiquer aux hommes les devoirs extérieurs de la religion ; c'est pour une vertu plus haute que celle des pharisiens et des plus sages du paganisme. La loi et la raison sont des grâces suffisantes pour ces effets. Mais, pour dégager l'âme de l'amour du monde, pour la retirer de ce qu'elle a de plus cher, pour la faire mourir à soi-même, pour la porter et l'attacher uniquement et invariablement à Dieu, ce n'est l'ouvrage que d'une main toute-puissante. Et il est aussi peu raisonnable de prétendre que l'on a toujours un plein pouvoir, qu'il le seroit de nier que ces vertus, destituées d'amour de Dieu, lesquelles ces bons pères confondent avec les vertus chrétiennes, ne sont pas en notre puissance.

Voilà comme il me parla, et avec beaucoup de douleur ; car il s'afflige sérieusement de tous ces désordres. Pour moi, j'estimai ces bons pères de l'excellence de leur politique, et je fus, selon son conseil, trouver un bon casuiste

de la Société. C'est une de mes anciennes connoissances, que je voulus renouveler exprès.
Et comme j'étois instruit de la manière dont
il les falloit traiter, je n'eus pas de peine à le
mettre en train. Il me fit d'abord mille caresses,
car il m'aime toujours; et après quelques discours indifférents, je pris occasion du temps où
nous sommes pour apprendre de lui quelque
chose sur le jeûne, afin d'entrer insensiblement
en matière. Je lui témoignai donc que j'avois
de la peine à le supporter. Il m'exhorta à me
faire violence : mais, comme je continuai à me
plaindre, il en fut touché, et se mit à chercher
quelque cause de dispense. Il m'en offrit en
effet plusieurs qui ne me convenoient point,
lorsqu'il s'avisa enfin de me demander si je
n'avois pas de peine à dormir sans souper. Oui,
lui dis-je, mon père, et cela m'oblige souvent
à faire collation à midi et à souper le soir. Je
suis bien aise, me répliqua-t-il, d'avoir trouvé
ce moyen de vous soulager sans péché : allez,
vous n'êtes point obligé à jeûner. Je ne veux
pas que vous m'en croyiez, venez à la bibliothéque. J'y fus, et là, en prenant un livre : En
voici la preuve, me dit-il, et Dieu sait quelle!
C'est Escobar. Qui est Escobar, lui dis-je, mon
père? Quoi! vous ne savez pas qui est Escobar
de notre Société, qui a compilé cette Théologie
morale de vingt-quatre de nos pères; sur quoi
il fait, dans la préface, une allégorie de ce livre
« à celui de l'Apocalypse qui étoit scellé de sept

« sceaux? Et il dit que Jésus l'offre ainsi scellé
« aux quatre animaux, Suarez, Vasquez, Molina,
« Valentia, en présence de vingt-quatre jésuites
« qui représentent les vingt-quatre vieillards? »
Il lut toute cette allégorie, qu'il trouvoit bien
juste, et par où il me donnoit une grande idée
de l'excellence de cet ouvrage. Ayant ensuite
cherché son passage du jeûne : Le voici, me
dit-il, au tr. 1, ex. 13, n. 67. «Celui qui ne peut
« dormir s'il n'a soupé, est-il obligé de jeûner?
« Nullement. » N'êtes-vous pas content? Non pas
tout-à-fait, lui dis-je; car je puis bien supporter
le jeûne en faisant collation le matin et soupant
le soir. Voyez donc la suite, me dit-il; ils ont
pensé à tout. «Et que dira-t-on, si on peut bien
« se passer d'une collation le matin en soupant
« le soir? *Me voilà.* On n'est point encore obligé
« à jeûner; car personne n'est obligé à changer
« l'ordre de ses repas.» O la bonne raison! lui
dis-je. Mais dites-moi, continua-t-il, usez-vous
de beaucoup de vin? Non, mon père, lui dis-je,
je ne le puis souffrir. Je vous disois cela, me
répondit-il, pour vous avertir que vous en
pourriez boire le matin, et quand il vous plairoit, sans rompre le jeûne; et cela soutient toujours. En voici la décision au même lieu, n. 75 :
« Peut-on, sans rompre le jeûne, boire du vin
« à telle heure qu'on voudra, et même en grande
« quantité? On le peut, et même de l'hypocras.»
Je ne me souvenois pas de cet hypocras, dit-il;
il faut que je le mette sur mon recueil. Voilà un

honnête homme, lui dis-je, qu'Escobar. Tout le monde l'aime, répondit le père : il fait de si jolies questions! Voyez celle-ci qui est au même endroit, n. 38 : « Si un homme doute qu'il ait « vingt-un ans, est-il obligé de jeûner? Non. « Mais si j'ai vingt-un ans cette nuit à une heure « après minuit, et qu'il soit demain jeûne, « serai-je obligé de jeûner demain? Non; car « vous pourriez manger autant qu'il vous plai- « roit depuis minuit jusqu'à une heure, puisque « vous n'auriez pas encore vingt-un ans : et ainsi « ayant droit de rompre le jeûne, vous n'y êtes « point obligé. » O que cela est divertissant! lui dis-je. On ne s'en peut tirer, me répondit-il; je passe les jours et les nuits à le lire, je ne fais autre chose. Le bon père, voyant que j'y prenois plaisir, en fut ravi; et continuant : Voyez, dit-il, encore ce trait de Filiutius, qui est un de ces vingt-quatre jésuites, tome II, tr. 27, part. 2, c. 6, n. 143 : « Celui qui s'est fatigué à quelque « chose, comme à poursuivre une fille, *ad in-* « *sequendam amicam*, est-il obligé de jeûner? « Nullement. Mais s'il s'est fatigué exprès pour « être par là dispensé du jeûne, y sera-t-il tenu? « Encore qu'il ait eu ce dessein formé, il n'y « sera point obligé. » Eh bien! l'eussiez-vous cru? me dit-il. En vérité, mon père, lui dis-je, je ne le crois pas bien encore. Eh quoi! n'est-ce pas un péché de ne pas jeûner quand on le peut? Et est-il permis de rechercher les occasions de pécher? ou plutôt n'est-on pas obligé de les fuir?

Cela seroit assez commode. Non pas toujours, me dit-il; c'est selon. Selon quoi? lui dis-je. Ho! ho! repartit le père. Et si on recevoit quelque incommodité en fuyant les occasions, y seroit-on obligé à votre avis? Ce n'est pas au moins celui du père Bauny que voici, p. 1084 : « On ne doit « pas refuser l'absolution à ceux qui demeurent « dans les occasions prochaines du péché, s'ils « sont en tel état qu'ils ne puissent les quitter « sans donner sujet au monde de parler, ou sans « qu'ils en reçussent eux-mêmes de l'incommo- « dité. » Je m'en réjouis, mon père; il ne reste plus qu'à dire qu'on peut rechercher les occa- sions de propos délibéré, puisqu'il est permis de ne les pas fuir. Cela même est aussi quel- quefois permis, ajouta-t-il. Le célèbre casuiste Basile Ponce l'a dit, et le père Bauny le cite et approuve son sentiment, que voici dans le Traité de la Pénitence, q. 4, p. 94 : « On peut recher- « cher une occasion directement et pour elle- « même; *primò et per se*, quand le bien spiri- « tuel ou temporel de nous ou de notre prochain « nous y porte. »

Vraiment, lui dis-je, il me semble que je rêve, quand j'entends des religieux parler de cette sorte! Eh quoi, mon père, dites-moi, en con- science, êtes-vous dans ce sentiment-là? Non vraiment, me dit le père. Vous parlez donc, continuai-je, contre votre conscience? Point du tout, dit-il : je ne parlois pas en cela selon ma conscience, mais selon celle de Ponce et du père

Bauny ; et vous pourriez les suivre en sûreté,
car ce sont d'habiles gens. Quoi ! mon père,
parce qu'ils ont mis ces trois lignes dans leurs
livres, sera-t-il devenu permis de rechercher
les occasions de pécher ? Je croyois ne devoir
prendre pour règle que l'Écriture et la tradition
de l'Église, mais non pas vos casuistes. O bon
Dieu, s'écria le père, vous me faites souvenir
de ces jansénistes ! Est-ce que le père Bauny et
Basile Ponce ne peuvent pas rendre leur opinion
probable ? Je ne me contente pas du probable,
lui dis-je, je cherche le sûr. Je vois bien, me
dit le bon père, que vous ne savez pas ce que
c'est que la doctrine des opinions probables ;
vous parleriez autrement si vous le saviez. Ah !
vraiment, il faut que je vous en instruise. Vous
n'aurez pas perdu votre temps d'être venu ici,
sans cela vous ne pouviez rien entendre. C'est
le fondement et l'A B C de toute notre morale.
Je fus ravi de le voir tombé dans ce que je souhaitois ; et, le lui ayant témoigné, je le priai de
m'expliquer ce que c'étoit qu'une opinion probable. Nos auteurs vous y répondront mieux
que moi, dit-il. Voici comme ils en parlent tous
généralement, et entre autres, nos vingt-quatre,
in princ. ex. 3, n. 8 : « Une opinion est appelée
« probable, lorsqu'elle est fondée sur des rai-
« sons de quelque considération. D'où il arrive
« quelquefois qu'un seul docteur fort grave peut
« rendre une opinion probable. » Et en voici la
raison : « car un homme adonné particulière-

« ment à l'étude ne s'attacheroit pas à une opi-
« nion, s'il n'y étoit attiré par une raison bonne
« et suffisante. » Et ainsi, lui dis-je, un seul
docteur peut tourner les consciences et les bou-
leverser à son gré, et toujours en sûreté. Il n'en
faut pas rire, me dit-il, ni penser combattre
cette doctrine. Quand les jansénistes l'ont voulu
faire, ils y ont perdu leur temps. Elle est trop
bien établie. Écoutez Sanchez, qui est un des
plus célèbres de nos pères, *Som.* Liv. 1, chap. 9,
n. 7 : « Vous douterez peut-être si l'autorité d'un
« seul docteur bon et savant rend une opinion
« probable : à quoi je réponds que oui ; et c'est
« ce qu'assurent Angelus, Sylv. Navarre, Emma-
« nuel Sa, etc. Et voici comme on le prouve.
« Une opinion probable est celle qui a un
« fondement considérable : or, l'autorité d'un
« homme savant et pieux n'est pas de petite
« considération, mais plutôt de grande consi-
« dération ; car, écoutez bien cette raison : Si
« le témoignage d'un tel homme est de grand
« poids pour nous assurer qu'une chose se soit
« passée, par exemple, à Rome, pourquoi ne
« le sera-t-il pas de même dans un doute de
« morale ? »

La plaisante comparaison, lui dis-je, des
choses du monde à celles de la conscience !
Ayez patience ; Sanchez répond à cela dans les
lignes qui suivent immédiatement : « Et la res-
« triction qu'y apportent certains auteurs ne
« me plaît pas, que l'autorité d'un tel docteur

« est suffisante dans les choses de droit humain,
« mais non pas dans celles de droit divin; car
« elle est de grand poids dans les unes et dans
« les autres. »

Mon père, lui dis-je franchement, je ne puis
faire cas de cette règle. Qui m'a assuré que dans
la liberté que vos docteurs se donnent d'examiner les choses par la raison, ce qui paroîtra sûr
à l'un le paroisse à tous les autres? La diversité des jugements est si grande....... Vous ne
l'entendez pas, dit le père en m'interrompant;
aussi sont-ils fort souvent de différents avis :
mais cela n'y fait rien; chacun rend le sien probable et sûr. Vraiment l'on sait bien qu'ils ne
sont pas tous de même sentiment; et cela n'en
est que mieux. Ils ne s'accordent au contraire
presque jamais. Il y a peu de questions où vous
ne trouviez que l'un dit, oui; l'autre dit, non.
Et en tous ces cas-là, l'une et l'autre des opinions contraires est probable; et c'est pourquoi
Diana dit sur un certain sujet, part. 3, tome IV,
r. 244 : « Ponce et Sanchez sont de contraires
« avis : mais, parce qu'ils étoient tous deux sa-
« vants chacun rend son opinion probable. »

Mais, mon père, lui dis-je on doit être bien
embarrassé à choisir alors! Point du tout, dit-il,
il n'y a qu'à suivre l'avis qui agrée le plus. Eh
quoi! si l'autre est plus probable? Il n'importe,
me dit-il. Et si l'autre est plus sûr? Il n'importe,
me dit encore le père; le voici bien expliqué.
C'est Emmanuel Sa de notre Société, dans son

Aphorisme *de dubio*, p. 183 : « On peut faire ce
« qu'on pense être permis selon une opinion
« probable : quoique le contraire soit plus sûr.
« Or, l'opinion d'un seul docteur grave y suffit. »
Et si une opinion est tout ensemble et moins
probable et moins sûre, sera-t-il permis dè la
suivre, en quittant ce que l'on croit être plus
probable et plus sûr? Oui, encore une fois, me
dit-il; écoutez Filiutius, ce grand jésuite de
Rome, *Mort. quæst.* tr. 21, c. 4, n. 128 : « Il est
« permis de suivre l'opinion la moins probable,
« quoiqu'elle soit la moins sûre : c'est l'opinion
« commune des nouveaux auteurs. » Cela n'est-il
pas clair? Nous voici bien au large, lui dis-je,
mon révérend père. Grâces à vos opinions probables, nous avons une belle liberté de conscience. Et vous autres casuistes, avez-vous la
même liberté dans vos réponses? Oui, me dit-il,
nous répondons aussi ce qu'il nous plaît, ou
plutôt ce qu'il plaît à ceux qui nous interro-
gent; car voici nos règles, prises de nos pères,
Layman, *Theol. Mor.* l. 1, tr. 1, c. 2, §. 2, n. 7;
Vasquez, *Dist.* 62, c. 9, n. 47; Sanchez, *in Sum.*,
l. 1, c. 9, n. 23; et de nos vingt-quatre, *in princ.*
ex. 3, n. 24. Voici les paroles de Layman, que
le livre de nos vingt-quatre a suivies : « Un doc-
« teur étant consulté, peut donner un conseil,
« non-seulement probable selon son opinion,
« mais contraire à son opinion, s'il est estimé
« probable par d'autres, lorsque cet avis con-
« traire au sien se rencontre plus favorable et

« plus agréable à celui qui le consulte : Si FORTÈ
« *et illi favorabilior seu exoptatior sit.* Mais je dis
« de plus, qu'il ne sera point hors de raison
« qu'il donne à ceux qui le consultent un avis
« tenu pour probable par quelque personne sa-
« vante, quand même il s'assureroit qu'il seroit
« absolument faux. »

Tout de bon, mon père, votre doctrine est
bien commode. Quoi! avoir à répondre oui et
non à son choix? On ne peut assez priser un
tel avantage. Et je vois bien maintenant à quoi
vous servent les opinions contraires que vos
docteurs ont sur chaque matière; car l'une vous
sert toujours, et l'autre ne vous nuit jamais. Si
vous ne trouvez votre compte d'un côté, vous
vous jetez de l'autre, et toujours en sûreté. Cela
est vrai, dit-il; et ainsi nous pouvons toujours
dire avec Diana, qui trouva le père Bauny pour
lui, lorsque le père Lugo lui étoit contraire :

Sœpè, premente Deo, fert Deus alter opem.

Si quelque Dieu nous presse, un autre nous délivre.

J'entends bien, lui dis-je; mais il me vient
une difficulté dans l'esprit : c'est qu'après avoir
consulté un de vos docteurs, et pris de lui une
opinion un peu large, on sera peut-être attrapé
si on rencontre un confesseur qui n'en soit pas,
et qui refuse l'absolution, si on ne change de
sentiment. N'y avez-vous point donné ordre,
mon père? En doutez-vous? me répondit-il. On

les a obligés à absoudre leurs pénitents qui ont
des opinions probables, sur peine de péché
mortel, afin qu'ils n'y manquent pas. C'est ce
qu'ont bien montré nos pères, et entre autres
le père Bauny, tr. 4, *de Pœnit.* q. 13, p. 93.
« Quand le pénitent, dit-il, suit une opinion
« probable, le confesseur le doit absoudre, quoi-
« que son opinion soit contraire à celle du pé-
« nitent. » Mais il ne dit pas que ce soit un péché
mortel de ne le pas absoudre. Que vous êtes
prompt! me dit-il; écoutez la suite; il en fait
une conclusion expresse : « Refuser l'absolution
« à un pénitent qui agit selon une opinion pro-
« bable, est un péché qui, de sa nature, est
« mortel. » Et il cite, pour confirmer ce sentiment, trois des plus fameux de nos pères, Suarez,
tome IV, dist. 32, sect. 5; Vasquez, disp. 62,
ch. 7; et Sanchez, n. 29.

O mon père! lui dis-je, voilà qui est bien prudemment ordonné! Il n'y a plus rien à craindre.
Un confesseur n'oseroit plus y manquer. Je ne
savois pas que vous eussiez le pouvoir d'ordonner
sur peine de damnation. Je croyois que vous ne
saviez qu'ôter les péchés; je ne pensois pas que
vous en sussiez introduire; mais vous avez tout
pouvoir, à ce que je vois. Vous ne parlez pas
proprement, me dit-il. Nous n'introduisons pas
les péchés, nous ne faisons que les remarquer.
J'ai déjà bien reconnu deux ou trois fois que
vous n'êtes pas bon scolastique. Quoi qu'il en
soit, mon père, voilà mon doute bien résolu.

Mais j'en ai un autre encore à vous proposer : c'est que je ne sais comment vous pouvez faire, quand les pères de l'Église sont contraires au sentiment de quelqu'un de vos casuistes.

Vous l'entendez bien peu, me dit-il. Les pères étoient bons pour la morale de leur temps ; mais ils sont trop éloignés pour celle du nôtre. Ce ne sont plus eux qui la règlent, ce sont les nouveaux casuistes. Écoutez notre père Cellot, *de Hier.* Lib. VIII, cap. 16, pag. 714, qui suit en cela notre fameux père Reginaldus : « Dans les questions de « morale, les nouveaux casuistes sont préférables « aux anciens pères, quoiqu'ils fussent plus pro- « ches des apôtres. » Et c'est en suivant cette maxime que Diana parle de cette sorte, pag. 5, tr. 8, reg. 31. « Les bénéficiers sont-ils obligés de « restituer leur revenu dont ils disposent mal ? « Les anciens disoient qu'oui, mais les nouveaux « disent que non : ne quittons donc pas cette opi- « nion qui décharge de l'obligation de restituer. » Voilà de belles paroles, lui dis-je, et pleines de consolation pour bien du monde. Nous laissons les pères, me dit-il, à ceux qui traitent la posi- tive ; mais, pour nous qui gouvernons les con- sciences, nous les lisons peu, et ne citons dans nos écrits que les nouveaux casuistes. Voyez Diana, qui a tant écrit ; il a mis à l'entrée de ses livres la liste des auteurs qu'il rapporte. Il y en a deux cent quatre-vingt-seize, dont le plus ancien est depuis quatre-vingts ans. Cela est donc venu au monde depuis votre Société ? lui dis-je. Environ, me répondit-il. C'est-à-dire, mon père, qu'à votre arrivée on a vu disparoître saint Augustin, saint Chrysostôme, saint Ambroise, saint Jérôme, et les autres, pour ce qui est de la morale. Mais au moins que je sache les noms de ceux qui leur ont succédé ; qui sont-ils ces nouveaux auteurs ? Ce sont des gens bien habiles et bien célèbres, me dit-il. C'est Villalobos, Conink, Llamas, Achokier, Dealkozer, Dellacrux, Veracruz, Ugolin, Tambourin, Fernandez, Martinez, Suarez, Henriquez, Vasquez, Lopez, Gomez, Sanchez, de Vechis, de Grassis, de Grassalis, de Pitigianis, de Graphæis, Squilanti, Bizozeri, Barcola, de Bobadilla, Simancha, Perez de Lara, Aldretta, Lorca, de Scarcia, Quaranta, Scophra, Pedrezza, Cabrezza, Bisbe, Dias, de Clavasio, Villagut, Adam à Manden, Iribarne, Binsfeld, Volfangi à Vorberg, Vosthery, Strevesdorf. O mon père ! lui dis-je tout effrayé, tous ces gens-là étoient-ils chrétiens ? Comment, chrétiens ! me répondit-il. Ne vous disois-je pas que ce sont les seuls par lesquels nous gouvernons aujourd'hui la chrétienté ? Cela me fit pitié, mais je ne lui en témoignai rien, et lui demandai seulement si tous ces auteurs-là étoient jésuites. Non, me dit-il, mais il n'importe ; ils n'ont pas laissé de dire de bonnes choses. Ce n'est pas que la plupart ne les aient prises ou imitées des nôtres, mais nous ne nous piquons pas d'honneur, outre qu'ils citent nos pères à toute heure et avec éloge. Voyez Diana, qui n'est pas de notre Société, quand il

parle de Vasquez, il l'appelle *le phénix des esprits*. Et quelquefois il dit « que Vasquez seul
« lui est autant que tout le reste des hommes
« ensemble. *Instar omnium.* » Aussi tous nos pères
se servent fort souvent de ce bon Diana; car si
vous entendez bien notre doctrine *de la Probabilité*, vous verrez que cela n'y fait rien. Au contraire, nous avons bien voulu que d'autres que
les jésuites puissent rendre leurs opinions probables, afin qu'on ne puisse pas nous les imputer toutes. Et ainsi, quand quelque auteur
que ce soit en a avancé une, nous avons droit de
la prendre, si nous le voulons, par la doctrine
des opinions probables, et nous n'en sommes
pas les garants quand l'auteur n'est pas de notre
corps. J'entends tout cela, lui dis-je. Je vois
bien par là que tout est bien venu chez vous,
hormis les anciens pères, et que vous êtes les
maîtres de la campagne. Vous n'avez plus qu'à
courir.

Mais je prévois trois ou quatre grands inconvénients, et de puissantes barrières qui s'opposeront à votre course. Et quoi? me dit le père
tout étonné. C'est, lui répondis-je, l'Écriture
sainte, les papes, et les conciles, que vous ne
pouvez démentir, et qui sont tous dans la voie
unique de l'Évangile. Est-ce là tout? me dit-il.
Vous m'avez fait peur. Croyez-vous qu'une chose
si visible n'ait pas été prévue, et que nous n'y
ayons pas pourvu? Vraiment je vous admire, de
penser que nous soyons opposés à l'Écriture,

aux papes ou aux conciles! Il faut que je vous éclaircisse du contraire. Je serois bien marri que vous crussiez que nous manquons à ce que nous leur devons. Vous avez sans doute pris cette pensée de quelques opinions de nos pères qui paroissent choquer leurs décisions, quoique cela ne soit pas. Mais, pour en entendre l'accord, il faudroit avoir plus de loisir. Je souhaite que vous ne demeuriez pas mal édifié de nous. Si vous voulez que nous nous revoyions demain, je vous en donnerai l'éclaircissement.

Voilà la fin de cette conférence, qui sera celle de cet entretien; aussi en voilà bien assez pour une lettre. Je m'assure que vous en serez satisfait en attendant la suite. Je suis, etc.

SIXIEME LETTRE. (*)

Différents artifices des Jésuites pour éluder l'autorité de l'Évangile, des conciles et des papes. Quelques conséquences qui suivent de leur doctrine sur la Probabilité. Leurs relâchements en faveur des bénéficiers, des prêtres, des religieux et des domestiques. Histoire de Jean d'Alba.

De Paris, ce 10 avril 1656.

MONSIEUR,

JE vous ai dit, à la fin de ma dernière lettre, que ce bon père jésuite m'avoit promis de m'apprendre de quelle sorte les casuistes accordent les contrariétés qui se rencontrent entre leurs opinions et les décisions des papes, des conciles et de l'Écriture. Il m'en a instruit, en effet, dans ma seconde visite, dont voici le récit.

Ce bon père me parla de cette sorte : Une des manières dont nous accordons ces contradictions apparentes, est par l'interprétation de quelque terme. Par exemple, le pape Grégoire XIV a déclaré que les assassins sont indignes de jouir de l'asile des églises, et qu'on les en doit arracher. Cependant nos vingt-quatre vieillards disent, tr. 6, ex. 4, n. 27 : « Que tous ceux qui « tuent en trahison ne doivent pas encourir la

---

(*) Cette lettre a été revue par M. Nicole.

« peine de cette bulle. » Cela vous paroît être
contraire, mais on l'accorde, en interprétant le
mot d'*assassin*, comme ils font par ces paroles :
« Les assassins ne sont-ils pas indignes de jouir
« du privilége des églises ? Oui, par la bulle de
« Grégoire XIV. Mais nous entendons par le mot
« d'assassins, ceux qui ont reçu de l'argent pour
« tuer quelqu'un en trahison. D'où il arrive que
« ceux qui tuent sans en recevoir aucun prix,
« mais seulement pour obliger leurs amis, ne
« sont pas appelés assassins. » De même, il est
dit dans l'Évangile : « Donnez l'aumône de votre
« superflu. » Cependant plusieurs casuistes ont
trouvé moyen de décharger les personnes les
plus riches de l'obligation de donner l'aumône.
Cela vous paroît encore contraire ; mais on en
fait voir facilement l'accord, en interprétant le
mot de *superflu* ; en sorte qu'il n'arrive presque
jamais que personne en ait ; et c'est ce qu'a fait
le docte Vasquez en cette sorte, dans son Traité
de l'Aumône, c. 4, n. 14 : « Ce que les personnes
« du monde gardent pour relever leur condition
« et celle de leurs parents, n'est pas appelé su-
« perflu ; et c'est pourquoi à peine trouvera-t-on
« qu'il y ait jamais de superflu chez les gens du
« monde, et non pas même chez les rois. »
    Aussi Diana ayant rapporté ces mêmes paroles
de Vasquez, car il se fonde ordinairement sur
nos pères, il en conclut fort bien : « Que, dans la
« question, si les riches sont obligés de donner
« l'aumône de leur superflu, encore que l'affir-

« mative fût véritable, il n'arrivera jamais, ou
« presque jamais, qu'elle oblige dans la pra-
« tique. »

Je vois bien, mon père, que cela suit de la
doctrine de Vasquez; mais que répondroit-on,
si l'on objectoit qu'afin de faire son salut, il
seroit donc aussi sûr, selon Vasquez, de ne
point donner l'aumône, pourvu qu'on ait assez
d'ambition pour n'avoir point de superflu; qu'il
est sûr, selon l'Évangile, de n'avoir point d'ambition, afin d'avoir du superflu pour en pouvoir donner l'aumône? Il faudroit répondre,
me dit-il, que toutes ces deux voies sont sûres
selon le même Évangile; l'une, selon l'Évangile
dans le sens le plus littéral et le plus facile à
trouver; l'autre, selon le même Évangile, inter-
prété par Vasquez. Vous voyez par là l'utilité
des interprétations.

Mais quand les termes sont si clairs qu'ils
n'en souffrent aucune, alors nous nous servons
de la remarque des circonstances favorables,
comme vous verrez par cet exemple. Les papes
ont excommunié les religieux qui quittent leur
habit, et nos vingt-quatre vieillards ne laissent pas de parler en cette sorte, tr. 6, ex. 7,
n. 103. « En quelles occasions un religieux
« peut-il quitter son habit sans encourir l'ex-
« communication? » Il en rapporte plusieurs,
et entre autres celle-ci : « S'il le quitte pour une
« cause honteuse, comme pour aller filouter,
« ou pour aller *incognito* en des lieux de dé-

« bauche, le devant bientôt reprendre. » Aussi
il est visible que les bulles ne parlent point de
ces cas-là.

J'avois peine à croire cela, et je priai le père
de me le montrer dans l'original; je vis que le
chapitre où sont ces paroles est intitulé : « Pra-
« tique selon l'école de la Société de Jésus; *Praxis*
« *ex Societatis Jesu scholá;* » et j'y vis ces mots :
Si habitum dimittat ut furetur occultè, vel forni-
cetur. Et il me montra la même chose dans Diana,
en ces termes : *Ut eat incognitus ad lupanar.* Et
d'où vient, mon père, qu'ils les ont déchargés
de l'excommunication en cette rencontre ? Ne le
comprenez-vous pas? me dit-il. Ne voyez-vous
pas quel scandale ce seroit de surprendre un religieux en cet état avec son habit de religion? Et
n'avez-vous point ouï parler, continua-t-il, comment on répondit à la première bulle, *Contra*
sollicitantes? et de quelle sorte nos vingt-quatre,
dans un chapitre aussi *de la Prätique de l'école*
de notre Société, expliquent la bulle de Pie V,
Contra clericos, etc. ? Je ne sais ce que c'est que
tout cela, lui dis-je. Vous ne lisez donc guère
Escobar? me dit-il. Je ne l'ai que d'hier, mon
père, et même j'eus de la peine à le trouver. Je
ne sais ce qui est arrivé depuis peu, qui fait que
tout le monde le cherche. Ce que je vous disois,
repartit le père, est au tr. 1, ex. 8, n. 102. Voyez-
le en votre particulier; vous y trouverez un bel
exemple de la manière d'interpréter favorablement les bulles. Je le vis en effet dès le soir même;

mais je n'ose vous le rapporter, car c'est une chose effroyable.

Le bon père continua donc ainsi : Vous entendez bien maintenant comment on se sert des circonstances favorables? mais il y en a quelquefois de si précises, qu'on ne peut accorder par là les contradictions : de sorte que ce seroit bien alors que vous croiriez qu'il y en auroit. Par exemple, trois papes ont décidé que les religieux qui sont obligés par un vœu particulier à la vie quadragésimale, n'en sont pas dispensés, encore qu'ils soient faits évêques; et cependant Diana dit « que, nonobstant leur décision, ils en sont dis- « pensés. » Et comment accorde-t-il cela? lui dis-je. C'est, répliqua le père, par la plus subtile de toutes les nouvelles méthodes, et par le plus fin de la Probabilité. Je vas vous l'expliquer. C'est que, comme vous le vîtes l'autre jour, l'affirmative et la négative de la plupart des opinions ont chacune quelque probabilité, au jugement de nos docteurs, et assez pour être suivies avec sûreté de conscience. Ce n'est pas que le pour et le contre soient ensemble véritables dans le même sens, cela est impossible; mais c'est seulement qu'ils sont ensemble probables, et sûrs par conséquent.

Sur ce principe, Diana notre bon ami parle ainsi en la part. 5, tr. 13, r. 39. « Je réponds à la « décision de ces trois papes, qui est contraire à « mon opinion, qu'ils ont parlé de la sorte en « s'attachant à l'affirmative, laquelle en effet est

« probable, à mon jugement même : mais il ne
« s'ensuit pas de là que la négative n'ait aussi sa
« probabilité. » Et dans le même traité, r. 65, sur
un autre sujet, dans lequel il est encore d'un sentiment contraire à un pape, il parle ainsi : « Que
« le pape l'ait dit comme chef de l'Église, je le
« veux ; mais il ne l'a fait que dans l'étendue de
« la sphère de probabilité de son sentiment. »
Or, vous voyez bien que ce n'est pas là blesser
les sentiments des papes : on ne le souffriroit
pas à Rome, où Diana est en un si grand crédit,
car il ne dit pas que ce que les papes ont décidé
ne soit pas probable ; mais, en laissant leur
opinion dans toute la sphère de probabilité, il
ne laisse pas de dire que le contraire est aussi
probable. Cela est très-respectueux, lui dis-je.
Et cela est plus subtil, ajouta-t-il, que la réponse que fit le père Bauny quand on eut
censuré ses livres à Rome ; car il lui échappa
d'écrire contre M. Hallier, qui le persécutoit
alors furieusement : « Qu'a de commun la cen-
« sure de Rome avec celle de France ? » Vous
voyez assez par là que, soit par l'interprétation
des termes, soit par la remarque des circonstances favorables, soit enfin par la double
probabilité du pour et du contre, on accorde
toujours ces contradictions prétendues, qui
vous étonnoient auparavant, sans jamais blesser les décisions de l'Écriture, des conciles ou
des papes, comme vous le voyez. Mon révérend
père, lui dis-je, que le monde est heureux de

vous avoir pour maîtres ! Que ces probabilités sont utiles ! Je ne savois pourquoi vous aviez pris tant de soin d'établir qu'un seul docteur, *s'il est grave*, peut rendre une opinion probable ; que le contraire peut l'être aussi ; et qu'alors on peut choisir du pour et du contre celui qui agrée le plus, encore qu'on ne le croie pas véritable, et avec tant de sûreté de conscience, qu'un confesseur qui refuseroit de donner l'absolution sur la foi de ces casuistes seroit en état de damnation : d'où je comprends qu'un seul casuiste peut à son gré faire de nouvelles règles de morale, et disposer, selon sa fantaisie, de tout ce qui regarde la conduite des mœurs. Il faut, me dit le père, apporter quelque tempérament à ce que vous dites. Apprenez bien ceci. Voici notre méthode, où vous verrez le progrès d'une opinion nouvelle, depuis sa naissance jusqu'à sa maturité.

D'abord le docteur *grave* qui l'a inventée l'expose au monde, et la jette comme une semence pour prendre racine. Elle est encore foible en cet état ; mais il faut que le temps la mûrisse peu à peu ; et c'est pourquoi Diana, qui en a introduit plusieurs, dit en un endroit : « J'avance « cette opinion ; mais parce qu'elle est nouvelle, « je la laisse mûrir au temps, *relinquo tempori* « *maturandam.* » Ainsi, en peu d'années, on la voit insensiblement s'affermir ; et, après un temps considérable, elle se trouve autorisée par la tacite approbation de l'Église, selon cette

grande maxime du père Bauny : « Qu'une opi-
« nion étant avancée par quelques casuistes, et
« l'Église ne s'y étant point opposée, c'est un
« témoignage qu'elle l'approuve. » Et c'est en effet
par ce principe qu'il autorise un de ses sentiments dans son Traité VI, pag. 312. Eh quoi !
lui dis-je, mon père, l'Église, à ce compte-là,
approuveroit donc tous les abus qu'elle souffre,
et toutes les erreurs des livres qu'elle ne censure
point ? Disputez, me dit-il, contre le père Bauny.
Je vous fais un récit, et vous contestez contre
moi. Il ne faut jamais disputer sur un fait. Je
vous disois donc que, quand le temps a ainsi
mûri une opinion, alors elle est tout-à-fait probable et sûre. Et de là vient que le docte Caramuel, dans la lettre où il adresse à Diana sa
Théologie fondamentale, dit que ce grand « Diana
« a rendu plusieurs opinions probables qui ne
« l'étoient pas auparavant, *quæ anteà non erant.*
« Et qu'ainsi on ne pèche plus en les suivant, au
« lieu qu'on péchoit auparavant : *jàm non pec-*
« *cant, licèt antè peccaverint.* »

En vérité, mon père, lui dis-je ; il y a bien à
profiter auprès de vos docteurs. Quoi ! de deux
personnes qui font les mêmes choses, celui qui
ne sait pas leur doctrine pèche, celui qui la sait
ne pèche pas ? Est-elle donc tout ensemble in-
structive et justifiante ? La loi de Dieu faisoit
des prévaricateurs, selon saint Paul ; celle-ci fait
qu'il n'y a presque que des innocents. Je vous
supplie, mon père, de m'en bien informer ; je

ne vous quitterai point que vous ne m'ayez dit
les principales maximes que vos casuistes ont
établies.

Hélas ! me dit le père, notre principal but
auroit été de n'établir point d'autres maximes
que celles de l'Évangile dans toute leur sévérité ;
et l'on voit assez par le règlement de nos mœurs
que, si nous souffrons quelque relâchement dans
les autres, c'est plutôt par condescendance que
par dessein. Nous y sommes forcés. Les hommes
sont aujourd'hui tellement corrompus, que, ne
pouvant les faire venir à nous, il faut bien que
nous allions à eux : autrement ils nous quitte-
roient ; ils feroient pis, ils s'abandonneroient
entièrement. Et c'est pour les retenir que nos
casuistes ont considéré les vices auxquels on est
le plus porté dans toutes les conditions, afin
d'établir des maximes si douces, sans toutefois
blesser la vérité, qu'on seroit de difficile composition si l'on n'en étoit content ; car le dessein
capital que notre Société a pris pour le bien de
la religion, est de ne rebuter qui que ce soit,
pour ne pas désespérer le monde.

Nous avons donc des maximes pour toutes
sortes de personnes, pour les bénéficiers, pour
les prêtres, pour les religieux, pour les gentilshommes, pour les domestiques, pour les riches,
pour ceux qui sont dans le commerce, pour
ceux qui sont mal dans leurs affaires, pour ceux
qui sont dans l'indigence, pour les femmes dé-
votes, pour celles qui ne le sont pas, pour les

gens mariés, pour les gens déréglés : enfin, rien
n'a échappé à leur prévoyance. C'est-à-dire, lui
dis-je, qu'il y en a pour le clergé, la noblesse
et le tiers-état ; me voici bien disposé à les entendre.

Commençons, dit le père, par les bénéficiers.
Vous savez quel trafic on fait aujourd'hui des
bénéfices, et que, s'il falloit s'en rapporter à ce
que saint Thomas et les anciens en ont écrit,
il y auroit bien des simoniaques dans l'Église.
C'est pourquoi il a été fort nécessaire que nos
pères aient tempéré les choses par leur prudence,
comme ces paroles de Valentia, qui est l'un des
quatre animaux d'Escobar, vous l'apprendront.
C'est la conclusion d'un long discours, où il en
donne plusieurs expédients, dont voici le meilleur à mon avis ; c'est en la page 2039 du tome III.
« Si l'on donne un bien temporel pour un bien
« spirituel », c'est-à-dire, de l'argent pour un
bénéfice, « et qu'on donne l'argent comme le
« prix du bénéfice, c'est une simonie visible ;
« mais, si on le donne comme le motif qui porte
« la volonté du collateur à le conférer, ce n'est
« point simonie, encore que celui qui le confère
« considère et attende l'argent comme la fin prin-
« cipale. » Tannerus, qui est encore de notre
Société, dit la même chose dans son tome III,
page 1519, quoiqu'il avoue que « saint Thomas y
« est contraire, en ce qu'il enseigne absolument
« que c'est toujours simonie de donner un bien
« spirituel pour un temporel, si le temporel en

« est la fin. » Par ce moyen, nous empêchons une infinité de simonies ; car qui seroit assez méchant pour refuser, en donnant de l'argent pour un bénéfice, de porter son intention à le donner comme *un motif* qui porte le bénéficier à le résigner, au lieu de le donner comme *le prix* du bénéfice ? Personne n'est assez abandonné de Dieu pour cela. Je demeure d'accord, lui dis-je, que tout le monde a des grâces suffisantes pour faire un tel marché. Cela est assuré, repartit le père.

Voilà comment nous avons adouci les choses à l'égard des bénéficiers. Quant aux prêtres, nous avons plusieurs maximes qui leur sont assez favorables. Par exemple, celle-ci de nos vingt-quatre, tr. 1, ex. 11, n. 96 : « Un prêtre « qui a reçu de l'argent pour dire une messe, « peut-il recevoir de nouvel argent sur la même « messe ? Oui, dit Filiutius, en appliquant la « partie du sacrifice qui lui appartient comme « prêtre à celui qui le paye de nouveau, pourvu « qu'il n'en reçoive pas autant que pour une « messe entière, mais seulement pour une par- « tie, comme pour un tiers de messe. »

Certes, mon père, voici une de ces rencontres où le *pour* et le *contre* sont bien probables ; car ce que vous me dites ne peut manquer de l'être, après l'autorité de Filiutius et d'Escobar. Mais en le laissant dans sa sphère de probabilité, on pourroit bien, ce me semble, dire aussi le contraire, et l'appuyer par ces raisons. Lorsque l'Église permet aux prêtres qui sont pauvres de recevoir de l'argent pour leurs messes, parce qu'il est bien juste que ceux qui servent à l'autel vivent de l'autel, elle n'entend pas pour cela qu'ils échangent le sacrifice pour de l'argent, et encore moins qu'ils se privent eux-mêmes de toutes les grâces qu'ils en doivent tirer les premiers. Et je dirois encore « que les prêtres, « selon saint Paul, sont obligés d'offrir le sacri-« fice, premièrement pour eux-mêmes, et puis « pour le peuple; » et qu'ainsi il leur est bien permis d'en associer d'autres au fruit du sacrifice, mais non pas de renoncer eux-mêmes volontairement à tout le fruit du sacrifice, et de le donner à un autre pour un tiers de messe, c'est-à-dire, pour quatre ou cinq sous. En vérité, mon père, pour peu que je fusse *grave*, je rendrois cette opinion probable. Vous n'y auriez pas grande peine, me dit-il; elle l'est visiblement : la difficulté étoit de trouver de la probabilité dans le contraire des opinions qui sont manifestement bonnes; et c'est ce qui n'appartient qu'aux grands hommes. Le père Bauny y excelle. Il y a du plaisir de voir ce savant casuiste pénétrer dans le pour et le contre d'une même question qui regarde encore les prêtres, et trouver raison partout, tant il est ingénieux et subtil.

Il dit en un endroit, c'est dans le Traité x, page 474 : « On ne peut pas faire une loi qui obli-« geât les curés à dire la messe tous les jours,

« parce qu'une telle loi les exposeroit indubi-
« tablement, *haud dubiè*, au péril de la dire
« quelquefois en péché mortel. » Et néanmoins
dans le même Traité 10, p. 441, il dit : « Que les
« prêtres qui ont reçu de l'argent pour dire la
« messe tous les jours, la doivent dire tous les
« jours, et qu'ils ne peuvent pas s'excuser sur
« ce qu'ils ne sont pas toujours assez bien pré-
« parés pour la dire, parce qu'on peut toujours
« faire l'acte de contrition ; et que, s'ils y man-
« quent, c'est leur faute, et non pas celle de
« celui qui leur fait dire la messe. » Et pour
lever les plus grandes difficultés qui pourroient les en empêcher, il résout ainsi cette
question dans le même Traité, q. 32, page 457 :
« Un prêtre peut-il dire la messe le même jour
« qu'il a commis un péché mortel et des plus
« criminels, en se confessant auparavant ? Non,
« dit Villalobos, à cause de son impureté. Mais
« Sancius dit que oui, et sans aucun péché ; je
« tiens son opinion sûre, et qu'elle doit être
« suivie dans la pratique : *et tuta et sequenda in*
« *praxi.* »

Quoi ! mon père, lui dis-je, on doit suivre
cette opinion dans la pratique ? Un prêtre qui
seroit tombé dans un tel désordre oseroit-il
s'approcher le même jour de l'autel, sur la parole du père Bauny ? Et ne devroit-il pas déférer
aux anciennes lois de l'Église, qui excluoient
pour jamais du sacrifice, ou au moins pour un
long temps, les prêtres qui avoient commis des

péchés de cette sorte, plutôt que de s'arrêter
aux nouvelles opinions des casuistes, qui les y
admettent le jour même qu'ils y sont tombés?
Vous n'avez point de mémoire, dit le père. Ne
vous appris-je pas l'autre fois que, selon nos
pères Cellot et Reginaldus, «on ne doit pas
« suivre, dans la morale, les anciens pères,
« mais les nouveaux casuistes?» Je m'en souviens bien, lui répondis-je; mais il y a plus ici,
car il y a des lois de l'Église. Vous avez raison,
me dit-il; mais c'est que vous ne savez pas encore cette belle maxime de nos pères : «Que les
« lois de l'Église perdent leur force quand on
« ne les observe plus, cùm *jam desuetudine*
« *abierunt*, » comme dit Filiutius, t. II, tr. 25,
n. 33. Nous voyons mieux que les anciens les
nécessités présentes de l'Église. Si on étoit si
sévère à exclure les prêtres de l'autel, vous
comprenez bien qu'il n'y auroit pas un si grand
nombre de messes. Or la pluralité des messes
apporte tant de gloire à Dieu, et d'utilité aux
âmes, que j'oserois dire, avec notre père Cellot,
dans son livre de la Hiérarchie, p. 611 de l'impression de Rouen, qu'il n'y auroit pas trop de
prêtres, « quand non-seulement tous les hommes
« et les femmes, si cela se pouvoit, mais que les
« corps insensibles, et les bêtes brutes même,
« *bruta animalia*, seroient changés en prêtres
« pour célébrer la messe. »
    Je fus si surpris de la bizarrerie de cette ima-
gination, que je ne pus rien dire, de sorte qu'il

continua ainsi : Mais en voilà assez pour les prêtres; je serois trop long; venons aux religieux. Comme leur plus grande difficulté est en l'obéissance qu'ils doivent à leurs supérieurs, écoutez l'adoucissement qu'y apportent nos pères. C'est Castrus Palaüs, de notre Société, *Op. mor.* p. 1, disp. 2, page 6 : « Il est hors de « dispute, *non est controversia*, que le religieux « qui a pour soi une opinion probable n'est « point tenu d'obéir à son supérieur, quoique « l'opinion du supérieur soit la plus probable; « car alors il est permis au religieux d'embrasser « celle qui lui est la plus agréable, *quœ sibi gra-* « *tior fuerit*, comme le dit Sanchez. Et encore « que le commandement du supérieur soit juste, « cela ne vous oblige pas de lui obéir : car il « n'est pas juste de tous points et en toute ma- « nière, *non undequaquè justè præcipit*, mais « seulement probablement; et ainsi vous n'êtes « engagé que probablement à lui obéir, et vous « en êtes probablement dégagé : *probabiliter* « *obligatus, et probabiliter deobligatus.* » Certes, mon père, lui dis-je, on ne sauroit trop estimer un si beau fruit de la double probabilité. Elle est de grand usage, me dit-il; mais abrégeons. Je ne vous dirai plus que ce trait de notre célèbre Molina, en faveur des religieux qui sont chassés de leurs couvents pour leurs désordres. Notre père Escobar le rapporte, tr. 6, ex. 7, n. 111, en ces termes : « Molina assure qu'un « religieux chassé de son monastère n'est point

« obligé de se corriger pour y retourner, et qu'il
« n'est plus lié par son vœu d'obéissance. »

Voilà, mon père, lui dis-je, les ecclésiastiques
bien à leur aise. Je vois bien que vos casuistes les
ont traités favorablement. Ils y ont agi comme
pour eux-mêmes. J'ai bien peur que les gens des
autres conditions ne soient pas si bien traités. Il
falloit que chacun fît pour soi. Ils n'auroient
pas mieux fait eux-mêmes, me repartit le père.
On a agi pour tous avec une pareille charité,
depuis les plus grands jusques aux moindres;
et vous m'engagez, pour vous le montrer, à
vous dire nos maximes touchant les valets.

Nous avons considéré, à leur égard, la peine
qu'ils ont, quand ils sont gens de conscience, à
servir des maîtres débauchés; car s'ils ne font
tous les messages où ils les emploient, ils perdent leur fortune; et s'ils leur obéissent, ils en
ont du scrupule. C'est pour les en soulager que
nos vingt-quatre pères, tr. 7, ex. 4, n. 223, ont
marqué les services qu'ils peuvent rendre en
sûreté de conscience. En voici quelques-uns :
« Porter des lettres et des présents; ouvrir les
« portes et les fenêtres; aider leur maître à
« monter à la fenêtre, tenir l'échelle pendant
« qu'il y monte : tout cela est permis et indif-
« férent. Il est vrai que pour tenir l'échelle il
« faut qu'ils soient menacés plus qu'à l'ordi-
« naire, s'ils y manquoient; car c'est faire in-
« jure au maître d'une maison d'y entrer par la
« fenêtre. »

Voyez-vous combien cela est judicieux ? Je n'attendois rien moins, lui dis-je, d'un livre tiré de vingt-quatre jésuites. Mais, ajouta le père, notre père Bauny a encore bien appris aux valets à rendre tous ces devoirs-là innocemment à leurs maîtres, en faisant qu'ils portent leur intention, non pas aux péchés dont ils sont les entremetteurs, mais seulement au gain qui leur en revient. C'est ce qu'il a bien expliqué dans sa Somme des péchés, en la page 710 de la première impression : « Que les confesseurs, dit-il, « remarquent bien qu'on ne peut absoudre les « valets qui font des messages déshonnêtes, s'ils « consentent aux péchés de leurs maîtres ; mais « il faut dire le contraire, s'ils le font pour leur « commodité temporelle. » Et cela est bien facile à faire ; car pourquoi s'obstineroient-ils à consentir à des péchés dont ils n'ont que la peine ?

Et le même père Bauny a encore établi cette grande maxime en faveur de ceux qui ne sont pas contents de leurs gages ; c'est dans sa Somme, pages 213 et 214 de la sixième édition : « Les valets qui se plaignent de leurs gages, « peuvent-ils d'eux-mêmes les croître en se garnissant les mains d'autant de bien appartenant à leurs maîtres, comme ils s'imaginent « en être nécessaire pour égaler lesdits gages à « leur peine ? Ils le peuvent en quelques rencontres, comme lorsqu'ils sont si pauvres en « cherchant condition, qu'ils ont été obligés

« d'accepter l'offre qu'on leur a faite, et que les
« autres valets de leur sorte gagnent davantage
« ailleurs. »

Voilà justement, mon père, lui dis-je, le passage de Jean d'Alba. Quel Jean d'Alba? dit le
père. Que voulez-vous dire? Quoi! mon père,
ne vous souvenez-vous plus de ce qui se passa en
cette ville l'année 1647? Et où étiez-vous donc
alors? J'enseignois, dit-il, les cas de conscience
dans un de nos colléges assez éloigné de Paris.
Je vois donc bien, mon père, que vous ne savez
pas cette histoire; il faut que je vous la dise.
C'étoit une personne d'honneur qui la contoit
l'autre jour en un lieu où j'étois. Il nous disoit
que ce Jean d'Alba, servant vos pères du collége
de Clermont de la rue Saint-Jacques, et n'étant
pas satisfait de ses gages, déroba quelque chose
pour se récompenser; que, vos pères s'en étant
aperçus, le firent mettre en prison, l'accusant
de vol domestique, et que le procès en fut rapporté au Châtelet, le sixième jour d'avril 1647,
si j'ai bonne mémoire; car il nous marqua toutes
ces particularités-là, sans quoi à peine l'auroit-on
cru. Ce malheureux, étant interrogé, avoua qu'il
avoit pris quelques plats d'étain à vos pères;
mais il soutint qu'il ne les avoit pas volés pour
cela, rapportant pour sa justification cette doctrine du père Bauny, qu'il présenta aux juges
avec un écrit d'un de vos pères, sous lequel il
avoit étudié les cas de conscience, qui lui avoit
appris la même chose. Sur quoi M. de Montrouge,

l'un des plus considérés de cette compagnie, dit
en opinant : « Qu'il n'étoit pas d'avis que, sur
« des écrits de ces pères, contenant une doctrine
« illicite, pernicieuse et contraire à toutes les
« lois naturelles, divines et humaines, capable
« de renverser toutes les familles, et d'autoriser
« tous les vols domestiques, on dût absoudre
« cet accusé ; mais qu'il étoit d'avis que ce trop
« fidèle disciple fût fouetté devant la porte du
« collége, par la main du bourreau, lequel en
« même temps brûleroit les écrits de ces pères
« traitant du larcin, avec défense à eux de plus
« enseigner une telle doctrine, sur peine de la
« vie. »

On attendoit la suite de cet avis, qui fut fort
approuvé, lorsqu'il arriva un incident qui fit
remettre le jugement de ce procès. Mais cependant le prisonnier disparut, on ne sait comment,
sans qu'on parlât plus de cette affaire-là ; de sorte
que Jean d'Alba sortit, et sans rendre sa vais-
selle. Voilà ce qu'il nous dit, et il ajoutoit à cela
que l'avis de M. de Montrouge est aux registres
du Châtelet, où chacun le peut voir. Nous prîmes
plaisir à ce conte.

A quoi vous amusez-vous ? dit le père. Qu'est-ce
que tout cela signifie ? Je vous parle des maximes
de nos casuistes ; j'étois prêt à vous parler de
celles qui regardent les gentilshommes, et vous
m'interrompez par des histoires hors de propos.
Je ne vous le disois qu'en passant, lui dis-je, et
aussi pour vous avertir d'une chose importante

sur ce sujet, que je trouve que vous avez oubliée
en établissant votre doctrine de la probabilité.
Eh quoi ! dit le père, que pourroit-il y avoir
de manque après que tant d'habiles gens y ont
passé ? C'est, lui répondis-je, que vous avez bien
mis ceux qui suivent vos opinions probables, en
assurance à l'égard de Dieu et de la conscience :
car, à ce que vous dites, on est en sûreté de ce
côté-là en suivant un docteur grave. Vous les
avez encore mis en assurance du côté des confesseurs ; car vous avez obligé les prêtres à les
absoudre sur une opinion probable, à peine de
péché mortel : mais vous ne les avez point mis
en assurance du côté des juges ; de sorte qu'ils
se trouvent exposés au fouet et à la potence en
suivant vos probabilités. C'est un défaut capital
que cela. Vous avez raison, dit le père, vous
me faites plaisir ; mais c'est que nous n'avons
pas autant de pouvoir sur les magistrats que sur
les confesseurs, qui sont obligés de se rapporter
à nous pour les cas de conscience : car c'est nous
qui en jugeons souverainement. J'entends bien,
lui dis-je ; mais si d'une part vous êtes les juges
des confesseurs, n'êtes-vous pas de l'autre les
confesseurs des juges ? Votre pouvoir est de
grande étendue : obligez-les d'absoudre les criminels qui ont une opinion probable, à peine
d'être exclus des sacrements ; afin qu'il n'arrive
pas, au grand mépris et scandale de la probabilité, que ceux que vous rendez innocents dans
la théorie soient fouettés ou pendus dans la

pratique. Sans cela, comment trouveriez-vous des disciples? Il y faudra songer, me dit-il, cela n'est pas à négliger. Je le proposerai à notre père Provincial. Vous pouviez néanmoins réserver cet avis à un autre temps, sans interrompre ce que j'ai à vous dire des maximes que nous avons établies en faveur des gentilshommes, et je ne vous les apprendrai qu'à la charge que vous ne me ferez plus d'histoires.

Voilà tout ce que vous aurez pour aujourd'hui; car il faut plus d'une lettre pour vous mander tout ce que j'ai appris en une seule conversation. Cependant je suis, etc.

SEPTIÈME LETTRE. (*)

De la méthode de diriger l'intention, selon les casuistes. De la permission qu'ils donnent de tuer pour la défense de l'honneur et des biens, et qu'ils étendent jusqu'aux prêtres et aux religieux. Question curieuse proposée par Caramuel, savoir s'il est permis aux jésuites de tuer les jansénistes.

De Paris, ce 25 avril 1656.

MONSIEUR,

Après avoir apaisé le bon père, dont j'avois un peu troublé le discours par l'histoire de Jean d'Alba, il le reprit sur l'assurance que je lui donnai de ne lui en plus faire de semblables ; et il me parla des maximes de ses casuistes touchant les gentilshommes, à peu près en ces termes :

Vous savez, me dit-il, que la passion dominante des personnes de cette condition est ce point d'honneur qui les engage à toute heure à des violences qui paroissent bien contraires à la piété chrétienne ; de sorte qu'il faudroit les exclure presque tous de nos confessionnaux, si nos pères n'eussent un peu relâché de la sévérité de la religion pour s'accommoder à la foiblesse des hommes. Mais comme ils vouloient demeurer

---

(*) La révision de cette lettre fut faite par M. Nicole.

attachés à l'Évangile par leur devoir envers Dieu,
et aux gens du monde par leur charité pour le
prochain, ils ont eu besoin de toute leur lumière
pour trouver des expédients qui tempérassent
les choses avec tant de justesse, qu'on pût maintenir et réparer son honneur par les moyens
dont on se sert ordinairement dans le monde,
sans blesser néanmoins sa conscience; afin de
conserver tout ensemble deux choses aussi op-
posées en apparence, que la piété et l'honneur.
Mais autant que ce dessein étoit utile, autant
l'exécution en étoit pénible; car je crois que
vous voyez assez la grandeur et la difficulté de
cette entreprise. Elle m'étonne, lui dis-je assez
froidement. Elle vous étonne? me dit-il : je le
crois, elle en étonneroit bien d'autres. Ignorez-
vous que, d'une part, la loi de l'Évangile ordonne « de ne point rendre le mal pour le mal,
« et d'en laisser la vengeance à Dieu? » et que,
de l'autre, les lois du monde défendent de souffrir les injures, sans en tirer raison soi-même,
et souvent par la mort de ses ennemis? Avez-
vous jamais rien vu qui paroisse plus contraire?
Et cependant, quand je vous dis que nos pères
ont accordé ces choses, vous me dites simplement que cela vous étonne. Je ne m'expliquois
pas assez, mon père. Je tiendrois la chose impossible, si, après ce que j'ai vu de vos pères,
je ne savois qu'ils peuvent faire facilement ce
qui est impossible aux autres hommes. C'est
ce qui me fait croire qu'ils en ont bien trouvé

quelque moyen, que j'admire sans le connoître, et que je vous prie de me déclarer.

Puisque vous le prenez ainsi, me dit-il, je ne puis vous le refuser. Sachez donc que ce principe merveilleux est notre grande méthode de *diriger l'intention*, dont l'importance est telle dans notre morale, que j'oserois quasi la comparer à la doctrine de la probabilité. Vous en avez vu quelques traits en passant, dans de certaines maximes que je vous ai dites; car, lorsque je vous ai fait entendre comment les valets peuvent faire en conscience de certains messages fâcheux, n'avez-vous pas pris garde que c'étoit seulement en détournant leur intention du mal dont ils sont les entremetteurs, pour la porter au gain qui leur en revient? Voilà ce que c'est que *diriger l'intention*; et vous avez vu de même que ceux qui donnent de l'argent pour des bénéfices seroient de véritables simoniaques sans une pareille diversion. Mais je veux maintenant vous faire voir cette grande méthode dans tout son lustre sur le sujet de l'homicide, qu'elle justifie en mille rencontres, afin que vous jugiez par un tel effet tout ce qu'elle est capable de produire. Je vois déjà, lui dis-je, que par là tout sera permis, rien n'en échappera. Vous allez toujours d'une extrémité à l'autre, répondit le père : corrigez-vous de cela; car, pour vous témoigner que nous ne permettons pas tout, sachez que, par exemple, nous ne souffrons jamais d'avoir l'intention formelle de pécher pour le seul dessein de pécher ; et que quiconque s'obstine à n'avoir point d'autre fin dans le mal que le mal même, nous rompons avec lui ; cela est diabolique : voilà qui est sans exception d'âge, de sexe, de qualité. Mais quand on n'est pas dans cette malheureuse disposition, alors nous essayons de mettre en pratique notre méthode de *diriger l'intention*, qui consiste à se proposer pour fin de ses actions un objet permis. Ce n'est pas qu'autant qu'il est en notre pouvoir, nous ne détournions les hommes des choses défendues ; mais, quand nous ne pouvons pas empêcher l'action, nous purifions au moins l'intention ; et ainsi nous corrigeons le vice du moyen par la pureté de la fin.

Voilà par où nos pères ont trouvé moyen de permettre les violences qu'on pratique en défendant son honneur ; car il n'y a qu'à détourner son intention du désir de vengeance, qui est criminel, pour la porter au désir de défendre son honneur, qui est permis selon nos pères. Et c'est ainsi qu'ils accomplissent tous leurs devoirs envers Dieu et envers les hommes. Car ils contentent le monde en permettant les actions ; et ils satisfont à l'Évangile en purifiant les intentions. Voilà ce que les anciens n'ont point connu, voilà ce qu'on doit à nos pères. Le comprenez-vous maintenant ? Fort bien, lui dis-je. Vous accordez aux hommes l'effet extérieur et matériel de l'action, et vous donnez à Dieu ce mouvement intérieur et spirituel de

l'intention; et, par cet équitable partage, vous
alliez les lois humaines avec les divines. Mais,
mon père, pour vous dire la vérité, je me défie
un peu de vos promesses; et je doute que vos
auteurs en disent autant que vous. Vous me faites
tort, dit le père; je n'avance rien que je ne
prouve, et par tant de passages, que leur nombre, leur autorité et leurs raisons vous rempli-
ront d'admiration.

Car, pour vous faire voir l'alliance que nos
pères ont faite des maximes de l'Évangile avec
celles du monde, par cette direction d'intention,
écoutez notre père Reginaldus, *in praxi*, Liv. XXI,
n. 62, p. 260 : « Il est défendu aux particuliers de
« se venger; car saint Paul dit, Rom. ch. 12 : Ne
« rendez à personne le mal pour le mal; et l'Eccl.
« ch. 28 : Celui qui veut se venger attirera sur soi
« la vengeance de Dieu, et ses péchés ne seront
« point oubliés. Outre tout ce qui est dit dans
« l'Évangile, du pardon des offenses, comme
« dans les chapitres 6 et 18 de saint Matthieu. »
Certes, mon père, si après cela il dit autre chose
que ce qui est dans l'Écriture, ce ne sera pas
manque de la savoir. Que conclut-il donc enfin ?
Le voici, dit-il : « De toutes ces choses, il paroît
« qu'un homme de guerre peut sur l'heure même
« poursuivre celui qui l'a blessé; non pas, à la
« vérité, avec l'intention de rendre le mal pour
« le mal, mais avec celle de conserver son hon-
« neur : *Non ut malum pro malo reddat, sed ut
« conservet honorem.* »

Voyez-vous comment ils ont soin de défendre d'avoir l'intention de rendre le mal pour le mal, parce que l'Écriture le condamne? Ils ne l'ont jamais souffert. Voyez Lessius, *de Just.* Livre II, c. 9, d. 12, n. 79 : « Celui qui a reçu un soufflet « ne peut pas avoir l'intention de s'en venger; « mais il peut bien avoir celle d'éviter l'infamie, « et pour cela de repousser à l'instant cette in-« jure, et même à coups d'épée : *etiam cum gla-« dio.* » Nous sommes si éloignés de souffrir qu'on ait le dessein de se venger de ses ennemis, que nos pères ne veulent pas seulement qu'on leur souhaite la mort par un mouvement de haine. Voyez notre père Escobar, tr. 5, ex. 5, n. 145 : « Si votre ennemi est disposé à vous « nuire, vous ne devez pas souhaiter sa mort « par un mouvement de haine, mais vous le pou-« vez bien faire pour éviter votre dommage. » Car cela est tellement légitime avec cette inten-tion, que notre grand Hurtado de Mendosa dit : « Qu'on peut prier Dieu de faire promptement « mourir ceux qui se disposent à nous persécu-« ter, si on ne le peut éviter autrement. » C'est au Livre *de Spe*, vol. 2, d. 15, sect. 4, §. 48.

Mon révérend père, lui dis-je, l'Église a bien oublié de mettre une oraison à cette intention dans ses prières. On n'y a pas mis, me dit-il, tout ce qu'on peut demander à Dieu. Outre que cela ne se pouvoit pas; car cette opinion-là est plus nouvelle que le bréviaire : vous n'êtes pas bon chronologiste. Mais, sans sortir de ce sujet,

écoutez encore ce passage de notre père Gaspar Hurtado, *de Sub. pecc. diff.* 9, cité par Diana, p. 5, tr. 14, r. 99; c'est l'un des vingt-quatre pères d'Escobar. « Un bénéficier peut, sans au-
« cun péché mortel, désirer la mort de celui qui
« a une pension sur son bénéfice; et un fils celle
« de son père, et se réjouir quand elle arrive,
« pourvu que ce ne soit que pour le bien qui
« lui en revient, et non pas par une haine per-
« sonnelle. »

O mon père! lui dis-je, voilà un beau fruit de la direction d'intention! Je vois bien qu'elle est de grande étendue : mais néanmoins il y a de certains cas dont la résolution seroit encore difficile, quoique fort nécessaire pour les gentils-
hommes. Proposez-les pour voir, dit le père. Montrez-moi, lui dis-je, avec toute cette direc-
tion d'intention, qu'il soit permis de se battre en duel. Notre grand Hurtado de Mendoza, dit le père, vous y satisfera sur l'heure, dans ce passage que Diana rapporte, page 5, tr. 14, r. 99.
« Si un gentilhomme qui est appelé en duel est
« connu pour n'être pas dévot, et que les péchés
« qu'on lui voit commettre à toute heure sans
« scrupule fassent aisément juger que, s'il re-
« fuse le duel, ce n'est pas par la crainte de
« Dieu, mais par timidité; et qu'ainsi on dise
« de lui que c'est une poule et non pas un
« homme, *gallina et non vir;* il peut, pour con-
« server son honneur, se trouver au lieu assigné,
« non pas véritablement avec l'intention ex-

« presse de se battre en duel ; mais seulement
« avec celle de se défendre, si celui qui l'a ap-
« pelé l'y vient attaquer injustement. Et son ac-
« tion sera toute indifférente d'elle-même. Car
« quel mal y a-t-il d'aller dans un champ, de s'y
« promener en attendant un homme, et de se
« défendre si on l'y vient attaquer? Et ainsi il ne
« pèche en aucune manière, puisque ce n'est
« point du tout accepter un duel, ayant l'inten-
« tion dirigée à d'autres circonstances. Car l'ac-
« ceptation du duel consiste en l'intention ex-
« presse de se battre, laquelle celui-ci n'a pas. »

Vous ne m'avez pas tenu parole, mon père.
Ce n'est pas là proprement permettre le duel ; au
contraire, il le croit tellement défendu, que,
pour le rendre permis, il évite de dire que c'en
soit un. Ho ! ho ! dit le père, vous commencez à
pénétrer ; j'en suis ravi. Je pourrois dire néanmoins qu'il permet en cela tout ce que demandent ceux qui se battent en duel. Mais, puisqu'il
faut vous répondre juste, notre père Layman le
fera pour moi, en permettant le duel en mots
propres, pourvu qu'on dirige son intention à
l'accepter seulement pour conserver son honneur
ou sa fortune. C'est au Livre III, page 3, c. 3,
n. 2 et 3 : « Si un soldat à l'armée, ou un gentil-
« homme à la cour, se trouve en état de perdre
« son honneur ou sa fortune, s'il n'accepte un
« duel, je ne vois pas que l'on puisse condamner
« celui qui le reçoit pour se défendre. » Petrus
Hurtado dit la même chose, au rapport de notre

célèbre Escobar, au Tr. 1, ex. 7, n. 96 et 98, il
ajoute ces paroles de Hurtado : « Qu'on peut se
« battre en duel pour défendre même son bien,
« s'il n'y a que ce moyen de le conserver ; parce
« que chacun a le droit de défendre son bien,
« et même par la mort de ses ennemis. » J'ad-
mirai sur ces passages de voir que la piété du roi
emploie sa puissance à défendre et à abolir le
duel dans ses états, et que la piété des jésuites
occupe leur subtilité à le permettre et à l'autoriser dans l'Église. Mais le bon père étoit si en
train, qu'on lui eût fait tort de l'arrêter, de sorte
qu'il poursuivit ainsi : Enfin, dit-il, Sanchez
(voyez un peu quels gens je vous cite !) passe
outre ; car il permet non-seulement de recevoir,
mais encore d'offrir le duel, en dirigeant bien
son intention. Et notre Escobar le suit en cela
au même lieu, n. 97. Mon père, lui dis-je, je le
quitte, si cela est ; mais je ne croirai jamais
qu'il l'ait écrit, si je ne le vois. Lisez-le donc
vous-même, me dit-il ; et je lus en effet ces mots
dans la théologie morale de Sanchez, Liv. II,
ch. 39, n. 7 : « Il est bien raisonnable de dire
« qu'un homme peut se battre en duel pour sau-
« ver sa vie, son honneur, ou son bien en une
« quantité considérable, lorsqu'il est constant
« qu'on les lui veut ravir injustement par des
« procès et des chicaneries, et qu'il n'y a que ce
« seul moyen de les conserver. Et Navarrus dit
« fort bien qu'en cette occasion il est permis
« d'accepter et d'offrir le duel : *Licet acceptare*

« *et offerre duellum.* Et aussi qu'on peut tuer en
« cachette son ennemi. Et même, en ces ren-
« contres-là, on ne doit point user de la voie du
« duel, si on peut tuer en cachette son homme,
« et sortir par là d'affaire : car, par ce moyen, on
« évitera tout ensemble, et d'exposer sa vie en
« un combat, et de participer au péché que notre
« ennemi commettroit par un duel. »

Voilà, mon père, lui dis-je, un pieux guet-
apens : mais, quoique pieux, il demeure toujours
guet-apens, puisqu'il est permis de tuer son ennemi en trahison. Vous ai-je dit, répliqua le
père, qu'on peut tuer en trahison ? Dieu m'en
garde ! Je vous dis qu'on peut tuer en cachette,
et de là vous concluez qu'on peut tuer en trahison, comme si c'étoit la même chose. Apprenez d'Escobar, tr. 6, ex. 4, n. 26, ce que c'est
que tuer en trahison, et puis vous parlerez. « On
« appelle tuer en trahison, quand on tue celui
« qui ne s'en défie en aucune manière. Et c'est
« pourquoi celui qui tue son ennemi n'est pas
« dit le tuer en trahison, quoique ce soit par
« derrière ou dans une embûche : *licèt per insi-*
« *dias, aut à tergo percutiat.* » Et au même Traité,
n. 56 : « Celui qui tue son ennemi avec lequel il
« s'étoit réconcilié, sous promesse de ne plus
« attenter à sa vie, n'est pas absolument dit le
« tuer en trahison, à moins qu'il n'y eût entre
« eux une amitié bien étroite : *arctior amicitia.* »

Vous voyez par là que vous ne savez pas seulement ce que les termes signifient, et cepen-

dant vous parlez comme un docteur. J'avoue,
lui dis-je, que cela m'est nouveau ; et j'apprends
de cette définition qu'on n'a peut-être jamais tué
personne en trahison ; car on ne s'avise guère
d'assassiner que ses ennemis : mais, quoi qu'il
en soit, on peut donc, selon Sanchez, tuer hardiment, je ne dis plus en trahison, mais seulement par derrière, ou dans une embûche, un
calomniateur qui nous poursuit en justice ? Oui,
dit le père, mais en dirigeant bien l'intention ;
vous oubliez toujours le principal. Et c'est ce que
Molina soutient aussi, tome IV, tr. 3, disp. 12. Et
même, selon notre docte Reginaldus, Livre 21,
cap. 5, n. 57 : « On peut tuer aussi les faux té-
« moins qu'il suscite contre nous. » Et enfin,
selon nos grands et célèbres pères Tannerus et
Emmanuel Sa, on peut de même tuer et les
faux témoins et le juge, s'il est de leur intelligence. Voici ses mots, tr. 3, disp. 4, q. 8, n. 83 :
« Sotus, dit-il, et Lessius disent qu'il n'est pas
« permis de tuer les faux témoins et le juge qui
« conspirent à faire mourir un innocent ; mais
« Emmanuel Sa et d'autres auteurs ont raison
« d'improuver ce sentiment-là, au moins pour
« ce qui touche la conscience. » Et il confirme
encore, au même lieu, qu'on peut tuer et témoins
et juge.

Mon père, lui dis-je, j'entends maintenant
assez bien votre principe de la direction d'intention ; mais j'en veux bien entendre aussi les
conséquences, et tous les cas où cette méthode

donne le pouvoir de tuer. Reprenons ceux que vous m'avez dits, de peur de méprise; car l'équivoque seroit ici dangereuse. Il ne faut tuer que bien à propos, et sur bonne opinion probable. Vous m'avez donc assuré qu'en dirigeant bien son intention, on peut, selon vos pères, pour conserver son honneur, et même son bien, accepter un duel, l'offrir quelquefois, tuer en cachette un faux accusateur, et ses témoins avec lui, et encore le juge corrompu qui les favorise; et vous m'avez dit aussi que celui qui a reçu un soufflet peut, sans se venger, le réparer à coups d'épée. Mais, mon père, vous ne m'avez pas dit avec quelle mesure. On ne s'y peut guère tromper, dit le père; car on peut aller jusqu'à le tuer. C'est ce que prouve fort bien notre savant Henriquez, Livre 14, c. 10, n. 3, et d'autres de nos pères rapportés par Escobar, tr. 1, ex. 7, n. 48, en ces mots : « On peut tuer celui qui a donné « un soufflet, quoiqu'il s'enfuie, pourvu qu'on « évite de le faire par haine ou par vengeance, « et que par là on ne donne pas lieu à des meur- « tres excessifs et nuisibles à l'état. Et la raison « en est, qu'on peut ainsi courir après son hon- « neur, comme après du bien dérobé; car encore « que votre honneur ne soit pas entre les mains « de votre ennemi, comme seroient des hardes « qu'il vous auroit volées, on peut néanmoins « le recouvrer en la même manière, en donnant « des marques de grandeur et d'autorité, et « s'acquérant par là l'estime des hommes. Et en

« effet, n'est-il pas véritable que celui qui a reçu
« un soufflet est réputé sans honneur, jusqu'à
« ce qu'il ait tué son ennemi ? » Cela me parut
si horrible, que j'eus peine à me retenir; mais,
pour savoir le reste, je le laissai continuer ainsi :
Et même, dit-il, on peut, pour prévenir un
soufflet, tuer celui qui le veut donner, s'il n'y
a que ce moyen de l'éviter. Cela est commun
dans nos pères. Par exemple, Azor, *Inst. mor.*
part. 3, Liv. II, p. 105 (c'est encore l'un des vingt-
quatre vieillards) : « Est-il permis à un homme
« d'honneur de tuer celui qui lui veut donner
« un soufflet, ou un coup de bâton ? Les uns
« disent que non; et leur raison est que la vie
« du prochain est plus précieuse que notre hon-
« neur : outre qu'il y a de la cruauté à tuer un
« homme pour éviter seulement un soufflet. Mais
« les autres disent que cela est permis; et cer-
« tainement je le trouve probable, quand on ne
« peut l'éviter autrement; car, sans cela, l'hon-
« neur des innocents seroit sans cesse exposé à
« la malice des insolents. » Notre grand Filiutius, de même, tome II, tr. 29, c. 3, n. 50; et le
père Héreau, in 2, 2, dans ses écrits de l'Homicide; Hurtado de Mendoza, disp. 170, sect. 16,
§. 137; et Bécan, *Som.* t. I, q. 64, *de Homicid.*;
et nos pères Flahaut et Lecourt, dans leurs
écrits que l'Université, dans sa troisième ré-
quête, a rapportés tout au long pour les décrier,
mais elle n'y a pas réussi; et Escobar, au même
lieu, n. 48, disent tous les mêmes choses. Enfin

cela est si généralement soutenu, que Lessius le décide comme une chose qui n'est contestée d'aucun casuiste, Livre 11, c. 9, n. 76; car il en rapporte un grand nombre qui sont de cette opinion, et aucun qui soit contraire; et même il allègue, n. 77, Pierre Navarre, qui, parlant généralement des affronts, dont il n'y en a point de plus sensible qu'un soufflet, déclare que, selon le consentement de tous les casuistes, *ex sententiâ omnium licet contumeliosum occidere, si aliter ea injuria arceri nequit.* En voulez-vous davantage?

Je l'en remerciai, car je n'en avois que trop entendu; mais, pour voir jusqu'où iroit une si damnable doctrine, je lui dis : Mais, mon père, ne sera-t-il point permis de tuer pour un peu moins? Ne sauroit-on diriger son intention en sorte qu'on puisse tuer pour un démenti? Oui, dit le père, et selon notre père Baldelle, Liv. III, disp. 24, n. 24, rapporté par Escobar au même lieu, n. 49 : « Il est permis de tuer celui qui vous « dit, Vous avez menti, si on ne peut le répri- « mer autrement. » Et on peut tuer de la même sorte pour des médisances, selon nos pères; car Lessius, que le père Héreau entre autres suit mot à mot, dit, au lieu déjà cité : « Si vous « tâchez de ruiner ma réputation par des ca- « lomnies devant les personnes d'honneur, et « que je ne puisse l'éviter autrement qu'en vous « tuant, le puis-je faire? Oui, selon des auteurs « modernes, et même encore que le crime que

« vous publiez soit véritable, si toutefois il est
« secret, en sorte que vous ne puissiez le dé-
« couvrir selon les voies de la justice; et en voici
« la preuve. Si vous me voulez ravir l'honneur
« en me donnant un soufflet, je puis l'empêcher
« par la force des armes : donc la même défense
« est permise quand vous me voulez faire la
« même injure avec la langue. De plus, on peut
« empêcher les affronts : donc on peut empêcher
« les médisances. Enfin l'honneur est plus cher
« que la vie. Or, on peut tuer pour défendre
« sa vie : donc on peut tuer pour défendre son
« honneur. »

Voilà des arguments en forme. Ce n'est pas
là discourir, c'est prouver. Et enfin ce grand
Lessius montre au même endroit, n. 78, qu'on
peut tuer même pour un simple geste, ou un
signe de mépris. On peut, dit-il, attaquer et
« ôter l'honneur en plusieurs manières, dans
« lesquelles la défense paroît bien juste; comme
« si on veut donner un coup de bâton, ou un
« soufflet, ou si on veut nous faire affront par
« des paroles ou par des signes : *sive per signa.* »

O mon père! lui dis-je, voilà tout ce qu'on
peut souhaiter pour mettre l'honneur à couvert; mais la vie est bien exposée, si, pour de
simples médisances, ou des gestes désobligeants,
on peut tuer le monde en conscience. Cela est
vrai, me dit-il; mais comme nos pères sont fort
circonspects, ils ont trouvé à propos de défendre de mettre cette doctrine en usage en ces

petites occasions; car ils disent au moins « qu'à
« peine doit-on la pratiquer : *practicè vix pro-*
« *bari potest.* » Et ce n'a pas été sans raison ; la
voici. Je la sais bien, lui dis-je ; c'est parce que
la loi de Dieu défend de tuer. Ils ne le prennent
pas par là, me dit le père : ils le troùvent permis en conscience, et en ne regardant que la
vérité en elle-même. Et pourquoi le défendent-
ils donc? Écoutez-le, dit-il. C'est parce qu'on
dépeupleroit un état en moins de rien, si on
en tuoit tous les médisants. Apprenez-le de
notre Reginaldus, Liv. xxi, n. 63, pag. 260 :
« Encore que cette opinion qu'on peut tuer pour
« une médisance ne soit pas sans probabilité
« dans la théorie, il faut suivre le contraire
« dans la pratique ; car il faut toujours éviter
« le dommage de l'état dans la manière de se
« défendre. Or, il est visible qu'en tuant le
« monde de cette sorte, il se feroit un trop grand
« nombre de meurtres. » Lessius en parle de
même au lieu déjà cité : « Il faut prendre garde
« que l'usage de cette maxime ne soit nuisible à
« l'état; car alors il ne faut pas le permettre :
« *tunc enim non est permittendus.* »

Quoi ! mon père, ce n'est donc ici qu'une défense de politique, et non pas de religion? Peu
de gens s'y arrêteront, et surtout dans la colère;
car il pourroit être assez probable qu'on ne fait
point de tort à l'état de le purger d'un méchant
homme. Aussi, dit-il, notre père Filiutius joint
à cette raison-là une autre bien considérable,

tr. 29, ch. 3, n. 51. « C'est qu'on seroit puni en
« justice, en tuant le monde pour ce sujet. » Je
vous le disois bien, mon père, que vous ne
feriez jamais rien qui vaille, tant que vous n'auriez point les juges de votre côté. Les juges, dit
le père, qui ne pénètrent pas dans les consciences ne jugent que par le dehors de l'action,
au lieu que nous regardons principalement à
l'intention. Et de là vient que nos maximes sont
quelquefois un peu différentes des leurs. Quoi
qu'il en soit, mon père, il se conclut fort bien
des vôtres qu'en évitant les dommages de l'état,
on peut tuer les médisants en sûreté de conscience, pourvu que ce soit en sûreté de sa
personne.

Mais, mon père, après avoir si bien pourvu à
l'honneur n'avez-vous rien fait pour le bien ?
Je sais qu'il est de moindre considération, mais
il n'importe. Il me semble qu'on peut bien diriger son intention à tuer pour le conserver.
Oui, dit le père, et je vous en ai touché quelque
chose qui vous a pu donner cette ouverture.
Tous nos casuistes s'y accordent, et même on
le permet, « encore que l'on ne craigne plus
« aucune violence de ceux qui nous ôtent notre
« bien, comme quand ils s'enfuient. » Azor, de
notre Société, le prouve pag. 3, Liv. II, ch. 1, q. 20.

Mais, mon père, combien faut-il que la chose
vaille pour nous porter à cette extrémité ? « Il
« faut, selon Reginaldus, Liv. xxi, ch. 5, n. 66, et
« Tannerus, in 2, 2, disp. 4, q. 8, d. 4, n. 69, que

« la chose soit de grand prix au jugement d'un « homme prudent. » Et Layman et Filiutius en parlent de même. Ce n'est rien dire, mon père : où ira-t-on chercher un homme prudent, dont la rencontre est si rare, pour faire cette estimation? Que ne déterminent-ils exactement la somme? Comment! dit le père, étoit-il si facile, à votre avis, de comparer la vie d'un homme et d'un chrétien à de l'argent? C'est ici où je veux vous faire sentir la nécessité de nos casuistes. Cherchez-moi, dans tous les anciens pères, pour combien d'argent il est permis de tuer un homme. Que vous diront-ils? sinon, *non occides* : « Vous « ne tuerez point. » Et qui a donc osé déterminer cette somme? répondis-je. C'est, me dit-il, notre grand et incomparable Molina, la gloire de notre Société, qui, par sa prudence inimitable, l'a estimée « à six ou sept ducats, pour lesquels il « assure qu'il est permis de tuer, encore que celui « qui les emporte s'enfuie. » C'est en son tom. IV, tr. 3, disp. 16, d. 6. Et il dit de plus au même endroit : « Qu'il n'oseroit condamner d'aucun « péché un homme qui tue celui qui lui veut « ôter une chose de la valeur d'un écu, ou moins : « *unius aurei, vel minoris adhuc valoris.* » Ce qui a porté Escobar à établir cette règle générale, n. 44, « que régulièrement on peut tuer un « homme pour la valeur d'un écu, selon Mo- « lina. »

O mon père ! d'où Molina a-t-il pu être éclairé pour déterminer une chose de cette importance

sans aucun secours de l'Écriture, des conciles,
ni des pères? Je vois bien qu'il a eu des lumières
bien particulières et bien éloignées de saint Augustin sur l'homicide, aussi-bien que sur la
grâce. Me voici bien savant sur ce chapitre; et
je connois parfaitement qu'il n'y a plus que les
gens d'Église qui s'abstiendront de tuer ceux qui
leur feront tort en leur honneur ou en leur
bien. Que voulez-vous dire? répliqua le père.
Cela seroit-il raisonnable, à votre avis, que ceux
qu'on doit le plus respecter dans le monde fussent seuls exposés à l'insolence des méchants?
Nos pères ont prévenu ce désordre; car Tannerus, t. II, d. 4, q. 8, d. 4, n. 76, dit : « Qu'il est
« permis aux ecclésiastiques, et aux religieux
« même, de tuer, pour défendre non-seulement
« leur vie, mais aussi leur bien, ou celui de leur
« communauté. » Molina, qu'Escobar rapporte,
n. 43; Bécan, in 2, 2, t. II, q. 7, *de Hom.* concl. 2,
n. 5; Reginaldus, L. xxi, c. 5, n. 68; Layman, L. iii,
tr. 3, p. 3, c. 3, n. 4; Lessius, Liv. ii, c. 9, d. 11,
n. 72; et les autres, se servent tous des mêmes
paroles.

Et même, selon notre célèbre père Lamy, il
est permis aux prêtres et aux religieux de prévenir ceux qui les veulent noircir par des médisances, en les tuant pour les en empêcher. Mais
c'est toujours en dirigeant bien l'intention. Voici
ses termes, t. V, disp. 36, n. 118 : « Il est permis
« à un ecclésiastique ou à un religieux, de tuer
« un calomniateur qui menace de publier des

« crimes scandaleux de sa communauté, ou de
« lui-même, quand il n'y a que ce seul moyen
« de l'en empêcher, comme s'il est prêt à ré-
« pandre ses médisances si on ne le tue promp-
« tement : car, en ce cas, comme il seroit permis
« à ce religieux de tuer celui qui lui voudroit
« ôter la vie, il lui est permis aussi de tuer celui
« qui lui veut ôter l'honneur ou celui de sa
« communauté, de la même sorte qu'aux gens
« du monde. » Je ne savois pas cela, lui dis-je,
et j'avois cru simplement le contraire sans y
faire de réflexion, sur ce que j'avois ouï dire
que l'Église abhorre tellement le sang, qu'elle
ne permet pas seulement aux juges ecclésiastiques d'assister aux jugements criminels. Ne
vous arrêtez pas à cela, dit-il ; notre père Lamy
prouve fort bien cette doctrine, quoique, par
un trait d'humilité bienséant à ce grand homme,
il la soumette aux lecteurs prudents. Et Caramuel, notre illustre défenseur, qui la rapporte
dans sa Théologie fondamentale, p. 543, la croit
si certaine, qu'il soutient « que le contraire n'est
pas probable : » et il en tire des conclusions admirables, comme celle-ci, qu'il appelle « la
conclusion des conclusions, *conclusionum con-
clusio* : « Qu'un prêtre non-seulement peut, en
« de certaines rencontres, tuer un calomnia-
« teur, mais encore qu'il y en a où il le doit
« faire : *etiam aliquandò debet occidere.* » Il examine plusieurs questions nouvelles sur ce principe ; par exemple celle-ci : *Savoir si les jésuites*

peuvent tuer les jansénistes? Voilà, mon père, m'écriai-je, un point de théologie bien surprenant! et je tiens les jansénistes déjà morts par la doctrine du père Lamy. Vous voilà attrapé, dit le père : Caramuel conclut le contraire des mêmes principes. Et comment cela, mon père? Parce, me dit-il, qu'ils ne nuisent pas à notre réputation. Voici ses mots, n. 1146 et 1147, p. 547 et 548 : « Les jansénistes appellent les jé-« suites pélagiens; pourra-t-on les tuer pour « cela? Non, d'autant que les jansénistes n'ob-« scurcissent non plus l'éclat de la Société qu'un « hibou celui du soleil; au contraire, ils l'ont « relevée, quoique contre leur intention : *occidi* « *non possunt, quia nocere non potuerunt.* »

Eh quoi! mon père, la vie des jansénistes dépend donc seulement de savoir s'ils nuisent à votre réputation? Je les tiens peu en sûreté, si cela est. Car, s'il devient tant soit peu probable qu'ils vous fassent tort, les voilà tuables sans difficulté. Vous en ferez un argument en forme; et il n'en faut pas davantage avec une direction d'intention pour expédier un homme en sûreté de conscience. O qu'heureux sont les gens qui ne veulent pas souffrir les injures, d'être instruits en cette doctrine! Mais que malheureux sont ceux qui les offensent! En vérité, mon père, il vaudroit autant avoir affaire à des gens qui n'ont point de religion, qu'à ceux qui en sont instruits jusqu'à cette direction. Car enfin l'intention de celui qui blesse ne soulage point celui qui est blessé. Il ne s'aperçoit point de cette direction secrète, et il ne sent que celle du coup qu'on lui porte. Et je ne sais même si on n'auroit pas moins de dépit de se voir tuer brutalement par des gens emportés, que de se sentir poignarder consciencieusement par des gens dévots.

Tout de bon, mon père, je suis un peu surpris de tout ceci; et ces questions du père Lamy et de Caramuel ne me plaisent point. Pourquoi? dit le père : êtes-vous janséniste? J'en ai une autre raison, lui dis-je. C'est que j'écris de temps en temps à un de mes amis de la campagne ce que j'apprends des maximes de vos pères. Et quoique je ne fasse que rapporter simplement et citer fidèlement leurs paroles, je ne sais néanmoins s'il ne se pourroit pas rencontrer quelque esprit bizarre qui, s'imaginant que cela vous fait tort, ne tirât de vos principes quelque méchante conclusion. Allez, me dit le père, il ne vous en arrivera point de mal, j'en suis garant. Sachez que ce que nos pères ont imprimé eux-mêmes, et avec l'approbation de nos supérieurs, n'est ni mauvais, ni dangereux à publier.

Je vous écris donc sur la parole de ce bon père; mais le papier me manque toujours, et non pas les passages. Car il y en a tant d'autres, et de si forts, qu'il faudroit des volumes pour tout dire.

Je suis, etc.

HUITIÈME LETTRE. (*)

Maximes corrompues des casuistes touchant les juges, les usuriers, le contrat Mohatra, les banqueroutiers, les restitutions, etc. Diverses extravagances des mêmes casuistes.

De Paris, ce 28 mai 1656.

MONSIEUR,

Vous ne pensiez pas que personne eût la curiosité de savoir qui nous sommes ; cependant il y a des gens qui essaient de le deviner, mais ils rencontrent mal. Les uns me prennent pour un docteur de Sorbonne : les autres attribuent mes lettres à quatre ou cinq personnes, qui, comme moi, ne sont ni prêtres, ni ecclésiastiques. Tous ces faux soupçons me font connoître que je n'ai pas mal réussi dans le dessein que j'ai eu de n'être connu que de vous, et du bon père qui souffre toujours mes visites, et dont je souffre toujours les discours, quoique avec bien de la peine. Mais je suis obligé à me contraindre ; car il ne les continueroit pas, s'il s'apercevoit que j'en fusse si choqué ; et ainsi je ne pourrois m'acquitter de la parole que je vous ai donnée, de vous faire savoir leur morale. Je vous assure que

---

(*) Ce fut encore M. Nicole qui revit cette lettre.

vous devez compter pour quelque chose la violence que je me fais. Il est bien pénible de voir
renverser toute la morale chrétienne par des
égarements si étranges, sans oser y contredire
ouvertement. Mais , après avoir tant enduré
pour votre satisfaction, je pense qu'à la fin j'écla-
terai pour la mienne, quand il n'aura plus rien à
me dire. Cependant je me retiendrai autant qu'il
me sera possible; car plus je me tais, plus il me
dit de choses. Il m'en apprit tant la dernière fois,
que j'aurai bien de la peine à tout dire. Vous
verrez des principes bien commodes pour ne
point restituer. Car, de quelque manière qu'il
pallie ses maximes, celles que j'ai à vous dire ne
vont en effet qu'à favoriser les juges corrompus,
les usuriers, les banqueroutiers, les larrons, les
femmes perdues et les sorciers, qui sont tous
dispensés assez largement de restituer ce qu'ils
gagnent chacun dans leur métier. C'est ce que le
bon père m'apprit par ce discours.

Dès le commencement de nos entretiens, me
dit-il, je me suis engagé à vous expliquer les
maximes de nos auteurs pour toutes sortes de
conditions. Vous avez déjà vu celles qui touchent
les bénéficiers, les prêtres, les religieux, les
domestiques et les gentilshommes; parcourons
maintenant les autres, et commençons par les
juges.

Je vous dirai d'abord une des plus importantes
et des plus avantageuses maximes que nos pères
aient enseignées en leur faveur. Elle est de notre

savant Castro Palao, l'un de nos vingt-quatre
vieillards. Voici ses mots : « Un juge peut-il, dans
« une question de droit, juger selon une opinion
« probable, en quittant l'opinion la plus pro-
« bable? Oui, et même contre son propre sen-
« timent : *imò contra propriam opinionem.* » Et
c'est ce que notre père Escobar rapporte aussi au
tr. 6, ex. 6, n. 45. O mon père! lui dis-je, voilà
un beau commencement! les juges vous sont
bien obligés : et je trouve bien étrange qu'ils
s'opposent à vos probabilités, comme nous
l'avons remarqué quelquefois, puisqu'elles leur
sont si favorables. Car vous leur donnez par là le
même pouvoir sur la fortune des hommes que
vous vous êtes donné sur les consciences. Vous
voyez, me dit-il, que ce n'est pas notre intérêt
qui nous fait agir, nous n'avons eu égard qu'au
repos de leurs consciences; et c'est à quoi notre
grand Molina a si utilement travaillé, sur le
sujet des présents qu'on leur fait. Car, pour lever
les scrupules qu'ils pourroient avoir d'en prendre
en de certaines rencontres, il a pris le soin de
faire le dénombrement de tous les cas où ils en
peuvent recevoir en conscience, à moins qu'il
n'y eût quelque loi particulière qui le leur dé-
fendît. C'est en son t. I, tr. 2, d. 88, n. 6. Les
voici : « Les juges peuvent recevoir des présents
« des parties, quand ils les leur donnent ou par
« amitié, ou par reconnoissance de la justice
« qu'ils ont rendue, ou pour les porter à la rendre
« à l'avenir, ou pour les obliger à prendre un

« soin particulier de leur affaire, ou pour les
« engager à les expédier promptement. » Notre
savant Escobar en parle encore au tr. 6, ex. 6,
n. 43, en cette sorte : « S'il y a plusieurs per-
« sonnes qui n'aient pas plus de droit d'être ex-
« pédiés l'un que l'autre, le juge qui prendra
« quelque chose de l'un, à condition, *ex pacto*,
« de l'expédier le premier, péchera-t-il ? Non cer-
« tainement, selon Layman : car il ne fait aucune
« injure aux autres selon le droit naturel, lors-
« qu'il accorde à l'un, par la considération de
« son présent, ce qu'il pouvoit accorder à celui
« qui lui eût plu : et même, étant également
« obligé envers tous par l'égalité de leur droit,
« il le devient davantage envers celui qui lui fait
« ce don, qui l'engage à le préférer aux autres;
« et cette préférence semble pouvoir être estimée
« pour de l'argent : *Quæ obligatio videtur pretio*
« *æstimabilis.* »

Mon révérend père, lui dis-je, je suis surpris
de cette permission, que les premiers magistrats
du royaume ne savent pas encore. Car M. le premier président a rapporté un ordre dans le parlement pour empêcher que certains greffiers ne
prissent de l'argent pour cette sorte de préférence : ce qui témoigne qu'il est bien éloigné de
croire que cela soit permis à des juges, et tout le
monde a loué une réformation si utile à toutes
les parties. Le bon père, surpris de ce discours,
me répondit : Dites-vous vrai ? je ne savois rien
de cela. Notre opinion n'est que probable, le

contraire est probable aussi. En vérité, mon père, lui dis-je, on trouve que M. le premier président a plus que probablement bien fait, et qu'il a arrêté par là le cours d'une corruption publique, et soufferte durant trop long-temps. J'en juge de la même sorte, dit le père; mais passons cela, laissons les juges. Vous avez raison, lui dis-je; aussi-bien ne reconnoissent-ils pas assez ce que vous faites pour eux. Ce n'est pas cela, dit le père; mais c'est qu'il y a tant de choses à dire sur tous, qu'il faut être court sur chacun.

Parlons maintenant des gens d'affaires. Vous savez que la plus grande peine qu'on ait avec eux, est de les détourner de l'usure, et c'est aussi à quoi nos pères ont pris un soin particulier; car ils détestent si fort ce vice, qu'Escobar dit au tr. 3, ex. 5, n. 1, « que de dire que l'usure « n'est pas péché, ce seroit une hérésie. » Et notre père Bauny, dans sa Somme des péchés, ch. 14, remplit plusieurs pages des peines dues aux usuriers. Il les déclare « infâmes durant leur « vie, et indignes de sépulture après leur mort. » O mon père ! je ne le croyois pas si sévère. Il l'est quand il le faut, me dit-il : mais aussi ce savant casuiste ayant remarqué qu'on n'est attiré à l'usure que par le désir du gain, il dit au même lieu : « L'on n'obligeroit donc pas peu « le monde, si, le garantissant des mauvais effets « de l'usure, et tout ensemble du péché qui « en est la cause, on lui donnoit le moyen de

« tirer autant et plus de profit de son argent,
« par quelque bon et légitime emploi, que l'on
« en tire des usures. » Sans doute, mon père, il
n'y auroit plus d'usuriers après cela. Et c'est
pourquoi, dit-il, il en a fourni une « méthode
« générale pour toutes sortes de personnes; gen-
« tilshommes, présidents, conseillers, etc. », et
si facile, qu'elle ne consiste qu'en l'usage de certaines paroles qu'il faut prononcer en prêtant
son argent : ensuite desquelles on peut en prendre du profit, sans craindre qu'il soit usuraire,
comme il est sans doute qu'il l'auroit été autrement. Et quels sont donc ces termes mystérieux,
mon père? Les voici, me dit-il, et en mots propres; car vous savez qu'il a fait son livre de la
Somme des péchés en françois, *pour être entendu de tout le monde*, comme il le dit dans la
préface : « Celui à qui on demande de l'argent
« répondra donc en cette sorte : Je n'ai point
« d'argent à prêter; si ai bien à mettre à profit
« honnête et licite. Si désirez la somme que de-
« mandez pour la faire valoir par votre industrie
« à moitié gain, moitié perte, peut-être m'y
« résoudrai-je. Bien est vrai qu'à cause qu'il y a
« trop de peine à s'accommoder pour le profit,
« si vous m'en voulez assurer un certain, et
« quant et quant aussi mon sort principal, qu'il
« ne coure fortune, nous tomberions bien plus
« tôt d'accord, et vous ferai toucher argent dans
« cette heure. » N'est-ce pas là un moyen bien
aisé de gagner de l'argent sans pécher? Et le

père Bauny n'a-t-il pas raison de dire ces paroles, par lesquelles il conclut cette méthode :
« Voilà, à mon avis, le moyen par lequel quan-
« tité de personnes dans le monde, qui, par
« leurs usures, extorsions et contrats illicites, se
« provoquent la juste indignation de Dieu, se
« peuvent sauver en faisant de beaux, honnêtes
« et licites profits. »

O mon père ! lui dis-je, voilà des paroles bien
puissantes ! Sans doute elles ont quelque vertu
occulte pour chasser l'usure, que je n'entends
pas : car j'ai toujours pensé que ce péché consistoit à retirer plus d'argent qu'on n'en a prêté.
Vous l'entendez bien peu, me dit-il. L'usure ne
consiste presque, selon nos pères, qu'en l'intention de prendre ce profit comme usuraire.
Et c'est pourquoi notre père Escobar fait éviter
l'usure par un simple détour d'intention ; c'est
au tr. 3, ex. 5, n. 4, 33, 44. « Ce seroit usure,
« dit-il, de prendre du profit de ceux à qui on
« prête, si on l'exigeoit comme dû par justice :
« mais, si on l'exige comme dû par reconnois-
« sance, ce n'est point usure. » Et n. 3 : « Il n'est
« pas permis d'avoir l'intention de profiter de
« l'argent prêté immédiatement ; mais de le
« prétendre par l'entremise de la bienveillance
« de celui à qui on l'a prêté, *media benevolentia*,
« ce n'est point usure. »

Voilà de subtiles méthodes ; mais une des
meilleures, à mon sens (car nous en avons à
choisir), c'est celle du contrat Mohatra. Le

contrat Mohatra, mon père! Je vois bien, dit-il, que vous ne savez ce que c'est. Il n'y a que le nom d'étrange. Escobar vous l'expliquera au tr. 3, ex. 3, n. 36 : « Le contrat Mohatra est celui « par lequel on achète des étoffes chèrement et « à crédit, pour les revendre au même instant « à la même personne argent comptant et à bon « marché. » Voilà ce que c'est que le contrat Mohatra : par où vous voyez qu'on reçoit une certaine somme comptant, en demeurant obligé pour davantage. Mais, mon père, je crois qu'il n'y a jamais eu qu'Escobar qui se soit servi de ce mot-là : y a-t-il d'autres livres qui en parlent? Que vous savez peu les choses! me dit le père. Le dernier livre de théologie morale qui a été imprimé cette année même à Paris parle du Mohatra, et doctement; il est intitulé *Epilogus Summarum.* C'est un abrégé de toutes les Sommes de théologie, pris de nos pères Suarez, Sanchez, Lessius, Fagundez, Hurtado, et d'autres casuistes célèbres, comme le titre le dit. Vous y verrez donc, en la page 54 : « Le Mohatra est quand « un homme, qui a affaire de vingt pistoles, « achète d'un marchand des étoffes pour trente « pistoles, payables dans un an, et les lui « revend à l'heure même pour vingt pistoles « comptant. » Vous voyez bien par là que le Mohatra n'est pas un mot inouï. Eh bien! mon père, ce contrat-là est-il permis? Escobar, répondit le père, dit au même lieu, « qu'il y a « des lois qui le défendent sous des peines très-

« rigoureuses. » Il est donc inutile, mon père ?
Point du tout, dit-il : car Escobar, en ce même
endroit, donne des expédients pour le rendre
permis. « Encore même, dit-il, que celui qui
« vend et achète ait pour intention principale le
« dessein de profiter, pourvu seulement qu'en
« vendant il n'excède pas le plus haut prix des
« étoffes de cette sorte, et qu'en rachetant il
« n'en passe pas le moindre, et qu'on n'en con-
« vienne pas auparavant en termes exprès ni
« autrement. » Mais Lessius, *de Just.* Liv. II, c. 21,
d. 16, dit « qu'encore même qu'on eût vendu
« dans l'intention de racheter à moindre prix,
« on n'est jamais obligé à rendre ce profit, si
« ce n'est peut-être par charité, au cas que celui
« de qui on l'exige fût dans l'indigence, et en-
« core pourvu qu'on le pût rendre sans s'in-
« commoder ; » *Si commodè potest.* Voilà tout
ce qui se peut dire. En effet, mon père, je crois
qu'une plus grande indulgence seroit vicieuse.
Nos pères, dit-il, savent si bien s'arrêter où il
faut ! Vous voyez assez par là l'utilité du Mohatra.

J'aurois bien encore d'autres méthodes à vous
enseigner ; mais celles-là suffisent, et j'ai à vous
entretenir de ceux qui sont mal dans leurs affaires. Nos pères ont pensé à les soulager selon
l'état où ils sont ; car, s'ils n'ont pas assez de
bien pour subsister honnêtement, et tout ensemble pour payer leurs dettes, on leur permet
d'en mettre une partie à couvert en faisant

banqueroute à leurs créanciers. C'est ce que notre père Lessius a décidé, et qu'Escobar confirme au tr. 3, ex. 2, n. 163 : « Celui qui fait « banqueroute peut-il en sûreté de conscience « retenir de ses biens autant qu'il est nécessaire « pour faire subsister sa famille avec honneur, « *ne indecorè vivat?* Je soutiens que oui avec « Lessius ; et même encore qu'il les eût gagnés « par des injustices et des crimes connus de « tout le monde, *ex injustitiâ et notorio delicto*, « quoiqu'en ce cas il n'en puisse pas retenir « en une aussi grande quantité qu'autrement. » Comment! mon père, par quelle étrange charité voulez-vous que ces biens demeurent plutôt à celui qui les a gagnés par ses voleries, pour le faire subsister avec honneur, qu'à ses créanciers, à qui ils appartiennent légitimement? On ne peut pas, dit le père, contenter tout le monde, et nos pères ont pensé particulièrement à soulager ces misérables. Et c'est encore en faveur des indigents que notre grand Vasquez, cité par Castro Palao, t. I, tr. 6, d. 6, p. 6, n. 12, dit que, « quand on voit un voleur résolu et prêt « à voler une personne pauvre, on peut, pour « l'en détourner, lui assigner quelque personne « riche en particulier, pour la voler au lieu de « l'autre. » Si vous n'avez pas Vasquez, ni Castro Palao, vous trouverez la même chose dans votre Escobar : car, comme vous le savez, il n'a presque rien dit qui ne soit pris de vingt-quatre des plus célèbres de nos pères ; c'est au tr. 5, ex. 5,

n. 120 : « La pratique de notre Société pour la
« charité envers le prochain. »

Cette charité est véritablement extraordinaire,
mon père, de sauver la perte de l'un par le dommage de l'autre. Mais je crois qu'il faudroit la
faire entière, et que celui qui a donné ce conseil
seroit ensuite obligé en conscience de rendre à
ce riche le bien qu'il lui auroit fait perdre. Point
du tout, me dit-il, car il ne l'a pas volé lui-
même, il n'a fait que le conseiller à un autre.
Or, écoutez cette sage résolution de notre père
Bauny, sur un cas qui vous étonnera donc encore bien davantage, et où vous croiriez qu'on
seroit beaucoup plus obligé de restituer. C'est
au ch. 13 de sa Somme. Voici ses propres termes
françois : « Quelqu'un prie un soldat de battre
« son voisin, ou de brûler la grange d'un homme
« qui l'a offensé. On demande si, au défaut du
« soldat, l'autre qui l'a prié de faire tous ces ou-
« trages doit réparer du sien le mal qui en sera
« issu. Mon sentiment est que non. Car à restitu-
« tion nul n'est tenu, s'il n'a violé la justice. La
« viole-t-on quand on prie autrui d'une faveur?
« Quelque demande qu'on lui en fasse, il de-
« meure toujours libre de l'octroyer ou de la nier.
« De quelque côté qu'il incline, c'est sa volonté
« qui l'y porte; rien ne l'y oblige que la bonté,
« que la douceur et la facilité de son esprit. Si
« donc ce soldat ne répare le mal qu'il aura fait,
« il n'y faudra astreindre celui à la prière duquel
« il aura offensé l'innocent. » Ce passage pensa

rompre notre entretien : car je fus sur le point d'éclater de rire de la *bonté* et *douceur* d'un brûleur de grange, et de ces étranges raisonnements qui exemptent de restitution le premier et véritable auteur d'un incendie, que les juges n'exempteroient pas de la mort : mais si je ne me fusse retenu, le bon père s'en fût offensé, car il parloit sérieusement, et me dit ensuite du même air :

Vous devriez reconnoître par tant d'épreuves combien vos objections sont vaines ; cependant vous nous faites sortir par là de notre sujet. Revenons donc aux personnes incommodées, pour le soulagement desquelles nos pères, comme entre autres Lessius, Liv. II, ch. 12, n. 12, assurent « qu'il est permis de dérober non-seulement dans « une extrême nécessité, mais encore dans une « nécessité grave, quoique non pas extrême. » Escobar le rapporte aussi au tr. 1, ex. 9, n. 29. Cela est surprenant, mon père : il n'y a guère de gens dans le monde qui ne trouvent leur nécessité grave, et à qui vous ne donniez par là le pouvoir de dérober en sûreté de conscience. Et quand vous en réduiriez la permission aux seules personnes qui sont effectivement en cet état, c'est ouvrir la porte à une infinité de larcins, que les juges puniroient nonobstant cette nécessité grave, et que vous devriez réprimer à bien plus forte raison, vous qui devez maintenir parmi les hommes non-seulement la justice, mais encore la charité, qui est détruite par ce principe. Car enfin n'est-ce pas la violer, et faire tort à son prochain, que de lui faire perdre son bien pour en profiter soi-même ? C'est ce qu'on m'a appris jusqu'ici. Cela n'est pas toujours véritable, dit le père ; car notre grand Molina nous a appris, tome II, tr. 2, disp. 328, n. 8, « que l'ordre de la « charité n'exige pas qu'on se prive d'un profit « pour sauver par là son prochain d'une perte « pareille. » C'est ce qu'il dit pour montrer ce qu'il avoit entrepris de prouver en cet endroit-là. « Qu'on n'est pas obligé en conscience de « rendre les biens qu'un autre nous auroit don- « nés, pour en frustrer ses créanciers. » Et Lessius, qui soutient la même opinion, la confirme par ce même principe au Livre II, chap. 20, dist. 19, n. 168.

Vous n'avez pas assez de compassion pour ceux qui sont mal à leur aise ; nos pères ont eu plus de charité que cela. Ils rendent justice aux pauvres aussi-bien qu'aux riches. Je dis bien davantage, ils la rendent même aux pécheurs. Car encore qu'ils soient fort opposés à ceux qui commettent des crimes, néanmoins ils ne laissent pas d'enseigner que les biens gagnés par des crimes peuvent être légitimement retenus. C'est ce que Lessius enseigne généralement, Liv. II, ch. 14, d. 8. « On n'est point, dit-il, obligé, ni « par la loi de nature, ni par les lois positives, « *c'est-à-dire par aucune loi,* de rendre ce qu'on « a reçu pour avoir commis une action crimi- « nelle, comme pour un adultère, encore même

« que cette action soit contraire à la justice. »
Car, comme dit encore Escobar en citant Lessius,
tr. 1, ex. 8, n. 59 : « Les biens qu'une femme
« acquiert par l'adultère sont véritablement ga-
« gnés par une voie illégitime, mais néanmoins
« la possession en est légitime : » *Quamvis mulier
illicitè acquirat, licitè tamen retinet acquisita*. Et
c'est pourquoi les plus célèbres de nos pères dé-
cident formellement que ce qu'un juge prend
d'une des parties qui a mauvais droit pour rendre
en sa faveur un arrêt injuste, et ce qu'un soldat
reçoit pour avoir tué un homme, et ce qu'on
gagne par les crimes infâmes, peut être légitimement retenu. C'est ce qu'Escobar ramasse de nos
auteurs, et qu'il assemble au tr. 3, ex. 1, n. 23,
où il fait cette règle générale : « Les biens ac-
« quis par des voies honteuses, comme par un
« meurtre, une sentence injuste, une action
« déshonnête, etc., sont légitimement possédés,
« et on n'est point obligé à les restituer. » Et encore au tr. 5, ex. 5, n. 53 : « On peut disposer de
« ce qu'on reçoit pour des homicides, des sen-
« tences injustes, des péchés infâmes, etc., parce
« que la possession en est juste, et qu'on acquiert
« le domaine et la propriété des choses que l'on
« y gagne. » O mon père! lui dis-je, je n'avois pas
ouï parler de cette voie d'acquérir; et je doute
que la justice l'autorise, et qu'elle prenne pour
un juste titre l'assassinat, l'injustice et l'adultère. Je ne sais, dit le père, ce que les livres du
droit en disent : mais je sais bien que les nôtres,

qui sont les véritables règles des consciences, en parlent comme moi. Il est vrai qu'ils en exceptent un cas auquel ils obligent à restituer. C'est « quand on a reçu de l'argent de ceux qui « n'ont pas le pouvoir de disposer de leur bien, « tels que sont les enfants de famille et les reli- « gieux. » Car notre grand Molina les en excepte au t. I, *De Just.* tr. 2, disp. 94. *Nisi mulier acce- pisset ab eo qui alienare non potest, ut à religioso et filiofamilias.* Car alors il faut leur rendre leur argent. Escobar cite ce passage au tr. 1, ex. 8, n. 59, et il confirme la même chose au tr. 3, ex. 1, n. 23.

Mon révérend père, lui dis-je, je vois les religieux mieux traités en cela que les autres. Point du tout, dit le père; n'en fait-on pas autant pour tous les mineurs généralement, au nombre desquels les religieux sont toute leur vie? Il est juste de les excepter. Mais, à l'égard de tous les autres, on n'est point obligé de leur rendre ce qu'on reçoit d'eux pour une mauvaise action. Et Lessius le prouve amplement au Liv. 11 *de Just.* c. 14, d. 8, n. 52. « Car, dit-il, une méchante « action peut être estimée pour de l'argent, en « considérant l'avantage qu'en reçoit celui qui « la fait faire, et la peine qu'y prend celui qui « l'exécute : et c'est pourquoi on n'est point « obligé à restituer ce qu'on reçoit pour la faire, « de quelque nature qu'elle soit, homicide, sen- « tence injuste, action sale (car ce sont les exem- « ples dont il se sert dans toute cette matière),

« si ce n'est qu'on eût reçu de ceux qui n'ont pas
« le pouvoir de disposer de leur bien. Vous direz
« peut-être que celui qui reçoit de l'argent pour
« un méchant coup pèche, et qu'ainsi il ne peut
« ni le prendre, ni le retenir. Mais je réponds
« qu'après que la chose est exécutée, il n'y a
« plus aucun péché ni à payer, ni à en recevoir
« le payement. » Notre grand Filiutius entre plus
encore dans le détail de la pratique. Car il marque
« qu'on est obligé en conscience de payer diffé-
« remment les actions de cette sorte, selon les
« différentes conditions des personnes qui les
« commettent, et que les unes valent plus que
« les autres. » C'est ce qu'il établit sur de solides
raisons, au tr. 31, c. 9, n. 231 : *Occultæ fornica-
riæ debetur pretium in conscientiâ, et multò ma-
jore ratione, quàm publicæ. Copia enim quam
occulta facit mulier sui corporis, multò plus valet
quàm ea quam publica facit meretrix ; nec ulla est
lex positiva quæ reddat eam incapacem pretii.
Idem dicendum de pretio promisso virgini, conju-
gatæ, moniali, et cuicumque alii. Est enim omnium eadem ratio.*

Il me fit voir ensuite, dans ses auteurs, des
choses de cette nature si infâmes, que je n'oserois les rapporter, et dont il auroit eu horreur
lui-même (car il est bon homme), sans le respect qu'il a pour ses pères, qui lui fait recevoir
avec vénération tout ce qui vient de leur part.
Je me taisois cependant, moins par le dessein de
l'engager à continuer cette matière, que par la

surprise de voir des livres de religieux pleins de
décisions si horribles, si injustes et si extravagantes tout ensemble. Il poursuivit donc en liberté son discours, dont la conclusion fut ainsi.
C'est pour cela, dit-il, que notre illustre Molina
(je crois qu'après cela vous serez content) décide
ainsi cette question : « Quand on a reçu de l'ar-
« gent pour faire une méchante action, est-on
« obligé à le rendre? Il faut distinguer, dit ce
« grand homme : si on n'a pas fait l'action pour
« laquelle on a été payé, il faut rendre l'argent;
« mais si on l'a faite, on n'y est point obligé : *si*
« *non fecit hoc malum, tenetur restituere ; secùs,*
« *si fecit.* » C'est ce qu'Escobar rapporte au tr. 3,
ex. 2, n. 138.

Voilà quelques-uns de nos principes touchant
la restitution. Vous en avez bien appris aujour-
d'hui, je veux voir maintenant comment vous
en aurez profité. Répondez-moi donc. « Un juge
« qui a reçu de l'argent d'une des parties pour
« rendre un jugement en sa faveur, est-il obligé
« à le rendre? » Vous venez de me dire que non,
mon père. Je m'en doutois bien, dit-il; vous
l'ai-je dit généralement? Je vous ai dit qu'il n'est
pas obligé de rendre, s'il a fait gagner le procès
à celui qui n'a pas bon droit. Mais quand on a
droit, voulez-vous qu'on achète encore le gain de
sa cause, qui est dû légitimement? Vous n'avez
pas de raison. Ne comprenez-vous pas que le
juge doit la justice, et qu'ainsi il ne la peut pas
vendre ; mais qu'il ne doit pas l'injustice, et

qu'ainsi il peut en recevoir de l'argent? Aussi tous nos principaux auteurs, comme Molina, disp. 94 et 99; Reginaldus, Livre x, n. 184, 185 et 187; Filiutius, tr. 31, n. 220 et 228; Escobar, tr. 3, ex. 1, n. 21 et 23; Lessius, Lib. 11, c. 14, d. 8, n. 55, enseignent tous uniformément : « Qu'un juge est bien obligé de rendre ce qu'il a « reçu pour faire justice, si ce n'est qu'on le lui « eût donné par libéralité : mais qu'il n'est jamais « obligé à rendre ce qu'il a reçu d'un homme en « faveur duquel il a rendu un arrêt injuste. »

Je fus tout interdit par cette fantasque décision; et pendant que j'en considérois les pernicieuses conséquences, le père me préparoit une autre question, et me dit : Répondez donc une autre fois avec plus de circonspection. Je vous demande maintenant : « Un homme qui se mêle « de deviner est-il obligé de rendre l'argent qu'il « a gagné par cet exercice? » Ce qu'il vous plaira, mon révérend père, lui-dis-je. Comment, ce qu'il me plaira ! Vraiment vous êtes admirable ! Il semble, de la façon que vous parlez, que la vérité dépende de notre volonté. Je vois bien que vous ne trouveriez jamais celle-ci de vous-même. Voyez donc résoudre cette difficulté-là à Sanchez; mais aussi c'est Sanchez. Premièrement il distingue en sa Som. Livre 11, c. 38, n. 94, 95 et 96 : « Si ce devin ne s'est servi que de l'astrologie « et des autres moyens naturels, ou s'il a em- « ployé l'art diabolique : car il dit qu'il est obligé « de restituer en un cas, et non pas en l'autre. »

Diriez-vous bien maintenant auquel? Il n'y a
pas là de difficulté, lui dis-je. Je vois bien, répliqua-t-il, ce que vous voulez dire. Vous croyez
qu'il doit restituer au cas qu'il se soit servi de
l'entremise des démons? Mais vous n'y entendez
rien; c'est tout au contraire. Voici la résolution
de Sanchez, au même lieu : « Si ce devin n'a
« pris la peine et le soin de savoir, par le moyen
« du diable, ce qui ne se pouvoit savoir autre-
« ment, *si nullam operam apposuit ut arte diaboli*
« *id sciret*, il faut qu'il restitue ; mais s'il en a
« pris la peine, il n'y est point obligé. » Et d'où
vient cela, mon père? Ne l'entendez-vous pas?
me dit-il. C'est parce qu'on peut bien deviner
par l'art du diable, au lieu que l'astrologie est
un moyen faux. Mais, mon père, si le diable ne
répond pas la vérité, car il n'est guère plus véritable que l'astrologie, il faudra donc que le
devin restitue par la même raison? Non pas toujours, me dit-il. *Distinguo*, dit Sanchez sur cela.
« Car si le devin est ignorant en l'art diabolique,
« *si sit artis diabolicæ ignarus*, il est obligé à res-
« tituer : mais s'il est habile sorcier, et qu'il ait
« fait ce qui est en lui pour savoir la vérité, il
« n'y est point obligé; car alors la diligence d'un
« tel sorcier peut être estimée pour de l'argent :
« *diligentia à mago apposita est pretio æstima-*
« *bilis.* » Cela est de bon sens, mon père, lui
dis-je, car voilà le moyen d'engager les sorciers
à se rendre savants et experts en leur art, par
l'espérance de gagner du bien légitimement,

selon vos maximes, en servant fidèlement le
public. Je crois que vous raillez, dit le père; cela
n'est pas bien : car si vous parliez ainsi en des
lieux où vous ne fussiez pas connu, il pourroit
se trouver des gens qui prendroient mal vos
discours, et qui vous reprocheroient de tourner
les choses de la religion en raillerie. Je me dé-
fendrois facilement de ce reproche, mon père ;
car je crois que, si on prend la peine d'examiner le véritable sens de mes paroles, on n'en
trouvera aucune qui ne marque parfaitement le
contraire, et peut-être s'offrira-t-il un jour, dans
nos entretiens, l'occasion de le faire amplement
paroître. Ho ! ho ! dit le père, vous ne riez plus.
Je vous confesse, lui dis-je, que ce soupçon que
je me voulusse railler des choses saintes me seroit bien sensible, comme il seroit bien injuste.
Je ne le disois pas tout de bon, repartit le père ;
mais parlons plus sérieusement. J'y suis tout
disposé, si vous le voulez, mon père ; cela dépend de vous. Mais je vous avoue que j'ai été
surpris de voir que vos pères ont tellement
étendu leurs soins à toutes sortes de conditions,
qu'ils ont voulu même régler le gain légitime
des sorciers. On ne sauroit, dit le père, écrire
pour trop de monde, ni particulariser trop les
cas, ni répéter trop souvent les mêmes choses
en différents livres. Vous le verrez bien par ce
passage d'un des plus graves de nos pères. Vous
le pouvez juger, puisqu'il est aujourd'hui notre
père provincial : c'est le révérend père Cellot,

en son Livre VIII de la Hiérarch. c. 16, §. 2. « Nous
« savons, dit-il, qu'une personne qui portoit
« une grande somme d'argent pour la restituer
« par ordre de son confesseur, s'étant arrêtée
« en chemin chez un libraire, et lui ayant de-
« mandé s'il n'y avoit rien de nouveau, *num quid*
« *novi?* il lui montra un nouveau livre de Théo-
« logie morale, et que, le feuilletant avec négli-
« gence et sans penser à rien, il tomba sur son
« cas, et y apprit qu'il n'étoit point obligé à res-
« tituer : de sorte que, s'étant déchargé du far-
« deau de son scrupule, et demeurant toujours
« chargé du poids de son argent, il s'en retourna
« bien plus léger en sa maison : *abjectâ scrupuli*
« *sarcinâ, retento auri pondere, levior domum*
« *repetiit.* »

Eh bien, dites-moi, après cela, s'il est utile de
savoir nos maximes? En rirez-vous maintenant?
Et ne ferez-vous pas plutôt, avec le père Cellot,
cette pieuse réflexion sur le bonheur de cette
rencontre? « Les rencontres de cette sorte sont
« en Dieu l'effet de sa providence, en l'ange gar-
« dien l'effet de sa conduite, et en ceux à qui
« elles arrivent, l'effet de leur prédestination.
« Dieu, de toute éternité, a voulu que la chaîne
« d'or de leur salut dépendît d'un tel auteur, et
« non pas de cent autres qui disent la même
« chose, parce qu'il n'arrive pas qu'ils les ren-
« contrent. Si celui-là n'avoit écrit, celui-ci ne
« seroit pas sauvé. Conjurons donc, par les en-
« trailles de Jésus-Christ, ceux qui blâment la

« multitude de nos auteurs, de ne leur pas en-
« vier les livres que l'élection éternelle de Dieu
« et le sang de Jésus-Christ leur a acquis. » Voilà
de belles paroles, par lesquelles ce savant homme
prouve si solidement cette proposition qu'il avoit
avancée : « Combien il est utile qu'il y ait un
« grand nombre d'auteurs qui écrivent de la
« Théologie morale : *quàm utile sit de theologiâ*
« *morali multos scribere.* »

Mon père, lui dis-je, je remettrai à une autre
fois à vous déclarer mon sentiment sur ce passage; et je ne vous dirai présentement autre
chose, sinon que, puisque vos maximes sont si
utiles, et qu'il est si important de les publier,
vous devez continuer à m'en instruire; car je
vous assure que celui à qui je les envoie les fait
voir à bien des gens. Ce n'est pas que nous
ayons autrement l'intention de nous en servir,
mais c'est qu'en effet nous pensons qu'il sera
utile que le monde en soit bien informé. Aussi,
me dit-il, vous voyez que je ne les cache pas; et
pour continuer, je pourrai bien vous parler, la
première fois, des douceurs et des commodités
de la vie que nos pères permettent pour rendre
le salut aisé et la dévotion facile, afin qu'après
avoir appris jusqu'ici ce qui touche les conditions particulières, vous appreniez ce qui est
général pour toutes, et qu'ainsi il ne vous manque rien pour une parfaite instruction. Après
que ce père m'eut parlé de la sorte, il me quitta.
Je suis, etc.

P. S. J'ai toujours oublié à vous dire qu'il y a
des Escobars de différentes impressions. Si vous
en achetez, prenez de ceux de Lyon, où il y a
à l'entrée une image d'un agneau qui est sur
un livre scellé de sept sceaux, ou de ceux de
Bruxelles de 1651. Comme ceux-là sont les derniers, ils sont meilleurs et plus amples que ceux
des éditions précédentes de Lyon, des années
1644 et 1646.

« Depuis tout ceci, on en a imprimé une nouvelle édi-
« tion à Paris, chez Piget, plus exacte que toutes les autres.
« Mais on peut encore bien mieux apprendre les sentiments
« d'Escobar dans la grande Théologie morale, imprimée à
« Lyon. »

NEUVIEME LETTRE. (*)

De la fausse dévotion à la sainte Vierge que les jésuites ont introduite. Diverses facilités qu'ils ont inventées pour se sauver sans peine, et parmi les douceurs et les commodités de la vie. Leurs maximes sur l'ambition, l'envie, la gourmandise, les équivoques, les restrictions mentales, les libertés qui sont permises aux filles, les habits des femmes, le jeu, le précepte d'entendre la messe.

De Paris, ce 3 juillet 1656.

MONSIEUR,

Je ne vous ferai pas plus de compliment que le bon père m'en fit la dernière fois que je le vis. Aussitôt qu'il m'aperçut, il vint à moi, et me dit, en regardant dans un livre qu'il tenoit à la main : « Qui vous ouvriroit le paradis, ne « vous obligeroit-il pas parfaitement ? Ne don- « neriez-vous pas des millions d'or pour en avoir « une clef, et entrer dedans quand bon vous « sembleroit ? Il ne faut point entrer en de si « grands frais ; en voici une, voire cent à meil- « leur compte. » Je ne savois si le bon père li- soit, ou s'il parloit de lui-même. Mais il m'ôta de peine en disant : Ce sont les premières pa- roles d'un beau livre du père Barry de notre

---

(*) Le plan de cette lettre fut fourni à M. Pascal par M. Nicole.

Société, car je ne dis jamais rien de moi-même. Quel livre, lui dis-je, mon père? En voici le titre, dit-il : « Le paradis ouvert à Philagie, par « cent dévotions à la mère de Dieu, aisées à pra- « tiquer. » Eh quoi! mon père, chacune de ces dévotions aisées suffit pour ouvrir le ciel? Oui, dit-il; voyez-le encore dans la suite des paroles que vous avez ouïes : « Tout autant de dévotions « à la mère de Dieu que vous trouverez en ce « livre, sont autant de clefs du ciel qui vous ou- « vriront le paradis tout entier, pourvu que vous « les pratiquiez » : et c'est pourquoi il dit dans la conclusion, « qu'il est content si on en pra- « tique une seule. »

Apprenez-m'en donc quelqu'une des plus fa- ciles, mon père. Elles le sont toutes, répondit-il : par exemple, « saluer la sainte Vierge au ren- « contre de ses images; dire le petit chapelet des « dix plaisirs de la Vierge; prononcer souvent le « nom de Marie; donner commission aux anges « de lui faire la révérence de notre part; sou- « haiter de lui bâtir plus d'églises que n'ont fait « tous les monarques ensemble; lui donner tous « les matins le bonjour, et sur le tard le bonsoir; « dire tous les jours l'*Ave Maria*, en l'honneur « du cœur de Marie. » Et il dit que cette dévo- tion-là assure, de plus, d'obtenir le cœur de la Vierge. Mais, mon père, lui dis-je, c'est pourvu qu'on lui donne aussi le sien? Cela n'est pas nécessaire, dit-il, quand on est trop attaché au monde. Écoutez-le : « Cœur pour cœur, ce seroit

« bien ce qu'il faut; mais le vôtre est un peu
« trop attaché, et tient un peu trop aux créa-
« tures : ce qui fait que je n'ose vous inviter à
« offrir aujourd'hui ce petit esclave que vous
« appelez votre cœur. » Et ainsi il se contente
de l'*Ave Maria*, qu'il avoit demandé. Ce sont
les dévotions des pages 33, 59, 145, 156, 172,
258 et 420 de la première édition. Cela est tout-
à-fait commode, lui dis-je, et je crois qu'il n'y
aura personne de damné après cela. Hélas! dit
le père, je vois bien que vous ne savez pas jusqu'où va la dureté du cœur de certaines gens!
Il y en a qui ne s'attacheroient jamais à dire tous
les jours ces deux paroles, *bonjour*, *bonsoir*,
parce que cela ne se peut faire sans quelque
application de mémoire. Et ainsi il a fallu que
le père Barry leur ait fourni des pratiques encore
plus faciles, « comme d'avoir jour et nuit un
« chapelet au bras en forme de bracelet, ou de
« porter sur soi un rosaire, ou bien une image
« de la Vierge. » Ce sont là les dévotions des
pages 14, 326 et 447. « Et puis dites que je ne
« vous fournis pas des dévotions faciles pour
« acquérir les bonnes grâces de Marie, » comme
dit le père Barry, p. 106. Voilà, mon père, lui
dis-je, l'extrême facilité. Aussi, dit-il, c'est tout
ce qu'on a pu faire, et je crois que cela suffira ;
car il faudroit être bien misérable pour ne vouloir pas prendre un moment en toute sa vie pour
mettre un chapelet à son bras, ou un rosaire
dans sa poche, et assurer par là son salut avec

tant de certitude, que ceux qui en font l'épreuve n'y ont jamais été trompés, de quelque manière qu'ils aient vécu, quoique nous conseillions de ne laisser pas de bien vivre. Je ne vous en rapporterai que l'exemple de la page 34, d'une femme qui, pratiquant tous les jours la dévotion de saluer les images de la Vierge, vécut toute sa vie en péché mortel, et mourut enfin en cet état, et qui ne laissa pas d'être sauvée par le mérite de cette dévotion. Et comment cela? m'écriai-je. C'est, dit-il, que notre Seigneur la fit ressusciter exprès. Tant il est sûr qu'on ne peut périr quand on pratique quelqu'une de ces dévotions.

En vérité, mon père, je sais que les dévotions à la Vierge sont un puissant moyen pour le salut, et que les moindres sont d'un grand mérite, quand elles partent d'un mouvement de foi et de charité, comme dans les saints qui les ont pratiquées. Mais de faire croire à ceux qui en usent sans changer leur mauvaise vie, qu'ils se convertiront à la mort, ou que Dieu les ressuscitera, c'est ce que je trouve bien plus propre à entretenir les pécheurs dans leurs désordres, par la fausse paix que cette confiance téméraire apporte, qu'à les en retirer par une véritable conversion que la grâce seule peut produire. « Qu'importe, dit le père, par où nous entrions « dans le paradis, moyennant que nous y en- « trions? » comme dit sur un semblable sujet notre célèbre père Binet, qui a été notre provincial, en son exellent livre *De la marque de prédestination*, n. 31, page 130 de la quinzième édition. « Soit de bond ou de volée, que nous « en chaut-il, pourvu que nous prenions la ville « de gloire? » comme dit encore ce père au même lieu. J'avoue, lui dis-je, que cela n'importe; mais la question est de savoir si on y entrera. La Vierge, dit-il, en répond; voyez-le dans les dernières lignes du livre du père Barry : « S'il « arrivoit qu'à la mort l'ennemi eût quelque « prétention sur vous, et qu'il y eût du trouble « dans la petite république de vos pensées, vous « n'avez qu'à dire que Marie répond pour vous, « et que c'est à elle qu'il faut s'adresser. »

Mais, mon père, qui voudroit pousser cela vous embarrasseroit; car enfin qui nous a assuré que la Vierge en répond? Le père Barry, dit-il, en répond pour elle, page 465 : « Quant au profit « et bonheur qui vous en reviendra, je vous « en réponds, et me rends pleige pour la bonne « mère. » Mais, mon père, qui répondra pour le père Barry? Comment! dit le père, il est de notre Compagnie. Et ne savez-vous pas encore que notre Société répond de tous les livres de nos pères? Il faut vous apprendre cela; il est bon que vous le sachiez. Il y a un ordre dans notre Société, par lequel il est défendu à toutes sortes de libraires d'imprimer aucun ouvrage de nos pères sans l'approbation des théologiens de notre Compagnie, et sans la permission de nos supérieurs. C'est un règlement

fait par Henri III, le 10 mai 1583, et confirmé
par Henri IV, le 20 décembre 1603, et par
Louis XIII, le 14 février 1612 : de sorte que
tout notre corps est responsable des livres de
chacun de nos pères. Cela est particulier à notre
Compagnie ; et de là vient qu'il ne sort aucun
ouvrage de chez nous qui n'ait l'esprit de la
Société. Voilà ce qu'il étoit à propos de vous
apprendre. Mon père, lui dis-je, vous m'avez
fait plaisir, et je suis fâché seulement de ne
l'avoir pas su plus tôt ; car cette connoissance
engage à avoir bien plus d'attention pour vos
auteurs. Je l'eusse fait, dit-il, si l'occasion s'en
fût offerte ; mais profitez-en à l'avenir, et conti-
nuons notre sujet.

Je crois vous avoir ouvert des moyens d'assurer son salut assez faciles, assez sûrs et en
assez grand nombre : mais nos pères souhaite-
roient bien qu'on n'en demeurât pas à ce premier
degré, où l'on ne fait que ce qui est exactement
nécessaire pour le salut. Comme ils aspirent sans
cesse à la plus grande gloire de Dieu, ils voudroient élever les hommes à une vie plus pieuse.
Et parce que les gens du monde sont d'ordinaire
détournés de la dévotion par l'étrange idée qu'on
leur en a donnée, nous avons cru qu'il étoit
d'une extrême importance de détruire ce premier obstacle ; et c'est en quoi le père Le Moine
a acquis beaucoup de réputation par le livre de
la Dévotion aisée, qu'il a fait à ce dessein. C'est
là qu'il fait une peinture tout-à-fait charmante

de la dévotion. Jamais personne ne l'a connue comme lui. Apprenez-le par les premières paroles de cet ouvrage : « La vertu ne s'est encore « montrée à personne; on n'en a point fait de « portrait qui lui ressemble. Il n'y a rien d'é- « trange qu'il y ait eu si peu de presse à grimper « sur son rocher. On en a fait une fâcheuse qui « n'aime que la solitude; on lui a associé la « douleur et le travail; et enfin on l'a faite en- « nemie des divertissements et des jeux, qui sont « la fleur de la joie et l'assaisonnement de la « vie. » C'est ce qu'il dit, page 92.

Mais, mon père, je sais bien au moins qu'il y a de grands saints dont la vie a été extrêmement austère. Cela est vrai, dit-il; mais aussi « il s'est « toujours vu des saints polis, et des dévots civi- « lisés », selon ce père, page 191 ; et vous verrez, page 86, que la différence de leurs mœurs vient de celle de leurs humeurs. Écoutez-le. « Je ne nie « pas qu'il ne se voie des dévots qui sont pâles et « mélancoliques de leur complexion, qui aiment « le silence et la retraite, et qui n'ont que du « flegme dans les veines, et de la terre sur le « visage. Mais il s'en voit assez d'autres qui sont « d'une complexion plus heureuse, et qui ont « abondance de cette humeur douce et chaude, « et de ce sang bénin et rectifié qui fait la joie. »

Vous voyez de là que l'amour de la retraite et du silence n'est pas commun à tous les dévots; et que, comme je vous le disois, c'est l'effet de leur complexion plutôt que de la piété. Au lieu que ces mœurs austères dont vous parlez sont proprement le caractère d'un sauvage et d'un farouche. Aussi vous les verrez placées entre les mœurs ridicules et brutales d'un fou mélancolique, dans la description que le père Le Moine en a faite au septième Livre de ses Peintures morales. En voici quelques traits. « Il est sans yeux « pour les beautés de l'art et de la nature. Il croi- « roit s'être chargé d'un fardeau incommode, s'il « avoit pris quelque matière de plaisir pour soi. « Les jours de fêtes, il se retire parmi les morts. « Il s'aime mieux dans un tronc d'arbre ou dans « une grotte que dans un palais ou sur un trône. « Quant aux affronts et aux injures, il y est aussi « insensible que s'il avoit des yeux et des oreilles « de statue. L'honneur et la gloire sont des idoles « qu'il ne connoît point, et pour lesquelles il n'a « point d'encens à offrir. Une belle personne lui « est un spectre. Et ces visages impérieux et sou- « verains, ces agréables tyrans qui font partout « des esclaves volontaires et sans chaînes, ont le « même pouvoir sur ses yeux que le soleil sur « ceux des hiboux, etc. »

Mon révérend père, je vous assure que, si vous ne m'aviez dit que le père Le Moine est l'auteur de cette peinture, j'aurois dit que ç'eût été quelque impie qui l'auroit faite à dessein de tourner les saints en ridicule. Car, si ce n'est là l'image d'un homme tout-à-fait détaché des sentiments auxquels l'Évangile oblige de renoncer, je confesse que je n'y entends rien. Voyez donc, dit-il,

combien vous vous y connoissez peu, car ce sont
là « des traits d'un esprit foible et sauvage, qui
« n'a pas les affections honnêtes et naturelles
« qu'il devroit avoir », comme le père Le Moine
le dit à la fin de cette description. C'est par ce
moyen qu'il « enseigne la vertu et la philoso-
« phie chrétienne, » selon le dessein qu'il en
avoit dans cet ouvrage, comme il le déclare dans
l'avertissement. Et en effet, on ne peut nier que
cette méthode de traiter de la dévotion n'agrée
tout autrement au monde que celle dont on
se servoit avant nous. Il n'y a point de comparaison, lui dis-je, et je commence à espérer
que vous me tiendrez parole. Vous le verrez
bien mieux dans la suite, dit-il; je ne vous ai
encore parlé de la piété qu'en général. Mais,
pour vous faire voir en détail combien nos pères
en ont ôté de peines, n'est-ce pas une chose bien
pleine de consolation pour les ambitieux, d'apprendre qu'ils peuvent conserver une véritable
dévotion avec un amour désordonné pour les
grandeurs? Eh quoi! mon père, avec quelque
excès qu'ils les recherchent? Oui, dit-il; car ce
ne seroit toujours que péché véniel, à moins
qu'on ne désirât les grandeurs pour offenser
Dieu ou l'état plus commodément. Or, les péchés
véniels n'empêchent pas d'être dévot, puisque
les plus grands saints n'en sont pas exempts.
Écoutez donc Escobar, tr. 2, ex. 2, n. 17. « L'am-
« bition, qui est un appétit désordonné des
« charges et des grandeurs, est de soi-même un

« péché véniel : mais, quand on désire ces gran-
« deurs pour nuire à l'état, ou pour avoir plus de
« commodité d'offenser Dieu, ces circonstances
« extérieures le rendent mortel. »

Cela est assez commode, mon père. Et n'est-ce
pas encore, continua-t-il, une doctrine bien
douce pour les avares de dire, comme fait Escobar, au tr. 5, ex. 5, n. 154 : « Je sais que les
« riches ne pèchent point mortellement quand
« ils ne donnent point l'aumône de leur superflu
« dans les grandes nécessités des pauvres : *scio*
« *in gravi pauperum necessitate divites non dando*
« *superflua, non peccare mortaliter.* » En vérité,
lui dis-je, si cela est, je vois bien que je ne me
connois guère en péchés. Pour vous le montrer
encore mieux, dit-il, ne pensez-vous pas que la
bonne opinion de soi-même, et la complaisance
qu'on a pour ses ouvrages, est un péché des plus
dangereux ? Et ne serez-vous pas bien surpris si
je vous fais voir qu'encore même que cette bonne
opinion soit sans fondement, c'est si peu un
péché, que c'est au contraire un don de Dieu ?
Est-il possible, mon père ? Oui, dit-il, et c'est
ce que nous a appris notre grand père Garasse,
dans son livre françois intitulé : *Somme des vé-*
rités capitales de la religion, part. 2, p. 419. « C'est
« un effet, dit-il, de la justice commutative, que
« tout travail honnête soit récompensé ou de
« louange, ou de satisfaction...... Quand les bons
« esprits font un ouvrage excellent, ils sont jus-
« tement récompensés par les louanges publi-

« ques. Mais quand un pauvre esprit travaille
« beaucoup pour ne rien faire qui vaille, et qu'il
« ne peut ainsi obtenir des louanges publiques,
« afin que son travail ne demeure pas sans ré-
« compense, Dieu lui en donne une satisfaction
« personnelle qu'on ne peut lui envier sans une
« injustice plus que barbare. C'est ainsi que
« Dieu, qui est juste, donne aux grenouilles de
« la satisfaction de leur chant. »

Voilà, lui dis-je, de belles décisions en faveur
de la vanité, de l'ambition et de l'avarice. Et
l'envie, mon père, sera-t-elle plus difficile à excuser? Ceci est délicat, dit le père. Il faut user
de la distinction du père Bauny, dans sa Somme
des péchés. Car son sentiment, c. 7, p. 123, de
la cinquième et sixième édition, est « que l'envie
« du bien spirituel du prochain est mortelle,
« mais que l'envie du bien temporel n'est que
« vénielle. » Et par quelle raison, mon père?
Écoutez-la, me dit-il. « Car le bien qui se trouve
« ès choses temporelles est si mince, et de si
« peu de conséquence pour le ciel, qu'il est de
« nulle considération devant Dieu et ses saints. »
Mais, mon père, si ce bien est si *mince* et de si
petite considération, comment permettez-vous
de tuer les hommes pour le conserver? Vous
prenez mal les choses, dit le père : on vous dit
que le bien est de nulle considération devant
Dieu, mais non pas devant les hommes. Je ne
pensois pas à cela, lui dis-je; et j'espère que,
par ces distinctions-là, il ne restera plus de

péchés mortels au monde. Ne pensez pas cela,
dit le père, car il y en a qui sont toujours mortels de leur nature, comme par exemple la paresse.

O mon père! lui dis-je, toutes les commodités
de la vie sont donc perdues? Attendez, dit le
père, quand vous aurez vu la définition de ce
vice qu'Escobar en donne, tr. 2, ex. 2, n. 81,
peut-être en jugerez-vous autrement; écoutez-
la. « La paresse est une tristesse de ce que les
« choses spirituelles sont spirituelles, comme
« seroit de s'affliger de ce que les sacrements
« sont la source de la grâce; et c'est un péché
« mortel. » O mon père! lui dis-je, je ne crois
pas que personne se soit jamais avisé d'être pa-
resseux en cette sorte. Aussi, dit le père, Escobar
dit ensuite, n. 105 : « J'avoue qu'il est bien rare
« que personne tombe jamais dans le péché de
« paresse. » Comprenez-vous bien par là combien il importe de bien définir les choses? Oui,
mon père, lui dis-je, et je me souviens sur cela
de vos autres définitions de l'assassinat, du guet-
apens, et des biens superflus. Et d'où vient,
mon père, que vous n'étendez pas cette méthode
à toutes sortes de cas, pour donner à tous les
péchés des définitions de votre façon, afin qu'on
ne péchât plus en satisfaisant ses plaisirs?

Il n'est pas toujours nécessaire, me dit-il, de
changer pour cela les définitions des choses.
Vous l'allez voir sur le sujet de la bonne chère,
qui passe pour un des plus grands plaisirs de

la vie, et qu'Escobar permet en cette sorte,
n. 102, dans la Pratique selon notre Société :
« Est-il permis de boire et de manger tout son
« saoul sans nécessité, et pour la seule volupté?
« Oui certainement, selon Sanchez, pourvu que
« cela ne nuise point à la santé, parce qu'il est
« permis à l'appétit naturel de jouir des actions
« qui lui sont propres : AN COMEDERE, *et bibere*
« *usque ad satietatem absque necessitate ob solam*
« *voluptatem, sit peccatum? Cum Sanctio nega-*
« *tivè respondeo, modò non obsit valetudini, quia*
« *licitè potest appetitus naturalis suis actibus frui.* »
O mon père! lui dis-je, voilà le passage le plus
complet, et le principe le plus achevé de toute
votre morale, et dont on peut tirer d'aussi commodes conclusions. Eh quoi! la gourmandise
n'est donc pas même un péché véniel? Non pas,
dit-il, en la manière que je viens de dire : mais
elle seroit péché véniel selon Escobar, n. 56,
« si, sans aucune nécessité, on se gorgeoit du
« boire et du manger jusqu'à vomir : *si quis se*
« *usque ad vomitum ingurgitet.* »

Cela suffit sur ce sujet; et je veux maintenant
vous parler des facilités que nous avons apportées pour faire éviter les péchés dans les conversations et dans les intrigues du monde. Une
chose des plus embarrassantes qui s'y trouve,
est d'éviter le mensonge, et surtout quand on
voudroit bien faire accroire une chose fausse.
C'est à quoi sert admirablement notre doctrine
des équivoques, par laquelle « il est permis

« d'user de termes ambigus, en les faisant en-
« tendre en un autre sens qu'on ne les entend
« soi-même, » comme dit Sanchez, *Op. mor.* p. 2,
Liv. III, c. 6, n. 13. Je sais cela, mon père, lui
dis-je. Nous l'avons tant publié, continua-t-il,
qu'à la fin tout le monde en est instruit. Mais
savez-vous bien comment il faut faire quand on
ne trouve point de mots équivoques? Non, mon
père. Je m'en doutois bien, dit-il; cela est nouveau : c'est la doctrine des restrictions mentales.
Sanchez la donne au même lieu : « On peut
« jurer, dit-il, qu'on n'a pas fait une chose,
« quoiqu'on l'ait faite effectivement, en enten-
« dant en soi-même qu'on ne l'a pas faite un
« certain jour, ou avant qu'on fût né, ou en
« sous-entendant quelque autre circonstance
« pareille, sans que les paroles dont on se sert
« aïent aucun sens qui le puisse faire connoître ;
« et cela est fort commode en beaucoup de ren-
« contres, et est toujours très-juste quand cela
« est nécessaire ou utile pour la santé, l'honneur
« ou le bien. »

Comment ! mon père, et n'est-ce pas là un
mensonge, et même un parjure ? Non, dit le
père : Sanchez le prouve au même lieu, et notre
père Filiutius aussi, tr. 25, c. 11, n. 331 ; parce,
dit-il, que « c'est l'intention qui règle la qualité
« de l'action. » Et il y donne encore, n. 328, un
autre moyen plus sûr d'éviter le mensonge : c'est
qu'après avoir dit tout haut, *Je jure que je n'ai
point fait cela*, on ajoute tout bas, *aujourd'hui ;*

ou qu'après avoir dit tout haut, *Je jure*, on dise tout bas, *que je dis*, et que l'on continue ensuite tout haut, *que je n'ai point fait cela.* Vous voyez bien que c'est dire la vérité. Je l'avoue, lui dis-je; mais nous trouverions peut-être que c'est dire la vérité tout bas, et un mensonge tout haut : outre que je craindrois que bien des gens n'eussent pas assez de présence d'esprit pour se servir de ces méthodes. Nos pères, dit-il, ont enseigné au même lieu, en faveur de ceux qui ne sauroient pas user de ces restrictions, qu'il leur suffit pour ne point mentir, de dire simplement *qu'ils n'ont point fait* ce qu'ils ont fait, pourvu « qu'ils aient en général l'intention de « donner à leurs discours le sens qu'un habile « homme y donneroit. »

Dites la vérité, il vous est arrivé bien des fois d'être embarrassé, manque de cette connoissance? Quelquefois, lui dis-je. Et n'avouerez-vous pas de même, continua-t-il, qu'il seroit souvent bien commode d'être dispensé en conscience de tenir de certaines paroles qu'on donne? Ce seroit, lui dis-je, mon père, la plus grande commodité du monde! Écoutez donc Escobar au tr. 3, ex. 3, n. 48, où il donne cette règle générale : « Les promesses n'obligent point, « quand on n'a point intention de s'obliger en « les faisant. Or, il n'arrive guère qu'on ait cette « intention, à moins que l'on les confirme par « serment ou par contrat : de sorte que, quand « on dit simplement : Je le ferai, on entend qu'on

« le fera si on ne change de volonté; car on ne
« veut pas se priver par là de sa liberté. » Il en
donne d'autres que vous y pouvez voir vous-
même; et il dit à la fin, « que tout cela est pris
« de Molina et de nos autres auteurs : *Omnia ex*
« *Molina et aliis.* Et ainsi on n'en peut pas
« douter. »

O mon père ! lui dis-je, je ne savois pas que la
direction d'intention eût la force de rendre les
promesses nulles. Vous voyez, dit le père, que
voilà une grande facilité pour le commerce du
monde : mais ce qui nous a donné le plus de
peine, a été de régler les conversations entre les
hommes et les femmes; car nos pères sont plus
réservés sur ce qui regarde la chasteté. Ce n'est
pas qu'ils ne traitent des questions assez curieuses et assez indulgentes, et principalement pour
les personnes mariées ou fiancées. J'appris sur
cela les questions les plus extraordinaires qu'on
puisse s'imaginer; il m'en donna de quoi remplir
plusieurs lettres : mais je ne veux pas seulement
en marquer les citations, parce que vous faites
voir mes lettres à toutes sortes de personnes, et
je ne voudrois pas donner l'occasion de cette lecture à ceux qui n'y chercheroient que leur di-
vertissement.

La seule chose que je puisse vous marquer de ce
qu'il me montra dans leurs livres, même françois, est ce que vous pouvez voir dans la Somme
des péchés du père Bauny, p. 165, de certaines
petites privautés qu'il y explique, pourvu qu'on

dirige bien son intention, *comme à passer pour galant :* et vous serez surpris d'y trouver, p. 148, un principe de morale touchant le pouvoir qu'il dit que les filles ont de disposer de leur virginité sans leurs parents. Voici ses termes : «Quand « cela se fait du consentement de la fille, quoi- « que le père ait sujet de s'en plaindre, ce n'est « pas néanmoins que ladite fille, ou celui à qui « elle s'est prostituée, lui aient fait aucun tort, « ou violé pour son égard la justice; car la fille « est en possession de sa virginité aussi-bien « que de son corps; elle en peut faire ce que bon « lui semble, à l'exclusion de la mort, ou du « retranchement de ses membres. » Jugez par là du reste. Je me souvins, sur cela, d'un passage d'un poète païen, qui a été meilleur casuiste que ces pères, puisqu'il a dit : «Que la virginité « d'une fille ne lui appartient pas tout entière; « qu'une partie appartient au père, et l'autre à « la mère, sans lesquels elle n'en peut disposer « même pour le mariage. » Et je doute qu'il y ait aucun juge qui ne prenne pour une loi le contraire de cette maxime du père Bauny.

Voilà tout ce que je puis dire de tout ce que j'entendis, et qui dura si long-temps, que je fus obligé de prier enfin le père de changer de matière. Il le fit, et m'entretint de leurs règlements pour les habits des femmes en cette sorte. Nous ne parlerons point, dit-il, de celles qui auroient l'intention impure; mais pour les autres, Escobar dit au tr. 1, ex. 8, n. 5 : «Si on se pare

« sans mauvaise intention, mais seulement pour
« satisfaire l'inclination naturelle qu'on a à la
« vanité, *ob naturalem fastús inclinationem*, ou
« ce n'est qu'un péché véniel, ou ce n'est point
« péché du tout. » Et le père Bauny, en sa Somme
des péchés, c. 46, page 1094, dit : « Que bien
« que la femme eût connoissance du mauvais
« effet que sa diligence à se parer opéreroit et
« au corps et en l'âme de ceux qui la contem-
« pleroient ornée de riches et précieux habits,
« qu'elle ne pécheroit néanmoins en s'en ser-
« vant. » Et il cite entre autres notre père Sanchez pour être du même avis.

Mais, mon père, que répondent donc vos auteurs aux passages de l'Écriture, qui parlent
avec tant de véhémence contre les moindres
choses de cette sorte ? Lessius, dit le père, y a
doctement satisfait, *De Just.* Livre IV, c. 4, d. 14,
n. 114, en disant : « Que ces passages de l'Écri-
« ture n'étoient des préceptes qu'à l'égard des
« femmes de ce temps-là, pour donner par leur
« modestie un exemple d'édification aux païens. »
Et d'où a-t-il pris cela, mon père ? Il n'importe
pas d'où il l'ait pris ; il suffit que les sentiments
de ces grands hommes-là sont toujours probables d'eux-mêmes. Mais le père Le Moine a apporté une modération à cette permission générale ; car il ne le veut point du tout souffrir aux
vieilles : c'est dans sa Dévotion aisée, et entre
autres pages 127, 157, 163. « La jeunesse, dit-il,
« peut être parée de droit naturel. Il peut être

« permis de se parer en un âge qui est la fleur
« et la verdure des ans. Mais il en faut demeurer
« là : le contre-temps seroit étrange de chercher
« des roses sur la neige. Ce n'est qu'aux étoiles
« qu'il appartient d'être toujours au bal, parce
« qu'elles ont le don de jeunesse perpétuelle.
« Le meilleur donc en ce point seroit de prendre
« conseil de la raison et d'un bon miroir; de se
« rendre à la bienséance et à la nécessité, et de
« se retirer quand la nuit approche. » Cela est
tout-à-fait judicieux, lui dis-je. Mais, continua-
t-il, afin que vous voyiez combien nos pères ont
eu soin de tout, je vous dirai que, donnant permission aux femmes de jouer, et voyant que
cette permission leur seroit souvent inutile, si
on ne leur donnoit aussi le moyen d'avoir de
quoi jouer, ils ont établi une autre maxime en
leur faveur, qui se voit dans Escobar, au chap.
du Larcin, tr. 1, ex. 91, n. 13. « Une femme, dit-il,
« peut jouer, et prendre pour cela de l'argent à
« son mari. »

En vérité, mon père, cela est bien achevé. Il
y a bien d'autres choses néanmoins, dit le père;
mais il faut les laisser pour parler des maximes
plus importantes, qui facilitent l'usage des choses
saintes, comme, par exemple, la manière d'assister à la messe. Nos grands théologiens, Gaspard Hurtado, *De Sacr.* tome II, d. 5, dist. 2, et
Coninck, q. 83, a. 6, n. 197, ont enseigné sur
ce sujet, « qu'il suffit d'être présent à la messe
« de corps, quoiqu'on soit absent d'esprit, pour-

« vu qu'on demeure dans une contenance res-
« pectueuse extérieurement. » Et Vasquez passe
plus avant, car il dit « qu'on satisfait au pré-
« cepte d'ouïr la messe, encore même qu'on ait
« l'intention de n'en rien faire. » Tout cela est
aussi dans Escobar, tr. 1, ex. 11, n. 74 et 107; et
encore au tr. 1, ex. 1, n. 116, où il l'explique par
l'exemple de ceux qu'on mène à la messe par
force, et qui ont l'intention expresse de ne la
point entendre. Vraiment, lui dis-je, je ne le
croirois jamais, si un autre me le disoit. En
effet, dit-il, cela a quelque besoin de l'autorité de
ces grands hommes; aussi-bien que ce que dit
Escobar, au tr. 1, ex. 11, n. 31 : « Qu'une méchante
« intention, comme de regarder des femmes avec
« un désir impur, jointe à celle d'ouïr la messe
« comme il faut, n'empêche pas qu'on n'y satis-
« fasse : *Nec obest alia prava intentio, ut aspi-*
« *ciendi libidinosè fœminas.* »

Mais on trouve encore une chose commode
dans notre savant Turrianus, *Select.* p. 2, d. 16,
dub. 7 : « Qu'on peut ouïr la moitié d'une messe
« d'un prêtre, et ensuite une autre moitié d'un
« autre, et même qu'on peut ouïr d'abord la fin
« de l'une, et ensuite le commencement d'une
« autre. » Et je vous dirai de plus qu'on a permis
encore « d'ouïr deux moitiés de messe en même
« temps de deux différents prêtres, lorsque l'un
« commence la messe, quand l'autre en est à
« l'élévation; parce qu'on peut avoir l'attention
« à ces deux côtés à la fois, et que deux moitiés

« de messe font une messe entière : *duæ medie-* « *tates unam missam constituunt.* » C'est ce qu'ont décidé nos pères Bauny, tr. 6, q. 9, p. 312; Hurtado, *De Sacr.* t. II, *De Missá*, d. 5, diff. 4; Azorius, p. 1, L. VII, cap. 3, q. 3; Escobar, tr. 1, ex. 11, n. 73, dans le chapitre « De la Pratique « pour ouïr la messe selon notre Société. » Et vous verrez les conséquences qu'il en tire dans ce même livre, des éditions de Lyon, des années 1644 et 1646, en ces termes : « De là je conclus « que vous pouvez ouïr la messe en très-peu de « temps : si, par exemple, vous rencontrez quatre « messes à la fois qui soient tellement assorties, « que, quand l'une commence, l'autre soit à « l'évangile, une autre à la consécration, et la « dernière à la communion. » Certainement, mon père, on entendra la messe dans Notre-Dame en un instant par ce moyen. Vous voyez donc, dit-il, qu'on ne pouvoit pas mieux faire pour faciliter la manière d'ouïr la messe.

Mais je veux vous faire voir maintenant comment on a adouci l'usage des sacrements, et surtout de celui de la pénitence; car c'est là où vous verrez la dernière bénignité de la conduite de nos pères; et vous admirerez que la dévotion qui étonnoit tout le monde, ait pu être traitée par nos pères avec une telle prudence, « qu'ayant « abattu cet épouvantail que les démons avoient « mis à sa porte, *ils l'aient rendue* plus facile que « le vice, et plus aisée que la volupté; *en sorte* « que le simple vivre est incomparablement plus

« malaisé que le bien vivre, » pour user des termes du père Le Moine, pages 244 et 291 de sa Dévotion aisée. N'est-ce pas là un merveilleux changement? En vérité, lui dis-je, mon père, je ne puis m'empêcher de vous dire ma pensée. Je crains que vous ne preniez mal vos mesures, et que cette indulgence ne soit capable de choquer plus de monde que d'en attirer. Car la messe, par exemple, est une chose si grande et si sainte, qu'il suffiroit, pour faire perdre à vos auteurs toute créance dans l'esprit de plusieurs personnes, de leur montrer de quelle manière ils en parlent. Cela est bien vrai, dit le père, à l'égard de certaines gens : mais ne savez-vous pas que nous nous accommodons à toute sorte de personnes? Il semble que vous ayez perdu la mémoire de ce que je vous ai dit si souvent sur ce sujet. Je veux donc vous en entretenir la première fois à loisir, en différant pour cela notre entretien des adoucissements de la confession. Je vous le ferai si bien entendre, que vous ne l'oublierez jamais. Nous nous séparâmes là-dessus; et ainsi je m'imagine que notre première conversation sera de leur politique. Je suis, etc.

Depuis que j'ai écrit cette lettre, j'ai vu le livre du *Paradis ouvert par cent dévotions aisées à pratiquer,* par le père Barry; et celui de *la Marque de prédestination,* par le père Binet : ce sont des pièces dignes d'être vues.

DIXIÈME LETTRE. (*)

Adoucissements que les jésuites ont apportés au sacrement de pénitence, par leurs maximes touchant la confession, la satisfaction, l'absolution, les occasions prochaines de pécher, la contrition et l'amour de Dieu.

De Paris, ce 2 août 1656.

Monsieur,

Ce n'est pas encore ici la politique de la Société, mais c'en est un des plus grands principes. Vous y verrez les adoucissements de la confession, qui sont assurément le meilleur moyen que ces pères aient trouvé pour attirer tout le monde et ne rebuter personne. Il falloit savoir cela avant que de passer outre; et c'est pourquoi le père trouva à propos de m'en instruire en cette sorte.

Vous avez vu, me dit-il, par tout ce que je vous ai dit jusques ici, avec quel succès nos pères ont travaillé à découvrir, par leurs lumières, qu'il y a un grand nombre de choses permises qui passoient autrefois pour défendues; mais, parce qu'il reste encore des péchés qu'on n'a pu excuser, et que l'unique remède en est la confession, il a été bien nécessaire d'en

(*) Cette lettre fut faite de concert avec M. Arnauld.

adoucir les difficultés par les voies que j'ai maintenant à vous dire. Et ainsi, après vous avoir
montré, dans toutes nos conversations précédentes, comment on a soulagé les scrupules qui
troubloient les consciences, en faisant voir que
ce qu'on croyoit mauvais ne l'est pas, il reste à
vous montrer en celle-ci la manière d'expier
facilement ce qui est véritablement péché, en
rendant la confession aussi aisée qu'elle étoit
difficile autrefois. Et par quel moyen, mon père?
C'est, dit-il, par ces subtilités admirables qui
sont propres à notre Compagnie, et que nos
pères de Flandre appellent, dans l'Image de notre
premier siècle, Liv. iii, or. i, p. 401, et Liv. i,
c. 2, « de pieuses et saintes finesses, et un saint
« artifice de dévotion : *piam et religiosam callidi-*
« *tatem, et pietatis solertiam*, » au Liv. iii, ch. 8.
C'est par le moyen de ces inventions « que les
« crimes s'expient aujourd'hui *alacriùs*, avec plus
« d'allégresse et d'ardeur qu'ils ne se commet-
« toient autrefois; en sorte que plusieurs per-
« sonnes effacent leurs taches aussi promptement
« qu'ils les contractent : *plurimi vix citiùs ma-*
« *culas contrahunt, quàm eluunt*, » comme il est
dit au même lieu. Apprenez-moi donc, je vous
prie, mon père, *ces finesses* si salutaires. Il y en
a plusieurs, me dit-il; car, comme il se trouve
beaucoup de choses pénibles dans la confession,
on a apporté des adoucissements à chacune; et
parce que les principales peines qui s'y rencontrent sont la honte de confesser de certains

péchés, le soin d'en exprimer les circonstances, la pénitence qu'il en faut faire, la résolution de n'y plus tomber, la fuite des occasions prochaines qui y engagent, et le regret de les avoir commis; j'espère vous montrer aujourd'hui qu'il ne reste presque rien de fâcheux en tout cela, tant on a eu soin d'ôter toute l'amertume et toute l'aigreur d'un remède si nécessaire.

Car, pour commencer par la peine qu'on a de confesser de certains péchés, comme vous n'ignorez pas qu'il est souvent assez important de se conserver dans l'estime de son confesseur, n'est-ce pas une chose bien commode de permettre, comme font nos pères, et entre autres Escobar, qui cite encore Suarez, tr. 7, a. 4, n. 135, « d'avoir deux confesseurs, l'un pour les « péchés mortels, et l'autre pour les véniels, afin « de se maintenir en bonne réputation auprès « de son confesseur ordinaire, *uti bonam famam* « *apud ordinarium tueatur*, pourvu qu'on ne « prenne pas de là occasion de demeurer dans « le péché mortel. » Et il donne ensuite un autre subtil moyen pour se confesser d'un péché, même à son confesseur ordinaire, sans qu'il s'aperçoive qu'on l'a commis depuis la dernière confession. « C'est, dit-il, de faire une confession « générale, et de confondre ce dernier péché « avec les autres dont on s'accuse en gros. » Il dit encore la même chose, princ. ex. 2, n. 73. Et vous avouerez, je m'assure, que cette décision du père Bauny, Théol. mor. tr. 4, q. 15,

p. 137, soulage encore bien la honte qu'on a de
confesser ses rechutes : « Que, hors de certaines
« occasions, qui n'arrivent que rarement, le
« confesseur n'a pas droit de demander si le
« péché dont on s'accuse est un péché d'habi-
« tude, et qu'on n'est pas obligé de lui répondre
« sur cela, parce qu'il n'a pas droit de donner à
« son pénitent la honte de déclarer ses rechutes
« fréquentes. »

Comment, mon père! j'aimerois autant dire
qu'un médecin n'a pas droit de demander à son
malade s'il y a long-temps qu'il a la fièvre. Les
péchés ne sont-ils pas tous différents selon ces
différentes circonstances? et le dessein d'un véritable pénitent ne doit-il pas être d'exposer
tout l'état de sa conscience à son confesseur,
avec la même sincérité et la même ouverture
de cœur que s'il parloit à Jésus-Christ, dont le
prêtre tient la place? Or, n'est-on pas bien
éloigné de cette disposition quand on cache ses
rechutes fréquentes, pour cacher la grandeur
de son péché? Je vis le bon père embarrassé
là-dessus : de sorte qu'il pensa à éluder cette
difficulté plutôt qu'à la résoudre, en m'apprenant une autre de leurs règles, qui établit seulement un nouveau désordre, sans justifier en
aucune sorte cette décision du père Bauny, qui
est, à mon sens, une de leurs plus pernicieuses
maximes, et des plus propres à entretenir les
vicieux dans leurs mauvaises habitudes. Je demeure d'accord, me dit-il, que l'habitude aug-

mente la malice du péché, mais elle n'en change pas la nature : et c'est pourquoi on n'est pas obligé à s'en confesser, selon la règle de nos pères, qu'Escobar rapporte, princ. ex. 2, n. 39 : « Qu'on « n'est obligé de confesser que les circonstances « qui changent l'espèce du péché, et non pas « celles qui l'aggravent. »

C'est selon cette règle que notre père Granados dit, in 5 part. cont. 7, tome IX, d. 9, n. 22, « que si on a mangé de la viande en carême, il « suffit de s'accuser d'avoir rompu le jeûne, sans « dire si c'est en mangeant de la viande, ou en « faisant deux repas maigres. » Et selon notre père Réginaldus, tr. 1, Liv. VI, c. 4, n. 114 : « Un « devin qui s'est servi de l'art diabolique n'est « pas obligé à déclarer cette circonstance ; mais « il suffit de dire qu'il s'est mêlé de deviner, « sans exprimer si c'est par la chiromancie, ou « par un pacte avec le démon. » Et Fagundez, de notre Société, p. 2, Liv. IV, c. 3, n. 17, dit aussi : « Le rapt n'est pas une circonstance qu'on soit « tenu de découvrir quand la fille y a consenti. » Notre père Escobar rapporte tout cela au même lieu, n. 41, 61, 62, avec plusieurs autres décisions assez curieuses des circonstances qu'on n'est pas obligé de confesser. Vous pouvez lès y voir vous-même. Voilà, lui dis-je, des *artifices de dévotion* bien accommodants.

Tout cela néanmoins, dit-il, ne seroit rien, si on n'avoit de plus adouci la pénitence, qui est une des choses qui éloignoit davantage de

la confession. Mais maintenant les plus délicats
ne la sauroient plus appréhender, après ce que
nous avons soutenu dans nos thèses du collége
de Clermont : « Que, si le confesseur impose
« une pénitence convenable, *convenientem*, et
« qu'on ne veuille pas néanmoins l'accepter, on
« peut se retirer en renonçant à l'absolution et
« à la pénitence imposée. » Et Escobar dit encore
dans la Pratique de la pénitence, selon notre
Société, tr. 7, ex. 4, n. 188 : « Que, si le pénitent
« déclare qu'il veut remettre à l'autre monde à
« faire pénitence, et souffrir en purgatoire toutes
« les peines qui lui sont dues, alors le confesseur
« doit lui imposer une pénitence bien légère
« pour l'intégrité du sacrement, et principale-
« ment s'il reconnoît qu'il n'en accepteroit pas
« une plus grande. » Je crois, lui dis-je, que si
cela étoit, on ne devroit plus appeler la confession le sacrement de pénitence. Vous avez tort,
dit-il; car au moins on en donne toujours quelqu'une pour la forme. Mais, mon père, jugez-
vous qu'un homme soit digne de recevoir l'absolution quand il ne veut rien faire de pénible
pour expier ses offenses ? Et quand des personnes
sont en cet état, ne devriez-vous pas plutôt leur
retenir leurs péchés que de les leur remettre ?
Avez-vous l'idée véritable de l'étendue de votre
ministère ? et ne savez-vous pas que vous y
exercez le pouvoir de lier et de délier ? Croyez-
vous qu'il soit permis de donner l'absolution
indifféremment à tous ceux qui la demandent,

sans reconnoître auparavant si Jésus-Christ délie
dans le ciel ceux que vous déliez sur la terre?
Eh quoi ! dit le père, pensez-vous que nous
ignorions « que le confesseur doit se rendre
« juge de la disposition de son pénitent, tant
« parce qu'il est obligé de ne pas dispenser les
« sacrements à ceux qui en sont indignes, Jésus-
« Christ lui ayant ordonné d'être dispensateur
« fidèle, et de ne pas donner les choses saintes
« aux chiens, que parce qu'il est juge, et que
« c'est le devoir d'un juge de juger justement,
« en déliant ceux qui en sont dignes, et liant
« ceux qui en sont indignes, et aussi parce qu'il
« ne doit pas absoudre ceux que Jésus-Christ
« condamne? » De qui sont ces paroles-là, mon
père? De notre père Filiutius, répliqua-t-il, t. I,
tr. 7, n. 354. Vous me surprenez, lui dis-je; je
les prenois pour être d'un des pères de l'Église.
Mais, mon père, ce passage doit bien étonner
les confesseurs, et les rendre bien circonspects
dans la dispensation de ce sacrement, pour
reconnoître si le regret de leurs pénitents est
suffisant, et si les promesses qu'ils donnent de
ne plus pécher à l'avenir sont recevables. Cela
n'est point du tout embarrassant, dit le père :
Filiutius n'avoit garde de laisser les confesseurs
dans cette peine; et c'est pourquoi, ensuite de
ces paroles, il leur donne cette méthode facile
pour en sortir : « Le confesseur peut aisément
« se mettre en repos touchant la disposition de
« son pénitent; car s'il ne donne pas des signes

« suffisants de douleur, le confesseur n'a qu'à
« lui demander s'il ne déteste pas le péché dans
« son âme; et s'il répond que oui, il est obligé
« de l'en croire. Et il faut dire la même chose de
« la résolution pour l'avenir, à moins qu'il y eût
« quelque obligation de restituer, ou de quitter
« quelque occasion prochaine. » Pour ce passage, mon père, je vois bien qu'il est de Filiutius. Vous vous trompez, dit le père : car il a
pris tout cela mot à mot de Suarez, in 3 part.
t. IV, disp. 32, sect. 2, n. 2. Mais, mon père, ce
dernier passage de Filiutius détruit ce qu'il avoit
établi dans le premier; car les confesseurs n'auront plus le pouvoir de se rendre juges de la
disposition de leurs pénitents, puisqu'ils sont
obligés de les en croire sur leur parole, lors
même qu'ils ne donnent aucun signe suffisant
de douleur. Est-ce qu'il y a tant de certitude
dans ces paroles qu'on donne, que ce seul signe
soit convaincant? Je doute que l'expérience ait
fait connoître à vos pères que tous ceux qui
leur font ces promesses les tiennent, et je suis
trompé s'ils n'éprouvent souvent le contraire.
Cela n'importe, dit le père; on ne laisse pas
d'obliger toujours les confesseurs à les croire :
car le père Bauny, qui a traité cette question à
fond dans sa Somme des péchés, c. 46, p. 1090,
1091 et 1092, conclut « que toutes les fois que
« ceux qui récidivent souvent, sans qu'on y voie
« aucun amendement, se présentent au confes-
« seur, et lui disent qu'ils ont regret du passé

« et bon dessein pour l'avenir, il les en doit
« croire sur ce qu'ils le disent, quoiqu'il soit
« à présumer telles résolutions ne passer pas le
« bout des lèvres. Et quoiqu'ils se portent en-
« suite avec plus de liberté et d'excès que jamais
« dans les mêmes fautes, on peut néanmoins
« leur donner l'absolution selon mon opinion. »
Voilà, je m'assure, tous vos doutes bien résolus.

Mais, mon père, lui dis-je, je trouve que vous
imposez une grande charge aux confesseurs, en
les obligeant de croire le contraire de ce qu'ils
voient. Vous n'entendez pas cela, dit-il; on veut
dire par là qu'ils sont obligés d'agir et d'absoudre, comme s'ils croyoient que cette résolution fût ferme et constante, encore qu'ils ne le
croient pas en effet. Et c'est ce que nos pères
Suarez et Filiutius expliquent ensuite des passages de tantôt. Car, après avoir dit « que le
« prêtre est obligé de croire son pénitent sur
« sa parole, » ils ajoutent « qu'il n'est pas néces-
« saire que le confesseur se persuade que la réso-
« lution de son pénitent s'exécutera, ni qu'il le
« juge même probablement; mais il suffit qu'il
« pense qu'il en a à l'heure même le dessein en
« général, quoiqu'il doive retomber en bien peu
« de temps. Et c'est ce qu'enseignent tous nos
« auteurs, *ita docent omnes autores.* » Douterez-
vous d'une chose que nos auteurs enseignent?
Mais, mon père, que deviendra donc ce que le
père Pétau a été obligé de reconnoître lui-même

dans la préface de la Pén. publ. page 4. « Que les
« saints pères, les docteurs et les conciles sont
« d'accord, comme d'une vérité certaine, que
« la pénitence, qui prépare à l'Eucharistie, doit
« être véritable, constante, courageuse, et non
« pas lâche et endormie, ni sujette aux rechutes
« et aux reprises? » Ne voyez-vous pas, dit-il, que
le père Pétau parle de l'*ancienne Église?* Mais
cela est maintenant si *peu de saison*, pour user
des termes de nos pères, que, selon le père
Bauny, le contraire est seul véritable; c'est au
tr. 4, q. 15, p. 95. « Il y a des auteurs qui disent
« qu'on doit refuser l'absolution à ceux qui re-
« tombent souvent dans les mêmes péchés, et
« principalement lorsque après les avoir plu-
« sieurs fois absous, il n'en paroît aucun amen-
« dement : et d'autres disent que non. Mais la
« seule véritable opinion est qu'il ne faut point
« leur refuser l'absolution : et encore qu'ils ne
« profitent point de tous les avis qu'on leur a
« souvent donnés, qu'ils n'aient pas gardé les
« promesses qu'ils ont faites de changer de vie,
« qu'ils n'aient pas travaillé à se purifier, il n'im-
« porte : et quoi qu'en disent les autres, la véri-
« table opinion, et laquelle on doit suivre, est
« que, même en tous ces cas, on les doit ab-
« soudre. » Et tr. 4, q. 22, p. 100 : « Qu'on ne
« doit ni refuser, ni différer l'absolution à ceux
« qui sont dans des péchés d'habitude contre la
« loi de Dieu, de nature, et de l'Église, quoi-
« qu'on n'y voie aucune espérance d'amende-

« ment : *Etsi emendationis futuræ nulla spes*
« *appareat.* »

Mais, mon père, lui dis-je, cette assurance
d'avoir toujours l'absolution pourroit bien porter
les pécheurs.... Je vous entends, dit-il en m'interrompant; mais écoutez le père Bauny, q. 15 :
« On peut absoudre celui qui avoue que l'espérance d'être absous l'a porté à pécher avec plus
« de facilité qu'il n'eût fait sans cette espérance. »
Et le père Caussin, défendant cette proposition,
dit, page 211 de sa Rép. à la Théol. mor., « Que
« si elle n'étoit véritable, l'usage de la confession
« seroit interdit à la plupart du monde; et qu'il
« n'y auroit plus d'autre remède aux pécheurs,
« qu'une branche d'arbre et une corde. » O mon
père! que ces maximes-là attireront de gens à
vos confessionnaux! Aussi, dit-il, vous ne sauriez croire combien il y en vient : « nous sommes
« accablés et comme opprimés sous la foule de
« nos pénitents, *pœnitentium numero obruimur,* »
comme il est dit en l'Image de notre premier
siècle, Liv. III, c. 8. Je sais, lui dis-je, un moyen
facile de vous décharger de cette presse. Ce seroit
seulement, mon père, d'obliger les pécheurs à
quitter les occasions prochaines : vous vous soulagériez assez par cette seule invention. Nous ne
cherchons pas ce soulagement, dit-il; au contraire : car, comme il est dit dans le même livre,
Liv. III, c. 7, p. 374 : « Notre Société a pour but de
« travailler à établir les vertus, de faire la guerre
« aux vices, et de servir un grand nombre

« d'âmes. » Et comme il y a peu d'âmes qui
veuillent quitter les occasions prochaines, on a
été obligé de définir ce que c'est qu'occasion prochaine; comme on voit dans Escobar, en la Pratique de notre Société, tr. 7, ex. 4, n. 226. « On
« n'appelle pas occasion prochaine celle où l'on
« ne pèche que rarement, comme de pécher par
« un transport soudain avec celle avec qui on
« demeure, trois ou quatre fois par an; » ou,
selon le père Bauny, dans son livre françois, une
ou deux fois par mois, p. 1082; et encore p. 1089,
où il demande « ce qu'on doit faire entre les
« maîtres et servantes, cousins et cousines qui
« demeurent ensemble, et qui se portent mutuel-
« lement à pécher par cette occasion. » Il les faut
séparer, lui dis-je. C'est ce qu'il dit aussi, « si les
« rechutes sont fréquentes, et presque journa-
« lières : mais s'ils n'offensent que rarement par
« ensemble, comme seroit une ou deux fois le
« mois, et qu'ils ne puissent se séparer sans
« grande incommodité et dommage, on pourra
« les absoudre, selon ces auteurs, et entre autres
« Suarez, pourvu qu'ils promettent bien de ne
« plus pécher, et qu'ils aient un vrai regret du
« passé. » Je l'entendis bien; car il m'avoit déjà
appris de quoi le confesseur se doit contenter
pour juger de ce regret. Et le père Bauny, continua-t-il, permet, pag. 1083 et 1084, à ceux qui
sont engagés dans les occasions prochaines, « d'y
« demeurer, quand ils ne les pourroient quitter
« sans bailler sujet au monde de parler, ou sans

« en recevoir de l'incommodité. » Et il dit de
même en sa Théologie morale, tr. 4, *De Pœnit.*
q. 13, p. 93, et q. 14, p. 94 : « Qu'on peut et qu'on
« doit absoudre une femme qui a chez elle un
« homme avec qui elle pèche souvent, si elle ne
« le peut faire sortir honnêtement, ou qu'elle ait
« quelque cause de le retenir : *Si non potest ho-*
« *nestè ejicere, aut habeat aliquam causam reti-*
« *nendi;* pourvu qu'elle propose bien de ne plus
« pécher avec lui. »

O mon père ! lui dis-je, l'obligation de quitter
les occasions est bien adoucie, si on en est dispensé aussitôt qu'on en recevroit de l'incommodité : mais je crois au moins qu'on y est obligé,
selon vos pères, quand il n'y a point de peine ?
Oui, dit le père, quoique toutefois cela ne soit
pas sans exception. Car le père Bauny dit au
même lieu : « Il est permis à toutes sortes de per-
« sonnes d'entrer dans les lieux de débauche
« pour y convertir des femmes perdues, quoi-
« qu'il soit bien vraisemblable qu'on y péchera :
« comme si on a déjà éprouvé souvent qu'on s'est
« laissé aller au péché par la vue et les cajoleries
« de ces femmes. Et encore qu'il y ait des docteurs
« qui n'approuvent pas cette opinion, et qui
« croient qu'il n'est pas permis de mettre volon-
« tairement son salut en danger pour secourir
« son prochain, je ne laisse pas d'embrasser très-
« volontiers cette opinion qu'ils combattent. »
Voilà, mon père, une nouvelle sorte de prédicateurs. Mais sur quoi se fonde le père Bauny

pour leur donner cette mission? C'est, me dit-il, sur un de ses principes qu'il donne au même lieu après Basile Ponce. Je vous en ai parlé autrefois, et je crois que vous vous en souvenez. C'est « qu'on peut rechercher une occasion direc-« tement et par elle-même, *primò et per se*, pour « le bien temporel ou spirituel de soi ou du pro-« chain. » Ces passages me firent tant d'horreur, que je pensai rompre là-dessus : mais je me re-tins, afin de le laisser aller jusqu'au bout, et me contentai de lui dire : Quel rapport y a-t-il, mon père, de cette doctrine à celle de l'Évangile, qui oblige « à s'arracher les yeux, et à retrancher « les choses les plus nécessaires quand elles nui-« sent au salut? » Et comment pouvez-vous con-cevoir qu'un homme qui demeure volontaire-ment dans les occasions des péchés les déteste sincèrement? N'est-il pas visible, au contraire, qu'il n'en est point touché comme il faut, et qu'il n'est pas encore arrivé à cette véritable con-version de cœur, qui fait autant aimer Dieu qu'on a aimé les créatures?

Comment! dit-il, ce seroit là une véritable contrition. Il semble que vous ne sachiez pas que, comme dit le père Pintereau en la seconde partie de l'abbé de Boisic, page 50 : « Tous nos « pères enseignent, d'un commun accord, que « c'est une erreur, et presque une hérésie, de « dire que la contrition soit nécessaire, et que « l'attrition toute seule, et même conçue par LE « SEUL motif des peines de l'enfer, qui exclut la

« volonté d'offenser, ne suffit pas avec le sacre-
« ment. » Quoi, mon père! c'est presque un article de foi que l'attrition conçue par la seule
crainte des peines suffit avec le sacrement? Je
crois que cela est particulier à vos pères. Car les
autres, qui croient que l'attrition suffit avec le
sacrement, veulent au moins qu'elle soit mêlée
de quelque amour de Dieu. Et de plus, il me
semble que vos auteurs mêmes ne tenoient point
autrefois que cette doctrine fût si certaine. Car
votre père Suarez en parle de cette sorte, *De
Pœn.* q. 90, art. 4, disp. 15, sect. 4, n. 17. « En-
« core, dit-il, que ce soit une opinion probable
« que l'attrition suffit avec le sacrement, toute-
« fois elle n'est pas certaine, et elle peut être
« fausse : *Non est certa, et potest esse falsa.* Et si
« elle est fausse, l'attrition ne suffit pas pour
« sauver un homme. Donc celui qui meurt scien-
« ment en cet état s'expose volontairement au
« péril moral de la damnation éternelle. Car
« cette opinion n'est ni fort ancienne, ni fort
« commune : *Nec valdè antiqua, nec multùm
« communis.* » Sanchez ne trouvoit pas non plus
qu'elle fût si assurée, puisqu'il dit en sa Somme,
Liv. 1, c. 9, n. 34 : « Que le malade et son confes-
« seur qui se contenteroient à la mort de l'attri-
« tion avec le sacrement, pècheroient mortelle-
« ment, à cause du grand péril de damnation ou
« le pénitent s'exposeroit, si l'opinion qui assure
« que l'attrition suffit avec le sacrement ne se
« trouvoit pas véritable. » Ni Comitolus aussi,

quand il dit, *Resp. Mor.* Lib. 1, q. 32, n. 7, 8 :
« Qu'il n'est pas trop sûr que l'attrition suffise
« avec le sacrement. »

Le bon père m'arrêta là-dessus. Eh quoi ! dit-il,
vous lisez donc nos auteurs ? vous faites bien ;
mais vous feriez encore mieux de ne les lire
qu'avec quelqu'un de nous. Ne voyez-vous pas
que, pour les avoir lus tout seul, vous en avez
conclu que ces passages font tort à ceux qui soutiennent maintenant notre doctrine de l'attrition ? au lieu qu'on vous auroit montré qu'il n'y
a rien qui les relève davantage. Car quelle gloire
est-ce à nos pères d'aujourd'hui d'avoir en moins
de rien répandu si généralement leur opinion
partout, que, hors les théologiens, il n'y a presque personne qui ne s'imagine que ce que nous
tenons maintenant de l'attrition n'ait été de tout
temps l'unique créance des fidèles ! Et ainsi,
quand vous montrez, par nos pères mêmes, qu'il
y a peu d'années *que cette opinion n'étoit pas certaine*, que faites-vous autre chose, sinon donner
à nos derniers auteurs tout l'honneur de cet
établissement ?

Aussi Diana, notre ami intime, a cru nous
faire plaisir de marquer par quels degrés on y est
arrivé. C'est ce qu'il fait p. 5, tr. 13, où il dit :
« Qu'autrefois les anciens scolastiques soute-
« noient que la contrition étoit nécessaire aussi-
« tôt qu'on avoit fait un péché mortel : mais
« que depuis on a cru qu'on n'y étoit obligé que
« les jours de fêtes, et ensuite que quand quel-

« que grande calamité menaçoit tout le peuple :
« que, selon d'autres, on étoit obligé à ne la pas
« différer long-temps quand on approche de la
« mort. Mais que nos pères Hurtado et Vasquez
« ont réfuté excellemment toutes ces opinions-là,
« et établi qu'on n'y étoit obligé que quand on
« ne pouvoit être absous par une autre voie, ou
« à l'article de la mort ! » Mais, pour continuer
le merveilleux progrès de cette doctrine, j'ajou-
terai que nos pères Fagundez, præc. 2, t. II, c. 4,
n. 13 ; Granados, in 3 part. contr. 7, d. 3, sec. 4,
n. 17 ; et Escobar, tr. 7, ex. 4, n. 88, dans la
Pratique selon notre Société, ont décidé : « Que
« la contrition n'est pas nécessaire même à la
« mort, parce, disent-ils, que si l'attrition avec
« le sacrement ne suffisoit pas à la mort, il s'en-
« suivroit que l'attrition ne seroit pas suffisante
« avec le sacrement. » Et notre savant Hurtado,
de Sacr. d. 6, cité par Diana, partie 5, tr. 4,
Miscell. r. 193, et par Escobar, tr. 7, ex. 4, n. 91,
va encore plus loin ; écoutez-le. « Le regret d'avoir
« péché, qu'on ne conçoit qu'à cause du seul mal
« temporel qui en arrive, comme d'avoir perdu
« la santé ou son argent, est-il suffisant ? Il faut
« distinguer. Si on ne pense pas que ce mal soit
« envoyé de la main de Dieu, ce regret ne suffit
« pas ; mais, si on croit que ce mal est envoyé
« de Dieu, comme en effet tout mal, dit Diana,
« excepté le péché, vient de lui, ce regret est
« suffisant. » C'est ce que dit Escobar en la Pratique de notre Société. Notre père François Lamy

soutient aussi la même chose, tr. 8. disp. 3 ,
n. 13.

Vous me surprenez, mon père ; car je ne vois
rien en toute cette attrition-là que de naturel ; et
ainsi un pécheur se pourroit rendre digne de
l'absolution sans aucune grâce surnaturelle. Or,
il n'y a personne qui ne sache que c'est une hérésie condamnée par le concile. Je l'aurois pensé
comme vous, dit-il ; et cependant il faut bien
que cela ne soit pas. Car nos pères du collége
de Clermont ont soutenu dans leurs thèses du
23 mai et du 6 juin 1644, col. 4, n. 1 : « Qu'une
« attrition peut être sainte et suffisante pour le
« sacrement, quoiqu'elle ne soit pas surnatu-
« relle. » Et dans celle du mois d'août 1643 :
« Qu'une attrition qui n'est que naturelle suffit
« pour le sacrement, pourvu qu'elle soit hon-
« nête : *Ad sacramentum sufficit attritio naturalis,*
« *modò honesta.* » Voilà tout ce qui se peut dire,
si ce n'est qu'on veuille ajouter une conséquence,
qui se tire aisément de ces principes : qui est
que la contrition est si peu nécessaire au sacrement, qu'elle y seroit au contraire nuisible, en
ce qu'effaçant les péchés par elle-même, elle ne
laisseroit rien à faire au sacrement. C'est ce que
dit notre père Valentia, ce célèbre jésuite, t. IV,
disp. 7, q. 8, p. 4. « La contrition n'est point du
« tout nécessaire pour obtenir l'effet principal
« du sacrement ; mais, au contraire, elle y est
« plutôt un obstacle : *Imò obstat potiùs quominùs*
« *effectus sequatur.* » On ne peut rien désirer de

plus à l'avantage de l'attrition. Je le crois, mon père; mais souffrez que je vous en dise mon sentiment, et que je vous fasse voir à quel excès cette doctrine conduit. Lorsque vous dites que *l'attrition conçue par la seule crainte des peines* suffit avec le sacrement pour justifier les pécheurs, ne s'ensuit-il pas de là qu'on pourra toute sa vie expier ses péchés de cette sorte, et ainsi être sauvé sans avoir jamais aimé Dieu en sa vie? Or, vos pères oseroient-ils soutenir cela?

Je vois bien, répondit le père, par ce que vous me dites, que vous avez besoin de savoir la doctrine de nos pères touchant l'amour de Dieu. C'est le dernier trait de leur morale, et le plus important de tous. Vous deviez l'avoir compris par les passages que je vous ai cités de la contrition. Mais en voici d'autres plus précis sur l'amour de Dieu; ne m'interrompez donc pas, car la suite même en est considérable. Écoutez Escobar, qui rapporte les opinions différentes de nos auteurs sur ce sujet, dans la Pratique de l'amour de Dieu selon notre Société, au tr. 1, ex. 2, n. 21, et tr. 5, ex. 4, n. 8, sur cette question : « Quand est-on obligé d'avoir affection « actuellement pour Dieu? Suarez dit que c'est « assez, si on l'aime avant l'article de la mort, « sans déterminer aucun temps; Vasquez, qu'il « suffit encore à l'article de la mort; d'autres, « quand on reçoit le baptême; d'autres, quand « on est obligé d'être contrit; d'autres, les jours « de fêtes. Mais notre père Castro Palao combat

« toutes ces opinions-là, et avec raison, *meritò*.
« Hurtado de Mendoza prétend qu'on y est obligé
« tous les ans, et qu'on nous traite bien favora-
« blement encore de ne nous y obliger pas plus
« souvent : mais notre père Coninck croit qu'on
« y est obligé en trois ou quatre ans ; Henriquez,
« tous les cinq ans ; et Filiutius dit qu'il est pro-
« bable qu'on n'y est pas obligé à la rigueur tous
« les cinq ans. Et quand donc ? Il le remet au
« jugement des sages. » Je laissai passer tout ce
badinage, où l'esprit de l'homme se joue si insolemment de l'amour de Dieu. Mais, poursuivit-il,
notre père Antoine Sirmond, qui triomphe sur
cette matière dans son admirable livre de la Défense de la vertu, *où il parle françois en France*,
comme il dit au lecteur, discourt ainsi au 2ᵉ tr.
sect. 1., pag. 12, 13, 14, etc. : « Saint Thomas dit
« qu'on est obligé à aimer Dieu aussitôt après
« l'usage de raison : c'est un peu bientôt. Scotus,
« chaque dimanche : sur quoi fondé ? D'autres,
« quand on est grièvement tenté : oui, en cas
« qu'il n'y eût que cette voie de fuir la tentation.
« Sotus, quand on reçoit un bienfait de Dieu :
« bon pour l'en remercier. D'autres, à la mort :
« c'est bien tard. Je ne crois pas non plus que
« ce soit à chaque réception de quelque sacre-
« ment : l'attrition y suffit avec la confession,
« si on en a la commodité. Suarez dit qu'on y
« est obligé en un temps : mais en quel temps ?
« Il vous en fait juge, et il n'en sait rien. Or,
« ce que ce docteur n'a pas su, je ne sais qui le

« sait. » Et il conclut enfin qu'on n'est obligé à
autre chose, à la rigueur, qu'à observer les autres commandements, sans aucune affection
pour Dieu, et sans que notre cœur soit à lui,
pourvu qu'on ne le haïsse pas. C'est ce qu'il
prouve en tout son second Traité. Vous le verrez
à chaque page, et entre autres pages 16, 19,
24, 28, où il dit ces mots : « Dieu, en nous
« commandant de l'aimer, se contente que nous
« lui obéissions en ses autres commandements.
« Si Dieu eût dit : Je vous perdrai, quelque
« obéissance que vous me rendiez, si de plus
« votre cœur n'est à moi : ce motif, à votre avis,
« eût-il été bien proportionné à la fin que Dieu
« a dû et a pu avoir? Il est donc dit que nous
« aimerons Dieu en faisant sa volonté, comme
« si nous l'aimions d'affection, comme si le motif
« de la charité nous y portoit. Si cela arrive
« réellement, encore mieux : sinon, nous ne
« laisserons pas pourtant d'obéir en rigueur au
« commandement d'amour, en ayant les œuvres,
« de façon que (voyez la bonté de Dieu), il ne
« nous est pas tant commandé de l'aimer que de
« ne le point haïr. »

C'est ainsi que nos pères ont déchargé les
hommes de l'obligation *pénible* d'aimer Dieu
actuellement; et cette doctrine est si avantageuse, que nos pères Annat, Pintereau, Le
Moine, et A. Sirmond même, l'ont défendue vi-
goureusement, quand on a voulu la combattre.
Vous n'avez qu'à le voir dans leurs réponses à la

Théologie morale : et celle du père Pintereau en
la 2ᵉ part. de l'abbé de Boisic, p. 53, vous fera
juger de la valeur de cette dispense, par le prix
qu'il dit qu'elle a coûté, qui est le sang de Jésus-
Christ. C'est le couronnement de cette doctrine.
Vous y verrez donc que cette dispense de l'obligation *fâcheuse* d'aimer Dieu est le privilége de
la loi évangélique par-dessus la judaïque. « Il a
« été raisonnable, dit-il, que dans la loi de grâce
« du nouveau Testament, Dieu levât l'obligation
« fâcheuse et difficile, qui étoit en la loi de ri-
« gueur, d'exercer un acte de parfaite contrition
« pour être justifié, et qu'il instituât des sacre-
« ments pour suppléer à son défaut, à l'aide
« d'une disposition plus facile. Autrement, certes,
« les chrétiens, qui sont les enfants, n'auroient
« pas maintenant plus de facilité à se remettre
« aux bonnes grâces de leur père que les juifs,
« qui étoient les esclaves, pour obtenir miséri-
« corde de leur Seigneur. »

O mon père ! lui dis-je, il n'y a point de patience que vous ne mettiez à bout, et on ne peut
ouïr sans horreur les choses que je viens d'entendre. Ce n'est pas de moi-même, dit-il. Je le
sais bien, mon père, mais vous n'en avez point
d'aversion ; et bien loin de détester les auteurs
de ces maximes, vous avez de l'estime pour eux.
Ne craignez-vous pas que votre consentement ne
vous rende participant de leur crime? Et pouvez-
vous ignorer que saint Paul juge « dignes de
« mort, non-seulement les auteurs des maux,

« mais aussi ceux qui y consentent? » Ne suffi-
soit-il pas d'avoir permis aux hommes tant de
choses défendues par les palliations que vous y
avez apportées? falloit-il encore leur donner
l'occasion de commettre les crimes mêmes que
vous n'avez pu excuser par la facilité et l'assurance de l'absolution que vous leur en offrez,
en détruisant à ce dessein la puissance des prêtres, et les obligeant d'absoudre, plutôt en esclaves qu'en juges, les pécheurs les plus envieillis,
sans changement de vie, sans aucun signe de
regret, que des promesses cent fois violées; sans
pénitence, *s'ils n'en veulent point accepter*; et
sans quitter les occasions des vices, *s'ils en reçoivent de l'incommodité?*

Mais on passe encore au-delà, et la licence
qu'on a prise d'ébranler les règles les plus saintes
de la conduite chrétienne se porte jusqu'au renversement entier de la loi de Dieu. On viole *le
grand commandement, qui comprend la loi et
les prophètes* : on attaque la piété dans le cœur :
on en ôte l'esprit qui donne la vie : on dit que
l'amour de Dieu n'est pas nécessaire au salut;
et on va même jusqu'à prétendre que *cette dispense d'aimer Dieu est l'avantage que Jésus-
Christ a apporté au monde*. C'est le comble de
l'impiété. Le prix du sang de Jésus-Christ sera
de nous obtenir la dispense de l'aimer! Avant
l'incarnation, on étoit obligé d'aimer Dieu; mais
depuis que *Dieu a tant aimé le monde, qu'il lui
a donné son fils unique*, le monde, racheté par

lui, sera déchargé de l'aimer! Étrange théologie de nos jours! On ose lever *l'anathème* que saint Paul prononce *contre ceux qui n'aiment pas le Seigneur Jésus!* On ruine ce que dit saint Jean, que *qui n'aime point, demeure en la mort;* et ce que dit Jésus-Christ même, que *qui ne l'aime point, ne garde point ses préceptes!* Ainsi on rend dignes de jouir de Dieu dans l'éternité ceux qui n'ont jamais (*) aimé Dieu en toute leur vie! Voilà le mystère d'iniquité accompli. Ouvrez enfin les yeux, mon père; et si vous n'avez point été touché par les autres égarements de vos casuistes, que ces derniers vous en retirent par leurs excès. Je le souhaite de tout mon cœur pour vous et pour tous vos pères; et je prie Dieu qu'il daigne leur faire connoître combien est fausse la lumière qui les a conduits jusqu'à de tels précipices, et qu'il remplisse de son amour ceux qui en osent dispenser les hommes.

Après quelques discours de cette sorte, je quittai le père, et je ne vois guère d'apparence d'y retourner. Mais n'y ayez pas de regret; car s'il étoit nécessaire de vous entretenir encore de leurs maximes, j'ai assez lu leurs livres pour pouvoir vous en dire à peu près autant de leur morale, et peut-être plus de leur politique, qu'il n'eût fait lui-même. Je suis, etc.

(*) Rien sur cette matière n'est comparable à la prosopopée par laquelle Boileau introduit Dieu jugeant tous les hommes. C'est dans son Épître XII.

ONZIÈME LETTRE,

ÉCRITE AUX RÉVÉRENDS PÈRES JÉSUITES.

Qu'on peut réfuter par des railleries les erreurs ridicules. Précautions avec lesquelles on le doit faire ; qu'elles ont été observées par Montalte, et qu'elles ne l'ont point été par les jésuites. Bouffonneries impies du père Le Moine et du père Garasse.

Du 18 août 1656.

MES RÉVÉRENDS PÈRES,

J'ai vu les lettres que vous débitez contre celles que j'ai écrites à un de mes amis sur le sujet de votre morale, où l'un des principaux points de votre défense est que je n'ai pas parlé assez sérieusement de vos maximes : c'est ce que vous répétez dans tous vos écrits, et que vous poussez jusqu'à dire : « Que j'ai tourné les choses saintes « en raillerie. »

Ce reproche, mes pères, est bien surprenant et bien injuste ; car en quel lieu trouvez-vous que je tourne les choses saintes en raillerie ? Vous marquez en particulier « le contrat Moha- « tra, et l'histoire de Jean d'Alba. » Mais est-ce cela que vous appelez des choses saintes ? Vous semble-t-il que le Mohatra soit une chose si vénérable, que ce soit un blasphème de n'en pas

parler avec respect? Et les leçons du père Bauny,
pour le larcin, qui portèrent Jean d'Alba à le
pratiquer contre vous-mêmes, sont-elles si sacrées, que vous ayez droit de traiter d'impies
ceux qui s'en moquent?

Quoi! mes pères, les imaginations de vos auteurs passeront pour les vérités de la foi, et on
ne pourra se moquer des passages d'Escobar,
et des décisions si fantasques et si peu chrétiennes de vos autres auteurs, sans qu'on soit
accusé de rire de la religion? Est-il possible que
vous ayez osé redire si souvent une chose si peu
raisonnable? et ne craignez-vous point, en me
blâmant de m'être moqué de vos égarements, de
me donner un nouveau sujet de me moquer de
ce reproche, et de le faire retomber sur vous-
mêmes, en montrant que je n'ai pris sujet de
rire que de ce qu'il y a de ridicule dans vos livres;
et qu'ainsi, en me moquant de votre morale,
j'ai été aussi éloigné de me moquer des choses
saintes, que la doctrine de vos casuistes est éloignée de la doctrine sainte de l'Évangile?

En vérité, mes pères, il y a bien de la différence entre rire de la religion, et rire de ceux
qui la profanent par leurs opinions extravagantes. Ce seroit une impiété de manquer de respect
pour les vérités que l'esprit de Dieu a révélées:
mais ce seroit une autre impiété de manquer de
mépris pour les faussetés que l'esprit de l'homme
leur oppose.

Car, mes pères, puisque vous m'obligez d'entrer en ce discours, je vous prie de considérer que, comme les vérités chrétiennes sont dignes d'amour et de respect, les erreurs qui leur sont contraires sont dignes de mépris et de haine, parce qu'il y a deux choses dans les vérités de notre religion, une beauté divine qui les rend aimables, et une sainte majesté qui les rend vénérables; et qu'il y a aussi deux choses dans les erreurs; l'impiété qui les rend horribles, et l'impertinence qui les rend ridicules. C'est pourquoi, comme les saints ont toujours pour la vérité ces deux sentiments d'amour et de crainte, et que leur sagesse est toute comprise entre la crainte qui en est le principe, et l'amour qui en est la fin, les saints ont aussi pour l'erreur ces deux sentiments de haine et de mépris, et leur zèle s'emploie également à repousser avec force la malice des impies, et à confondre avec risée leur égarement et leur folie.

Ne prétendez donc pas, mes pères, de faire accroire au monde que ce soit une chose indigne d'un chrétien de traiter les erreurs avec moquerie, puisqu'il est aisé de faire connoître à ceux qui ne le sauroient pas que cette pratique est juste, qu'elle est commune aux pères de l'Église, et qu'elle est autorisée par l'Écriture, par l'exemple des plus grands saints, et par celui de Dieu même.

Car ne voyons-nous pas que Dieu hait et méprise les pécheurs tout ensemble, jusque-là même qu'à l'heure de leur mort, qui est le temps où leur état est le plus déplorable et le plus triste, la sagesse divine joindra la moquerie et la risée à la vengeance et à la fureur qui les condamnera à des supplices éternels : *In interitu vestro ridebo et subsannabo.* Et les saints, agissant par le même esprit, en useront de même, puisque, selon David, quand ils verront la punition des méchants, « il en trembleront et en riront en « même temps : *Videbunt justi et timebunt : et* « *super eum ridebunt.* » Et Job en parle de même : *Innocens subsannabit eos.*

Mais c'est une chose bien remarquable sur ce sujet, que, dans les premières paroles que Dieu a dites à l'homme depuis sa chute, on trouve un discours de moquerie, et *une ironie piquante*, selon les pères. Car, après qu'Adam eut désobéi, dans l'espérance que le démon lui avoit donnée d'être fait semblablé à Dieu, il paroît par l'Écriture que Dieu, en punition, le rendit sujet à la mort, et qu'après l'avoir réduit à cette misérable condition qui étoit due à son péché, il se moqua de lui en cet état par ces paroles de risée : « Voilà l'homme qui est devenu comme l'un de « nous : *Ecce Adam quasi unus ex nobis :* » Ce qui est *une ironie sanglante et sensible* dont Dieu le *piquoit vivement*, selon saint Chrysostôme et les interprètes. *Adam*, dit Rupert, « méritoit « d'être raillé par cette ironie, et on lui faisoit « sentir sa folie bien plus vivement par cette « expression ironique que par une expression « sérieuse. » Et Hugues de Saint-Victor, ayant dit

la même chose, ajoute « que cette ironie étoit
« due à sa sotte crédulité; et que cette espèce de
« raillerie est une action de justice, lorsque celui
« envers qui on en use l'a méritée. »

Vous voyez donc, mes pères, que la moquerie
est quelquefois plus propre à faire revenir les
hommes de leurs égarements, et qu'elle est alors
une action de justice; parce que, comme dit
Jérémie, « les actions de ceux qui errent sont
« dignes de risée, à cause de leur vanité : *vana*
« *sunt et risu digna.* » Et c'est si peu une impiété
de s'en rire, que c'est l'effet d'une sagesse divine, selon cette parole de saint Augustin :
« Les sages rient des insensés, parce qu'ils sont
« sages, non pas de leur propre sagesse, mais
« de cette sagesse divine qui rira de la mort des
« méchants. »

Aussi les prophètes remplis de l'esprit de Dieu
ont usé de ces moqueries, comme nous voyons
par les exemples de Daniel et d'Élie. Enfin il s'en
trouve des exemples dans les discours de Jésus-
Christ même; et saint Augustin remarque que,
quand il voulut humilier Nicodème, qui se
croyoit habile dans l'intelligence de la loi :
« Comme il le voyoit enflé d'orgueil par sa qua-
« lité de docteur des Juifs, il exerce et étonne
« sa présomption par la hauteur de ses de-
« mandes, et l'ayant réduit à l'impuissance de
« répondre : Quoi! lui dit-il, vous êtes maître
« en Israël, et vous ignorez ces choses? Ce qui
« est le même que s'il eût dit: Prince superbe,

« reconnoissez que vous ne savez rien. » Et saint Chrysostôme et saint Cyrille disent sur cela qu'il méritoit d'être joué de cette sorte.

Vous voyez donc, mes pères, que, s'il arrivoit aujourd'hui que des personnes qui feroient les maîtres envers les chrétiens, comme Nicodème et les pharisiens envers les Juifs, ignorassent les principes de la religion, et soutinssent, par exemple, « qu'on peut être sauvé sans avoir jamais « aimé Dieu en toute sa vie, » on suivroit en cela l'exemple de Jésus-Christ, en se jouant de leur vanité et de leur ignorance.

Je m'assure, mes pères, que ces exemples sacrés suffisent pour vous faire entendre que ce n'est pas une conduite contraire à celle des saints de rire des erreurs et des égarements des hommes : autrement il faudroit blâmer celle des plus grands docteurs de l'Église qui l'ont pratiquée, comme saint Jérôme dans ses lettres et dans ses écrits contre Jovinien, Vigilance, et les pélagiens; Tertullien, dans son apologétique contre les folies des idolâtres; saint Augustin contre les religieux d'Afrique, qu'il appelle les *Chevelus*; saint Irénée contre les gnostiques; saint Bernard et les autres pères de l'Eglise, qui, ayant été les imitateurs des apôtres, doivent être imités par les fidèles dans toute la suite des temps, puisqu'ils sont proposés, quoi qu'on en dise, comme le véritable modèle des chrétiens, même d'aujourd'hui.

Je n'ai donc pas cru faillir en les suivant. Et,

comme je pense l'avoir assez montré, je ne dirai plus sur ce sujet que ces excellentes paroles de Tertullien, qui rendent raison de tout mon procédé. « Ce que j'ai fait n'est qu'un jeu avant un « véritable combat. J'ai plutôt montré les bles- « sures qu'on vous peut faire que je ne vous en « ai fait. Que s'il se trouve des endroits où l'on « soit excité à rire, c'est parce que les sujets « mêmes y portoient. Il y a beaucoup de choses « qui méritent d'être moquées et jouées de la « sorte, de peur de leur donner du poids en les « combattant sérieusement. Rien n'est plus dû à « la vanité que la risée; et c'est proprement à la « vérité qu'il appartient de rire, parce qu'elle « est gaie, et de se jouer de ses ennemis, parce « qu'elle est assurée de la victoire. Il est vrai qu'il « faut prendre garde que les railleries ne soient « pas basses et indignes de la vérité. Mais, à cela « près, quand on pourra s'en servir avec adresse, « c'est un devoir que d'en user. » Ne trouvez-vous pas, mes pères, que ce passage est bien juste à notre sujet? « Les lettres que j'ai faites jusqu'ici « ne sont qu'un jeu avant un véritable combat. » Je n'ai fait encore que me jouer, « et vous mon- « trer plutôt les blessures qu'on vous peut faire « que je ne vous en ai fait. » J'ai exposé simple- ment vos passages sans y faire presque de ré- flexion. « Que si on y a été excité à rire, c'est « parce que les sujets y portoient d'eux-mêmes. » Car qu'y a-t-il de plus propre à exciter à rire que de voir une chose aussi grave que la morale chré-

tienne remplie d'imaginations aussi grotesques
que les vôtres? On conçoit une si haute attente
de ces maximes, qu'on dit « que Jésus-Christ a
« lui-même révélées à des pères de la Société, »
que quand on y trouve « qu'un prêtre qui a reçu
« de l'argent pour dire une messe peut, outre
« cela, en prendre d'autres personnes, en leur
« cédant toute la part qu'il a au sacrifice : qu'un
« religieux n'est pas excommunié pour quitter
« son habit lorsque c'est pour danser, pour filou-
« ter, ou pour aller incognito en des lieux de
« débauche; et qu'on satisfait au précepte d'ouïr
« la messe en entendant quatre quarts de messe
« à la fois de différents prêtres : » lors, dis-je,
qu'on entend ces décisions et autres semblables,
il est impossible que cette surprise ne fasse rire,
parce que rien n'y porte davantage qu'une dis-
proportion surprenante entre ce qu'on attend et
ce qu'on voit. Et comment auroit-on pu traiter
autrement la plupart de ces matières? puisque
ce seroit « les autoriser que de les traiter sérieu-
« sement, » selon Tertullien.

Quoi! faut-il employer la force de l'Écriture et
de la tradition pour montrer que c'est tuer son
ennemi en trahison que de lui donner des coups
d'épée par derrière, et dans une embûche; et que
c'est acheter un bénéfice que de donner de l'argent comme un motif pour se le faire résigner?
Il y a donc des matières qu'il faut mépriser, et
« qui méritent d'être jouées et moquées. » Enfin
ce que dit cet ancien auteur, « que rien n'est

« plus dû à la vanité que la risée; » et le reste de ces paroles s'applique ici avec tant de justesse, et avec une force si convaincante, qu'on ne sauroit plus douter qu'on peut bien rire des erreurs sans blesser la bienséance.

Et je vous dirai aussi, mes pères, qu'on en peut rire sans blesser la charité, quoique ce soit une des choses que vous me reprochez encore dans vos écrits. « Car la charité oblige quelque-« fois à rire des erreurs des hommes, pour les « porter eux-mêmes à en rire et à les fuir, selon « cette parole de saint Augustin : *Hæc tu miseri-« corditer irride, ut eis ridenda ac fugienda com-« mendes.* » Et la même charité oblige aussi quelquefois à les repousser avec colère, selon cette autre parole de saint Grégoire de Nazianze : « L'esprit de charité et de douceur a ses émo-« tions et ses colères.» En effet, comme dit saint Augustin, « qui oseroit dire que la vérité doit « demeurer désarmée contre le mensonge, et « qu'il sera permis aux ennemis de la foi d'ef-« frayer les fidèles par des paroles fortes, et de « les réjouir par des rencontres d'esprit agréa-« bles; mais que les catholiques ne doivent écrire « qu'avec une froideur de style qui endorme les « lecteurs? »

Ne voit-on pas que, selon cette conduite, on laisseroit introduire dans l'Église les erreurs les plus extravagantes et les plus pernicieuses, sans qu'il fût permis de s'en moquer avec mépris, de peur d'être accusé de blesser la bienséance, ni de les confondre avec véhémence, de peur d'être accusé de manquer de charité?

Quoi! mes pères, il vous sera permis de dire « qu'on peut tuer pour éviter un soufflet et une « injure, » et il ne sera pas permis de réfuter publiquement une erreur publique d'une telle conséquence? Vous aurez la liberté de dire « qu'un juge peut en conscience retenir ce qu'il « a reçu pour faire une injustice, » sans qu'on ait la liberté de vous contredire? Vous imprimerez, avec privilége et approbation de vos docteurs, « qu'on peut être sauvé sans avoir jamais « aimé Dieu, » et vous fermerez la bouche à ceux qui défendront la vérité de la foi, en leur disant qu'ils blesseroient la charité de frères en vous attaquant, et la modestie de chrétiens en riant de vos maximes? Je doute, mes pères, qu'il y ait des personnes à qui vous ayez pu le faire accroire; mais néanmoins, s'il s'en trouvoit qui en fussent persuadés, et qui crussent que j'aurois blessé la charité que je vous dois, en décriant votre morale, je voudrois bien qu'ils examinassent avec attention d'où naît en eux ce sentiment. Car encore qu'ils s'imaginassent qu'il part de leur zèle, qui n'a pu souffrir sans scandale de voir accuser leur prochain; je les prierois de considérer qu'il n'est pas impossible qu'il vienne d'ailleurs, et qu'il est même assez vraisemblable qu'il vient du déplaisir secret et souvent caché à nous-mêmes, que le malheureux fonds qui est en nous ne manque jamais d'ex-

citer contre ceux qui s'opposent au relâchement
des mœurs. Et pour leur donner une règle qui
leur en fasse reconnoître le véritable principe,
je leur demanderai si, en même temps qu'ils se
plaignent de ce qu'on a traité de la sorte des religieux, ils se plaignent encore davantage de ce
que des religieux ont traité la vérité de la sorte.
Que s'ils sont irrités non-seulement contre les
lettres, mais encore plus contre les maximes
qui y sont rapportées, j'avouerai qu'il se peut
faire que leur ressentiment parte de quelque
zèle, mais peu éclairé; et alors les passages qui
sont ici suffiront pour les éclaircir. Mais s'ils
s'emportent seulement contre les répréhensions,
et non pas contre les choses qu'on a reprises,
en vérité, mes pères, je ne m'empêcherai jamais
de leur dire qu'ils sont grossièrement abusés et
que leur zèle est bien aveugle.

Étrange zèle qui s'irrite contre ceux qui accusent des fautes publiques, et non pas contre
ceux qui les commettent! Quelle nouvelle charité qui s'offense de voir confondre des erreurs
manifestes, et qui ne s'offense point de voir renverser la morale par ces erreurs! Si ces personnes
étoient en danger d'être assassinées, s'offense-
roient-elles de ce qu'on les avertiroit de l'embûche qu'on leur dresse; et au lieu de se détourner de leur chemin pour l'éviter, s'amuseroient-
elles à se plaindre du peu de charité qu'on auroit
eu de découvrir le dessein criminel de ces assassins? S'irritent-ils lorsqu'on leur dit de ne man-

ger pas d'une viande, parce qu'elle est empoisonnée; ou de n'aller pas dans une ville, parce
qu'il y a de la peste?

D'où vient donc qu'ils trouvent qu'on manque
de charité quand on découvre des maximes nuisibles à la religion, et qu'ils croient au contraire
qu'on manqueroit de charité, si on ne leur dé-
couvroit pas les choses nuisibles à leur santé et
à leur vie, sinon parce que l'amour qu'ils ont
pour la vie leur fait recevoir favorablement
tout ce qui contribue à la conserver, et que l'indifférence qu'ils ont pour la vérité fait que non-
seulement ils ne prennent aucune part à sa défense, mais qu'ils voient même avec peine qu'on
s'efforce de détruire le mensonge?

Qu'ils considèrent donc devant Dieu combien
la morale que vos casuistes répandent de toutes
parts est honteuse et pernicieuse à l'Église : combien la licence qu'ils introduisent dans les mœurs
est scandaleuse et démesurée : combien la hardiesse avec laquelle vous les soutenez est opiniâtre et violente. Et s'ils ne jugent qu'il est
temps de s'élever contre de tels désordres, leur
aveuglement sera aussi à plaindre que le vôtre,
mes pères, puisque et vous et eux avez un pareil
sujet de craindre cette parole de saint Augustin
sur celle de Jésus-Christ dans l'Évangile : « Mal-
« heur aux aveugles qui conduisent; malheur
« aux aveugles qui sont conduits : *væ cæcis du-*
« *centibus! væ cæcis sequentibus!* »

Mais, afin que vous n'ayez plus lieu de donner

ces impressions aux autres, ni de les prendre vous-mêmes, je vous dirai, mes pères (et je suis honteux de ce que vous m'engagez à vous dire ce que je devrois apprendre de vous), je vous dirai donc quelles marques les pères de l'Église nous ont données pour juger si les répréhensions partent d'un esprit de piété et de charité, ou d'un esprit d'impiété et de haine.

La première de ces règles est que l'esprit de piété porte toujours à parler avec vérité et sincérité; au lieu que l'envie et la haine emploient le mensonge et la calomnie : *splendentia et vehementia, sed rebus veris*, dit saint Augustin, *de Doct. chr.* Liv. IV, c. 28. Quiconque se sert du mensonge agit par l'esprit du diable. Il n'y a point de direction d'intention qui puisse rectifier la calomnie; et quand il s'agiroit de convertir toute la terre, il ne seroit pas permis de noircir des personnes innocentes; parce qu'on ne doit pas faire le moindre mal pour faire réussir le plus grand bien, et « que « la vérité de Dieu n'a pas besoin de notre men- « songe, » selon l'Écriture, *Job*, 13, 7. « Il est du « devoir des défenseurs de la vérité, dit saint Hi- « laire, *cont. Const.*, de n'avancer que des choses « vraies. » Aussi, mes pères, je puis dire devant Dieu qu'il n'y a rien que je déteste davantage que de blesser tant soit peu la vérité; et que j'ai toujours pris un soin très-particulier non-seulement de ne pas falsifier, ce qui seroit horrible, mais de ne pas altérer ou détourner le moins du monde le sens d'un passage. De sorte que, si j'osois me

servir, en cette rencontre, des paroles du même
saint Hilaire, je pourrois bien vous dire avec lui :
« Si nous disons des choses fausses, que nos dis-
« cours soient tenus pour infâmes ; mais si nous
« montrons que celles que nous produisons sont
« publiques et manifestes, ce n'est point sortir
« de la modestie et de la liberté apostolique de
« les reprocher. »

Mais ce n'est pas assez, mes pères, de ne dire
que des choses vraies, il faut encore ne pas dire
toutes celles qui sont vraies ; parce qu'on ne
doit rapporter que les choses qu'il est utile de
découvrir, et non pas celles qui ne pourroient
que blesser sans apporter aucun fruit. Et ainsi,
comme la première règle est de parler avec vérité,
la seconde est de parler avec discrétion. « Les mé-
« chants, dit saint Augustin, Ep. 8, persécutent
« les bons en suivant l'aveuglement de la passion
« qui les anime ; au lieu que les bons persécutent
« les méchants avec une sage discrétion : de même
« que les chirurgiens considèrent ce qu'ils cou-
« pent, au lieu que les meurtriers ne regardent
« point où ils frappent. » Vous savez bien, mes
pères, que je n'ai pas rapporté des maximes de
vos auteurs celles qui vous auroient été les plus
sensibles, quoique j'eusse pu le faire, et même
sans pécher contre la discrétion, non plus que
de savants hommes et très-catholiques, mes
pères, qui l'ont fait autrefois ; et tous ceux qui
ont lu vos auteurs, savent aussi bien que vous
combien en cela je vous ai épargnés : outre que

je n'ai parlé en aucune sorte contre ce qui vous
regarde chacun en particulier ; et je serois fâché
d'avoir rien dit des fautes secrètes et person-
nelles, quelque preuve que j'en eusse. Car je sais
que c'est le propre de la haine et de l'animosité,
et qu'on ne doit jamais le faire, à moins qu'il n'y
en ait une nécessité bien pressante pour le bien
de l'Église. Il est donc visible que je n'ai manqué
en aucune sorte à la discrétion, dans ce que j'ai
été obligé de dire touchant les maximes de votre
morale, et que vous avez plus de sujet de vous
louer de ma retenue que de vous plaindre de
mon indiscrétion.

La troisième règle, mes pères, est que, quand
on est obligé d'user de quelques railleries, l'esprit de piété porte à ne les employer que contre
les erreurs, et non pas contre les choses saintes ;
au lieu que l'esprit de bouffonnerie, d'impiété et
d'hérésie, se rit de ce qu'il y a de plus sacré. Je
me suis déjà justifié sur ce point ; et on est bien
éloigné d'être exposé à ce vice quand on n'a qu'à
parler des opinions que j'ai rapportées de vos
auteurs.

Enfin, mes pères, pour abréger ces règles, je
ne vous dirai plus que celle-ci, qui est le principe et la fin de toutes les autres : c'est que l'esprit de charité porte à avoir dans le cœur le désir
du salut de ceux contre qui on parle, et à adresser ses prières à Dieu en même temps qu'on
adresse ses reproches aux hommes. « On doit tou-
« jours, dit saint Augustin, Ep. 5, conserver la

« charité dans le cœur, lors même qu'on est obligé
« de faire au dehors des choses qui paroissent
« rudes aux hommes, et de les frapper avec une
« âpreté dure, mais bienfaisante; leur utilité
« devant être préférée à leur satisfaction. » Je
crois, mes pères, qu'il n'y a rien dans mes
lettres qui témoigne que je n'aie pas eu ce désir
pour vous; et ainsi la charité vous oblige à croire
que je l'ai eu en effet, lorsque vous n'y voyez
rien de contraire. Il paroît donc par là que vous
ne pouvez montrer que j'aie péché contre cette
règle, ni contre aucune de celles que la charité
oblige de suivre; et c'est pourquoi vous n'avez
aucun droit de dire que je l'aie blessée en ce que
j'ai fait.

Mais si vous voulez, mes pères, avoir maintenant le plaisir de voir en peu de mots une conduite qui pèche contre chacune de ces règles,
et qui porte véritablement le caractère de l'esprit de bouffonnerie, d'envie et de haine, je
vous en donnerai des exemples; et, afin qu'ils
vous soient plus connus et plus familiers, je les
prendrai de vos écrits mêmes.

Car, pour commencer par la manière indigne
dont vos auteurs parlent des choses saintes, soit
dans leurs railleries, soit dans leurs galanteries,
soit dans leurs discours sérieux, trouvez-vous
que tant de contes ridicules de votre père Binet,
dans sa *Consolation des malades*, soient fort
propres au dessein qu'il avoit pris de consoler
chrétiennement ceux que Dieu afflige? Direz-

vous que la manière si profane et si coquette
dont votre père Le Moine a parlé de la piété dans
sa *Dévotion aisée*, soit plus propre à donner du
respect que du mépris pour l'idée qu'il forme
de la vertu chrétienne? Tout son livre des *Peintures morales* respire-t-il autre chose, et dans sa
prose et dans ses vers, qu'un esprit plein de la
vanité et des folies du monde? Est-ce une pièce
digne d'un prêtre que cette ode du septième Livre
intitulée : « Éloge de la pudeur, où il est montré
« que toutes les belles choses sont rouges, ou
« sujettes à rougir? » C'est ce qu'il fit pour consoler une dame, qu'il appelle Delphine, de ce
qu'elle rougissoit souvent. Il dit donc, à chaque
stance, que quelques-unes des choses les plus
estimées sont rouges, comme les roses, les gre-
nades, la bouche, la langue ; et c'est parmi ces
galanteries, honteuses à un religieux, qu'il ose
mêler insolemment ces esprits bienheureux qui
assistent devant Dieu, et dont les chrétiens ne
doivent parler qu'avec vénération.

Les chérubins, ces glorieux
Composés de tête et de plume,
Que Dieu de son esprit allume,
Et qu'il éclaire de ses yeux ;
Ces illustres faces volantes
Sont toujours rouges et brûlantes,
Soit du feu de Dieu, soit du leur,
Et dans leurs flammes mutuelles
Font du mouvement de leurs ailes
Un éventail à leur chaleur.
Mais la rougeur éclate en toi,
DELPHINE, avec plus d'avantage,

Quand l'honneur est sur ton visage
Vêtu de pourpre comme un roi, etc.

Qu'en dites-vous, mes pères? Cette préférence
de la rougeur de Delphine à l'ardeur de ces esprits
qui n'en ont point d'autre que la charité; et la
comparaison d'un éventail avec ces ailes mysté-
rieuses vous paroît-elle fort chrétienne dans une
bouche qui consacre le corps adorable de Jésus-
Christ? Je sais qu'il ne l'a dit que pour faire le
galant et pour rire; mais c'est cela qu'on appelle
rire des choses saintes. Et n'est-il pas vrai que,
si on lui faisoit justice, il ne se garantiroit pas
d'une censure? quoique, pour s'en défendre, il
se servît de cette raison, qui n'est pas elle-même
moins censurable, qu'il rapporte au Livre premier : « Que la Sorbonne n'a point de juridiction
« sur le Parnasse, et que les erreurs de ce pays-là
« ne sont sujettes ni aux censures, ni à l'inqui-
« sition, » comme s'il n'étoit défendu d'être blas-
phémateur et impie qu'en prose. Mais au moins
on n'en garantiroit pas par là cet autre endroit
de l'avant-propos du même Livre : « Que l'eau de
« la rivière au bord de laquelle il a composé ses
« vers est si propre à faire des poëtes, que, quand
« on en feroit de l'eau bénite, elle ne chasseroit
« pas le démon de la poésie : » non plus que celui-
ci de votre père Garasse dans sa Somme des vérités capitales de la religion, page 649, où il
joint le blasphème à l'hérésie, en parlant du
mystère sacré de l'incarnation en cette sorte :
« La personnalité humaine a été comme entée

« ou mise à cheval sur la personnalité du Verbe. »
Et cet autre endroit du même auteur, page 510,
sans en rapporter beaucoup d'autres, où il dit
sur le sujet du nom de Jésus, figuré ordinairement ainsi IHS : « Que quelques-uns en ont ôté
« la croix pour prendre les seuls caractères en
« cette sorte, IHS, qui est un Jésus dévalisé. »

C'est ainsi que vous traitez indignement les
vérités de la religion, contre la règle inviolable
qui oblige à n'en parler qu'avec révérence. Mais
vous ne péchez pas moins contre celle qui oblige
à ne parler qu'avec vérité et discrétion. Qu'y
a-t-il de plus ordinaire dans vos écrits que la
calomnie ? Ceux du père Brisacier sont-ils sincères ? Et parle-t-il avec vérité quand il dit,
4ᵉ part pag. 24 et 25, que les religieuses de
Port-Royal ne prient pas les saints, et qu'elles
n'ont point d'images dans leur église ? Ne sont-ce
pas des faussetés bien hardies, puisque le contraire paroît à la vue de tout Paris ? Et parle-t-il
avec discrétion, quand il déchire l'innocence de
ces filles, dont la vie est si pure et si austère,
quand il les appelle des « filles impénitentes,
« asacramentaires, incommuniantes, des vierges
« folles, fantastiques, calaganes, désespérées,
« et tout ce qu'il vous plaira, » et qu'il les noircit
par tant d'autres médisances, qui ont mérité la
censure de feu M. l'archevêque de Paris ? Quand
il calomnie des prêtres dont les mœurs sont
irréprochables, jusqu'à dire, 1ʳᵉ part., p. 22 :
« Qu'ils pratiquent des nouveautés dans les con-

« fessions, pour attraper les belles et les inno-
« centes; et qu'il auroit horreur de rapporter
« les crimes abominables qu'ils commettent? »
N'est-ce pas une témérité insupportable d'avancer des impostures si noires, non-seulement
sans preuve, mais sans la moindre ombre et sans
la moindre apparence? Je ne m'étendrai pas davantage sur ce sujet, et je remets à vous en parler
plus au long une autre fois : car j'ai à vous entretenir sur cette matière, et ce que j'ai dit suffit
pour faire voir combien vous péchez contre la
vérité et la discrétion tout ensemble.

Mais on dira peut-être que vous ne péchez pas
au moins contre la dernière règle, qui oblige
d'avoir le désir du salut de ceux qu'on décrie,
et qu'on ne sauroit vous en accuser sans violer
le secret de votre cœur, qui n'est connu que de
Dieu seul. C'est une chose étrange, mes pères,
qu'on ait néanmoins de quoi vous en convaincre :
que, votre haine contre vos adversaires ayant
été jusqu'à souhaiter leur perte éternelle, votre
aveuglement ait été jusqu'à découvrir un souhait si abominable : que, bien loin de former
en secret des désirs de leur salut, vous ayez fait
en public des vœux pour leur damnation : et
qu'après avoir produit ce malheureux souhait
dans la ville de Caen avec le scandale de toute
l'Église, vous ayez osé depuis soutenir encore
à Paris, dans vos livres imprimés, une action si
diabolique. Il ne se peut rien ajouter à ces excès
contre la piété : railler et parler indignement des

choses les plus sacrées : calomnier les vierges et les prêtres faussement et scandaleusement ; et enfin former des désirs et des vœux pour leur damnation. Je ne sais, mes pères, si vous n'êtes point confus ; et comment vous avez pu avoir la pensée de m'accuser d'avoir manqué de charité, moi qui n'ai parlé qu'avec tant de vérité et de retenue, sans faire de réflexion sur les horribles violements de la charité, que vous faites vous-mêmes par de si déplorables emportements.

Enfin, mes pères, pour conclure, par un autre reproche que vous me faites, de ce qu'entre un si grand nombre de vos maximes que je rapporte, il y en a quelques-unes qu'on vous avoit déjà objectées, sur quoi vous vous plaignez de ce que « je redis contre vous ce qui avoit été dit. » Je réponds que c'est au contraire parce que vous n'avez pas profité de ce qu'on vous l'a déjà dit, que je vous le redis encore : car quel fruit a-t-il paru de ce que de savants docteurs et l'Université entière vous en ont repris par tant de livres ? Qu'ont fait vos pères Annat, Caussin, Pintereau et Le Moine, dans les réponses qu'ils y ont faites, sinon de couvrir d'injures ceux qui leur avoient donné ces avis salutaires ? Avez-vous supprimé les livres où ces méchantes maximes sont enseignées ? En avez-vous réprimé les auteurs ? En êtes-vous devenus plus circonspects ? Et n'est-ce pas depuis ce temps-là qu'Escobar a tant été imprimé de fois en France et aux Pays-Bas ; et que vos pères Cellot, Bagot, Bauny,

Lamy, Le Moine et les autres, ne cessent de publier tous les jours les mêmes choses, et de nouvelles encore aussi licencieuses que jamais? Ne vous plaignez donc plus, mes pères, ni de ce que je vous ai reproché des maximes que vous n'avez point quittées, ni de ce que je vous en ai objecté de nouvelles, ni de ce que j'ai ri de toutes. Vous n'avez qu'à les considérer pour y trouver votre confusion et ma défense. Qui pourra voir, sans en rire, la décision du père Bauny pour celui qui fait brûler une grange : celle du père Cellot, pour la restitution : le règlement de Sanchez en faveur des sorciers : la manière dont Hurtado fait éviter le péché du duel en se promènant dans un champ, et y attendant un homme : les compliments du père Bauny pour éviter l'usure : la manière d'éviter la simonie par un détour d'intention, et celle d'éviter le mensonge, en parlant tantôt haut, tantôt bas, et le reste des opinions de vos docteurs les plus graves? En faut-il davantage, mes pères, pour me justifier? Et y a-t-il rien de mieux « dû à la vanité et à la foiblesse de ces « opinions que la risée, » selon Tertullien? Mais, mes pères, la corruption des mœurs que vos maximes apportent est digne d'une autre considération, et nous pouvons bien faire cette demande avec le même Tertullien, *ad Nat.* L. ii, c. 12 : « Faut-il rire de leur folie, ou déplorer « leur aveuglement? *Rideam vanitatem, an ex-* *« probrem cœcitatem ?* » Je crois, mes pères, qu'on peut en rire et en pleurer à son choix : « *Hæc* « *tolerabiliùs vel ridentur, vel flentur,* » dit saint Augustin, *cont. Faust.* L. xx, c. 6. Reconnoissez donc « qu'il y a un temps de rire et un temps de « pleurer, » selon l'Écriture. Et je souhaite, mes pères, que je n'éprouve pas en vous la vérité de ces paroles des Proverbes : « Qu'il y a des per- « sonnes si peu raisonnables, qu'on n'en peut « avoir de satisfaction, de quelque manière qu'on « agisse avec eux, soit qu'on rie, soit qu'on se « mette en colère. »

P. S. En achevant cette lettre, j'ai vu un écrit que vous avez publié, où vous m'accusez d'imposture sur le sujet de six de vos maximes que j'ai rapportées, et d'intelligence avec les hérétiques : j'espère que vous y verrez une réponse exacte, et dans peu de temps, mes pères, ensuite de laquelle je crois que vous n'aurez pas envie de continuer cette sorte d'accusation.

DOUZIÈME LETTRE.

RÉFUTATION DES CHICANES DES JÉSUITES SUR L'AUMÔNE ET SUR LA SIMONIE.

Du 9 septembre 1656.

MES RÉVÉRENDS PÈRES,

J'étois prêt à vous écrire sur le sujet des injures que vous me dites depuis si long-temps dans vos écrits, où vous m'appelez « impie, « bouffon, ignorant, farceur, imposteur, ca- « lomniateur, fourbe, hérétique, calviniste dé- « guisé, disciple de du Moulin, possédé d'une « légion de diables », et tout ce qu'il vous plaît. Je voulois faire entendre au monde pourquoi vous me traitez de la sorte, car je serois fâché qu'on crût tout cela de moi; et j'avois résolu de me plaindre de vos calomnies et de vos impostures, lorsque j'ai vu vos réponses, où vous m'en accusez moi-même. Vous m'avez obligé par là de changer mon dessein, et néanmoins je ne laisserai pas de le continuer en quelque sorte, puisque j'espère, en me défendant, vous convaincre de plus d'impostures véritables que vous ne m'en avez imputé de fausses. En vérité, mes pères, vous en êtes plus suspects que moi; car il n'est pas vraisemblable qu'étant seul comme je suis, sans force et sans aucun appui humain contre un si grand corps, et n'étant soutenu que par la vérité et la sincérité, je me sois exposé à tout perdre, en m'exposant à être convaincu d'imposture. Il est trop aisé de découvrir les faussetés dans les questions de fait, comme celle-ci. Je ne manquerois pas de gens pour m'en accuser, et la justice ne leur en seroit pas refusée. Pour vous, mes pères, vous n'êtes pas en ces termes; et vous pouvez dire contre moi ce que vous voulez, sans que je trouve à qui m'en plaindre. Dans cette différence de nos conditions, je ne dois pas être peu retenu, quand d'autres considérations ne m'y engageroient pas. Cependant vous me traitez comme un imposteur insigne, et ainsi vous me forcez à repartir: mais vous savez que cela ne se peut faire sans exposer de nouveau, et même sans découvrir plus à fond les points de votre morale; en quoi je doute que vous soyez bons politiques. La guerre se fait chez vous et à vos dépens; et quoique vous ayez pensé qu'en embrouillant les questions par des termes d'école, les réponses en seroient si longues, si obscures et si épineuses, qu'on en perdroit le goût, cela ne sera peut-être pas tout-à-fait ainsi; car j'essaierai de vous ennuyer le moins qu'il se peut en ce genre d'écrire. Vos maximes ont je ne sais quoi de divertissant qui réjouit toujours le monde. Souvenez-vous au moins que c'est vous qui m'engagez d'entrer dans cet éclaircissement, et voyons qui se défendra le mieux.

La première de vos impostures est sur « l'opi-
« nion de Vasquez touchant l'aumône. » Souffrez donc que je l'explique nettement, pour ôter
toute obscurité de nos disputes. C'est une chose
assez connue, mes pères, que, selon l'esprit de
l'Église, il y a deux préceptes touchant l'aumône : « l'un, de donner de son superflu dans
« les nécessités ordinaires des pauvres; l'autre,
« de donner même de ce qui est nécessaire, selon
« sa condition, dans les nécessités extrêmes. »
C'est ce que dit Cajetan, après saint Thomas :
de sorte que, pour faire voir l'esprit de Vasquez
touchant l'aumône, il faut montrer comment il
a réglé, tant celle qu'on doit faire du superflu,
que celle qu'on doit faire du nécessaire.

Celle du superflu, qui est le plus ordinaire
secours des pauvres, est entièrement abolie par
cette seule maxime *De El.* c. 4, n. 14, que j'ai
rapportée dans mes lettres. « Ce que les gens
« du monde gardent pour relever leur condition
« et celle de leurs parents n'est pas appelé su-
« perflu. Et ainsi à peine trouvera-t-on qu'il y
« ait jamais de superflu dans les gens du monde,
« et non pas même dans les rois. » Vous voyez
bien, mes pères, que, par cette définition, tous
ceux qui auront de l'ambition n'auront point
de superflu ; et qu'ainsi l'aumône en est anéantie à l'égard de la plupart du monde. Mais, quand
il arriveroit même qu'on en auroit, on seroit
encore dispensé d'en donner dans les nécessités
communes, selon Vasquez, qui s'oppose à ceux

qui veulent y obliger les riches. Voici ses termes, chap. 1, d. 4, n. 32 : « Corduba, dit-il,
« enseigne que, lorsqu'on a du superflu, on est
« obligé d'en donner à ceux qui sont dans une
« nécessité ordinaire, au moins une partie, afin
« d'accomplir le précepte en quelque chose, MAIS
« CELA NE ME PLAÎT PAS : *sed hoc non placet :* CAR
« NOUS AVONS MONTRÉ LE CONTRAIRE contre Cajetan
« et Navarre. » Ainsi, mes pères, l'obligation de
cette aumône est absolument ruinée, selon ce
qu'il plaît à Vasquez.

Pour celle du nécessaire, qu'on est obligé de
faire dans les nécessités extrêmes et pressantes,
vous verrez, par les conditions qu'il apporte
pour former cette obligation, que les plus riches
de Paris peuvent n'y être pas engagés une seule
fois en leur vie. Je n'en rapporterai que deux :
« l'une, QUE L'ON SACHE que le pauvre ne sera se-
« couru d'aucun autre : *hæc intelligo et cætera*
« *omnia, quando* SCIO *nullum alium opem latu-*
« *rum,* » chap. 1, n. 28. Qu'en dites-vous, mes
pères, arrivera-t-il souvent que dans Paris, où
il y a tant de gens charitables, on puisse savoir
qu'il ne se trouvera personne pour secourir un
pauvre qui s'offre à nous? Et cependant, si on
n'a pas cette connoissance, on pourra le renvoyer sans secours, selon Vasquez. L'autre condition est que la nécessité de ce pauvre soit telle,
« qu'il soit menacé de quelque accident mortel,
« ou de perdre sa réputation, » n. 24 et 26, ce qui
est bien peu commun ; mais ce qui en marque

encore la rareté, c'est qu'il dit, num. 45, que le
pauvre qui est en cet état où il dit qu'on est obligé
à lui donner l'aumône, « peut voler le riche en
« conscience. » Et ainsi il faut que cela soit bien
extraordinaire, si ce n'est qu'il veuille qu'il soit
ordinairement permis de voler. De sorte qu'a-
près avoir détruit l'obligation de donner l'aumône du superflu, qui est la plus grande source
des charités, il n'oblige les riches d'assister les
pauvres de leur nécessaire que lorsqu'il permet
aux pauvres de voler les riches. Voilà la doctrine
de Vasquez, où vous renvoyez les lecteurs pour
leur édification.

Je viens maintenant à vos Impostures. Vous
vous étendez d'abord sur l'obligation que Vasquez impose aux ecclésiastiques de faire l'aumône; mais je n'en ai point parlé, et j'en parlerai
quand il vous plaira; il n'en est donc pas question ici. Pour les laïques, desquels seuls il s'agit,
il semble que vous vouliez faire entendre que
Vasquez ne parle en l'endroit que j'ai cité que
selon le sens de Cajetan, et non pas selon le
sien propre; mais comme il n'y a rien de plus
faux, et que vous ne l'avez pas dit nettement,
je veux croire pour votre honneur que vous ne
l'avez pas voulu dire.

Vous vous plaignez ensuite hautement de ce
qu'après avoir rapporté cette maxime de Vasquez : «A peine se trouvera-t-il que les gens du
« monde, et même les rois, aient jamais de
« superflu, *j'en ai conclu* que les riches sont

« donc à peine obligés de donner l'aumône de
« leur superflu. » Mais que voulez-vous dire, mes
pères? s'il est vrai que les riches n'ont presque
jamais de superflu, n'est-il pas certain qu'ils ne
seront presque jamais obligés de donner l'aumône de leur superflu? Je vous en ferois un argument en forme, si Diana, qui estime tant
Vasquez, qu'il l'appelle *le phénix des esprits*,
n'avoit tiré la même conséquence du même principe; car, après avoir rapporté cette maxime de
Vasquez, il en conclut : « Que dans la question,
« savoir si les riches sont obligés de donner l'au-
« mône de leur superflu, quoique l'opinion qui
« les y oblige fût véritable, il n'arriveroit jamais,
« ou presque jamais, qu'elle obligeât dans la pra-
« tique. » Je n'ai fait que suivre mot à mot tout
ce discours. Que veut donc dire ceci, mes pères?
quand Diana rapporte avec éloge les sentiments
de Vasquez, quand il les trouve probables, *et
très-commodes pour les riches*, comme il le dit
au même lieu, il n'est ni calomniateur ni faus-
saire, et vous ne vous plaignez point qu'il lui
impose : au lieu que, quand je représente ces
mêmes sentiments de Vasquez, mais sans le
traiter de *phénix*, je suis un imposteur, un faus-
saire, et un corrupteur de ses maximes. Certainement, mes pères, vous avez sujet de craindre que la différence de vos traitements envers
ceux qui ne diffèrent pas dans le rapport, mais
seulement dans l'estime qu'ils font de votre doctrine, ne découvre le fond de votre cœur, et ne

fasse juger que vous avez pour principal objet
de maintenir le crédit et la gloire de votre compagnie ; puisque, tandis que votre théologie accommodante passe pour une sage condescendance,
vous ne désavouez point ceux qui la publient,
et au contraire vous les louez comme contri-
buant à votre dessein. Mais quand on la fait
passer pour un relâchement pernicieux, alors le
même intérêt de votre Société vous engage à
désavouer des maximes qui vous font tort dans
le monde : et ainsi vous les reconnoissez ou les
renoncez, non pas selon la vérité qui ne change
jamais, mais selon les divers changements des
temps, suivant cette parole d'un ancien : *omnia
pro tempore, nihil pro veritate.* Prenez-y garde,
mes pères ; et afin que vous ne puissiez plus m'accuser d'avoir tiré du principe de Vasquez une
conséquence qu'il eût désavouée, sachez qu'il l'a
tirée lui-même, c. 1, n. 27. « A peine est-on
« obligé de donner l'aumône, quand on n'est
« obligé de la donner que de son superflu ; selon
« l'opinion de Cajetan ET SELON LA MIENNE, *et se-
« cundùm nostram.* » Confessez donc, mes pères,
par le propre témoignage de Vasquez, que j'ai
suivi exactement sa pensée ; et considérez avec
quelle conscience vous avez osé dire, « que si l'on
« alloit à la source, on verroit avec étonnement
« qu'il y enseigne tout le contraire. »

Enfin, vous faites valoir par-dessus tout ce
que vous dites, que si Vasquez n'oblige pas les
riches de donner l'aumône de leur superflu, il

les obligé en récompense de la donner de leur nécessaire. Mais vous avez oublié de marquer l'assemblage des conditions qu'il déclare être nécessaires pour former cette obligation, lesquelles j'ai rapportées, et qui la restreignent si fort, qu'elles l'anéantissent presque entièrement : et au lieu d'expliquer ainsi sincèrement sa doctrine, vous dites généralement, qu'il oblige les riches à donner même ce qui est nécessaire à leur condition. C'est en dire trop, mes pères : la règle de l'Évangile ne va pas si avant : ce seroit une autre erreur, dont Vasquez est bien éloigné. Pour couvrir son relâchement, vous lui attribuez un excès de sévérité qui le rendroit répréhensible, et par là vous vous ôtez la créance de l'avoir rapporté fidèlement. Mais il n'est pas digne de ce reproche, après avoir établi, comme je l'ai fait voir, que les riches ne sont pas obligés, ni par justice, ni par charité, de donner de leur superflu, et encore moins du nécessaire dans tous les besoins ordinaires des pauvres, et qu'ils ne sont obligés de donner du nécessaire qu'en des rencontres si rares, qu'elles n'arrivent presque jamais.

Vous ne m'objectez rien davantage ; de sorte qu'il ne me reste qu'à faire voir combien est faux ce que vous prétendez, que Vasquez est plus sévère que Cajetan ; et cela sera bien facile, puisque ce cardinal enseigne « qu'on est « obligé par justice de donner l'aumône de son « superflu, même dans les communes nécessités « des pauvres : parce que, selon les saints pères,

« les riches sont seulement dispensateurs de leur
« superflu, pour le donner à qui ils veulent d'en-
« tre ceux qui en ont besoin. » Et ainsi, au lieu
que Diana dit des maximes de Vasquez qu'elles
seront « bien commodes et bien agréables aux
« riches et à leurs confesseurs, » ce cardinal, qui
n'a pas une pareille consolation à leur donner,
déclare, *De Eleem.* c. 6, « qu'il n'a rien à dire
« aux riches que ces paroles de Jésus-Christ :
« Qu'il est plus facile qu'un chameau passe par
« le trou d'une aiguille, que non pas qu'un ri-
« che entre dans le ciel; et à leurs confesseurs :
« Si un aveugle en conduit un autre, ils tom-
« beront tous deux dans le précipice; » tant il a
trouvé cette obligation indispensable! Aussi c'est
ce que les pères et tous les saints ont établi
comme une vérité constante. « Il y a deux cas, dit
« saint Thomas, 2, 2, q. 118, art. 4, ad. 2, où l'on
« est obligé de donner l'aumône par un devoir de
« justice, *ex debito legali* : l'un quand les pau-
« vres sont en danger, l'autre quand nous pos-
« sédons des biens superflus. Et q. 87, a. 1, ad. 4 :
« Les troisièmes décimes que les Juifs devoient
« manger avec les pauvres ont été augmentées
« dans la loi nouvelle, parce que Jésus - Christ
« veut que nous donnions aux pauvres, non-
« seulement la dixième partie, mais tout notre
« superflu. » Et cependant il ne plaît pas à Vasquez qu'on soit obligé d'en donner une partie
seulement, tant il a de complaisance pour les
riches, de dureté pour les pauvres, d'opposition

à ces sentiments de charité qui font trouver douce la vérité de ces paroles de saint Grégoire, laquelle paroît si rude aux riches du monde : « Quand « nous donnons aux pauvres ce qui leur est né- « cessaire, nous ne leur donnons pas tant ce qui « est à nous que nous leur rendons ce qui est à « eux : et c'est un devoir de justice plutôt qu'une « œuvre de miséricorde. » *Reg. Past.* p. 3, ad. 22.

C'est de cette sorte que les saints recommandent aux riches de partager avec les pauvres les biens de la terre, s'ils veulent posséder avec eux les biens du ciel. Et au lieu que vous travaillez à entretenir dans les hommes l'ambition, qui fait qu'on n'a jamais de superflu, et l'avarice, qui refuse d'en donner quand on en auroit; les saints ont travaillé au contraire à porter les hommes à donner leur superflu, et à leur faire connoître qu'ils en auront beaucoup, s'ils le mesurent, non par la cupidité, qui ne souffre point de bornes, mais par la piété, qui est ingénieuse à se retrancher pour avoir de quoi se répandre dans l'exercice de la charité. « Nous « aurons beaucoup de superflu, dit saint Au- « gustin, si nous ne gardons que le nécessaire : « mais si nous recherchons les choses vaines, « rien ne nous suffira. Recherchez, mes frères, « ce qui suffit à l'ouvrage de Dieu, » c'est-à-dire, à la nature ; « et non pas ce qui suffit à votre « cupidité, » qui est l'ouvrage du démon : « et « souvenez-vous que le superflu des riches est « le nécessaire des pauvres. » *In Ps.* 147.

Je voudrois bien, mes pères, que ce que je vous dis servît non-seulement à me justifier, ce seroit peu, mais encore à vous faire sentir et abhorrer ce qu'il y a de corrompu dans les maximes de vos casuistes, afin de nous unir sincèrement dans les saintes règles de l'Évangile, selon lesquelles nous devons tous être jugés.

Pour le second point, qui regarde la simonie, avant que de répondre aux reproches que vous me faites, je commencerai par l'éclaircissement de votre doctrine sur ce sujet. Comme vous vous êtes trouvés embarrassés entre les canons de l'Église qui imposent d'horribles peines aux simoniaques, et l'avarice de tant de personnes qui recherchent cet infâme trafic, vous avez suivi votre méthode ordinaire, qui est d'accorder aux hommes ce qu'ils désirent, et de donner à Dieu des paroles et des apparences. Car qu'est-ce que demandent les simoniaques, sinon d'avoir de l'argent en donnant leurs bénéfices? Et c'est cela que vous avez exempté de simonie. Mais parce qu'il faut que le nom de simonie demeure, et qu'il y ait un sujet où il soit attaché, vous avez choisi pour cela une idée imaginaire, qui ne vient jamais dans l'esprit des simoniaques, et qui leur seroit inutile, qui est d'estimer l'argent considéré en lui-même autant que le bien spirituel considéré en lui-même. Car qui s'aviseroit de comparer des choses si disproportionnées et d'un genre si différent? Et cependant, pourvu qu'on ne fasse pas cette comparaison métaphysique, on peut donner son bénéfice à un autre, et en recevoir de l'argent sans simonie, selon vos auteurs.

C'est ainsi que vous vous jouez de la religion pour suivre la passion des hommes; et voyez néanmoins avec quelle gravité votre père Valentia débite ses songes à l'endroit cité dans mes lettres, t. III, disp. 6, q. 16, part. 3, p. 2044 : « On peut, dit-il, donner un bien temporel pour « un spirituel en deux manières : l'une en pri- « sant davantage le temporel que le spirituel, et « ce seroit simonie : l'autre en prenant le tem- « porel comme le motif et la fin qui porte à « donner le spirituel, sans que néanmoins on « prise le temporel plus que le spirituel; et alors « ce n'est point simonie. Et la raison en est, que « la simonie consiste à recevoir un temporel « comme le juste prix d'un spirituel. Donc, si « on demande le temporel, *si petatur temporale*, « non pas comme le prix, mais comme le motif « qui détermine à le conférer, ce n'est point du « tout simonie, encore qu'on ait pour fin et at- « tente principale la possession du temporel : « *minimè erit simonia, etiamsi temporale princi-* « *paliter intendatur et expectetur.* » Et votre grand Sanchez n'a-t-il pas eu une pareille révélation, au rapport d'Escobar, tr. 6, ex. 2, n. 40 ? Voici ses mots : « Si on donne un bien temporel pour « un bien spirituel, non pas comme PRIX, mais « comme un MOTIF qui porte le collateur à le « donner, ou comme une reconnoissance, si on

« l'a déjà reçu, est-ce simonie ? Sanchez assure que
« non, *Opusc.* t. II, L. ii, c. 3, d. 23, n. 7. » Vos
thèses de Caen, de 1644 : « C'est une opinion pro-
« bable, enseignée par plusieurs catholiques, que
« ce n'est pas simonie de donner un bien tempo-
« rel pour un spirituel, quand on ne le donne
« pas comme prix. » Et quant à Tannerus, voici
sa doctrine, pareille à celle de Valentia, qui fera
voir combien vous avez tort de vous plaindre de
ce que j'ai dit qu'elle n'est pas conforme à celle
de saint Thomas; puisque lui-même l'avoue au
lieu cité dans ma lettre, t. III, disp. 5, p. 1519:
« Il n'y a point, dit-il, proprement et véritable-
« ment de simonie, sinon à prendre un bien
« temporel comme le prix d'un spirituel : mais,
« quand on le prend comme un motif qui porte à
« donner le spirituel, ou comme en reconnois-
« sance de ce qu'on l'a donné, ce n'est point simo-
« nie, au moins en conscience. » Et un peu après :
« Il faut dire la même chose, encore qu'on regarde
« le temporel comme sa fin principale, et qu'on
« le préfère même au spirituel : quoique saint
« Thomas et d'autres semblent dire le contraire,
« en ce qu'ils assurent que c'est absolument si-
« monie de donner un bien spirituel pour un
« temporel, lorsque le temporel en est la fin. »

Voilà, mes pères, votre doctrine de la simonie
enseignée par vos meilleurs auteurs, qui se suivent en cela bien exactement. Il ne me reste
donc qu'à répondre à vos impostures. Vous n'a-
vez rien dit sur l'opinion de Valentia, et ainsi

sa doctrine subsiste après votre réponse. Mais vous vous arrêtez sur celle de Tannerus, et vous dites qu'il a seulement décidé que ce n'étoit pas une simonie de droit divin, et vous voulez faire croire que j'ai supprimé de ce passage ces paroles, *de droit divin*, sur quoi vous n'êtes pas raisonnables, mes pères : car ces termes, *de droit divin*, ne furent jamais dans ce passage. Vous ajoutez ensuite que Tannerus déclare que c'est une simonie *de droit positif*. Vous vous trompez, mes pères : il n'a pas dit cela généralement, mais sur des cas particuliers, *in casibus à jure expressis*, comme il le dit en cet endroit. En quoi il fait une exception de ce qu'il avoit établi en général dans ce passage, « que ce n'est « pas simonie en conscience; » ce qui enferme que ce n'en est pas aussi une de droit positif, si vous ne voulez faire Tannerus assez impie pour soutenir qu'une simonie de droit positif n'est pas simonie en conscience. Mais vous recherchez à dessein ces mots de « droit divin, droit positif, « droit naturel, tribunal intérieur et extérieur, « cas exprimés dans le droit, présomption ex- « terne, » et les autres qui sont peu connus, afin d'échapper sous cette obscurité, et de faire perdre la vue de vos égarements. Vous n'échapperez pas néanmoins, mes pères, par ces vaines subtilités : car je vous ferai des questions si simples, qu'elles ne seront point sujettes au *distinguo*.

Je vous demande donc, sans parler de *droit*

positif, ni de *présomption externe,* ni de *tribunal extérieur,* si un bénéficier sera simoniaque, selon vos auteurs, en donnant un bénéfice de quatre mille livres de rente, et recevant dix mille francs argent comptant, non pas comme prix du bénéfice, mais comme un motif qui le porte à le donner. Répondez-moi nettement, mes pères; que faut-il conclure sur ce cas, selon vos auteurs? Tannerus ne dira-t-il pas formellement « que ce n'est point simonie en conscience, puis-« que le temporel n'est pas le prix du bénéfice, « mais seulement le motif qui le fait donner? » Valentia, vos thèses de Caen, Sanchez et Escobar, ne décideront-ils pas de même, « que ce « n'est pas simonie » par la même raison? En faut-il davantage pour excuser ce bénéficier de simonie? Et oseriez-vous le traiter de simoniaque dans vos confessionnaux, quelque sentiment que vous en ayez par vous-mêmes; puisqu'il auroit droit de vous fermer la bouche, ayant agi selon l'avis de tant de docteurs graves? Confessez donc qu'un tel bénéficier est excusé de simonie, selon vous; et défendez maintenant cette doctrine, si vous le pouvez.

Voilà, mes pères, comment il faut traiter les questions pour les démêler, au lieu de les embrouiller, ou par des termes d'école, ou en changeant l'état de la question, comme vous faites dans votre dernier reproche en cette sorte. Tannerus, dites-vous, déclare au moins qu'un tel échange est un grand péché; et vous me repro-

chez d'avoir supprimé malicieusement cette circonstance, *qui le justifie entièrement*, à ce que
vous prétendez. Mais vous avez tort, et en plusieurs manières. Car, quand ce que vous dites
seroit vrai, il ne s'agissoit pas, au lieu où j'en
parlois, de savoir s'il y avoit en cela du péché,
mais seulement s'il y avoit de la simonie. Or, ce
sont deux questions fort séparées : les péchés
n'obligent qu'à se confesser, selon vos maximes;
la simonie oblige à restituer; et il y a des personnes à qui cela paroîtroit assez différent. Car
vous avez bien trouvé des expédients pour rendre
la confession douce; mais vous n'en avez point
trouvé pour rendre la restitution agréable. J'ai à
vous dire de plus que le cas que Tannerus accuse
de péché n'est pas simplement celui où l'on
donne un bien spirituel pour un temporel, qui
en est le motif même principal; mais il ajoute
encore « que l'on prise le temporel plus que le
« spirituel, » ce qui est ce cas imaginaire dont
nous avons parlé. Et il ne fait pas de mal de
charger celui-là de péché, puisqu'il faudroit être
bien méchant ou bien stupide, pour ne vouloir
pas éviter un péché par un moyen aussi facile
qu'est celui de s'abstenir de comparer les prix
de ces deux choses, lorsqu'il est permis de donner l'une pour l'autre. Outre que Valentia examinant, au lieu déjà cité, s'il y a du péché à
donner un bien spirituel pour un temporel, qui
en est le motif principal, rapporte les raisons de
ceux qui disent que oui, en ajoutant : *Sed hoc*

non videtur mihi satis certum ; cela ne me paroît pas assez certain.

Mais, depuis, votre père Érade Bille, professeur des cas de conscience à Caen, a décidé qu'il n'y a en cela aucun péché : car les opinions probables vont toujours en mûrissant. C'est ce qu'il déclare dans ses écrits de 1644, contre lesquels M. Dupré, docteur et professeur à Caen, fit cette belle harangue imprimée, qui est assez connue. Car, quoique ce père Érade Bille reconnoisse que la doctrine de Valentia, suivie par le père Malhard, et condamnée en Sorbonne, « soit con- « traire au sentiment commun, suspecte de si- « monie en plusieurs choses, et punie en justice, « quand la pratique en est découverte, » il ne laisse pas de dire que c'est une opinion probable, et par conséquent sûre en conscience, et qu'il n'y a en cela ni simonie, ni péché. « C'est, « dit-il, une opinion probable et enseignée par « beaucoup de docteurs catholiques, qu'il n'y a « aucune simonie, NI AUCUN PÉCHÉ à donner de « l'argent, ou une autre chose temporelle pour « un bénéfice, soit par forme de reconnoissance, « soit comme un motif sans lequel on ne le don- « neroit pas, pourvu qu'on ne le donne pas « comme un prix égal au bénéfice. » C'est là tout ce qu'on peut désirer. Et selon toutes ces maximes vous voyez, mes pères, que la simonie sera si rare, qu'on en auroit exempté Simon même le magicien, qui vouloit acheter le Saint-Esprit, en quoi il est l'image des simoniaques

qui achètent; et Giezi, qui reçut de l'argent
pour un miracle, en quoi il est la figure des simoniaques qui vendent. Car il est sans doute
que, quand Simon, dans les Actes, *offrit de l'argent aux apôtres pour avoir leur puissance*, il ne
se servit ni des termes d'acheter, ni de vendre,
ni de prix, et qu'il ne fit autre chose que d'offrir
de l'argent, comme un motif pour se faire donner ce bien spirituel. Ce qui étant exempt de
simonie, selon vos auteurs, il se fût bien ga-
ranti de l'anathème de saint Pierre, s'il eût été
instruit de vos maximes. Et cette ignorance fit
aussi grand tort à Giezi, quand il fut frappé de
la lèpre par Élisée; car, n'ayant reçu de l'argent
de ce prince guéri miraculeusement que comme
une reconnoissance, et non pas comme un prix
égal à la vertu divine qui avoit opéré ce miracle,
il eût obligé Élisée à le guérir, sur peine de péché
mortel, puisqu'il auroit agi selon tant de docteurs graves, et qu'en pareils cas vos confesseurs
sont obligés d'absoudre leurs pénitents, et de
les laver de la lèpre spirituelle, dont la corpo-
relle n'est que la figure.

Tout de bon, mes pères, il seroit aisé de vous
tourner là-dessus en ridicule; je ne sais pourquoi
vous vous y exposez. Car je n'aurois qu'à rapporter vos autres maximes, comme celle-ci d'Escobar
dans *la Pratique de la Simonie selon la Société de
Jésus*, tr. 6, ex. 2, n. 44 : « Est-ce simonie, lorsque
« deux religieux s'engagent l'un à l'autre en cette
« sorte : donnez-moi votre voix pour me faire élire

« provincial, et je vous donnerai la mienne pour
« vous faire prieur? Nullement. » Et cet autre,
tr. 6, n. 14 : « Ce n'est pas simonie de se faire
« donner un bénéfice en promettant de l'argent,
« quand on n'a pas dessein de payer en effet;
« parce que ce n'est qu'une simonie feinte, qui
« n'est non plus vraie, que du faux or n'est pas
« vrai or. » C'est par cette subtilité de conscience
qu'il a trouvé le moyen, en ajoutant la fourbe à
la simonie, de faire avoir des bénéfices sans
argent et sans simonie. Mais je n'ai pas le loisir
d'en dire davantage; car il faut que je pense à
me défendre contre votre troisième calomnie sur
le sujet des banqueroutiers.

Pour celle-ci, mes pères, il n'y a rien de plus
grossier. Vous me traitez d'imposteur sur le sujet
d'un sentiment de Lessius, que je n'ai point cité
de moi-même, mais qui se trouve allégué par
Escobar, dans un passage que j'en rapporte; et
ainsi, quand il seroit vrai que Lessius ne seroit
pas de l'avis qu'Escobar lui attribue, qu'y a-t-il
de plus injuste que de s'en prendre à moi? Quand
je cite Lessius et vos autres auteurs de moi-même,
je consens d'en répondre. Mais comme Escobar
a ramassé les opinions de vingt-quatre de vos
pères, je vous demande si je dois être garant
d'autre chose que de ce que je cite de lui; et s'il
faut, outre cela, que je réponde des citations
qu'il fait lui-même dans les passages que j'en ai
pris. Cela ne seroit pas raisonnable. Or, c'est de
quoi il s'agit en cet endroit. J'ai rapporté dans ma

lettre ce passage d'Escobar, tr. 3, ex. 2, n. 163, traduit fort fidèlement, et sur lequel aussi vous ne dites rien : « Celui qui fait banqueroute peut-il en « sûreté de conscience retenir de ses biens autant « qu'il est nécessaire pour vivre avec honneur, « *ne indecorè vivat?* » Je réponds que oui avec Lessius, *cum Lessio assero posse, etc.* Sur cela vous me dites que Lessius n'est pas de ce sentiment. Mais pensez un peu où vous vous engagez. Car, s'il est vrai qu'il en est, on vous appellera imposteurs, d'avoir assuré le contraire ; et s'il n'en est pas, Escobar sera l'imposteur : de sorte qu'il faut maintenant, par nécessité, que quelqu'un de la Société soit convaincu d'imposture. Voyez un peu quel scandale ! Aussi vous ne savez prévoir la suite des choses. Il vous semble qu'il n'y a qu'à dire des injures aux personnes, sans penser sur qui elles retombent. Que ne faisiez-vous savoir votre difficulté à Escobar (*), avant de la publier ? il vous eût satisfait. Il n'est pas si malaisé d'avoir des nouvelles de Valladolid, où il

---

(*) ESCOBAR. Par tout ce qu'Alegambe rapporte du père Antoine Escobar, il paroît que c'étoit un bon homme laborieux, et dévot à sa façon. On assure que, quand il apprit combien il étoit cité dans les Lettres Provinciales, il en conçut une joie extrême ; il s'en estimoit beaucoup plus, et croyoit valoir plus qu'auparavant. Nous avons son portrait qui est singulier, et qui le représente comme un homme qui ne doutoit de rien, tant il avoit l'air résolu et décisif. Il mourut à Valladolid en Espagne, le 4 juillet 1669, âgé de quatre-vingt-un ans.

est en parfaite santé, et où il achève sa grande
Théologie morale en six volumes, sur les premiers desquels je vous pourrai dire un jour
quelque chose. On lui a envoyé les dix premières
lettres ; vous pouviez aussi lui envoyer votre objection, et je m'assure qu'il y eût bien répondu :
car il a vu sans doute dans Lessius ce passage,
d'où il a pris le *ne indecorè vivat*. Lisez-le bien,
mes pères, et vous l'y trouverez comme moi,
Lib. 2, c. 16, n. 45 : *Idem colligitur apertè ex
juribus citatis, maximè quoad ea bona quæ post
cessionem acquirit, de quibus is qui debitor est
etiam ex delicto, potest retinere quantùm necessa-
rium est, ut pro suá conditione* NON INDECORÈ
VIVAT. *Petes an leges id permittant de bonis quæ
tempore instantis cessionis habebat? Ita videtur col-
ligi ex DD.*

Je ne m'arrêterai pas à vous montrer que Lessius, pour autoriser cette maxime, abuse de la
loi, qui n'accorde que le simple vivre aux banqueroutiers, et non pas de quoi subsister avec
honneur. Il suffit d'avoir justifié Escobar contre
une telle accusation, c'est plus que je ne devois
faire. Mais vous, mes pères, vous ne faites pas
ce que vous devez : car il est question de répondre
au passage d'Escobar, dont les décisions sont
commodes, en ce qu'étant indépendantes du
devant et de la suite, et toutes renfermées en
de petits articles, elles ne sont pas sujettes à vos
distinctions. Je vous ai cité son passage entier,
qui permet « à ceux qui font cession de retenir

« de leurs biens, quoique acquis injustement,
« pour faire subsister leur famille avec hon-
« neur. » Sur quoi je me suis écrié dans mes
lettres : « Comment ! mes pères, par quelle
« étrange charité voulez-vous que les biens ap-
« partiennent plutôt à ceux qui les ont mal ac-
« quis qu'aux créanciers légitimes ? » C'est à quoi
il faut répondre : mais c'est ce qui vous met dans
un fâcheux embarras, que vous essayez en vain
d'éluder en détournant la question, et citant
d'autres passages de Lessius, desquels il ne s'agit
point. Je vous demande donc si cette maxime
d'Escobar peut être suivie en conscience par ceux
qui font banqueroute ? Et prenez garde à ce que
vous direz. Car si vous répondez que non, que
deviendra votre docteur, et votre doctrine de la
probabilité ? Et si vous dites que oui, je vous renvoie au parlement.

Je vous laisse dans cette peine, mes pères ; car
je n'ai plus ici de place pour entreprendre l'imposture suivante sur le passage de Lessius touchant l'homicide ; ce sera pour la première fois,
et le reste ensuite.

Je ne vous dirai rien cependant sur les avertissements pleins de faussetés scandaleuses par
où vous finissez chaque imposture : je repartirai
à tout cela dans la lettre où j'espère montrer la
source de vos calomnies. Je vous plains, mes
pères, d'avoir recours à de tels remèdes. Les
injures que vous me dites n'éclairciront pas nos
différends, et les menaces que vous me faites

en tant de façons ne m'empêcheront pas de me
défendre. Vous croyez avoir la force et l'impunité, mais je crois avoir la vérité et l'innocence.
C'est une étrange et longue guerre que celle où
la violence essaie d'opprimer la vérité. Tous les
efforts de la violence ne peuvent affoiblir la
vérité, et ne servent qu'à la relever davantage.
Toutes les lumières de là vérité ne peuvent rien
pour arrêter la violence, et ne font que l'irriter
encore plus. Quand la force combat la force, la
plus puissante détruit la moindre : quand on
oppose les discours aux discours, ceux qui sont
véritables et convaincants confondent et dissipent ceux qui n'ont que la vanité et le mensonge : mais la violence et la vérité ne peuvent
rien l'une sur l'autre. Qu'on ne prétende pas de
là néanmoins que les choses soient égales : car
il y a cette extrême différence, que la violence
n'a qu'un cours borné par l'ordre de Dieu, qui
en conduit les effets à la gloire de la vérité qu'elle
attaque : au lieu que la vérité subsiste éternel-
lement, et triomphe enfin de ses ennemis, parce
qu'elle est éternelle et puissante comme Dieu
même.

RÉFUTATION

MONSIEUR,

Qui que vous soyez qui avez entrepris de défendre les jésuites contre les lettres qui découvrent si clairement le dérèglement de leur morale, il paroît, par le soin que vous prenez de les secourir, que vous avez bien connu leur foiblesse, et en cela on ne peut blâmer votre jugement. Mais si vous aviez pensé de pouvoir les justifier en effet, vous ne seriez pas excusable. Aussi j'ai meilleure opinion de vous, et je m'assure que votre dessein est seulement de détourner l'auteur des Lettres par cette diversion artificieuse. Vous n'y avez pourtant pas réussi; et j'ai bien de la joie de ce que la treizième vient de paroître, sans qu'il ait reparti à ce que vous avez fait sur la onzième et sur la douzième, et sans avoir seulement pensé à vous. Cela me fait espérer qu'il négligera de même les autres. Vous ne devez pas douter, monsieur, qu'il ne lui eût été bien facile de vous pousser. Vous voyez comment il mène la Société entière : qu'eût-ce donc été, s'il vous eût entrepris en particulier?

Jugez-en par la manière dons je vas vous répondre sur ce que vous avez écrit contre sa douzième lettre.

Je vous laisserai, monsieur, toutes vos injures. L'auteur des lettres a promis d'y satisfaire, et je crois qu'il le fera de telle sorte, qu'il ne vous restera que la honte et le repentir. Il ne lui sera pas difficile de couvrir de confusion de simples particuliers comme vous et vos jésuites, qui, par un attentat criminel, usurpent l'autorité de l'Église pour traiter d'hérétiques ceux qu'il leur plaît, lorsqu'ils se voient dans l'impuissance de se défendre contre les justes reproches qu'on leur fait de leurs méchantes maximes. Mais, pour moi, je me resserrerai dans la réfutation des nouvelles impostures que vous employez pour la justification de ces casuistes. Commençons par le grand Vasquez.

Vous ne répondez rien à tout ce que l'auteur des lettres a rapporté pour faire voir sa mauvaise doctrine touchant l'aumône; et vous l'accusez seulement en l'air de quatre faussetés, dont la première est qu'il a supprimé du passage de Vasquez, cité dans la sixième lettre, ces paroles, *Statum quem licitè possunt acquirere*; et qu'il a dissimulé le reproche qu'on lui en fait.

Je vois bien, monsieur, que vous avez cru, sur la foi des jésuites, vos chers amis, que ces paroles-là sont dans le passage qu'a cité l'auteur des lettres; car si vous eussiez su qu'elles n'y sont pas, vous eussiez blâmé ces pères de lui

avoir fait ce reproche, plutôt que de vous
étonner de ce qu'il n'avoit pas daigné répondre
à une objection si vaine. Mais ne vous fiez pas
tant à eux, vous y seriez souvent attrapé. Considérez vous-même dans Vasquez le passage que
l'auteur en a rapporté. Vous le trouverez *de
Eleem.* c. 4, n. 14; mais vous n'y verrez aucune
de ces paroles qu'on dit qu'il en a supprimées,
et vous serez bien étonné de ne les trouver que
quinze pages auparavant. Je ne doute point
qu'après cela vous ne vous plaigniez de ces bons
pères, et que vous ne jugiez bien que, pour
accuser cet auteur d'avoir supprimé ces paroles
de ce passage, il faudroit l'obliger de rapporter
des passages de quinze pages *in-folio* dans une
lettre de huit pages *in-*4°, où il a accoutumé d'en
rapporter trente ou quarante, ce qui ne seroit
pas raisonnable.

Ces paroles ne peuvent donc servir qu'à vous
convaincre vous-même d'imposture, et elles ne
servent pas aussi davantage pour justifier Vasquez. On a accusé ce jésuite d'avoir ruiné ce précepte de Jésus-Christ, qui oblige les riches de
faire l'aumône de leur superflu, en soutenant
« que ce que les riches gardent pour relever leur
« condition, ou celle de leurs parents, n'est pas
« superflu; et qu'ainsi à peine en trouvera-t-on
« dans les gens du monde, et non pas même
« dans les rois. » C'est cette conséquence, « qu'il
« n'y a presque jamais de superflu dans les gens
« du monde, » qui ruine l'obligation de donner

l'aumône, puisqu'on en conclut, par nécessité, que, n'ayant point de superflu, ils ne sont pas obligés de le donner. Si c'étoit l'auteur des lettres qui l'eût tirée, vous auriez quelque sujet de prétendre qu'elle n'est pas enfermée dans ce principe, « que ce que les riches gardent pour relever « leur condition, ou celle de leurs parents, n'est « pas appelé superflu. » Mais il l'a trouvée toute tirée dans Vasquez. Il y a lu ces paroles, si éloignées de l'esprit de l'Évangile et de la modération chrétienne : « Qu'à peine trouvera-t-on « du superflu dans les gens du monde, et non « pas même dans les rois. » Il y a lu encore cette dernière conclusion rapportée dans la douzième lettre : « A peine est-on obligé de donner l'au- « mône quand on n'est obligé à la donner que « de son superflu : » et ce qui est remarquable, c'est qu'elle se voit au même lieu que ces paroles, *Statum quem licitè possunt acquirere;* par lesquelles vous prétendez l'éluder. Vous chicanez donc inutilement sur le principe, lorsque vous êtes obligé de vous taire sur les conséquences qui sont formellement dans Vasquez, et qui suffisent pour anéantir le précepte de Jésus-Christ, comme on l'a accusé de l'avoir fait. Si Vasquez les avoit mal tirées de son principe, il auroit joint une faute de jugement avec une erreur dans la morale; et il n'en seroit pas plus innocent, ni le précepte de Jésus-Christ moins anéanti. Mais il paroîtra, par la réfutation de la seconde fausseté, que vous reprochez à

l'auteur des lettres, que ces mauvaises conséquences sont bien tirées du mauvais principe
que Vasquez établit au même lieu; et que ce jésuite n'a pas péché contre les règles du raisonnement, mais contre celles de l'Évangile.

Cette seconde fausseté que vous dites qu'il a
dissimulée après en avoir été *convaincu*, et qu'il a
omis ces paroles par un dessein outrageux, pour
corrompre la pensée de ce père, et en tirer cette
conclusion scandaleuse : « Qu'il ne faut, selon
« Vasquez, qu'avoir beaucoup d'ambition pour
« n'avoir point de superflu. » Sur cela, monsieur, je vous pourrois dire, en un mot, qu'il
n'y eut jamais d'accusation moins raisonnable
que celle-là. Les jésuites ne se sont jamais plaints
de cette conséquence. Et cependant vous reprochez à l'auteur des lettres de n'avoir pas répondu
à une objection qu'on ne lui avoit pas encore
faite. Mais si vous croyez avoir été en cela plus
clairvoyant que toute cette compagnie, il sera aisé
de vous guérir de cette vanité, qui seroit injurieuse à ce grand corps. Car comment pouvez-
vous nier que de ce principe de Vasquez, « ce que
« l'on garde pour relever sa condition ou celle
« de ses parents n'est pas appelé superflu, »
on ne conclue nécessairement qu'il ne faut qu'a-
voir beaucoup d'ambition pour n'avoir point
de superflu? Je vous permets de bon cœur d'y
ajouter encore la condition qu'il exprime en un
autre endroit, qui est que l'on ne veuille relever
son état que par des voies légitimes : *Statum*

quem licitè possunt acquirere. Cela n'empêchera
pas la vérité de la conséquence que vous accusez de fausseté.

Il est vrai, monsieur, qu'il y a quelques riches
qui peuvent relever leur condition par des voies
légitimes. L'utilité publique en peut quelquefois
justifier le désir, pourvu qu'ils ne considèrent
pas tant leur propre honneur et leur propre intérêt que l'honneur de Dieu et l'intérêt du public; mais il est très-rare que l'esprit de Jésus-
Christ, sans lequel il n'y a point d'intentions
pures, inspire ces sortes de désirs aux riches du
monde : il les porte bien plutôt à diminuer ce
poids inutile qui les empêche de s'élever vers
le ciel, et à craindre ces paroles de son Évangile,
que celui qui s'élève sera abaissé. Ainsi ces désirs
que l'on voit dans la plupart des hommes du
siècle, de monter toujours à une condition
plus haute, et d'y faire monter leurs parents,
quoique par des voies légitimes, ne sont pour
l'ordinaire que des effets d'une cupidité terrestre
et d'une véritable ambition. Car c'est, monsieur,
une erreur grossière de croire qu'il n'y ait point
d'ambition à désirer de relever sa condition que
lorsqu'on se veut servir de moyens injustes; et
c'est cette erreur que saint Augustin condamne
dans le livre De la Patience, ch. 3, lorsqu'il dit:
« L'amour de l'argent et le désir de la gloire sont
« des folies que le monde croit permises; et on
« s'imagine que l'avarice, l'ambition, le luxe,
« les divertissements des spectacles sont inno-

« cents, lorsqu'ils ne nous font point tomber
« dans quelque crime ou quelque désordre que
« les lois défendent. » L'ambition consiste à désirer l'élèvement pour l'élèvement, et l'honneur
pour l'honneur, comme l'avarice à aimer les
richesses pour les richesses. Si vous y joignez
les moyens injustes, vous la rendez plus criminelle; mais, en substituant des moyens légitimes, vous ne la rendez pas innocente. Or,
Vasquez ne parle pas de ces occasions dans
lesquelles quelques gens de bien désirent de
changer de condition, et sont *dans l'attente probable de le faire*, comme dit le cardinal Cajetan.
S'il en parloit, il auroit été ridicule d'en conclure, comme il a fait, que l'on ne trouve presque
jamais de superflu dans les gens du monde;
puisque des occasions très-rares, qui ne peuvent
arriver qu'une ou deux fois dans la vie, et qui
ne se rencontrent que dans un très-petit nombre
de riches, à qui Dieu fait connoître qu'ils ne se
nuiront pas à eux-mêmes en s'élevant pour servir
les autres, ne peuvent pas empêcher que la plupart des riches n'aient beaucoup de superflu.
Mais il parle d'un désir vague et indéterminé de
s'agrandir, il parle d'un désir de s'élever sans
aucunes bornes; puisque, s'il étoit borné, les
riches commenceroient d'avoir du superflu lorsqu'ils y seroient arrivés.

Et enfin il croit que ce désir est si généralement permis, qu'il empêche tous les riches
d'avoir presque jamais du superflu.

C'est, monsieur, afin que vous l'entendiez, cette prétention de s'agrandir et de s'élever toujours dans le siècle à une condition plus haute, quoique par des moyens légitimes, *Ad statum quem licitè possunt acquirere*, que l'auteur des lettres a appelée du nom d'ambition; parce que c'est le nom que les pères lui donnent, et qu'on lui donne même dans le monde. Il n'a pas été obligé d'imiter une des plus ordinaires adresses de ces mauvais casuistes, qui est de bannir les noms des vices, et de retenir les vices mêmes sous d'autres noms. Quand donc ces paroles, *Statum quem licitè possunt acquirere*, auroient été dans le passage qu'il a cité, il n'auroit pas eu besoin de les retrancher pour le rendre criminel. C'est en les y joignant qu'il a droit d'accuser Vasquez, que, selon lui, il ne faut qu'avoir de l'ambition pour n'avoir point de superflu. Il n'est pas le premier qui a tiré cette conséquence de cette doctrine. M. du Val l'avoit fait avant lui en termes formels, en combattant cette mauvaise maxime, tome II, q. 8, p. 576. « Il s'ensui- « vroit, dit-il, que celui qui désireroit une plus « haute dignité, c'est-à-dire, qui auroit une plus « grande ambition, n'auroit point de superflu, « quoiqu'il eût beaucoup plus qu'il ne lui faut « selon sa condition présente : Sequeretur *eum* « *qui hanc dignitatem cuperet; seu qui* majori « ambitione duceretur, *habendo plurima supra* « *decentiam sui statûs, non habiturum superflua.* »

Vous avez donc fort mal réussi, monsieur,

dans les deux premières faussetés que vous reprochez à l'auteur des lettres. Voyons si vous serez mieux fondé dans les deux autres que vous l'accusez d'avoir faites en se défendant. La première est, qu'il assure que Vasquez n'oblige point les riches de donner de ce qui est nécessaire à leur condition. Il est bien aisé de vous répondre sur ce point : car il n'y a qu'à vous dire nettement que cela est faux, et qu'il a dit tout le contraire. Il n'en faut point d'autre preuve que le passage même que vous produisez trois lignes après, où il rapporte que Vasquez « oblige les riches de donner du nécessaire en « certaines occasions. »

Votre dernière plainte n'est pas moins déraisonnable. En voici le sujet. L'auteur des lettres a repris deux décisions dans la doctrine de Vasquez : l'une, « que les riches ne sont point obli« gés, ni par justice, ni par charité, de donner « de leur superflu, et encore moins du néces« saire dans tous les besoins ordinaires des pau« vres. » L'autre, « qu'ils ne sont obligés de « donner du nécessaire qu'en des rencontres si « rares, qu'elles n'arrivent presque jamais. » Vous n'aviez rien à répondre sur la première de ces décisions, qui est la plus méchante. Que faites-vous là-dessus? Vous les joignez ensemble, et, apportant quelque mauvaise défaite sur la dernière, vous voulez faire croire que vous avez répondu sur toutes les deux. Ainsi, pour démêler ce que vous voulez embarrasser à dessein, je vous demande à vous-même s'il n'est pas vrai que Vasquez enseigne que les riches ne sont jamais obligés de donner ni du superflu, ni du nécessaire, ni par charité, ni par justice, dans les nécessités ordinaires des pauvres ? L'auteur des lettres ne l'a-t-il pas prouvé par ce passage formel de Vasquez : « Corduba enseigne que, « lorsqu'on a du superflu, on est obligé d'en « donner à ceux qui sont dans une nécessité or- « dinaire, au moins une partie, afin d'accomplir « le précepte en quelque chose. » (Remarquez qu'il ne s'agit point en cet endroit, si on y est obligé par justice ou par charité, mais si on y est obligé absolument.) Voyons donc quelle sera la décision de votre Vasquez. « Mais cela ne me « plaît pas, SED HOC NON PLACET ; car nous avons « montré le contraire contre Cajetan et Navarre. » Voilà à quoi vous ne répondez point, laissant ainsi vos jésuites convaincus d'une erreur si contraire à l'Évangile.

Et quant à la seconde décision de Vasquez, qui est que les riches ne sont obligés de donner du nécessaire à leur condition qu'en des rencontres si rares, qu'elles n'arrivent presque jamais, l'auteur des lettres ne l'a pas moins clairement prouvé par l'assemblage des conditions que ce jésuite demande pour former cette obligation : savoir, « que l'on sache que le pauvre « qui est dans la nécessité urgente ne sera assisté « de personne que de nous ; et que cette nécessité « le menace de quelque accident mortel, ou de

« perdre sa réputation. » Il a demandé sur cela
si ces rencontres étoient fort ordinaires dans
Paris; et enfin il a pressé les jésuites par cet argument : Que Vasquez permettant aux pauvres
de voler les riches dans les mêmes circonstances
où il oblige les riches d'assister les pauvres, il
faut qu'il ait cru, ou que ces occasions étoient
fort rares, ou qu'il étoit ordinairement permis
de voler. Qu'avez-vous répondu à cela, monsieur? Vous avez dissimulé toutes ces preuves,
et vous vous êtes contenté de rapporter trois
passages de Vasquez, où il dit dans les deux
premiers que les riches sont obligés d'assister
les pauvres dans les nécessités urgentes, ce que
l'auteur des lettres reconnoît expressément; mais
vous vous êtes bien gardé d'ajouter qu'il y apporte des restrictions, qui font que ces nécessités urgentes n'obligent presque jamais à donner
l'aumône, qui est ce dont il s'agit.

Le troisième de vos passages dit simplement
que les riches ne sont pas obligés de donner seulement l'aumône dans les nécessités extrêmes,
c'est-à-dire quand un homme est près de mourir,
parce qu'elles sont trop rares; d'où vous concluez
qu'il est faux que les occasions où Vasquez oblige
à donner l'aumône soient fort rares. Mais vous
vous moquez, monsieur : vous n'en pouvez conclure autre chose, sinon que Vasquez ôte le nom
de *très-rares* aux occasions de donner l'aumône,
qu'il rend très-rares en effet par les conditions
qu'il y apporte. En quoi il n'a fait que suivre la

conduite de sa Compagnie. Ce jésuite avoit à
satisfaire tout ensemble les riches, qui veulent
qu'on ne les oblige que très-rarement à donner
l'aumône, et l'Église, qui y oblige très-souvent
ceux qui ont du superflu. Il a donc voulu contenter tout le monde, selon la méthode de sa Société, et il y a fort bien réussi. Car il exige, d'une
part, des conditions si rares en effet, que les
plus avares en doivent être satisfaits; et il leur
ôte, de l'autre, le nom de *rares*, pour satisfaire
l'Église en apparence. Il n'est donc pas question
de savoir si Vasquez a donné le nom de *rares* aux
rencontres où il oblige de donner l'aumône. On
ne l'a jamais accusé de les avoir appelées rares.
Il étoit trop habile jésuite pour appeler ainsi les
mauvaises choses par leur nom. Mais il est question de savoir si elles sont rares en effet, par les
restrictions qu'il y apporte; et c'est ce que l'auteur des lettres a si bien montré, qu'il ne vous
est resté sur cela que cette réponse générale,
qui ne vous manque jamais, qui est la dissimulation et le silence.

Tout ce que vous ajoutez ensuite de la subtilité de l'esprit de Vasquez dans les divers sens
qu'il donne aux mots de *nécessaire* et de *superflu*
est une pure illusion. Il ne les a jamais pris
qu'en deux sens, aussi-bien que tous les autres
théologiens. Il y a, selon lui, « nécessaire à la
« nature, et nécessaire à la condition : superflu
« à la nature, superflu à la condition. » Mais,
afin qu'une chose soit superflue à la condition,

il veut qu'elle le soit non-seulement à l'égard de la condition présente, mais aussi à l'égard de celle que les riches peuvent acquérir ou pour eux, ou pour leurs parents, par des moyens légitimes. Ainsi, selon Vasquez, tout ce que l'on garde pour relever sa condition est appelé simplement nécessaire à la condition, et superflu seulement à la nature; et on n'est obligé d'en faire l'aumône que dans les occasions que l'auteur des lettres a fait voir être si rares, qu'elles n'arrivent presque jamais.

Il n'est pas besoin de rien ajouter, touchant la comparaison de Vasquez et de Cajetan, à ce que l'auteur des lettres en a dit. Je vous avertirai seulement, en passant, que vous imposez à ce cardinal, aussi-bien que Vasquez, lorsque vous soutenez « que, contre ce qu'il avoit dit dans le « traité de l'aumône, il enseigne, en celui des « indulgences, que l'obligation de donner le su- « perflu ne passe point le péché véniel. » Lisez-le, monsieur, et ne vous fiez pas tant aux jésuites, ni morts, ni vivants. Vous trouverez que Cajetan y enseigne formellement le contraire; et qu'après avoir dit qu'il n'y a que les nécessités extrèmes, sous lesquelles il comprend aussi la plupart de celles que Vasquez appelle urgentes, qui obligent à péché mortel, il y ajoute cette exception, « si ce n'est qu'on n'ait des biens superflus : SE- « CLUSA SUPERFLUITATE BONORUM. »

Je passe donc avec vous à la doctrine de la simonie. L'auteur des lettres n'a eu autre dessein

que de montrer que la Société tient cette maxime :
Que ce n'est pas une simonie en conscience de
donner un bien spirituel pour un temporel,
pourvu que le temporel n'en soit que le motif
même principal, et non pas le prix ; et, pour le
prouver, il a rapporté le passage de Valentia
tout au long dans le douzième, qui le dit si clairement, que vous n'avez rien à y répondre, non
plus que sur Escobar, Érade Bille, et les autres,
qui disent tous la même chose. Il suffit que tous
ces auteurs soient de cette opinion pour montrer
que, selon toute la Compagnie qui tient la doctrine de la probabilité, elle est sûre en conscience, après tant d'auteurs graves qui l'ont
soutenue, et tant de provinciaux graves qui l'ont
approuvée. Confessez donc qu'en laissant subsister, comme vous faites, le sentiment de tous
ces autres jésuites, et vous arrêtant au seul Tannerus, vous ne faites rien contre le dessein de
l'auteur des lettres que vous attaquez, ni pour la
justification de la Société que vous défendez.

Mais, afin de vous donner une entière satisfaction sur ce sujet, je vous soutiens que vous
avez tort aussi-bien sur Tannerus que sur les
autres. Premièrement, vous ne pouvez nier qu'il
ne dise généralement « qu'il n'y a point de si-
« monie en conscience, *in foro conscientiæ*, à
« donner un bien spirituel pour un temporel,
« lorsque le temporel n'en est que le motif même
« principal, et non pas le prix. » Et quand il dit
qu'il n'y a point de simonie en conscience, il

entend qu'il n'y en a point, ni de droit divin, ni
de droit positif. Car la simonie de droit positif
est une simonie en conscience. Voilà la règle
générale à laquelle Tannerus rapporte une exception, qui est que «dans les cas exprimés par le
« droit, c'est une simonie de droit positif, ou
« une simonie présumée.» Or, comme une exception ne peut pas être aussi étendue que la
règle, il s'ensuit par nécessité que cette maxime
générale, que «ce n'est point simonie en con-
« science de donner un bien spirituel pour un
« temporel, qui n'en est que le motif, et non
« pas le prix,» subsiste en quelque espèce des
choses spirituelles. Et qu'ainsi il y ait des choses
spirituelles qu'on peut donner sans simonie de
droit positif pour des biens temporels, en changeant le mot de prix en celui de motif.

L'auteur des lettres a choisi l'espèce des bénéfices, à laquelle il réduit la doctrine de Valentia et de Tannerus. Mais il lui importe peu
néanmoins que vous en substituiez une autre,
et que vous disiez que ce n'est pas les bénéfices,
mais les sacrements, ou les charges ecclésiastiques, qu'on peut donner pour de l'argent. Il
croit tout cela également impie, et il vous en
laisse le choix. Il semble, monsieur, que vous
l'ayez voulu faire, et que vous ayez voulu donner
à entendre que ce n'est pas simonie de dire la
messe, ayant pour motif principal d'en recevoir
de l'argent. C'est la pensée qu'on peut avoir en
lisant ce que vous rapportez de la coutume de

l'Église de Paris. Car si vous aviez voulu dire simplement que les fidèles peuvent offrir des biens temporels à ceux dont ils reçoivent les spirituels, et que les prêtres qui servent à l'autel peuvent vivre de l'autel, vous auriez dit une chose dont personne ne doute, mais qui ne touche point aussi notre question. Il s'agit de savoir si un prêtre qui n'auroit pour motif principal, en offrant le sacrifice, que l'argent qu'il en reçoit, ne seroit pas devant Dieu coupable de simonie. Vous l'en devez exempter selon la doctrine de Tannerus ; mais le pouvez-vous selon les principes de la piété chrétienne? « Si la si- « monie, dit Pierre Le Chantre, l'un des plus « grands ornements de l'Église de Paris, est si « honteuse et si damnable dans les choses jointes « aux sacrements, combien l'est-elle plus dans « la substance même des sacrements, et prin- « cipalement dans l'Eucharistie, où on prend « Jésus-Christ tout entier, la source et l'origine « de toutes les grâces ! Simon le magicien, dit « encore ce saint homme, ayant été rejeté par « Simon Pierre, lui eût pu dire : Tu me rebutes, « mais je triompherai de toi et du corps entier « de l'Église; j'établirai le siége de mon empire « sur les autels; et lorsque les anges seront « assemblés en un coin de l'autel pour adorer « le corps de Jésus-Christ, je serai à l'autre coin « pour faire que le ministre de l'autel, ou plutôt « le mien, le forme pour de l'argent. » Et ce- pendant cette simonie, que ce pieux théologien condamne si fortement, ne consiste que dans la *cupidité*, qui fait que, dans l'administration des choses spirituelles, on met sa fin principale dans l'utilité temporelle qui en revient. Et c'est ce qui lui fait dire généralement, c. 25, « que les « ministères saints, qu'il appelle les ouvrages « de la droite, étant exercés par l'amour de « l'argent, forment la simonie : *Opus dexteræ « operatum causá pecuniæ acquirendæ, parit si- « moniam.* » Qu'auroit-il donc dit, s'il avoit ouï parler de cette horrible maxime des casuistes que vous défendez : « Qu'il est permis à un prêtre de « renoncer pour un peu d'argent à tout le fruit « spirituel qu'il peut prétendre du sacrifice ? »

Vous voyez donc, monsieur, que, si c'est là tout ce que vous avez à dire pour la défense de Tannerus, vous ne ferez que le rendre coupable d'une plus grande impiété. Mais vous ne prouverez pas encore par là qu'il y ait, selon lui, simonie de droit positif à recevoir de l'argent comme motif pour donner des bénéfices. Car remarquez, s'il vous plaît, qu'il ne dit pas simplement que c'est une simonie de donner un bien spirituel pour un temporel comme motif, et non comme prix : mais qu'il y ajoute une alternative, en disant que c'est « ou une simonie « de droit positif, ou une simonie présumée. » Or une simonie présumée n'est pas une simonie devant Dieu ; elle ne mérite aucune peine dans le tribunal de la conscience. Et ainsi dire, comme fait Tannerus, que c'est une simonie de droit positif, ou une simonie présumée, c'est dire en effet que c'est une simonie, ou que ce n'en est pas une. Voilà à quoi se réduit l'exception de Tannerus, que l'auteur des lettres n'a pas dû rapporter dans sa sixième lettre; parce que, ne citant aucunes paroles de ce jésuite, il y dit simplement qu'il est de l'avis de Valentia; mais il la rapporte, et il y répond expressément dans sa douzième, quoique vous l'accusiez faussement de l'avoir dissimulée.

Ça été pour éviter l'embarras de toutes ces distinctions que l'auteur des lettres avoit demandé aux jésuites « si c'étoit simonie en con- « science, selon leurs auteurs, de donner un bé- « néfice de quatre mille livres de rente en re- « cevant dix mille francs comme motif, et non « comme prix. » Il les a pressés sur cela de lui donner réponse précise sans parler de droit po- sitif, c'est-à-dire, sans se servir de ces termes que le monde n'entend pas, et non pas sans y avoir égard, comme vous l'avez pris contre toutes les lois de la grammaire. Vous y avez donc voulu satisfaire, et vous répondez, en un mot, « qu'en « ôtant le droit positif, il n'y auroit point de « simonie, comme il n'y auroit point de péché « à n'entendre point la messe un jour de fête, « si l'Église ne l'avoit point commandé; » c'est- à-dire que ce n'est une simonie que parce que l'Église l'a voulu, et que sans ses lois positives ce seroit une action indifférente. Sur quoi j'ai à vous repartir.

Premièrement, que vous répondez fort mal à la question qu'on a faite. L'auteur des lettres demandoit s'il y avoit simonie, *selon les auteurs jésuites qu'il avoit cités*, et vous nous dites de vous-même qu'il n'y a que simonie de droit positif. Il n'est pas question de savoir votre opinion, elle n'a pas d'autorité. Prétendez-vous être un docteur grave? Cela seroit fort disputable. Il s'agit de Valentia, Tannerus, Sanchez, Escobar, Érade Bille, qui sont indubitablement graves. C'est selon leur sentiment qu'il faut répondre. L'auteur des lettres prétend que vous ne sauriez dire, selon tous ces jésuites, qu'il y ait en cela simonie en conscience. Pour Valentia, Sanchez, Escobar et les autres, vous le quittez. Vous le disputez un peu sur Tannerus; mais vous avez vu que c'étoit sans fondement : de sorte qu'après tout il demeure constant que la Société enseigne qu'on peut, sans simonie, en conscience, donner un bien spirituel pour un temporel, pourvu que le temporel n'en soit que le motif principal, et non pas le prix. C'est tout ce qu'on demandoit.

Et en second lieu, je vous soutiens que votre réponse contient une impiété horrible. Quoi, monsieur! vous osez dire que, sans les lois de l'Église, il n'y auroit point de simonie de donner de l'argent, avec ce détour d'intention, pour entrer dans les charges de l'Église : qu'avant les canons qu'elle a faits de la simonie, l'argent étoit un moyen permis pour y parvenir, pourvu qu'on ne le donnât pas comme prix, et qu'ainsi saint Pierre fut téméraire de condamner si fortement Simon le magicien, puisqu'il ne paroissoit point qu'il lui offrît de l'argent plutôt comme prix que comme motif !

A quelle *école* nous renvoyez-vous pour y apprendre cette doctrine ? Ce n'est pas à celle de Jésus-Christ, qui a toujours ordonné à ses disciples de donner gratuitement ce qu'ils avoient reçu gratuitement ; et qui exclut par ce mot, comme remarque Pierre Le Chantre, *in verb. abb.* c. 36, « toute attente de présents ou services, « soit avec pacte, soit sans pacte ; parce que Dieu « voit dans le cœur. » Ce n'est pas à l'école de l'Église, qui traite non-seulement de criminels, mais d'hérétiques, tous ceux qui emploient de l'argent pour obtenir les ministères ecclésiastiques, et qui appelle ce trafic, de quelque artifice qu'on le pallie, non un violement d'une de ses lois positives, mais une hérésie, *simoniacam hæresim.*

Cette *école* donc en laquelle on apprend toutes ces maximes, ou que ce n'est qu'une simonie de droit positif, ou que ce n'en est qu'une présumée, ou qu'il n'y a même aucun péché à donner de l'argent pour un bénéfice comme motif, et non comme prix, ne peut être que celle de Giézi et de Simon le magicien. C'est dans cette *école* où ces deux premiers trafiqueurs des choses saintes, qui sont exécrables partout ailleurs, doivent être tenus pour innocents ; et où, laissant à la cupidité ce qu'elle désire, et ce qui la fait agir, on lui enseigne à éluder la loi de Dieu par le changement d'un terme qui ne change point les choses. Mais que les disciples de cette *école* écoutent de quelle sorte le grand pape Innocent III, dans sa lettre à l'archevêque de Cantorbéry, de l'an 1199, a foudroyé toutes les damnables subtilités de ceux « qui, étant aveuglés par le désir du « gain, prétendent pallier la simonie sous un « nom honnête : *simoniam sub honesto nomine* « *palliant.* Comme si ce changement de nom pou- « voit faire changer et la nature du crime et la « peine qui lui est due. Mais on ne se moque point « de Dieu (ajoute ce pape); et quand ces sectá- « teurs de Simon pourroient éviter en cette vie « la punition qu'ils méritent, ils n'éviteront point « en l'autre le supplice éternel que Dieu leur « réserve. Car l'honnêteté du nom n'est pas ca- « pable de pallier la malice de ce péché, ni le « déguisement d'une parole empêcher qu'on n'en « soit coupable : Cum *nec honestas nominis cri-* « *minis malitiam palliabit, nec vox poterit abolere* « *reatum.* »

Le dernier point, monsieur, est sur le sujet des banqueroutes. Sur quoi j'admire votre hardiesse. Les jésuites, que vous défendez, avoient rejeté la question d'Escobar sur Lessius très-mal à propos; car l'auteur des lettres n'avoit cité Lessius que sur la foi d'Escobar, et n'avoit attribué qu'à Escobar seul ce dernier point dont ils se plaignent, savoir que les banqueroutiers peuvent retenir de leurs biens pour vivre honnêtement, *quoique ces biens eussent été gagnés par des injustices et des crimes connus de tout le monde.* C'est aussi sur le sujet du seul Escobar qu'il les a pressés, ou de désavouer publiquement cette maxime, ou de déclarer qu'ils la soutiennent; et en ce cas, il les renvoie au parlement. C'étoit à cela qu'il falloit répondre, et non pas dire simplement que Lessius, dont il ne s'agit pas, n'est pas de l'avis d'Escobar, duquel seul il s'agit. Pensez-vous donc qu'il n'y ait qu'à détourner les questions pour les résoudre? Ne le prétendez pas, monsieur. Vous répondrez sur Escobar avant qu'on parle de Lessius. Ce n'est pas que je refuse de le faire. Et je vous promets de vous expliquer bien nettement la doctrine de Lessius sur la banqueroute, dont je m'assure que le parlement ne sera pas moins choqué que la Sorbonne. Je vous tiendrai parole avec l'aide de Dieu, mais ce sera après que vous aurez répondu au point contesté touchant Escobar. Vous satisferez à cela précisément, avant que d'entreprendre de nouvelles questions. Escobar est le premier en date; il passera devant, malgré vos fuites. Assurez-vous qu'après cela Lessius le suivra de près.

Quoique d'une autre main, et d'un mérite bien inférieur aux Lettres Provinciales, cette pièce m'a semblé trop intéressante pour ne pas la réimprimer dans cette édition.

TREIZIÈME LETTRE.

Que la doctrine de Lessius sur l'homicide est la même que celle
de Victoria. Combien il est facile de passer de la spéculation
à la pratique. Pourquoi les jésuites se sont servis de cette vaine
distinction, et combien elle est inutile pour les justifier.

Du 3o septembre 1656.

MES RÉVÉRENDS PÈRES,

Je viens de voir votre dernier écrit, où vous
continuez vos impostures jusqu'à la vingtième,
en déclarant que vous finissez par là cette sorte
d'accusation, qui faisoit votre première partie,
pour en venir à la seconde, où vous devez prendre une nouvelle manière de vous défendre, en
montrant qu'il y a bien d'autres casuistes que
les vôtres qui sont dans le relâchement, aussi-
bien que vous. Je vois donc maintenant, mes
pères, à combien d'impostures j'ai à répondre :
et puisque la quatrième où nous en sommes
demeurés est sur le sujet de l'homicide, il sera à
propos, en y répondant, de satisfaire en même
temps aux 11, 13, 14, 15, 16, 17 et 18ᵉ, qui
sont sur le même sujet.

Je justifierai donc, dans cette lettre, la vérité
de mes citations contre les faussetés que vous
m'imposez. Mais parce que vous avez osé avancer dans vos écrits, « que les sentiments de vos

« auteurs sur le meurtre sont conformes aux dé-
« cisions des papes et des lois ecclésiastiques, »
vous m'obligerez à détruire, dans ma lettre suivante, une proposition si téméraire et si injurieuse à l'Église. Il importe de faire voir qu'elle
est exempte de vos corruptions, afin que les
hérétiques ne puissent pas se prévaloir de vos
égarements pour en tirer des conséquences qui
la déshonorent. Et ainsi, en voyant d'une part
vos pernicieuses maximes, et de l'autre les canons de l'Église qui les ont toujours condamnées, on trouvera tout ensemble, et ce qu'on
doit éviter, et ce qu'on doit suivre.

Votre quatrième imposture est sur une maxime
touchant le meurtre, que vous prétendez que
j'ai faussement attribuée à Lessius. C'est celle-ci :
« Celui qui a reçu un soufflet peut poursuivre à
« l'heure même son ennemi, et même à coups
« d'épée, non pas pour se venger, mais pour
« réparer son honneur. » Sur quoi vous dites
que cette opinion-là est du casuiste Victoria.
Et ce n'est pas encore là le sujet de la dispute ;
car il n'y a point de répugnance à dire qu'elle
soit tout ensemble de Victoria et de Lessius,
puisque Lessius dit lui-même qu'elle est aussi
de Navarre et de votre père Henriquez, qui enseignent « que celui qui a reçu un soufflet peut
« à l'heure même poursuivre son homme, et lui
« donner autant de coups qu'il jugera nécessaire
« pour réparer son honneur. » Il est donc seulement question de savoir si Lessius est du

sentiment de ces auteurs, aussi-bien que son confrère. Et c'est pourquoi vous ajoutez : « Que « Lessius ne rapporte cette opinion que pour la « réfuter; et qu'ainsi je lui attribue un senti- « ment qu'il n'allègue que pour le combattre, « qui est l'action du monde la plus lâche et la « plus honteuse à un écrivain. » Or je soutiens, mes pères, qu'il ne la rapporte que pour la suivre. C'est une question de fait qu'il sera bien facile de décider. Voyons donc comment vous prouvez ce que vous dites, et vous verrez ensuite comment je prouve ce que je dis.

Pour montrer que Lessius n'est pas de ce sentiment, vous dites qu'il en condamne la pratique; et pour prouver cela, vous rapportez un de ses passages, Liv. ii, c. 9, n. 82, où il dit ces mots : « J'en condamne la pratique. » Je demeure d'accord que, si on cherche ces paroles dans Lessius, au nombre 82, où vous les citez, on les y trouvera. Mais que dira-t-on, mes pères, quand on verra en même temps qu'il traite en cet endroit d'une question toute différente de celle dont nous parlons, et que l'opinion, dont il dit en ce lieu-là qu'il en condamne la pratique, n'est en aucune sorte celle dont il s'agit ici, mais une autre toute séparée? Cependant il ne faut, pour en être éclairci, qu'ouvrir le livre même où vous renvoyez; car on y trouvera toute la suite de son discours en cette manière.

Il traite la question, « savoir si on peut tuer « pour un soufflet, » au n. 79, et il la finit au

nombre 80, sans qu'il y ait en tout cela un seul
mot de condamnation. Cette question étant terminée, il en commence une nouvelle en l'art. 81,
« savoir si on peut tuer pour des médisances. »
Et c'est sur celle-là qu'il dit, au n. 82, ces paroles que vous avez citées : « J'en condamne la
« pratique. »

N'est-ce donc pas une chose honteuse, mes
pères, que vous osiez produire ces paroles,
pour faire croire que Lessius condamne l'opinion qu'on peut tuer pour un soufflet, et que,
n'en ayant rapporté en tout que cette seule
preuve, vous triomphiez là-dessus, en disant,
comme vous faites : « Plusieurs personnes d'hon-
« neur dans Paris ont déjà reconnu cette insigne
« fausseté par la lecture de Lessius, et ont appris
« par là quelle créance on doit avoir à ce ca-
« lomniateur ? » Quoi ! mes pères, est-ce ainsi
que vous abusez de la créance que ces personnes
d'honneur ont en vous ? Pour leur faire entendre
que Lessius n'est pas d'un sentiment, vous leur
ouvrez son livre en un endroit où il en condamne un autre ; et comme ces personnes n'entrent pas en défiance de votre bonne foi, et ne
pensent pas à examiner s'il s'agit en ce lieu-là de
la question contestée, vous trompez ainsi leur
crédulité. Je m'assure, mes pères, que, pour
vous garantir d'un si honteux mensonge, vous
avez eu recours à votre doctrine des équivoques,
et que, lisant ce passage *tout haut*, vous disiez
tout bas qu'il s'y agissoit d'une autre matière.

Mais je ne sais si cette raison, qui suffit bien pour satisfaire votre conscience, suffira pour satisfaire la juste plainte que vous feront ces gens d'honneur quand ils verront que vous les avez joués de cette sorte.

Empêchez-les donc bien, mes pères, de voir mes lettres, puisque c'est le seul moyen qui vous reste pour conserver encore quelque temps votre crédit. Je n'en use pas ainsi des vôtres; j'en envoie à tous mes amis; je souhaite que tout le monde les voie; et je crois que nous avons tous raison. Car enfin, après avoir publié cette quatrième imposture avec tant d'éclat, vous voilà décriés, si on vient à savoir que vous y avez supposé un passage pour un autre. On jugera facilement que si vous eussiez trouvé ce que vous demandiez au lieu même où Lessius traite cette matière, vous ne l'eussiez pas été chercher ailleurs; et que vous n'y avez eu recours que parce que vous n'y voyiez rien qui fût favorable à votre dessein. Vous vouliez faire trouver dans Lessius ce que vous dites dans votre Imposture, p. 10, lig. 12, « Qu'il n'accorde pas que cette opinion soit pro- « bable dans la spéculation; » et Lessius dit ex- pressément en sa conclusion, n. 80 : « Cette opi- « nion, qu'on peut tuer pour un soufflet reçu, « est probable dans la spéculation. » N'est-ce pas là mot à mot le contraire de votre discours? Et qui peut assez admirer avec quelle hardiesse vous produisez en propres termes le contraire d'une vérité de fait? de sorte qu'au lieu que vous concluiez, de votre passage supposé, que Lessius n'étoit pas de ce sentiment, il se conclut fort bien, de son véritable passage, qu'il est de ce même sentiment.

Vous vouliez encore faire dire à Lessius, « qu'il « en condamne la pratique. » Et comme je l'ai déjà dit, il ne se trouve pas une seule parole de condamnation en ce lieu-là; mais il parle ainsi : « Il semble qu'on n'en doit pas FACILEMENT per- « mettre la pratique : *in praxi non videtur* FACILÈ « PERMITTENDA. » Est-ce là, mes pères, le langage d'un homme qui *condamne* une maxime? Diriez-vous qu'il ne faut pas *permettre facilement*, dans la pratique, les adultères ou les incestes? Ne doit-on pas conclure au contraire que, puisque Lessius ne dit autre chose, sinon que la pratique n'en doit pas être facilement permise, son senti-ment est que cette pratique peut être quelque-fois permise, quoique rarement? Et comme s'il eût voulu apprendre à tout le monde quand on la doit permettre, et ôter aux personnes offen-sées les scrupules qui les pourroient troubler mal à propos, ne sachant en quelles occasions il leur est permis de tuer dans la pratique, il a eu soin de leur marquer ce qu'ils doivent éviter pour pratiquer cette doctrine en conscience. Écoutez-le, mes pères. « Il semble, dit-il, qu'on « ne doit pas le permettre facilement, A CAUSE « du danger qu'il y a qu'on agisse en cela par « haine ou par vengeance, ou avec excès, ou « que cela ne causât trop de meurtres. » De sorte qu'il est clair que ce meurtre restera tout-à-fait permis dans la pratique, selon Lessius, si on évite ces inconvénients, c'est-à-dire si l'on peut agir sans haine, sans vengeance, et dans des circonstances qui n'attirent pas beaucoup de meurtres. En voulez-vous un exemple, mes pères? En voici un assez nouveau; c'est celui du soufflet de Compiègne. Car vous avouerez que celui qui l'a reçu a témoigné, par la manière dont il s'est conduit, qu'il étoit assez maître des mouvements de haine et de vengeance. Il ne lui restoit donc qu'à éviter un trop grand nombre de meurtres; et vous savez, mes pères, qu'il est si rare que des jésuites donnent des soufflets aux officiers de la maison du roi, qu'il n'y avoit pas à craindre qu'un meurtre en cette occasion en eût tiré beaucoup d'autres en conséquence. Et ainsi vous ne sauriez nier que ce jésuite ne fût tuable en sûreté de conscience, et que l'offensé ne pût en cette rencontre pratiquer envers lui la doctrine de Lessius. Et peut-être, mes pères, qu'il l'eût fait, s'il eût été instruit dans votre école, et s'il eût appris d'Escobar «qu'un homme « qui a reçu un soufflet est réputé sans honneur « jusqu'à ce qu'il ait tué celui qui le lui a donné. » Mais vous avez sujet de croire que les instructions fort contraires qu'il a reçues d'un curé que vous n'aimez pas trop n'ont pas peu contribué en cette occasion à sauver la vie à un jésuite.

Ne nous parlez donc plus de ces inconvénients qu'on peut éviter en tant de rencontres, et hors

lesquels le meurtre est permis, selon Lessius, dans
la pratique même. C'est ce qu'ont bien reconnu
vos auteurs, cités par Escobar dans la *Pratique de
l'homicide selon votre Société*, tr. 1, ex. 7, n. 48.
« Est-il permis, dit-il, de tuer celui qui a donné
« un soufflet ? Lessius dit que cela est permis dans
« la spéculation, mais qu'on ne le doit pas con-
« seiller dans la pratique, *non consulendum in
« praxi*, à cause du danger de la haine ou des
« meurtres nuisibles à l'état qui en pourroient
« arriver. MAIS LES AUTRES ONT JUGÉ, QU'EN ÉVI-
« TANT CES INCONVÉNIENTS, CELA EST PERMIS ET SUR
« DANS LA PRATIQUE : *in praxi probabilem et tu-
« tam judicárunt Henriquez , etc.* » Voilà comment les opinions s'élèvent peu à peu jusqu'au
comble de la probabilité. Car vous y avez porté
celle-ci, en la permettant enfin sans aucune distinction de spéculation ni de pratique, en ces
termes : « Il est permis, lorsqu'on a reçu un souf-
« flet, de donner incontinent un coup d'épée,
« non pas pour se venger, mais pour conserver
« son honneur. » C'est ce qu'ont enseigné vos
pères à Caen, en 1644, dans leurs écrits publics,
que l'université produisit au parlement, lorsqu'elle y présenta sa troisième requête contre
votre doctrine de l'homicide, comme il se voit
en la page 339 du livre qu'elle en fit alors imprimer.

Remarquez donc, mes pères, que vos propres
auteurs ruinent d'eux-mêmes cette vaine distinction de spéculation et de pratique, que l'Univer-

sité avoit traitée de ridicule, et dont l'invention est un secret de votre politique qu'il est bon de faire entendre. Car, outre que l'intelligence en est nécessaire pour les quinze, seize, dix-sept et dix-huitième impostures, il est toujours à propos de découvrir peu à peu les principes de cette politique mystérieuse.

Quand vous avez entrepris de décider les cas de conscience d'une manière favorable et accommodante, vous en avez trouvé où la religion seule étoit intéressée, comme les questions de la contrition, de la pénitence, de l'amour de Dieu, et de toutes celles qui ne touchent que l'intérieur des consciences. Mais vous en avez trouvé d'autres où l'état a intérêt aussi-bien que la religion, comme sont celles de l'usure, des banqueroutes, de l'homicide, et autres semblables; et c'est une chose bien sensible à ceux qui ont un véritable amour pour l'Église, de voir qu'en une infinité d'occasions où vous n'avez eu que la religion à combattre, vous en avez renversé les lois sans réserve, sans distinction et sans crainte, comme il se voit dans vos opinions si hardies contre la pénitence et l'amour de Dieu; parce que vous saviez que ce n'est pas ici le lieu où Dieu exerce visiblement sa justice. Mais dans celles où l'état est intéressé aussi-bien que la religion, l'appréhension que vous avez eue de la justice des hommes vous a fait partager vos décisions, et former deux questions sur ces matières : l'une que vous appelez *de spéculation*,

dans laquelle, en considérant ces crimes en eux-
mêmes, sans regarder à l'intérêt de l'état, mais
seulement à la loi de Dieu qui les défend, vous
les avez permis, sans hésiter, en renversant
ainsi la loi de Dieu qui les condamne; l'autre,
que vous appelez *de pratique*, dans laquelle,
en considérant le dommage que l'état en recevroit, et la présence des magistrats qui main-
tiennent la sûreté publique, vous n'approuvez
pas toujours dans la pratique ces meurtres et
ces crimes que vous trouvez permis dans la spéculation, afin de vous mettre par là à couvert
du côté des juges. C'est ainsi, par exemple, que,
sur cette question, « s'il est permis de tuer pour
« des médisances, » vos auteurs, Filiutius, tr. 29,
cap. 3, n. 52; Reginaldus, L. xxi, cap. 5, n. 63, et
les autres répondent : « Cela est permis dans la
« spéculation, *ex probabili opinione licet;* mais
« je n'en approuve pas la pratique, à cause du
« grand nombre de meurtres qui en arriveroient
« et feroient tort à l'état, si on tuoit tous les mé-
« disants; et qu'ainsi on seroit puni en justice
« en tuant pour ce sujet. » Voilà de quelle sorte
vos opinions commencent à paroître sous cette
distinction, par le moyen de laquelle vous ne
ruinez que la religion, sans blesser encore sen-
siblement l'état. Par là vous croyez être en assurance. Car vous vous imaginez que le crédit que
vous avez dans l'Église empechera qu'on ne punisse vos attentats contre la vérité; et que les
précautions que vous apportez pour ne mettre

pas facilement ces permissions en pratique, vous
mettront à couvert de la part des magistrats,
qui, n'étant pas juges des cas de conscience,
n'ont proprement intérêt qu'à la pratique extérieure. Ainsi une opinion qui seroit condamnée
sous le nom de pratique se produit en sûreté
sous le nom de spéculation. Mais cette base étant
affermie, il n'est pas difficile d'y élever le reste
de vos maximes. Il y avoit une distance infinie
entre la défense que Dieu a faite de tuer, et la
permission spéculative que vos auteurs en ont
donnée. Mais la distance est bien petite de cette
permission à la pratique. Il ne reste seulement
qu'à montrer que ce qui est permis dans la spéculative l'est bien aussi dans la pratique. On ne
manquera pas de raisons pour cela. Vous en
avez bien trouvé en des cas plus difficiles. Voulez-vous voir, mes pères, par où l'on y arrive?
suivez ce raisonnement d'Escobar, qui l'a décidé
nettement dans le premier des six tomes de sa
grande théologie morale, dont je vous ai parlé,
où il est tout autrement éclairé que dans ce
Recueil qu'il avoit fait de vos vingt-quatre vieillards; car, au lieu qu'il avoit pensé en ce temps-
là qu'il pouvoit y avoir des opinions probables
dans la spéculation qui ne fussent pas sûres
dans la pratique, il a connu le contraire depuis,
et l'a fort bien établi dans ce dernier ouvrage :
tant la doctrine de la probabilité en général reçoit d'accroissement par le temps, aussi-bien que
chaque opinion probable en particulier. Écoutez-

le donc *in prœloq.* c. 3, n. 15. « Je ne vois pas, dit-il,
« comment il se pourroit faire que ce qui paroît
« permis dans la spéculation ne le fût pas dans
« la pratique; puisque ce qu'on peut faire dans
« la pratique dépend de ce qu'on trouve permis
« dans la spéculation, et que ces choses ne diffè-
« rent l'une de l'autre que comme l'effet de la
« cause. Car la spéculation est ce qui détermine
« à l'action. D'où IL S'ENSUIT QU'ON PEUT EN SURETÉ
« DE CONSCIENCE SUIVRE DANS LA PRATIQUE LES OPI-
« NIONS PROBABLES DANS LA SPÉCULATION, et même
« avec plus de sûreté que celles qu'on n'a pas si
« bien examinées spéculativement. »

En vérité, mes pères, votre Escobar raisonne
assez bien quelquefois. Et en effet, il y a tant de
liaison entre la spéculation et la pratique, que,
quand l'une a pris racine, vous ne faites plus
difficulté de permettre l'autre sans déguisement.
C'est ce qu'on a vu dans la permission de tuer
pour un soufflet, qui, de la simple spéculation,
a été portée hardiment par Lessius à une pratique *qu'on ne doit pas facilement accorder*, et de
là par Escobar *à une pratique facile;* d'où vos
pères de Caen l'ont conduite à une permission
pleine, sans distinction de théorie et de pratique, comme vous l'avez déjà vu.

C'est ainsi que vous faites croître peu à peu
vos opinions. Si elles paroissoient tout à coup
dans leur dernier excès, elles causeroient de
l'horreur; mais ce progrès lent et insensible y
accoutume doucement les hommes, et en ôte le

scandale. Et par ce moyen la permission de tuer, si odieuse à l'état et à l'Église, s'introduit premièrement dans l'Église, et ensuite de l'Église dans l'état.

On a vu un semblable succès de l'opinion de tuer pour des médisances. Car elle est aujourd'hui arrivée à une permission pareille sans aucune distinction. Je ne m'arrêterois pas à vous en rapporter les passages de vos pères, si cela n'étoit nécessaire pour confondre l'assurance que vous avez eue de dire deux fois dans votre quinzième imposture, p. 26 et 30, « qu'il n'y a « pas un jésuite qui permette de tuer pour des « médisances. » Quand vous dites cela, mes pères, vous devriez empêcher que je ne le visse, puisqu'il m'est si facile d'y répondre. Car, outre que vos pères Reginaldus, Filiutius, etc., l'ont permis dans la spéculation, comme je l'ai déjà dit, et que de là le principe d'Escobar nous mène sûrement à la pratique, j'ai à vous dire de plus que vous avez plusieurs auteurs qui l'ont permis en mots propres, et entre autres le père Héreau dans ses leçons publiques, ensuite desquelles le roi le fit mettre en arrêt en votre maison, pour avoir enseigné, outre plusieurs erreurs, « que « quand celui qui nous décrie devant des gens « d'honneur, continue après l'avoir averti de ces-« ser, il nous est permis de le tuer; non pas « véritablement en public, de peur de scandale, « mais en cachette, SED CLAM. »

Je vous ai déjà parlé du père Lamy, et vous

n'ignorez pas que sa doctrine sur ce sujet a été
censurée en 1649 par l'université de Louvain. Et
néanmoins il n'y a pas encore deux mois que
votre père Des Bois a soutenu à Rouen cette doctrine censurée du père Lamy, et a enseigné
« qu'il est permis à un religieux de défendre
« l'honneur qu'il a acquis par sa vertu, MÊME EN
« TUANT celui qui attaque sa réputation, ETIAM
« CUM MORTE INVASORIS. » Ce qui a causé un tel
scandale en cette ville-là, que tous les curés se
sont unis pour lui faire imposer silence, et l'obliger à rétracter sa doctrine par les voies canoni-
ques. L'affaire en est à l'officialité.

Que voulez-vous donc dire, mes pères? Comment entreprenez-vous de soutenir après cela
« qu'aucun jésuite n'est d'avis qu'on puisse tuer
« pour des médisances? » Et falloit-il autre chose
pour vous en convaincre que les opinions mêmes
de vos pères que vous rapportez, puisqu'ils ne
défendent pas spéculativement de tuer, mais
seulement dans la pratique, « à cause du mal
« qui en arriveroit à l'état? » Car je vous demande sur cela, mes pères, s'il s'agit dans nos
disputes d'autre chose, sinon d'examiner si vous
avez renversé la loi de Dieu qui défend l'homicide. Il n'est pas question de savoir si vous avez
blessé l'état, mais la religion. A quoi sert-il
donc, dans ce genre de dispute, de montrer que
vous avez épargné l'état, quand vous faites voir
en même temps que vous avez détruit la religion, en disant, comme vous faites, p. 28, L. III,

« que le sens de Reginaldus sur la question de
« tuer pour des médisances, est qu'un particu-
« lier a droit d'user de cette sorte de défense, la
« considérant simplement en elle-même? » Je
n'en veux pas davantage que cet aveu pour vous
confondre. « Un particulier, dites-vous, a droit
« d'user de cette défense, » c'est-à-dire, de tuer
pour des médisances, « en considérant la chose
« en elle-même; » et par conséquent, mes pères,
la loi de Dieu qui défend de tuer est ruinée par
cette décision.

Et il ne sert de rien de dire ensuite, comme
vous faites, « que cela est illégitime et criminel,
« même selon la loi de Dieu, à raison des meur-
« tres et des désordres qui en arriveroient dans
« l'état, parce qu'on est obligé, selon Dieu,
« d'avoir égard au bien de l'état. » C'est sortir
de la question. Car, mes pères, il y a deux lois
à observer : l'une qui défend de tuer, l'autre qui
défend de nuire à l'état. Reginaldus n'a pas peut-
être violé la loi qui défend de nuire à l'état, mais
il a violé certainement celle qui défend de tuer.
Or, il ne s'agit ici que de celle-là seule. Outre
que vos autres pères, qui ont permis ces meurtres dans la pratique, ont ruiné l'une aussi-bien
que l'autre. Mais allons plus avant, mes pères.
Nous voyons bien que vous défendez quelquefois
de nuire à l'état, et vous dites que votre dessein
en cela est d'observer la loi de Dieu qui oblige à
le maintenir. Cela peut être véritable, quoiqu'il
ne soit pas certain; puisque vous pourriez faire

la même chose par la seule crainte des juges.
Examinons donc, je vous prie, de quel principe
part ce mouvement.

N'est-il pas vrai, mes pères, que si vous regar-
diez véritablement Dieu, et que l'observation de
sa loi fût le premier et principal objet de votre
pensée, ce respect régneroit uniformément dans
toutes vos décisions importantes, et vous enga-
geroit à prendre dans toutes ces occasions l'intérêt de la religion? Mais si l'on voit au contraire
que vous violez en tant de rencontres les ordres
les plus saints que Dieu ait imposés aux hommes,
quand il n'y a que sa loi à combattre; et que,
dans les occasions mêmes dont il s'agit, vous
anéantissez la loi de Dieu, qui défend ces actions
comme criminelles en elles-mêmes, et ne témoignez craindre de les approuver dans la pratique
que par la crainte des juges, ne nous donnez-
vous pas sujet de juger que ce n'est point Dieu
que vous considérez dans cette crainte; et que,
si en apparence vous maintenez sa loi en ce qui
regarde l'obligation de ne pas nuire à l'état, ce
n'est pas pour sa loi même, mais pour arriver à
vos fins, comme ont toujours fait les moins religieux politiques?

Quoi, mes pères! vous nous direz qu'en ne regardant que la loi de Dieu qui défend l'homicide,
on a droit de tuer pour des médisances? Et après
avoir ainsi violé la loi éternelle de Dieu, vous
croirez lever le scandale que vous avez causé, et
nous persuader de votre respect envers lui en

ajoutant que vous en défendez la pratique pour
des considérations d'état, et par la crainte des
juges? N'est-ce pas au contraire exciter un scandale nouveau? non pas par le respect que vous
témoignez en cela pour les juges; car ce n'est
pas cela que je vous reproche, et vous vous jouez
ridiculement là-dessus, page 29. Je ne vous reproche pas de craindre les juges, mais de ne
craindre que les juges. C'est cela que je blâme;
parce que c'est faire Dieu moins ennemi des
crimes que les hommes. Si vous disiez qu'on
peut tuer un médisant selon les hommes, mais
non pas selon Dieu, cela seroit moins insupportable; mais quand vous prétendez que ce qui est
trop criminel pour être souffert par les hommes
soit innocent et juste aux yeux de Dieu qui est
la justice même, que faites-vous autre chose,
sinon montrer à tout le monde que, par cet horrible renversement si contraire à l'esprit des
saints, vous êtes hardis contre Dieu, et timides
envers les hommes? Si vous aviez voulu condamner sincèrement ces homicides, vous auriez
laissé subsister l'ordre de Dieu qui les défend; et
si vous aviez osé permettre d'abord ces homicides, vous les auriez permis ouvertement, malgré les lois de Dieu et des hommes. Mais, comme
vous avez voulu les permettre insensiblement,
et surprendre les magistrats qui veillent à la sûreté publique, vous avez agi finement en séparant vos maximes, et proposant d'un côté « qu'il
« est permis, dans la spéculative, de tuer pour des

« médisances » (car on vous laisse examiner les
choses dans la spéculation), et produisant d'un
autre côté cette maxime détachée, « que ce qui
« est permis dans la spéculation l'est bien aussi
« dans la pratique. » Car quel intérêt l'état
semble-t-il avoir dans cette proposition générale
et métaphysique ? Et ainsi, ces deux principes
peu suspects étant reçus séparément, la vigilance des magistrats est trompée ; puisqu'il ne
faut plus que rassembler ces maximes pour en
tirer cette conclusion où vous tendez, qu'on
peut donc tuer dans la pratique pour de simples
médisances.

Car c'est encore ici, mes pères, une des plus
subtiles adresses de votre politique, de séparer
dans vos écrits les maximes que vous assemblez
dans vos avis. C'est ainsi que vous avez établi à
part votre doctrine de la probabilité, que j'ai
souvent expliquée. Et ce principe général étant
affermi, vous avancez séparément des choses
qui, pouvant être innocentes d'elles-mêmes, deviennent horribles étant jointes à ce pernicieux
principe. J'en donnerai pour exemple ce que
vous avez dit page 11, dans vos impostures, et
à quoi il faut que je réponde : « Que plusieurs
« théologiens célèbres sont d'avis qu'on peut
« tuer pour un soufflet reçu. » Il est certain,
mes pères, que, si une personne qui ne tient
point la probabilité avoit dit cela, il n'y auroit
rien à reprendre, puisqu'on ne feroit alors qu'un
simple récit qui n'auroit aucune conséquence.

Mais vous, mes pères, et tous ceux qui tiennent cette dangereuse doctrine : « Que tout ce qu'ap- « prouvent des auteurs célèbres, est probable et « sûr en conscience, » quand vous ajoutez à cela, « que plusieurs auteurs célèbres sont d'avis qu'on « peut tuer pour un soufflet, » qu'est-ce faire autre chose, sinon de mettre à tous les chrétiens le poignard à la main pour tuer ceux qui les auront offensés, en leur déclarant qu'ils le peuvent faire en sûreté de conscience, parce qu'ils sui- vront en cela l'avis de tant d'auteurs graves?

Quel horrible langage qui, en disant que des auteurs tiennent une opinion damnable, est en même temps une décision en faveur de cette opi- nion damnable, et qui autorise en conscience tout ce qu'il ne fait que rapporter! On l'entend, mes pères, ce langage de votre école. Et c'est une chose étonnante que vous ayez le front de le parler si haut, puisqu'il marque votre senti- ment si à découvert, et vous convainc de tenir pour sûre en conscience cette opinion, « qu'on « peut tuer pour un soufflet, » aussitôt que vous nous avez dit que plusieurs auteurs célèbres la soutiennent.

Vous ne pouvez vous en défendre, mes pères, non plus que vous prévaloir des passages de Vas- quez et de Suarez que vous m'opposez, où ils condamnent ces meurtres que leurs confrères approuvent. Ces témoignages, séparés du reste de votre doctrine, pourroient éblouir ceux qui ne l'entendent pas assez. Mais il faut joindre

ensemble vos principes et vos maximes. Vous
dites donc ici que Vasquez ne souffre point les
meurtres. Mais que dites-vous d'un autre côté,
mes pères? «Que la probabilité d'un sentiment
« n'empêche pas la probabilité du sentiment
« contraire. » Et en un autre lieu, «qu'il est
« permis de suivre l'opinion la moins probable
« et la moins sûre, en quittant l'opinion la plus
« probable et la plus sûre. » Que s'ensuit-il de tout
cela ensemble, sinon que nous avons une entière
liberté de conscience pour suivre celui qui nous
plaira de tous ces avis opposés? Que devient
donc, mes pères, le fruit que vous espériez de
toutes ces citations? Il disparoît, puisqu'il ne
faut, pour votre condamnation, que rassembler
ces maximes que vous séparez pour votre justification. Pourquoi produisez-vous donc ces passages de vos auteurs que je n'ai point cités, pour
excuser ceux que j'ai cités, puisqu'ils n'ont rien
de commun? Quel droit cela vous donne-t-il de
m'appeler *imposteur?* Ai-je dit que tous vos pères
sont dans un même déréglement? Et n'ai-je pas
fait voir au contraire que votre principal intérêt
est d'en avoir de tous avis pour servir à tous vos
besoins? A ceux qui voudront tuer on présen-
tera Lessius; à ceux qui ne voudront pas tuer
on produira Vasquez, afin que personne ne sorte
malcontent, et sans avoir pour soi un auteur
grave. Lessius parlera en païen de l'homicide,
et peut-être en chrétien de l'aumône : Vasquez
parlera en païen de l'aumône, et en chrétien de

l'homicide. Mais par le moyen de la probabilité que Vasquez et Lessius tiennent, et qui rend toutes vos opinions communes, ils se prêteront leurs sentiments les uns aux autres, et seront obligés d'absoudre ceux qui auront agi selon les opinions que chacun d'eux condamne. C'est donc cette variété qui vous confond davantage. L'uniformité seroit plus supportable : et il n'y a rien de plus contraire aux ordres exprès de saint Ignace et de vos premiers généraux que ce mélange confus de toutes sortes d'opinions. Je vous en parlerai peut-être quelque jour, mes pères : et on sera surpris de voir combien vous êtes déchus du premier esprit de votre institut, et que vos propres généraux ont prévu que le déréglement de votre doctrine dans la morale pourroit être funeste non-seulement à votre Société, mais encore à l'Église universelle.

Je vous dirai cependant que vous ne pouvez tirer aucun avantage de l'opinion de Vasquez. Ce seroit une chose étrange, si, entre tant de jésuites qui ont écrit, il n'y en avoit pas un ou deux qui eussent dit ce que tous les chrétiens confessent. Il n'y a point de gloire à soutenir qu'on ne peut pas tuer pour un soufflet, selon l'Évangile; mais il y a une horrible honte à le nier. De sorte que cela vous justifie si peu, qu'il n'y a rien qui vous accable davantage; puisque ayant eu parmi vous des docteurs qui vous ont dit la vérité, vous n'êtes pas demeurés dans la vérité, et que vous avez mieux aimé les ténèbres

que la lumière. Car vous avez appris de Vasquez
« que c'est une opinion païenne, et non pas
« chrétienne, de dire qu'on puisse donner un
« coup de bâton à celui qui a donné un soufflet :
« que c'est ruiner le Décalogue et l'Évangile, de
« dire qu'on puisse tuer pour ce sujet, et que
« les plus scélérats d'entre les hommes le re-
« connoissent. » Et cependant vous avez souffert
que, contre ces vérités connues, Lessius, Escobar et les autres aient décidé que toutes les
défenses que Dieu a faites de l'homicide n'empêchent point qu'on ne puisse tuer pour un
soufflet. A quoi sert-il donc maintenant de produire ce passage de Vasquez contre le sentiment
de Lessius, sinon pour montrer que Lessius est
un *païen et un scélérat*, selon Vasquez? et c'est
ce que je n'osois dire. Qu'en peut-on conclure,
si ce n'est que Lessius *ruine le Décalogue et
l'Évangile* : qu'au dernier jour Vasquez condamnera Lessius sur ce point, comme Lessius condamnera Vasquez sur un autre, et que tous vos
auteurs s'élèveront en jugement les uns contre
les autres pour se condamner réciproquement
dans leurs effroyables excès contre la loi de Jésus-
Christ ?

Concluons donc, mes pères, que puisque
votre probabilité rend les bons sentiments de
quelques-uns de vos auteurs inutiles à l'Église,
et utiles seulement à votre politique, ils ne servent qu'à nous montrer, par leur contrariété, la
duplicité de votre cœur, que vous nous avez par-

faitement découverte, en nous déclarant d'une
part que Vasquez et Suarez sont contraires à
l'homicide; et de l'autre que plusieurs auteurs
célèbres sont pour l'homicide : afin d'offrir deux
chemins aux hommes, en détruisant la simplicité de l'esprit de Dieu, qui maudit ceux qui sont
doubles de cœur, et qui se préparent deux voies,
væ duplici corde, et ingredienti duabus viis!
(Eccl. 2, 14.)

QUATORZIÈME LETTRE.

On réfute par les saints pères les maximes des jésuites sur l'homicide. On répond en passant à quelques-unes de leurs calomnies, et on compare leur doctrine avec la forme qui s'observe dans les jugements criminels.

Du 23 octobre 1656.

MES RÉVÉRENDS PÈRES,

Si je n'avois qu'à répondre aux trois impostures qui restent sur l'homicide, je n'aurois pas besoin d'un long discours; et vous les verrez ici réfutées en peu de mots : mais comme je trouve bien plus important de donner au monde de l'horreur de vos opinions sur ce sujet que de justifier la fidélité de mes citations, je serai obligé d'employer la plus grande partie de cette lettre à la réfutation de vos maximes, pour vous représenter combien vous êtes éloignés des sentiments de l'Église, et même de la nature. Les permissions de tuer que vous accordez en tant de rencontres font paroître qu'en cette matière vous avez tellement oublié la loi de Dieu, et tellement éteint les lumières naturelles, que vous avez besoin qu'on vous remette dans les principes les plus simples de la religion et du sens commun; car qu'y a-t-il de plus naturel que ce sentiment? « Qu'un particulier n'a pas

« droit sur la vie d'un autre. Nous en sommes
« tellement instruits de nous-mêmes, dit saint
« Chrysostôme, que, quand Dieu a établi le pré-
« cepte de ne point tuer, il n'a pas ajouté que
« c'est à cause que l'homicide est un mal; parce,
« dit ce père, que la loi suppose qu'on a déjà
« appris cette vérité de la nature. »

Aussi ce commandement a été imposé aux
hommes dans tous les temps. L'Évangile a confirmé celui de la loi, et le Décalogue n'a fait
que renouveler celui que les hommes avoient
reçu de Dieu avant la loi, en la personne de Noé,
dont tous les hommes devoient naître; car dans
ce renouvellement du monde, Dieu dit à ce pa-
triarche : « Je demanderai compte aux hommes
« de la vie des hommes, et au frère de la vie de
« son frère. Quiconque versera le sang humain,
« son sang sera répandu; parce que l'homme est
« créé à l'image de Dieu. »

Cette défense générale ôte aux hommes tout
pouvoir sur la vie des hommes; et Dieu se l'est
tellement réservé à lui seul, que, selon la vérité chrétienne, opposée en cela aux fausses
maximes du paganisme, l'homme n'a pas même
pouvoir sur sa propre vie. Mais parce qu'il a
plu à sa providence de conserver les sociétés
des hommes, et de punir les méchants qui les
troublent, il a établi lui-même des lois pour
ôter la vie aux criminels; et ainsi ces meurtres,
qui seroient des attentats punissables sans son
ordre, deviennent des punitions louables par

son ordre, hors duquel il n'y a rien que d'injuste. C'est ce que saint Augustin a représenté admirablement au Livre 1 de la Cité de Dieu, ch. 21 : « Dieu, dit-il, a fait lui-même quelques « exceptions à cette défense générale de tuer, soit « par les lois qu'il a établies pour faire mourir « les criminels, soit par les ordres particuliers « qu'il a donnés quelquefois pour faire mourir « quelques personnes. Et quand on tue en ces « cas-là, ce n'est pas l'homme qui tue, mais Dieu, « dont l'homme n'est que l'instrument, comme « une épée entre les mains de celui qui s'en sert. « Mais si on excepte ces cas, quiconque tue se « rend coupable d'homicide. »

Il est donc certain, mes pères, que Dieu seul a le droit d'ôter la vie, et que néanmoins, ayant établi des lois pour faire mourir les criminels, il a rendu les rois ou les républiques dépositaires de ce pouvoir ; et c'est ce que saint Paul nous apprend, lorsque, parlant du droit que les souverains ont de faire mourir les hommes, il le fait descendre du ciel en disant « que ce n'est « pas en vain qu'ils portent l'épée, parce qu'ils « sont ministres de Dieu pour exécuter ses ven- « geances contre les coupables. » Rom. 13, 14.

Mais comme c'est Dieu qui leur a donné ce droit, il les oblige à l'exercer ainsi qu'il le feroit lui-même, c'est-à-dire avec justice, selon cette parole de saint Paul au même lieu : « Les princes « ne sont pas établis pour se rendre terribles « aux bons, mais aux méchants. Qui veut n'avoir

« point sujet de redouter leur puissance n'a qu'à
« bien faire; car ils sont ministres de Dieu pour
« le bien. » *Ibid.* 3. Et cette restriction rabaisse si
peu leur puissance, qu'elle la relève au contraire
beaucoup davantage; parce que c'est la rendre
semblable à celle de Dieu, qui est impuissant
pour faire le mal, et tout-puissant pour faire le
bien; et que c'est la distinguer de celle des démons, qui sont impuissants pour le bien, et
n'ont de puissance que pour le mal. Il y a seulement cette différence entre Dieu et les souverains, que Dieu étant la justice et la sagesse
même, il peut faire mourir sur-le-champ qui
il lui plaît, quand il lui plaît, et en la manière
qu'il lui plaît; car, outre qu'il est le maître souverain de la vie des hommes, il est sans doute
qu'il ne la leur ôte jamais ni sans cause, ni sans
connoissance, puisqu'il est aussi incapable d'injustice que d'erreur. Mais les princes ne peuvent
pas agir de la sorte, parce qu'ils sont tellement
ministres de Dieu, qu'ils sont hommes néanmoins, et non pas dieux. Les mauvaises impressions les pourroient surprendre, les faux
soupçons les pourroient aigrir, la passion les
pourroit emporter; et c'est ce qui les a engagés
eux-mêmes à descendre dans les moyens hu-
mains, et à établir dans leurs états des juges
auxquels ils ont communiqué ce pouvoir, afin
que cette autorité que Dieu leur a donnée ne
soit employée que pour la fin pour laquelle ils
l'ont reçue.

Concevez donc, mes pères, que, pour être
exempt d'homicide, il faut agir tout ensemble
et par l'autorité de Dieu, et selon la justice de
Dieu; et que, si ces deux conditions ne sont
jointes, on pèche, soit en tuant avec son autorité, mais sans justice; soit en tuant avec justice,
mais sans son autorité. De la nécessité de cette
union il arrive, selon saint Augustin, « que
« celui qui sans autorité tue un criminel, se
« rend criminel lui-même, par cette raison prin-
« cipale qu'il usurpe une autorité que Dieu ne
« lui a pas donnée; » et les juges au contraire,
qui ont cette autorité, sont néanmoins homicides, s'ils font mourir un innocent contre les
lois qu'ils doivent suivre.

Voilà, mes pères, les principes du repos et de
la sûreté publique, qui ont été reçus dans tous
les temps et dans tous les lieux, et sur lesquels
tous les législateurs du monde, sacrés et pro-
fanes, ont établi leurs lois, sans que jamais les
païens mêmes aient apporté d'exception à cette
règle, sinon lorsqu'on ne peut autrement éviter
la perte de la pudicité ou de la vie; parce qu'ils
ont pensé « qu'alors, comme dit Cicéron, les
« lois mêmes semblent offrir leurs armes à ceux
« qui sont dans une telle nécessité. »

Mais que, hors cette occasion, dont je ne parle
point ici, il y ait jamais eu de loi qui ait permis
aux particuliers de tuer, et qui l'ait souffert,
comme vous faites, pour se garantir d'un affront,
et pour éviter la perte de l'honneur, ou du bien,

quand on n'est point en même temps en péril de
la vie; c'est, mes pères, ce que je soutiens que
jamais les infidèles mêmes n'ont fait. Ils l'ont,
au contraire, défendu expressément; car la loi
des douze Tables de Rome portoit « qu'il n'est
« pas permis de tuer un voleur de jour, qui ne
« se défend point avec des armes. » Ce qui avoit
déjà été défendu dans l'Exode, c. 22. Et la loi
Furem, ad Legem Corneliam, qui est prise d'Ul-
pien, « défend de tuer même les voleurs de nuit
« qui ne nous mettent pas en péril de mort. »
Voyez-le dans Cujas, *in tit. dig. de Justit. et Jure,*
ad Leg. 3.

Dites-nous donc, mes pères, par quelle autorité vous permettez ce que les lois divines et
humaines défendent? et par quel droit Lessius
a pu dire, Liv. ii, c. 9, n. 66 et 72 : « L'Exode dé-
« fend de tuer les voleurs de jour, qui ne se
« défendent pas avec des armes, et on punit en
« justice ceux qui tueroient de cette sorte. Mais
« néanmoins on n'en seroit pas coupable en
« conscience, lorsqu'on n'est pas certain de
« pouvoir recouvrer ce qu'on nous dérobe, et
« qu'on est en doute, comme dit Sotus; parce
« qu'on n'est pas obligé de s'exposer au péril de
« perdre quelque chose pour sauver un voleur.
« Et tout cela est encore permis aux ecclésias-
« tiques mêmes. » Quelle étrange hardiesse ! La
loi de Moïse punit ceux qui tuent les voleurs,
lorsqu'ils n'attaquent pas notre vie, et la loi de
l'Évangile, selon vous, les absoudra ! Quoi ! mes

pères, Jésus-Christ est-il venu pour détruire la
loi, et non pas pour l'accomplir? « Les juges
« puniroient, dit Lessius, ceux qui tueroient
« en cette occasion ; mais on n'en seroit pas
« coupable en conscience. » Est-ce donc que la
morale de Jésus-Christ est plus cruelle et moins
ennemie du meurtre que celle des païens, dont
les juges ont pris ces lois civiles qui le condamnent? Les chrétiens font-ils plus d'état des biens
de la terre, ou font-ils moins d'état de la vie des
hommes que n'en ont fait les idolâtres et les
infidèles? Sur quoi vous fondez-vous, mes pères?
Ce n'est sur aucune loi expresse ni de Dieu, ni
des hommes, mais seulement sur ce raisonnement étrange : « Les lois, dites-vous, permet-
« tent de se défendre contre les voleurs et de
« repousser la force par la force. Or, la défense
« étant permise, le meurtre est aussi réputé
« permis, sans quoi la défense seroit souvent
« impossible. »

Cela est faux, mes pères, que la défense étant
permise, le meurtre soit aussi permis. C'est cette
cruelle manière de se défendre qui est la source
de toutes vos erreurs, et qui est appelée, par la
Faculté de Louvain, UNE DÉFENSE MEURTRIÈRE,
defensio occisiva, dans leur censure de la doctrine de votre père Lamy sur l'homicide. Je vous
soutiens donc qu'il y a tant de différence, selon
les lois, entre tuer et se défendre, que, dans
les mêmes occasions où la défense est permise,
le meurtre est défendu quand on n'est point

en péril de mort. Écoutez-le, mes pères, dans Cujas, au même lieu : « Il est permis de re- « pousser celui qui vient pour s'emparer de « notre possession, MAIS IL N'EST PAS PERMIS DE « LE TUER. » Et encore : « Si quelqu'un vient « pour nous frapper, et non pas pour nous tuer, « il est bien permis de le repousser, MAIS IL « N'EST PAS PERMIS DE LE TUER. »

Qui vous a donc donné le pouvoir de dire, comme font Molina, Reginaldus, Filiutius, Escobar, Lessius et les autres : « Il est permis « de tuer celui qui vient pour nous frapper? » Et ailleurs : « Il est permis de tuer celui qui « veut nous faire un affront, selon l'avis de tous « les casuistes, *ex sententiâ omnium*, » comme dit Lessius, n. 74. Par quelle autorité, vous qui n'êtes que des particuliers, donnez-vous ce pouvoir de tuer aux particuliers et aux religieux mêmes? Et comment osez-vous usurper ce droit de vie et de mort qui n'appartient essentielle- ment qu'à Dieu, et qui est la plus glorieuse marque de la puissance souveraine? C'est sur cela qu'il falloit répondre; et vous pensez y avoir satisfait en disant simplement dans votre treizième imposture, « que la valeur pour la- « quelle Molina permet de tuer un voleur qui « s'enfuit sans nous faire aucune violence n'est « pas aussi petite que j'ai dit, et qu'il faut qu'elle « soit plus grande que six ducats. » Que cela est foible, mes pères! Où voulez-vous la détermi- ner? A quinze ou seize ducats? Je ne vous en

ferai pas moins de reproches. Au moins vous ne
sauriez dire qu'elle passe la valeur d'un cheval;
car Lessius, Liv. ii, c. 9, n. 74, décide nettement
« qu'il est permis de tuer un voleur qui s'enfuit
« avec notre cheval. » Mais je vous dis de plus
que, selon Molina, cette valeur est déterminée
à six ducats, comme je l'ai rapporté : et si vous
n'en voulez pas demeurer d'accord, prenons un
arbitre que vous ne puissiez refuser. Je choisis
donc pour cela votre père Reginaldus, qui,
expliquant ce même lieu de Molina, L. xxi, n. 68,
déclare « que Molina y DÉTERMINE la valeur pour
« laquelle il n'est pas permis de tuer, à trois, ou
« quatre, ou cinq ducats. » Et ainsi, mes pères,
je n'aurai pas seulement Molina, mais encore
Reginaldus.

Il ne me sera pas moins, facile de réfuter
votre quatorzième imposture touchant la permission de « tuer un voleur qui nous veut ôter
« un écu, » selon Molina. Cela est si constant,
qu'Escobar vous le témoignera, tr. i, ex. 7,
n. 44, où il dit que « Molina détermine régu-
« lièrement la valeur pour laquelle on peut tuer,
« à un écu. » Aussi vous me reprochez seulement, dans la quatorzième imposture, que j'ai
supprimé les dernières paroles de ce passage :
« Que l'on doit garder en cela la modération
« d'une juste défense. » Que ne vous plaignez-
vous donc aussi de ce qu'Escobar ne les a point
exprimées? Mais que vous êtes peu fins! Vous
croyez qu'on n'entend pas ce que c'est, selon

vous, que se défendre. Ne savons-nous pas que c'est user *d'une défense meurtrière?* Vous voudriez faire entendre que Molina a voulu dire par là que quand on se trouve en péril de la vie en gardant son écu, alors on peut tuer, puisque c'est pour défendre sa vie. Si cela étoit vrai, mes pères, pourquoi Molina diroit-il, au même lieu, *qu'il est contraire en cela à Carrerus et Bald*, qui permettent de tuer pour sauver sa vie? Je vous déclare donc qu'il entend simplement que, si l'on peut sauver son écu sans tuer le voleur, on ne doit pas le tuer; mais que, si l'on ne peut le sauver qu'en tuant, encore même qu'on ne coure nul risque de la vie, comme si le voleur n'a point d'armes, qu'il est permis d'en prendre et de le tuer pour sauver son écu; et qu'en cela on ne sort point, selon lui, de la modération d'une juste défense. Et pour vous le montrer, laissez-le s'expliquer lui-même, t. IV, tr. 3, d. 11, n. 5 : « On ne laisse pas de demeurer « dans la modération d'une juste défense, quoi- « qu'on prenne des armes contre ceux qui n'en « ont point, ou qu'on en prenne de plus avan- « tageuses qu'eux. Je sais qu'il y en a qui sont « d'un sentiment contraire : mais je n'approuve « point leur opinion, même dans le tribunal « extérieur. »

Aussi, mes pères, il est constant que vos auteurs permettent de tuer pour la défense de son bien et de son honneur, sans qu'on soit en aucun péril de sa vie. Et c'est par ce même principe qu'ils autorisent les duels, comme je l'ai fait voir par tant de passages sur lesquels vous n'avez rien répondu. Vous n'attaquez dans vos écrits qu'un seul passage de votre père Layman, qui le permet, « lorsque autrement on seroit en péril de « perdre sa fortune ou son honneur : » et vous dites que j'ai supprimé ce qu'il ajoute, *que ce cas-là est fort rare.* Je vous admire, mes pères; voilà de plaisantes impostures que vous me reprochez. Il est bien question de savoir si ce cas-là est rare! il s'agit de savoir si le duel y est permis. Ce sont deux questions séparées. Layman, en qualité de casuiste, doit juger si le duel y est permis, et il déclare que oui. Nous jugerons bien sans lui si ce cas-là est rare, et nous lui déclarerons qu'il est fort ordinaire. Et si vous aimez mieux en croire votre bon ami Diana, il vous dira *qu'il est fort commun*, part. 5, tract. 14, *misc.* 2, *resol.* 99. Mais qu'il soit rare ou non, et que Layman suive en cela Navarre, comme vous le faites tant valoir, n'est-ce pas une chose abominable qu'il consente à cette opinion : Que, pour conserver un faux honneur, il soit permis en conscience d'accepter un duel, contre les édits de tous les états chrétiens, et contre tous les canons de l'Église, sans que vous ayez encore ici pour autoriser toutes ces maximes diaboliques, ni lois, ni canons, ni autorités de l'Écriture ou des pères, ni exemple d'aucun saint, mais seulement ce raisonnement impie : « L'honneur est « plus cher que la vie. Or, il est permis de tuer

« pour défendre sa vie. Donc il est permis de
« tuer pour défendre son honneur. » Quoi! mes
pères, parce que le déréglement des hommes
leur a fait aimer ce faux honneur plus que la
vie que Dieu leur a donnée pour le servir, il
leur sera permis de tuer pour le conserver! C'est
cela même qui est un mal horrible, d'aimer cet
honneur-là plus que la vie. Et cependant cette
attache vicieuse, qui seroit capable de souiller
les actions les plus saintes, si on les rapportoit
à cette fin, sera capable de justifier les plus criminelles, parce qu'on les rapporte à cette fin!

Quel renversement, mes pères! et qui ne voit
à quels excès il peut conduire? Car enfin il est
visible qu'il portera jusqu'à tuer pour les moindres choses, quand on mettra son honneur à les
conserver; je dis même jusqu'à tuer *pour une*
pomme. Vous vous plaindriez de moi, mes pères,
et vous diriez que je tire de votre doctrine des
conséquences malicieuses, si je n'étois appuyé
sur l'autorité du grave Lessius, qui parle ainsi,
n. 68 : « Il n'est pas permis de tuer pour con-
« server une chose de petite valeur, comme pour
« un écu, OU POUR UNE POMME, AUT PRO POMO,
« si ce n'est qu'il nous fût honteux de la perdre.
« Car alors on peut la reprendre, et même tuer,
« s'il est nécessaire, pour la ravoir, *et si opus*
« *est, occidere;* parce que ce n'est pas tant dé-
« fendre son bien que son honneur. » Cela est
net, mes pères. Et pour finir votre doctrine par
une maxime qui comprend toutes les autres,

écoutez celle-ci de votre père Héreau, qui l'avoit prise de Lessius : « Le droit de se défendre s'étend « à tout ce qui est nécessaire pour nous garder « de toute injure. »

Que d'étranges suites sont enfermées dans ce principe inhumain! et combien tout le monde est-il obligé de s'y opposer, et surtout les personnes publiques! Ce n'est pas seulement l'intérêt général qui les y engage, mais encore le leur propre, puisque vos casuistes cités dans mes lettres étendent leurs permissions de tuer jusqu'à eux. Et ainsi les factieux qui craindront la punition de leurs attentats, lesquels ne leur paroissent jamais injustes, se persuadant aisément qu'on les opprime par violence, croiront en même temps « que le droit de se défendre s'étend « à tout ce qui leur est nécessaire pour se gar-« der de toute injure. » Ils n'auront plus à vaincre les remords de la conscience, qui arrêtent la plupart des crimes dans leur naissance, et ils ne penseront plus qu'à surmonter les obstacles du dehors.

Je n'en parlerai point ici, mes pères, non plus que des autres meurtres que vous avez permis, qui sont encore plus abominables et plus importants aux états que tous ceux-ci, dont Lessius traite si ouvertement dans les Doutes quatre et dix, aussi-bien que tant d'autres de vos auteurs. Il seroit à désirer que ces horribles maximes ne fussent jamais sorties de l'enfer; et que le diable, qui en est le premier auteur,

n'eût jamais trouvé des hommes assez dévoués à
ses ordres pour les publier parmi les chrétiens.

Il est aisé de juger par tout ce que j'ai dit jusqu'ici combien le relâchement de vos opinions
est contraire à la sévérité des lois civiles, et
même païennes. Que ce sera-ce donc si on les
compare avec les lois ecclésiastiques, qui doivent
être incomparablement plus saintes, puisqu'il
n'y a que l'Église qui connoisse et qui possède
la véritable sainteté? Aussi cette chaste épouse
du fils de Dieu qui, à l'imitation de son époux,
sait bien répandre son sang pour les autres,
mais non pas répandre pour elle celui des
autres, a pour le meurtre une horreur toute
particulière, et proportionnée aux lumières particulières que Dieu lui a communiquées. Elle
considère les hommes non-seulement comme
hommes, mais comme images du Dieu qu'elle
adore. Elle a pour chacun d'eux un saint respect
qui les lui rend tous vénérables, comme ra-
chetés d'un prix infini, pour être faits les tem-
ples du Dieu vivant. Et ainsi elle croit que la
mort d'un homme que l'on tue sans l'ordre de
son Dieu n'est pas seulement un homicide, mais
un sacrilége qui la prive d'un de ses membres;
puisque, soit qu'il soit fidèle, soit qu'il ne le
soit pas, elle le considère toujours, ou comme
étant l'un de ses enfants, ou comme étant capable de l'être.

Ce sont, mes pères, ces raisons toutes saintes
qui, depuis que Dieu s'est fait homme pour le

salut des hommes, ont rendu leur condition si
considérable à l'Église, qu'elle a toujours puni
l'homicide qui les détruit comme un des plus
grands attentats qu'on puisse commettre contre
Dieu. Je vous en rapporterai quelques exemples
non pas dans la pensée que toutes ces sévérités
doivent être gardées ; je sais que l'Église peut
disposer diversement de cette discipline extérieure, mais pour faire entendre quel est son
esprit immuable sur ce sujet. Car les pénitences
qu'elle ordonne pour le meurtre peuvent être
différentes selon la diversité des temps ; mais
l'horreur qu'elle a pour le meurtre ne peut jamais changer par le changement des temps.

L'Église a été long-temps à ne réconcilier
qu'à la mort ceux qui étoient coupables d'un
homicide volontaire, tels que sont ceux que
vous permettez. Le célèbre concile d'Ancyre les
soumet à la pénitence durant toute leur vie : et
l'Église a cru depuis être assez indulgente envers eux en réduisant ce temps à un très-grand
nombre d'années. Mais, pour détourner encore
davantage les chrétiens des homicides volontaires, elle a puni très-sévèrement ceux mêmes
qui étoient arrivés par imprudence, comme on
peut voir dans saint Basile, dans saint Grégoire
de Nysse, dans les décrets du pape Zacharie et
d'Alexandre II. Les canons rapportés par Isaac,
évêque de Langres, t. II, c. 13, « ordonnent sept
« ans de pénitence pour avoir tué en se dé-
« fendant. » Et on voit que saint Hildebert,

évêque du Mans, répondit à Yves de Chartres :
« Qu'il a eu raison d'interdire un prêtre pour
« toute sa vie, qui, pour se défendre, avoit tué
« un voleur d'un coup de pierre. »

N'ayez donc plus la hardiesse de dire que vos
décisions sont conformes à l'esprit et aux canons de l'Église. On vous défie d'en montrer
aucun qui permette de tuer pour défendre son
bien seulement : car je ne parle pas des occasions où l'on auroit à défendre aussi sa vie,
se suaque liberando : vos propres auteurs confessent qu'il n'y en a point, comme entre autres
votre père Lamy, tr. 5, disp. 36, num. 136,
« Il n'y a, dit-il, aucun droit divin ni humain
« qui permette expressément de tuer un voleur
« qui ne se défend pas. » Et c'est néanmoins.ce
que vous permettez expressément. On vous défie
d'en montrer aucun qui permette de tuer pour
l'honneur, pour un soufflet, pour une injure
et une médisance. On vous défie d'en montrer
aucun qui permette de tuer les témoins, les
juges et les magistrats, quelque injustice qu'on
en appréhende. L'esprit de l'Église est entièrement éloigné de ces maximes séditieuses qui
ouvrent la porte aux soulèvements auxquels les
peuples sont si naturellement portés. Elle a toujours enseigné à ses enfants qu'on ne doit point
rendre le mal pour le mal : qu'il faut céder à la
colère : ne point résister à la violence : rendre à
chacun ce qu'on lui doit, honneur, tribut, soumission : obéir aux magistrats et aux supérieurs,

même injustes ; parce qu'on doit toujours respecter en eux la puissance de Dieu qui les a
établis sur nous. Elle leur défend encore plus
fortement que les lois civiles de se faire justice
à eux-mêmes ; et c'est par son esprit que les rois
chrétiens ne se la font pas dans les crimes mêmes
de lèse-majesté au premier chef, et qu'ils re-
mettent les criminels entre les mains des juges
pour les faire punir selon les lois et dans les
formes de la justice, qui sont si contraires à
votre conduite, que l'opposition qui s'y trouve
vous fera rougir. Car, puisque ce discours m'y
porte, je vous prie de suivre cette comparaison
entre la manière dont on peut tuer ses ennemis,
selon vous, et celle dont les juges font mourir
les criminels.

Tout le monde sait, mes pères, qu'il n'est jamais permis aux particuliers de demander la
mort de personne ; et que, quand un homme
nous auroit ruinés, estropiés, brûlé nos mai-
sons, tué notre père, et qu'il se disposeroit encore à nous assassiner et à nous perdre d'honneur, on n'écouteroit point en justice la demande
que nous ferions de sa mort ; de sorte qu'il a
fallu établir des personnes publiques qui la demandent de la part du roi, ou plutôt de la part
de Dieu. A votre avis, mes pères, est-ce par gri-
mace et par feinte que les juges chrétiens ont
établi ce règlement ? Et ne l'ont-ils pas fait pour
proportionner les lois civiles à celles de l'Évangile ; de peur que la pratique extérieure de la

justice ne fût contraire aux sentiments intérieurs que des chrétiens doivent avoir? On voit assez combien ce commencement des voies de la justice vous confond; mais le reste vous accablera.

Supposez donc, mes pères, que ces personnes publiques demandent la mort de celui qui a commis tous ces crimes; que fera-t-on là-dessus? Lui portera-t-on incontinent le poignard dans le sein? Non, mes pères; la vie des hommes est trop importante, on y agit avec plus de respect: les lois ne l'ont pas soumise à toutes sortes de personnes, mais seulement aux juges dont on a examiné la probité et la naissance. Et croyez-vous qu'un seul suffise pour condamner un homme à mort? Il en faut sept pour le moins, mes pères. Il faut que de ces sept il n'y en ait aucun qui ait été offensé par le criminel, de peur que la passion n'altère ou ne corrompe son jugement. Et vous savez, mes pères, qu'afin que leur esprit soit aussi plus pur, on observe encore de donner les heures du matin à ces fonctions : tant on apporte de soin pour les préparer à une action si grande, où ils tiennent la place de Dieu, dont ils sont les ministres, pour ne condamner que ceux qu'il condamne lui-même.

Et c'est pourquoi, afin d'y agir comme fidèles dispensateurs de cette puissance divine, d'ôter la vie aux hommes, ils n'ont la liberté de juger que selon les dépositions des témoins, et selon toutes les autres formes qui leur sont prescrites; ensuite desquelles ils ne peuvent en conscience prononcer que selon les lois, ni juger dignes de mort que ceux que les lois y condamnent. Et alors, mes pères, si l'ordre de Dieu les oblige d'abandonner au supplice le corps de ces misérables, le même ordre de Dieu les oblige de prendre soin de leurs âmes criminelles; et c'est même parce qu'elles sont criminelles qu'ils sont plus obligés à en prendre soin; de sorte qu'on ne les envoie à la mort qu'après leur avoir donné moyen de pourvoir à leur conscience. Tout cela est bien pur et bien innocent; et néanmoins l'Église abhorre tellement le sang, qu'elle juge encore incapables du ministère de ses autels ceux qui auroient assisté à un arrêt de mort, quoique accompagné de toutes ces circonstances si religieuses : par où il est aisé de concevoir quelle idée l'Église a de l'homicide.

Voilà, mes pères, de quelle sorte, dans l'ordre de la justice, on dispose de la vie des hommes : voyons maintenant comment vous en disposez. Dans vos nouvelles lois, il n'y a qu'un juge, et ce juge est celui-là même qui est offensé. Il est tout ensemble le juge, la partie et le bourreau. Il se demande à lui-même la mort de son ennemi, il l'ordonne, il l'exécute sur-le-champ; et sans respect ni du corps, ni de l'âme de son frère, il tue et damne celui pour qui Jésus-Christ est mort; et tout cela pour éviter un soufflet ou une médisance, ou une parole outrageuse, ou d'autres offenses semblables pour lesquelles un juge, qui a l'autorité légitime, seroit criminel d'avoir condamné à la mort ceux qui les auroient commises, parce que les lois sont très-éloignées de les y condamner. Et enfin, pour comble de ces excès, on ne contracte ni péché, ni irrégularité, en tuant de cette sorte sans autorité et contre les lois, quoiqu'on soit religieux, et même prêtre. Où en sommes-nous, mes pères? Sont-ce des religieux et des prêtres qui parlent de cette sorte? Sont-ce des chrétiens, sont-ce des turcs? sont-ce des hommes? sont-ce des démons? et sont-ce là des *mystères révélés par l'Agneau à ceux de sa Société*, ou des abominations suggérées par le Dragon à ceux qui suivent son parti?

Car enfin, mes pères, pour qui voulez-vous qu'on vous prenne? pour des enfants de l'Évangile, ou pour des ennemis de l'Évangile? On ne peut être que d'un parti ou de l'autre, il n'y a point de milieu. «Qui n'est point avec Jésus-«Christ est contre lui.» Ces deux genres d'hommes partagent tous les hommes. Il y a deux peuples et deux mondes répandus sur toute la terre, selon saint Augustin: le monde des enfants de Dieu, qui forme un corps, dont Jésus-Christ est le chef et le roi; et le monde ennemi de Dieu, dont le diable est le chef et le roi. Et c'est pourquoi Jésus-Christ est appelé le roi et le Dieu du monde; parce qu'il a partout des sujets et des adorateurs, et que le diable est aussi appelé dans l'Écriture le prince du monde et le Dieu de ce siècle, parce qu'il a partout des suppôts et des esclaves. Jésus-Christ a mis dans l'Église, qui est son empire, les lois qu'il lui a plu, selon sa sagesse éternelle; et le diable a mis dans le monde, qui est son royaume, les lois qu'il a voulu y établir. Jésus-Christ a mis l'honneur à souffrir; le diable à ne point souffrir. Jésus-Christ a dit à ceux qui reçoivent un soufflet, de tendre l'autre joue; et le diable a dit à ceux à qui on veut donner un soufflet de tuer ceux qui voudront leur faire cette injure. Jésus-Christ déclare heureux ceux qui participent à son ignominie, et le diable déclare malheureux ceux qui sont dans l'ignominie. Jésus-Christ dit : Malheur a vous, quand les hommes diront du bien de vous ! et le diable dit : Malheur à ceux dont le monde ne parle pas avec estime !

Voyez donc maintenant, mes pères, duquel de ces deux royaumes vous êtes. Vous avez ouï le langage de la ville de paix, qui s'appelle la Jérusalem mystique, et vous avéz ouï le langage de la ville de trouble, que l'Écriture appelle *la spirituelle Sodome :* lequel de ces deux langages entendez-vous? lequel parlez-vous? Ceux qui sont à Jésus-Christ ont les mêmes sentiments que Jésus-Christ, selon saint Paul; et ceux qui sont enfants du diable, *ex patre diabolo*, qui a été homicide dès le commencement du monde, suivent les maximes du diable, selon la parole de Jésus-Christ. Écoutons donc le langage de votre école, et demandons à vos auteurs : Quand on nous donne un soufflet, doit-on l'endurer plutôt que de tuer celui qui le veut donner? ou bien est-il permis de tuer pour éviter cet affront? *Il est permis*, disent Lessius, Molina, Escobar, Reginaldus, Filiutius, Baldellus et autres jésuites, *de tuer celui qui nous veut donner un soufflet*. Est-ce là le langage de Jésus-Christ? Répondez-nous encore. Seroit-on sans honneur en souffrant un soufflet, sans tuer celui qui l'a donné? « N'est-il pas véritable, dit Escobar, « que, tandis qu'un homme laisse vivre celui « qui lui a donné un soufflet, il demeure sans « honneur? » Oui, mes pères, *sans cet honneur* que le diable a transmis de son esprit superbe en celui de ses superbes enfants. C'est cet honneur qui a toujours été l'idole des hommes possédés par l'esprit du monde. C'est pour se conserver cette gloire, dont le démon est le véritable distributeur, qu'ils lui sacrifient leur vie par la fureur des duels à laquelle ils s'abandonnent, leur honneur par l'ignominie des supplices auxquels ils s'exposent, et leur salut par le péril de la damnation auquel ils s'engagent, et qui les a fait priver de la sépulture même par les canons ecclésiastiques. Mais on doit louer Dieu de ce qu'il a éclairé l'esprit du roi par des lumières plus pures que celles de votre théologie. Ses édits si sévères sur ce sujet n'ont pas fait que le duel fût un crime; ils n'ont fait que punir le crime qui est inséparable du duel. Il a arrêté, par la crainte de la rigueur de sa justice, ceux qui n'étoient pas arrêtés par la crainte de la justice de Dieu ; et sa piété lui a fait connoître que l'honneur des chrétiens consiste dans l'observation des ordres de Dieu et des règles du christianisme, et non pas dans ce fantôme d'honneur que vous prétendez, tout vain qu'il soit, être une excuse légitime pour les meurtres. Ainsi vos décisions meurtrières sont maintenant en aversion à tout le monde, et vous seriez mieux conseillés de changer de sentiments, si ce n'est par principe de religion, au moins par maxime de politique. Prévenez, mes pères, par une condamnation volontaire de ces opinions inhumaines, les mauvais effets qui en pourroient naître, et dont vous seriez responsables. Et pour concevoir plus d'horreur de l'homicide, souvenez-vous que le premier crime des hommes corrompus a été un homicide en la personne du premier juste ; que leur plus grand crime a été un homicide en la personne du chef de tous les justes ; et que l'homicide est le seul crime qui détruit tout ensemble l'état, l'Église, la nature et la piété.

P. S. Je viens de voir la réponse de votre apologiste à ma treizième lettre. Mais s'il ne répond pas mieux à celle-ci, qui satisfait à la plupart de ses difficultés, il ne méritera pas de réplique. Je le plains de le voir sortir à toute heure hors du sujet pour s'étendre en des calomnies et des injures contre les vivants et contre les morts. Mais, pour donner créance aux mémoires que vous lui fournissez, vous ne deviez pas lui faire désavouer publiquement une chose aussi publique qu'est le soufflet de Compiègne. Il est constant, mes pères, par l'aveu de l'offensé, qu'il a reçu sur sa joue un coup de la main d'un jésuite; et tout ce qu'ont pu faire vos amis a été de mettre en doute s'il l'a reçu de l'avant-main ou de l'arrière-main, et d'agiter la question si un coup de revers de la main sur la joue doit être appelé soufflet ou non. Je ne sais à qui il appartient d'en décider; mais je croirois cependant que c'est au moins un soufflet probable. Cela me met en sûreté de conscience.

QUINZIÈME LETTRE.

Que les jésuites ôtent la calomnie du nombre des crimes, et qu'ils ne font point de scrupule de s'en servir pour décrier leurs ennemis.

Du 25 novembre 1656.

MES RÉVÉRENDS PÈRES,

Puisque vos impostures croissent tous les jours, et que vous vous en servez pour outrager si cruellement toutes les personnes de piété qui sont contraires à vos erreurs, je me sens obligé, pour leur intérêt et pour celui de l'Eglise, de découvrir un mystère de votre conduite, que j'ai promis il y a long-temps, afin qu'on puisse reconnoître par vos propres maximes quelle foi l'on doit ajouter à vos accusations et à vos injures.

Je sais que ceux qui ne vous connoissent pas assez ont peine à se déterminer sur ce sujet; parce qu'ils se trouvent dans la nécessité ou de croire les crimes incroyables dont vous accusez vos ennemis, ou de vous tenir pour des imposteurs, ce qui leur paroît aussi incroyable. Quoi! disent-ils, si ces choses-là n'étoient, des religieux les publieroient-ils? et voudroient-ils renoncer à leur conscience, et se damner par ces calomnies? Voilà la manière dont ils raisonnent;

et ainsi les preuves visibles par lesquelles on ruine vos faussetés, rencontrant l'opinion qu'ils ont de votre sincérité, leur esprit demeure en suspens entre l'évidence et la vérité qu'ils ne peuvent démentir, et le devoir de la charité qu'ils appréhendent de blesser. De sorte que, comme la seule chose qui les empêche de rejeter vos médisances est l'estime qu'ils ont de vous, si on leur fait entendre que vous n'avez pas de la calomnie l'idée qu'ils s'imaginent que vous en avez, et que vous croyez pouvoir faire votre salut en calomniant vos ennemis, il est sans doute que le poids de la vérité les déterminera incontinent à ne plus croire vos impostures. Ce sera donc, mes pères, le sujet de cette lettre.

Je ne ferai pas voir seulement que vos écrits sont remplis de calomnies, je veux passer plus avant. On peut bien dire des choses fausses en les croyant véritables, mais la qualité de menteur enferme l'intention de mentir. Je ferai donc voir, mes pères, que votre intention est de mentir et de calomnier; et que c'est avec connoissance et avec dessein que vous imposez à vos ennemis des crimes dont vous savez qu'ils sont innocents; parce que vous croyez le pouvoir faire sans déchoir de l'état de grâce. Et quoique vous sachiez aussi bien que moi ce point de votre morale, je ne laisserai pas de vous le dire, mes pères, afin que personne n'en puisse douter, en voyant que je m'adresse à vous pour vous le soutenir à vous-mêmes, sans que vous puissiez

avoir l'assurance de le nier, qu'en confirmant
par ce désaveu même le reproche que je vous
en fais. Car c'est une doctrine si commune dans
vos écoles, que vous l'avez soutenue non-seulement dans vos livres, mais encore dans vos
thèses publiques, ce qui est de la dernière hardiesse; comme entre autres dans vos thèses de
Louvain de l'année 1645, en ces termes : « Ce
« n'est qu'un péché véniel de calomnier et d'im-
« poser de faux crimes pour ruiner de créance
« ceux qui parlent mal de nous. *Quidni non nisi*
« *veniale sit, detrahentis autoritatem magnam,*
« *tibi noxiam, falso crimine elidere?* » Et cette
doctrine est si constante parmi vous, que quiconque l'ose attaquer, vous le traitez d'ignorant
et de téméraire.

C'est ce qu'a éprouvé depuis peu le père Quiroga, capucin allemand, lorsqu'il voulut s'y
opposer. Car votre père Dicastillus l'entreprit
incontinent, et il parle de cette dispute en ces
termes, *de Just.* Liv. ii, tr. 2, disp. 12, n. 404 :
« Un certain religieux grave, pieds nus et enca-
« puchonné, *cucullatus gymnopoda*, que je ne
« nomme point, eut la témérité de décrier cette
« opinion parmi des femmes et des ignorants,
« et de dire qu'elle étoit pernicieuse et scanda-
« leuse contre les bonnes mœurs, contre la paix
« des états et des sociétés, et enfin contraire
« non-seulement à tous les docteurs catholiques,
« mais à tous ceux qui peuvent être catholiques.
« Mais je lui ai soutenu, comme je soutiens en-

« core, que la calomnie, lorsqu'on en use contre
« un calomniateur, quoiqu'elle soit un men-
« songe, n'est point néanmoins un péché mor-
« tel, ni contre la justice, ni contre la charité;
« et pour le prouver, je lui ai fourni en foule nos
« pères et les universités entières qui en sont
« composées, que j'ai tous consultés, et entre
« autres le révérend père Jean Gans, confesseur
« de l'empereur; le révérend père Daniel Bas-
« tèle, confesseur de l'archiduc Léopold; le père
« Henri, qui a été précepteur de ces deux princes;
« tous les professeurs publics et ordinaires de
« l'université de Vienne (toute composée de jé-
« suites); tous les professeurs de l'université de
« Grats (toute de jésuites); tous les professeurs
« de l'université de Prague (dont les jésuites sont
« les maîtres) : de tous lesquels j'ai en main
« les approbations de mon opinion, écrites et
« signées de leur main : outre que j'ai encore
« pour moi le père de Pennalossa, jésuite, pré-
« dicateur de l'empereur et du roi d'Espagne; le
« père Pilliceroli, jésuite, et bien d'autres qui
« avoient tous jugé cette opinion probable avant
« notre dispute. » Vous voyez bien, mes pères,
qu'il y a peu d'opinions que vous ayez pris si à
tâche d'établir, comme il y en avoit peu dont
vous eussiez tant de besoin. Et c'est pourquoi
vous l'avez tellement autorisée, que les casuistes
s'en servent comme d'un principe indubitable.
« Il est constant, dit Caramuel, n. 1151, p. 550,
« que c'est une opinion probable qu'il n'y a point

« de péché mortel à calomnier faussement pour
« conserver son honneur. Car elle est soutenue
« par plus de vingt docteurs graves, par Gaspar
« Hurtado et Dicastillus, jésuites, etc.; de sorte
« que, si cette doctrine n'étoit probable, à peine
« y en auroit-il aucune qui le fût en toute la
« théologie. »

O théologie abominable et si corrompue en
tous ses chefs, que si, selon ses maximes, il
n'étoit probable et sûr en conscience qu'on peut
calomnier sans crime pour conserver son honneur, à peine y auroit-il aucune de ces décisions
qui fût sûre! Qu'il est vraisemblable, mes pères,
que ceux qui tiennent ce principe le mettent
quelquefois en pratique! L'inclination corrompue des hommes s'y porte d'elle-même avec tant
d'impétuosité, qu'il est incroyable qu'en levant
l'obstacle de la conscience, elle ne se répande
avec toute sa véhémence naturelle. En voulez-
vous un exemple? Caramuel vous le donnera au
même lieu : « Cette maxime, dit-il, du père Di-
« castillus, jésuite, touchant la calomnie, ayant
« été enseignée par une comtesse d'Allemagne
« aux filles de l'impératrice, la créance qu'elles
« eurent de ne pécher au plus que véniellement
« par des calomnies en fit tant naître en peu de
« jours, et tant de médisances, et tant de faux
« rapports, que cela mit toute la cour en com-
« bustion et en alarme. Car il est aisé de s'ima-
« giner l'usage qu'elles en surent faire : de sorte
« que, pour apaiser ce tumulte, on fut obligé

« d'appeler un bon père capucin d'une vie exem-
« plaire, nommé le père Quiroga (et ce fut sur
« quoi le père Dicastillus le querella tant), qui
« vint leur déclarer que cette maxime étoit très-
« pernicieuse, principalement parmi les femmes,
« et il eut un soin particulier de faire que l'impé-
« ratrice en abolît tout-à-fait l'usage. » On ne
doit pas être surpris des mauvais effets que
causa cette doctrine. Il faudroit admirer au contraire qu'elle ne produisît pas cette licence.
L'amour-propre nous persuade toujours assez
que c'est avec injustice qu'on nous attaque; et à
vous principalement, mes pères, que la vanité
aveugle de telle sorte, que vous voulez faire
croire en tous vos écrits que c'est blesser l'honneur de l'Église que de blesser celui de votre Société. Et ainsi, mes pères, il y auroit lieu de
trouver étrange que vous ne missiez pas cette
maxime en pratique. Car il ne faut plus dire de
vous comme font ceux qui ne vous connoissent
pas : Comment ces bons pères voudroient-ils calomnier leurs ennemis, puisqu'ils ne le pourroient faire que par la perte de leur salut? Mais
il faut dire au contraire : Comment ces bons
pères voudroient-ils perdre l'avantage de décrier
leurs ennemis, puisqu'ils le peuvent faire sans
hasarder leur salut? Qu'on ne s'étonne donc
plus de voir les jésuites calomniateurs : ils le
sont en sûreté de conscience, et rien ne les en
peut empêcher; puisque, par le crédit qu'ils
ont dans le monde, ils peuvent calomnier sans

craindre la justice des hommes, et que, par celui qu'ils se sont donné sur les cas de conscience, ils ont établi des maximes pour le pouvoir faire sans craindre la justice de Dieu.

Voilà, mes pères, la source d'où naissent tant de noires impostures. Voilà ce qui en a fait répandre à votre père Brisacier, jusqu'à s'attirer la censure de feu M. l'archevêque de Paris. Voilà ce qui a porté votre père d'Anjou à décrier en pleine chaire, dans l'église de Saint-Benoît, à Paris, le 8 mars 1655, les personnes de qualité qui recevoient les aumônes pour les pauvres de Picardie et de Champagne, auxquelles ils contribuoient tant eux-mêmes; et de dire par un mensonge horrible et capable de faire tarir ces charités, si on eût eu quelque créance en vos impostures, « qu'il savoit de science certaine que ces per- « sonnes avoient détourné cet argent pour l'em- « ployer contre l'Église et contre l'état : » ce qui obligea le curé de cette paroisse, qui est un docteur de Sorbonne, de monter le lendemain en chaire pour démentir ces calomnies. C'est par ce même principe que votre père Crasset a tant prêché d'impostures dans Orléans, qu'il a fallu que M. l'évêque d'Orléans l'ait interdit comme un imposteur public, par son mandement du 9 septembre dernier, où il déclare « qu'il défend « à frère Jean Crasset, prêtre de la Compagnie « de Jésus, de prêcher dans son diocèse; et à « tout son peuple de l'ouïr, sous peine de se « rendre coupable d'une désobéissance mortelle,

« sur ce qu'il a appris que ledit Crasset avoit fait
« un discours en chaire rempli de faussetés et de
« calomnies contre les ecclésiastiques de cette
« ville, leur imposant faussement et malicieu-
« sement qu'ils soutenoient ces propositions hé-
« rétiques et impies : Que les commandements
« de Dieu sont impossibles; que jamais on ne
« résiste à la grâce intérieure; et que Jésus-Christ
« n'est pas mort pour tous les hommes, et autres
« semblables, condamnées par Innocent X. » Car
c'est là, mes pères, votre imposture ordinaire,
et la première que vous reprochez à tous ceux
qu'il vous est important de décrier. Et quoiqu'il
vous soit aussi impossible de le prouver de qui
que ce soit, qu'à votre père Crasset de ces ecclésiastiques d'Orléans, votre conscience néanmoins
demeure en repos : « parce que vous croyez que
« cette manière de calomnier ceux qui vous atta-
« quent est si certainement permise », que vous
ne craignez point de le déclarer publiquement
et à la vue de toute une ville.

En voici un insigne témoignage dans le démêlé
que vous eûtes avec M. Puys, curé de Saint-
Nisier, à Lyon; et comme cette histoire marque
parfaitement votre esprit, j'en rapporterai les
principales circonstances. Vous savez, mes pères,
qu'en 1649, M. Puys traduisit en françois un
excellent livre d'un autre père capucin, « tou-
« chant le devoir des chrétiens à leur paroisse
« contre ceux qui les en détournent, » sans user
d'aucune invective, et sans désigner aucun reli-

gieux, ni aucun ordre en particulier. Vos pères
néanmoins prirent cela pour eux; et sans avoir
aucun respect pour un ancien pasteur, juge en
la primatie de France, et honoré de toute la
ville, votre père Alby fit un livre sanglant contre
lui, que vous vendîtes vous-mêmes dans votre
propre église, le jour de l'Assomption, où il l'accusoit de plusieurs choses, et entre autres de
« s'être rendu scandaleux par ses galanteries, et
« d'être suspect d'impiété, d'être hérétique, ex-
« communié, et enfin digne du feu. » A cela
M. Puys répondit; et le père Alby soutint, par
un second livre, ses premières accusations. N'est-
il donc pas vrai, mes pères, ou que vous étiez
des calomniateurs, ou que vous croyiez tout cela
de ce bon prêtre; et qu'ainsi il falloit que vous
le vissiez hors de ses erreurs pour le juger digne
de votre amitié? Écoutez donc ce qui se passa
dans l'accommodement qui fut fait en présence
d'un grand nombre des premières personnes de
la ville, dont les noms sont au bas de cette
page (*), comme ils sont marqués dans l'acte

(*) M. de Ville, vicaire-général de M. le cardinal de Lyon;
M. Scarron, chanoine et curé de Saint-Paul; M. Margat,
chantre; MM. Bouvaud, Sève, Aubert et Dervieu, chanoines de Saint-Nisier; M. du Gué, président des trésoriers
de France; M. Groslier, prévôt des marchands; M. de Flé-
chère, président et lieutenant-général; MM. de Boissat, de
Saint-Romain et de Bartoly, gentilshommes; M. Bourgeois,
premier avocat du roi au bureau des trésoriers de France;
MM. de Cotton, père et fils; M. Boniel : qui ont tous

qui en fut dressé le 25 septembre 1650. Ce fut
en présence de tout ce monde que M. Puys ne
fit autre chose que déclarer « que ce qu'il avoit
« écrit ne s'adressoit point aux pères jésuites ;
« qu'il avoit parlé en général contre ceux qui
« éloignent les fidèles des paroisses, sans avoir
« pensé en cela attaquer la Société, et qu'au con-
« traire il l'honoroit avec amour. » Par ces seules
paroles, il revint de son apostasie, de ses scan-
dales et de son excommunication, sans rétrac-
tation et sans absolution ; et le père Alby lui dit
ensuite ces propres paroles : « Monsieur, la
« créance que j'ai eue que vous attaquiez la Com-
« pagnie, dont j'ai l'honneur d'être, m'a fait
« prendre la plume pour y répondre ; et j'ai cru
« que la manière dont j'ai usé m'étoit permise.
« Mais, connoissant mieux votre intention, je
« viens vous déclarer qu'il n'y a plus rien qui me
« puisse empêcher de vous tenir pour un homme
« d'esprit, très-éclairé, de doctrine profonde et
« orthodoxe, de mœurs irrépréhensibles, et en
« un mot, pour digne pasteur de votre église.
« C'est une déclaration que je fais avec joie, et
« je prie ces messieurs de s'en souvenir. »

Ils s'en sont souvenus, mes pères ; et on fut
plus scandalisé de la réconciliation que de la
querelle. Car qui n'admireroit ce discours du
père Alby ? Il ne dit pas qu'il vient se rétracter,

---

signé à l'original de la déclaration, avec M. Puys et le père
Alby.

parce qu'il a appris le changement des mœurs et de la doctrine de M. Puys; mais seulement « parce que, connoissant que son intention n'a « pas été d'attaquer votre Compagnie, il n'y a « plus rien qui l'empêche de le tenir pour catho- « lique. » Il ne croyoit donc pas qu'il fût héré- tique en effet? Et néanmoins, après l'en avoir accusé contre sa connoissance, il ne déclare pas qu'il a failli; mais il ose dire, au contraire, « qu'il croit que la manière dont il en a usé lui « étoit permise. »

A quoi songez-vous, mes pères, de témoigner ainsi publiquement que vous ne mesurez la foi et la vertu des hommes que par les sentiments qu'ils ont pour votre Société? Comment n'avez- vous point appréhendé de vous faire passer vous- mêmes, et par votre propre aveu, pour des im- posteurs et des calomniateurs? Quoi! mes pères, un même homme, sans qu'il se passe aucun changement en lui, selon que vous croyez qu'il honore ou qu'il attaque votre Compagnie, sera « pieux *ou* impie, irrépréhensible *ou* excommu- « nié, digne pasteur de l'Église *ou* digne d'être « mis au feu, et enfin catholique *ou* hérétique? » C'est donc une même chose dans votre langage d'attaquer votre Société et d'être hérétique? Voilà une plaisante hérésie, mes pères; et ainsi, quand on voit dans vos écrits que tant de personnes catholiques y sont appelées hérétiques; cela ne veut dire autre chose, sinon « que vous croyez « qu'ils vous attaquent. » Il est bon, mes pères,

qu'on entende cet étrange langage, selon lequel
il est sans doute que je suis un grand hérétique.
Aussi c'est en ce sens que vous me donnez si souvent ce nom. Vous ne me retranchez de l'Église
que parce que vous croyez que mes lettres vous
font tort; et ainsi il ne me reste pour devenir
catholique, ou que d'approuver les excès de votre
morale, ce que je ne pourrois faire sans renoncer à tout sentiment de piété; ou de vous persuader que je ne recherche en cela que votre
véritable bien; et il faudroit que vous fussiez
bien revenus de vos égarements pour le reconnoître. De sorte que je me trouve étrangement
engagé dans l'hérésie; puisque la pureté de ma
foi étant inutile pour me retirer de cette sorte
d'erreur, je n'en puis sortir, ou qu'en trahissant
ma conscience, ou qu'en réformant la vôtre.
Jusque-là je serai toujours un méchant et un
imposteur, et quelque fidèle que j'aie été à rapporter vos passages, vous irez crier partout :
« Qu'il faut être organe du démon pour vous im-
« puter *des choses dont il* n'y a marque ni ves-
« tige dans vos livres; » et vous ne ferez rien en
cela que de conforme à votre maxime et à votre
pratique ordinaire, tant le privilége que vous
avez de mentir a d'étendue. Souffrez que je vous
en donne un exemple que je choisis à dessein,
parce que je répondrai en même temps à la neu-
viéme de vos impostures; aussi-bien elles ne
méritent d'être réfutées qu'en passant.

Il y a dix à douze ans qu'on vous reprocha

cette maxime du père Bauny : « Qu'il est permis
« de rechercher directement, PRIMO ET PER SE,
« une occasion prochaine de pécher pour le bien
« spirituel ou temporel de nous ou de notre pro-
« chain, » part. 1, tr. 4, q. 14, p. 94, dont il apporte pour exemple ; « Qu'il est permis à chacun
« d'aller en des lieux publics pour convertir des
« femmes perdues, encore qu'il soit vraisem-
« blable qu'on y péchera, pour avoir déjà expé-
« rimenté souvent qu'on est accoutumé de se
« laisser aller au péché par les caresses de ces
« femmes. » Que répondit à cela votre père Caussin, en 1644, dans son Apologie pour la Compagnie de Jésus, page 128 ? « Qu'on voie l'endroit
« du père Bauny, qu'on lise la page, les marges,
« les avant-propos, les suites, tout le reste, et
« même tout le livre, on n'y trouvera pas un
« seul vestige de cette sentence, qui ne pourroit
« tomber que dans l'âme d'un homme extrême-
« ment perdu de conscience, et qui semble ne
« pouvoir être supposée que par l'organe du dé-
« mon. » Et votre père Pintereau, en même style,
première partie, page 24 : « Il faut être bien
« perdu de conscience pour enseigner une si dé-
« testable doctrine ; mais il faut être pire qu'un
« démon pour l'attribuer au père Bauny. Lec-
« teur, il n'y en a ni marque ni vestige dans tout
« son livre. » Qui ne croiroit que des gens qui
parlent de ce ton-là eussent sujet de se plaindre,
et qu'on auroit en effet imposé au père Bauny ?
Avez-vous rien assuré contre moi en de plus

forts termes? et comment oseroit-on s'imaginer
qu'un passage fût en mots propres au lieu même
où l'on le cite, quand on dit « qu'il n'y en a ni
« marque ni vestige dans tout le livre? »

En vérité, mes pères, voilà le moyen de vous
faire croire jusqu'à ce qu'on vous réponde; mais
c'est aussi le moyen de faire qu'on ne vous croie
jamais plus, après qu'on vous aura répondu.
Car il est si vrai que vous mentiez alors, que
vous ne faites aujourd'hui aucune difficulté
de reconnoître, dans vos réponses, que cette
maxime est dans le père Bauny, au lieu même
qu'on avoit cité : et ce qui est admirable, c'est
qu'au lieu qu'elle étoit *détestable* il y a douze
ans, elle est maintenant si innocente, que, dans
votre neuvième imposture, pag. 10, vous m'accusez « d'ignorance et de malice, de quereller le
« père Bauny sur une opinion qui n'est point
« rejetée dans l'école. » Qu'il est avantageux,
mes pères, d'avoir affaire à ces gens qui disent
le pour et le contre! Je n'ai besoin que de vous-
mêmes pour vous confondre. Car je n'ai à montrer que deux choses. L'une, que cette maxime
ne vaut rien; l'autre, qu'elle est du père Bauny;
et je prouverai l'un et l'autre par votre propre
confession. En 1644, vous avez reconnu qu'elle
est *détestable*; et en 1656, vous avouez qu'elle
est du père Bauny. Cette double reconnoissance
me justifie assez, mes pères; mais elle fait plus,
elle découvre l'esprit de votre politique. Car
dites-moi, je vous prie, quel est le but que vous

vous proposez dans vos écrits? Est-ce de parler
avec sincérité? Non, mes pères, puisque vos
réponses s'entre-détruisent. Est-ce de suivre la
vérité de la foi? Aussi peu, puisque vous auto-
risez une maxime qui est *détestable* selon vous-
mêmes. Mais considérons que, quand vous avez
dit que cette maxime est *détestable*, vous avez
nié en même temps qu'elle fût du père Bauny;
et ainsi il étoit innocent : et quand vous avouez
qu'elle est de lui, vous soutenez en même temps
qu'elle est bonne; et ainsi il est innocent encore.
De sorte que, l'innocence de ce père étant la
seule chose commune à vos deux réponses, il
est visible que c'est aussi la seule chose que vous
y recherchez, et que vous n'avez pour objet que
la défense de vos pères, en disant d'une même
maxime, qu'elle est dans vos livres et qu'elle n'y
est pas; qu'elle est bonne et qu'elle est mauvaise : non pas selon la vérité, qui ne change
jamais, mais selon votre intérêt, qui change à
toute heure. Que ne pourrois-je vous dire là-
dessus? car vous voyez bien que cela est convaincant. Cependant rien ne vous est plus ordinaire. Et, pour en omettre une infinité d'exemples, je crois que vous vous contenterez que je
vous en rapporte encore un.

On vous a reproché en divers temps une autre
proposition du même père Bauny, tr. 4, quest.
22, pag. 100 : « On ne doit dénier ni différer l'ab-
« solution à ceux qui sont dans les habitudes
« de crimes contre la loi de Dieu, de nature et

« de l'Église, encore qu'on n'y voie aucune es-
« pérance d'amendement : *etsi emendationis fu-
« turæ spes nulla appareat.* » Je vous prie sur
cela, mes pères, de me dire lequel y a le mieux
répondu, selon votre goût, ou de votre père
Pintereau, ou de votre père Brisacier, qui défendent le père Bauny en vos deux manières : l'un
en condamnant cette proposition, mais en désa-
vouant aussi qu'elle soit du père Bauny : l'autre,
en avouant qu'elle est du père Bauny, mais en
la justifiant en même temps? Écoutez-les donc
discourir. Voici le père Pintereau, p. 18 : « Qu'ap-
« pelle-t-on franchir les bornes de toute pudeur,
« et passer au-delà de toute impudence, sinon
« d'imputer au père Bauny, comme une chose
« avérée, une si damnable doctrine? Jugez, lec-
« teur, de l'indignité de cette calomnie, et voyez
« à qui les jésuites ont affaire, et si l'auteur
« d'une si noire supposition ne doit pas passer
« désormais pour le truchement du père des
« mensonges. » Et voici maintenant votre père
Brisacier, 4ᵉ p., pag. 21 : « En effet, le père Bauny
« dit ce que vous rapportez. » (C'est démentir le
père Pintereau bien nettement.) « Mais, ajoute-
« t-il, pour justifier le père Bauny, vous qui
« reprenez cela, attendez, quand un pénitent
« sera à vos pieds, que son ange gardien hypo-
« thèque tous les droits qu'il a au ciel pour être
« sa caution. Attendez que Dieu le père jure par
« son chef que David a menti, quand il a dit,
« par le Saint-Esprit, que tout homme est men-

« teur, trompeur et fragile ; et que ce pénitent
« ne soit plus menteur, fragile, changeant, ni
« pécheur comme les autres ; et vous n'appli-
« querez le sang de Jésus-Christ sur personne. »

Que vous semble-t-il, mes pères, de ces expressions extravagantes et impies, que, s'il falloit
attendre *qu'il y eût quelque espérance d'amendement* dans les pécheurs pour les absoudre, il
faudroit attendre *que Dieu le père jurât par son
chef* qu'ils ne tomberoient jamais plus ? Quoi,
mes pères ! n'y a-t-il point de différence entre
l'*espérance* et la *certitude ?* Quelle injure est-ce
faire à la grâce de Jésus-Christ de dire qu'il est
si peu possible que les chrétiens sortent jamais
des crimes contre la loi de Dieu, de nature et de
l'Église, qu'on ne pourroit l'espérer *sans que le
Saint-Esprit eût menti :* de sorte que, selon vous,
si on ne donnoit l'absolution à ceux *dont on n'espère aucun amendement,* le sang de Jésus-Christ
demeureroit inutile, et on ne l'*appliqueroit jamais
sur personne ?* A quel état, mes pères, vous réduit le désir immodéré de conserver la gloire de
vos auteurs, puisque vous ne trouvez que deux
voies pour les justifier, l'imposture ou l'impiété ;
et qu'ainsi la plus innocente manière de vous
défendre est de désavouer hardiment les choses
les plus évidentes !

De là vient que vous en usez si souvent. Mais
ce n'est pas encore là tout ce que vous savez
faire. Vous forgez des écrits pour rendre vos
ennemis odieux, comme *la Lettre d'un ministre*

à M. Arnauld, que vous débitâtes dans tout Paris, pour faire croire que le livre de la fréquente communion, approuvé par tant d'évêques et tant de docteurs, mais qui, à la vérité, vous étoit un peu contraire, avoit été fait par une intelligence secrète avec les ministres de Charenton. Vous attribuez d'autres fois à vos adversaires des écrits pleins d'impiété, comme *la Lettre circulaire des jansénistes*, dont le style impertinent rend cette fourbe trop grossière, et découvre trop clairement la malice ridicule de votre père Meinier, qui ose s'en servir, page 28, pour appuyer ses plus noires impostures. Vous citez quelquefois des livres qui ne furent jamais au monde, comme *les Constitutions du Saint-Sacrement*, d'où vous rapportez des passages que vous fabriquez à plaisir, et qui font dresser les cheveux à la tête des simples, qui ne savent pas quelle est votre hardiesse à inventer et publier les mensonges. Car il n'y a sorte de calomnie que vous n'ayez mise en usage. Jamais la maxime qui l'excuse ne pouvoit être en meilleure main.

Mais celles-là sont trop aisées à détruire; et c'est pourquoi vous en avez de plus subtiles, où vous ne particularisez rien, afin d'ôter toute prise et tout moyen d'y répondre; comme quand le père Brisacier dit : « Que ses ennemis com-« mettent des crimes abominables, mais qu'il « ne les veut pas rapporter. » Ne semble-t-il pas qu'on ne peut convaincre d'imposture un

reproche si indéterminé? Un habile homme néanmoins en a trouvé le secret, et c'est encore un
capucin, mes pères. Vous êtes aujourd'hui malheureux en capucins, et je prévois qu'une autre
fois vous le pourriez bien être en bénédictins.
Ce capucin s'appelle le père Valérien, de la maison des comtes de Magnis. Vous apprendrez par
cette petite histoire comment il répondit à vos
calomnies. Il avoit heureusement réussi à la con-
version du prince Ernest, landgrave de Hesse-
Rheinsfelt (*). Mais vos pères, comme s'ils eussent eu quelque peine de voir convertir un prince
souverain sans les y appeler, firent incontinent
un livre contre lui (car vous persécutez les gens
de bien partout), où, falsifiant un de ses passages, ils lui imputent une doctrine *hérétique*.
Ils firent aussi courir une lettre contre lui, où
ils lui disoient : « O que nous avons de choses
« à découvrir, *sans dire quoi,* dont vous serez
« bien affligé! Car si vous n'y donnez ordre, nous
« serons obligés d'en avertir le pape et les car-
« dinaux. » Cela n'est pas maladroit; et je ne
doute point, mes pères, que vous ne leur parliez
ainsi de moi : mais prenez garde de quelle sorte
il y répond dans son livre imprimé à Prague

(*) Il y avoit, dans les premières éditions, « du landgrave de Darmstat; » mais c'est une faute. Il faut « le landgrave de Hesse-Rheinsfelt »; car le prince Ernest, landgrave
de Hesse, de la conversion duquel il s'agit ici, n'étoit pas
de la maison de Hesse-Darmstat, mais fils du prince Mau-
rice, landgrave de Hesse.

l'année dernière, pag. 112 et suiv. « Que ferai-je,
« dit-il, contre ces injures vagues et indétermi-
« nées? Comment convaincrai-je des reproches
« qu'on n'explique point? En voici néanmoins
« le moyen. C'est que je déclare hautement et
« publiquement à ceux qui me menacent que ce
« sont des imposteurs insignes, et de très-ha-
« biles et très-impudents menteurs, s'ils ne dé-
« couvrent ces crimes à toute la terre. Paroissez
« donc, mes accusateurs, et publiez ces choses
« sur les toits, au lieu que vous les avez dites à
« l'oreille, et que vous avez menti en assurance
« en les disant à l'oreille. Il y en a qui s'imagi-
« nent que ces disputes sont scandaleuses. Il est
« vrai que c'est exciter un scandale horrible que
« de m'imputer un crime tel que l'hérésie, et de
« me rendre suspect de plusieurs autres. Mais je
« ne fais que remédier à ce scandale en soutenant
« mon innocence. »

En vérité, mes pères, vous voilà mal menés,
et jamais homme n'a été mieux justifié. Car il a
fallu que les moindres apparences de crime vous
aient manqué contre lui, puisque vous n'avez
point répondu à un tel défi. Vous avez quelquefois de fâcheuses rencontres à essuyer, mais cela
ne vous rend pas plus sages. Car quelque temps
après vous l'attaquâtes encore de la même sorte
sur un autre sujet, et il se défendit aussi de
même, page 151, en ces termes : « Ce genre
« d'hommes qui se rend insupportable à toute la
« chrétienté aspire, sous le prétexte des bonnes

« œuvres, aux grandeurs et à la domination, en
« détournant à leurs fins presque toutes les
« lois divines, humaines, positives et naturelles.
« Ils attirent, ou par leur doctrine, ou par
« crainte, ou par espérance, tous les grands de
« la terre, de l'autorité desquels ils abusent pour
« faire réussir leurs détestables intrigues. Mais
« leurs attentats, quoique si criminels, ne sont
« ni punis, ni arrêtés : ils sont récompensés
« au contraire, et ils les commettent avec la
« même hardiesse que s'ils rendoient un service
« à Dieu. Tout le monde le reconnoît, tout le
« monde en parle avec exécration ; mais il y en
« a peu qui soient capables de s'opposer à une si
« puissante tyrannie. C'est ce que j'ai fait néan-
« moins. J'ai arrêté leur impudence, et je l'ar-
« rêterai encore par le même moyen. Je déclare
« donc qu'ils ont menti très-impudemment,
« MENTIRIS IMPUDENTISSIMÈ. Si les choses qu'ils
« m'ont reprochées sont véritables, qu'ils les
« prouvent, ou qu'ils passent pour convaincus
« d'un mensonge plein d'impudence. Leur pro-
« cédé sur cela découvrira qui a raison. Je prie
« tout le monde de l'observer, et de remarquer
« cependant que ce genre d'hommes qui ne souf-
« frent pas la moindre des injures qu'ils peuvent
« repousser, font semblant de souffrir très-pa-
« tiemment celles dont ils ne se peuvent dé-
« fendre, et couvrent d'une fausse vertu leur
« véritable impuissance. C'est pourquoi j'ai voulu
« irriter plus vivement leur pudeur, afin que les

« plus grossiers reconnoissent que, s'ils se tai-
« sent, leur patience ne sera pas un effet de leur
« douceur, mais du trouble de leur conscience. »

Voilà ce qu'il dit, mes pères, et il finit ainsi :
« Ces gens-là, dont on sait les histoires par tout
« le monde, sont si évidemment injustes et si
« insolents dans leur impunité, qu'il faudroit
« que j'eusse renoncé à Jésus-Christ et à son
« Église, si je ne détestois leur conduite, et
« même publiquement, autant pour me justifier
« que pour empêcher les simples d'en être sé-
« duits. »

Mes révérends pères, il n'y a plus moyen de
reculer. Il faut passer pour des calomniateurs
convaincus, et recourir à votre maxime, que
cette sorte de calomnie n'est pas un crime. Ce
père a trouvé le secret de vous fermer la bouche :
c'est ainsi qu'il faut faire toutes les fois que vous
accusez les gens sans preuves. On n'a qu'à répondre à chacun de vous comme le père capucin, *mentiris impudentissimè*. Car que répondroit-
on autre chose, quand votre père Brisacier dit,
par exemple, que ceux contre qui il écrit « sont
« des portes d'enfer, des pontifes du diable, des
« gens déchus de la foi, de l'espérance et de la
« charité, qui bâtissent le trésor de l'antechrist ?
« Ce que je ne dis pas (ajoute-t-il) par forme
« d'injure, mais par la force de la vérité. » S'amu-
seroit-on à prouver qu'on n'est pas « porte d'en-
« fer, et qu'on ne bâtit pas le trésor de l'ante-
« christ ? »

Que doit-on répondre de même à tous les discours vagues de cette sorte, qui sont dans vos
livres et dans vos avertissements sur mes lettres?
par exemple: « Qu'on s'applique les restitutions,
« en réduisant les créanciers dans la pauvreté;
« qu'on a offert des sacs d'argent à de savants re-
« ligieux qui les ont refusés; qu'on donne des
« bénéfices pour faire semer des hérésies contre
« la foi; qu'on a des pensionnaires parmi les plus
« illustres ecclésiastiques et dans les cours sou-
« veraines; que je suis aussi pensionnaire de
« Port-Royal, et que je faisois des romans avant
« mes lettres, » moi qui n'en ai jamais lu aucun,
et qui ne sais pas seulement le nom de ceux qu'a
faits votre apologiste? Qu'y a-t-il à dire à tout
cela, mes pères, sinon, *mentiris impudentissimè*,
si vous ne marquez toutes ces personnes, leurs
paroles, le temps, le lieu? Car il faut se taire,
ou rapporter et prouver toutes les circonstances,
comme je fais quand je vous conte les histoires
du père Alby et de Jean d'Alba. Autrement, vous
ne ferez que vous nuire à vous-mêmes. Toutes
vos fables pouvoient peut-être vous servir avant
qu'on sût vos principes; mais à présent que
tout est découvert, quand vous penserez dire à
l'oreille « qu'un homme d'honneur qui désire
« cacher son nom vous a appris de terribles
« choses de ces gens-là, » on vous fera souvenir
incontinent du *mentiris impudentissimè* du bon
père capucin. Il n'y a que trop long-temps que
vous trompez le monde, et que vous abusez de

la créance qu'on avoit en vos impostures. Il est temps de rendre la réputation à tant de personnes calomniées. Car quelle innocence peut être si généralement reconnue, qu'elle ne souffre quelque atteinte par les impostures si hardies d'une Compagnie répandue par toute la terre, et qui sous des habits religieux couvre des âmes si irréligieuses, qu'ils commettent des crimes tels que la calomnie, non pas contre leurs maximes, mais selon leurs propres maximes? Ainsi l'on ne me blâmera point d'avoir détruit la créance qu'on pourroit avoir en vous; puisqu'il est bien plus juste de conserver à tant de personnes que vous avez décriées la réputation de piété qu'ils ne méritent pas de perdre, que de vous laisser la réputation de sincérité que vous ne méritez pas d'avoir. Et comme l'un ne se pouvoit faire sans l'autre, combien étoit-il important de faire entendre qui vous êtes! C'est ce que j'ai commencé de faire ici; mais il faut bien du temps pour achever. On le verra, mes pères, et toute votre politique ne vous en peut garantir, puisque les efforts que vous pourriez faire pour l'empêcher ne serviroient qu'à faire connoître aux moins clairvoyants que vous avez eu peur, et que votre conscience vous reprochant ce que j'avois à vous dire, vous avez tout mis en usage pour le prévenir.

SEIZIÈME LETTRE.

Calomnies horribles des jésuites contre de pieux ecclésiastiques
et de saintes religieuses.

Du 4 décembre 1656.

M es révérends pères,

Voici la suite de vos calomnies, où je répondrai d'abord à celles qui restent de vos *avertissements*. Mais comme tous vos autres livres en sont également remplis, ils me fourniront assez de matière pour vous entretenir sur ce sujet autant que je le jugerai nécessaire. Je vous dirai donc en un mot, sur cette fable que vous avez semée dans tous vos écrits contre M. d'Ypres, que vous abusez malicieusement de quelques paroles ambiguës d'une de ses lettres (*), qui, étant capables d'un bon sens, doivent être prises en bonne part, selon l'esprit de l'Église, et ne peuvent être prises autrement que selon l'esprit de votre Société. Car pourquoi voulez-vous qu'en disant à son ami, « Ne vous mettez pas tant en

---

(*) Ces lettres de Jansénius, évêque d'Ypres, furent d'abord imprimées par les jésuites, et depuis ce temps-là le père Gerberon les fit réimprimer dans les Pays-Bas, avec des notes très-curieuses.

« peine de votre neveu, je lui fournirai ce qui
« est nécessaire de l'argent qui est entre mes
« mains, » il ait voulu dire par là qu'il prenoit
cet argent pour ne le point rendre, et non pas
qu'il l'avançoit seulement pour le remplacer?
Mais ne faut-il pas que vous soyez bien impru-
dents d'avoir fourni vous-mêmes la conviction
de votre mensonge par les autres lettres de
M. d'Ypres que vous avez imprimées, qui marquent visiblement que ce n'étoit en effet que des
avances qu'il devoit remplacer? C'est ce qui paroît dans celle que vous rapportez, du 3o juillet
1619, en ces termes qui vous confondent : « Ne
« vous souciez pas DES AVANCES; il ne lui man-
« quera rien tant qu'il sera ici. » Et par celle du
6 janvier 1620, où il dit : « Vous avez trop de
« hâte, et quand il seroit question de rendre
« compte, le peu de crédit que j'ai ici me feroit
« trouver de l'argent au besoin. »

Vous êtes donc des imposteurs, mes pères,
aussi-bien sur ce sujet que sur votre conte ridicule du tronc de saint Merri. Car quel avantage
pouvez-vous tirer de l'accusation qu'un de vos
bons amis suscita à cet ecclésiastique que vous
voulez déchirer? Doit-on conclure qu'un homme
est coupable parce qu'il est accusé? Non, mes
pères. Des gens de piété comme lui pourront
toujours être accusés tant qu'il y aura au monde
des calomniateurs comme vous. Ce n'est donc
pas par l'accusation, mais par l'arrêt qu'il en
faut juger. Or, l'arrêt qui en fut rendu le 23 février

1656 le justifie pleinement ; outre que celui qui s'étoit engagé témérairement dans cette injuste procédure fut désavoué par ses collègues, et forcé lui-même à la rétracter. Et quant à ce que vous dites au même lieu de ce « fameux « directeur qui se fit riche en un moment de « neuf cent mille livres, » il suffit de vous renvoyer à MM. les curés de Saint-Roch et de Saint-Paul, qui rendront témoignage à tout Paris de son parfait désintéressement dans cette affaire, et de votre malice inexcusable dans cette imposture.

En voilà assez pour des faussetés si vaines. Ce ne sont là que des coups d'essai de vos novices, et non pas les coups d'importance de vos grands profès. J'y viens donc, mes pères ; je viens à cette calomnie, l'une des plus noires qui soient sorties de votre esprit. Je parle de cette audace insupportable avec laquelle vous avez osé imputer à de saintes religieuses et à leurs directeurs « de « ne pas croire le mystère de la transsubstantia-« tion, ni la présence réelle de Jésus-Christ dans « l'Eucharistie. » Voilà, mes pères, une imposture digne de vous. Voilà un crime que Dieu seul est capable de punir, comme vous seuls êtes capables de le commettre. Il faut être aussi humble que ces humbles calomniées pour le souffrir avec patience ; et il faut être aussi méchant que de si méchants calomniateurs pour le croire. Je n'entreprends donc pas de les en justifier ; elles n'en sont point suspectes. Si elles avoient besoin de défenseurs, elles en auroient de meilleurs que moi. Ce que j'en dirai ici ne sera pas pour montrer leur innocence, mais pour montrer votre malice. Je veux seulement vous en faire horreur à vous-mêmes, et faire entendre à tout le monde qu'après cela il n'y a rien dont vous ne soyez capables.

Vous ne manquerez pas néanmoins de dire que je suis de Port-Royal; car c'est la première chose que vous dites à quiconque combat vos excès; comme si on ne trouvoit qu'à Port-Royal des gens qui eussent assez de zèle pour défendre contre vous la pureté de la morale chrétienne. Je sais, mes pères, le mérite de ces pieux solitaires qui s'y étoient retirés, et combien l'Église est redevable à leurs ouvrages si édifiants et si solides. Je sais combien ils ont de piété et de lumières. Car encore que je n'aie jamais eu d'établissement avec eux, comme vous le voulez faire croire, sans que vous sachiez qui je suis, je ne laisse pas d'en connoître quelques-uns, et d'honorer la vertu de tous. Mais Dieu n'a pas renfermé dans ce nombre seul tous ceux qu'il veut opposer à vos désordres. J'espère avec son secours, mes pères, de vous le faire sentir; et s'il me fait la grâce de me soutenir dans le dessein qu'il me donne d'employer pour lui tout ce que j'ai reçu de lui, je vous parlerai de telle sorte, que je vous ferai peut-être regretter de n'avoir pas affaire à un homme de Port-Royal. Et pour vous le témoigner, mes pères, c'est qu'au lieu

que ceux que vous outragez par cette insigne
calomnie, se contentent d'offrir à Dieu leurs gé-
missements pour vous en obtenir le pardon, je
me sens obligé, moi qui n'ai point de part à
cette injure, de vous en faire rougir à la face de
toute l'Église, pour vous procurer cette confusion salutaire dont parle l'Écriture, qui est presque l'unique remède d'un endurcissement tel que
le vôtre : *Imple facies eorum ignominiâ, et quæ-*
rent nomen tuum, Domine.

Il faut arrêter cette insolence, qui n'épargne
point les lieux les plus saints. Car qui pourra
être en sûreté après une calomnie de cette nature? Quoi, mes pères! afficher vous-mêmes
dans Paris un livre si scandaleux avec le nom
de votre père Meynier à la tête, et sous cet infâme
titre : «Le Port-Royal et Genève d'intelligence
« contre le très-saint Sacrement de l'autel,» où
vous accusez de cette apostasie, non-seulement
M. l'abbé de Saint-Cyran et M. Arnauld, mais
aussi la mère Agnès sa sœur, et toutes les religieuses de ce monastère, dont vous dites, p. 96,
« que leur foi est aussi suspecte touchant l'Eu-
« charistie que celle de M. Arnauld,» lequel
vous soutenez, page 4, être «effectivement cal-
« viniste!» Je demande là-dessus à tout le monde
s'il y a dans l'Église des personnes sur qui vous
puissiez faire tomber un si abominable reproche
avec moins de vraisemblance? Car, dites-moi,
mes pères, si ces religieuses et leurs directeurs
étoient «d'intelligence avec Genève contre le

« très-saint Sacrement de l'autel » (ce qui est horrible à penser), pourquoi auroient-elles pris pour le principal objet de leur piété ce Sacrement qu'elles auroient en abomination? Pourquoi auroient-elles joint à leur règle l'institution du saint Sacrement? Pourquoi auroient-elles pris l'habit du saint Sacrement, pris le nom de Filles du saint Sacrement, appelé leur église l'Église du saint Sacrement? Pourquoi auroient-elles demandé et obtenu de Rome la confirmation de cette institution, et le pouvoir de dire tous les jeudis l'office du saint Sacrement, où la foi de l'Église est si parfaitement exprimée, si elles avoient conjuré avec Genève d'abolir cette foi de l'Église? Pourquoi se seroient-elles obligées, par une dévotion particulière, approuvée aussi par le pape, d'avoir sans cesse, nuit et jour, des religieuses en présence de cette sainte Hostie, pour réparer, par leurs adorations perpétuelles envers ce sacrifice perpétuel, l'impiété de l'hérésie qui l'a voulu anéantir? Dites-moi donc, mes pères, si vous le pouvez, pourquoi de tous les mystères de notre religion elles auroient laissé ceux qu'elles croient pour choisir celui qu'elles ne croient pas? et pourquoi elles se seroient dévouées d'une manière si pleine et si entière à ce mystère de notre foi, si elles le prenoient, comme les hérétiques, pour le mystère d'iniquité? Que répondez-vous, mes pères, à des témoignages si évidents, non pas seulement de paroles, mais d'actions; et non pas de

quelques actions particulières, mais de toute la
suite d'une vie entièrement consacrée à l'adoration de Jésus-Christ résidant sur nos autels? Que
répondez-vous de même aux livres que vous appelez de Port-Royal, qui sont tous remplis des
termes les plus précis, dont les pères et les conciles se soient servis pour marquer l'essence de
ce mystère? C'est une chose ridicule, mais horrible, de vous y voir répondre dans tout votre
libelle en cette sorte : M. Arnauld, dites-vous,
parle bien de *transsubstantiation*, mais il entend
peut-être *une transsubstantiation significative*. Il
témoigne bien croire la *présence réelle*; mais qui
nous a dit qu'il ne l'entend pas *d'une figure
vraie et réelle?* Où en sommes-nous, mes pères?
et qui ne ferez-vous point passer pour calviniste
quand il vous plaira, si on vous laisse la licence
de corrompre les expressions les plus cano-
niques et les plus saintes par les malicieuses
subtilités de vos nouvelles équivoques? Car qui
s'est jamais servi d'autres termes que de ceux-là,
et surtout dans de simples discours de piété, où
il ne s'agit point de controverses? Et cependant
l'amour et le respect qu'ils ont pour ce saint
mystère leur en a tellement fait remplir tous
leurs écrits, que je vous défie, mes pères, quelque artificieux que vous soyez, d'y trouver ni la
moindre apparence d'ambiguité, ni la moindre
convenance avec les sentiments de Genève.

Tout le monde sait, mes pères, que l'hérésie
de Genève consiste essentiellement, comme vous

le rapportez vous-mêmes, à croire que Jésus-Christ n'est point enfermé dans ce sacrement; qu'il est impossible qu'il soit en plusieurs lieux; qu'il n'est vraiment que dans le ciel, et que ce n'est que là où on le doit adorer, et non pas sur l'autel; que la substance du pain demeure; que le corps de Jésus-Christ n'entre point dans la bouche ni dans la poitrine; qu'il n'est mangé que par la foi, et qu'ainsi les méchants ne le mangent point; et que la messe n'est point un sacrifice, mais une abomination. Écoutez donc, mes pères, de quelle manière « Port-Royal est « d'intelligence avec Genève dans leurs livres. » On y lit, à votre confusion : « Que la chair et le « sang de Jésus-Christ sont contenus sous les « espèces du pain et du vin, » 2e lettre de M. Arnauld, p. 259 : « Que le Saint des saints est pré-« sent dans le sanctuaire, et qu'on l'y doit ado-« rer, » ibid. p. 243. Que Jésus-Christ « habite « dans les pécheurs qui communient, par la pré-« sence réelle et véritable de son corps dans leur « poitrine, quoique non par la présence de son « esprit dans leur cœur, » Fréq. Com. 3e part. chap. 16. « Que les cendres mortes des corps des « saints tirent leur principale dignité de cette « semence de vie qui leur reste de l'attouchement « de la chair immortelle et vivifiante de Jésus-« Christ, » 1re part. ch. 40. « Que ce n'est par « aucune puissance naturelle, mais par la toute-« puissance de Dieu, à laquelle rien n'est impos-« sible, que le corps de Jésus-Christ est renfermé

« sous l'hostie, et sous la moindre partie de
« chaque hostie, » Théolog. fam. leç. 15. « Que
« la vertu divine est présente pour produire l'ef-
« fet que les paroles de la consécration signi-
« fient, » *ibid*. « Que Jésus-Christ, qui est rabaissé
« et couché sur l'autel, est en même temps élevé
« dans sa gloire; qu'il est par lui-même et par sa
« puissance ordinaire, en divers lieux en même
« temps, au milieu de l'Église triomphante, et
« au milieu de l'Église militante et voyagère, »
de la Suspension, rais. 21. « Que les espèces sa-
« cramentales demeurent suspendues, et sub-
« sistent extraordinairement sans être appuyées
« d'aucun sujet; et que le corps de Jésus-Christ
« est aussi suspendu sous les espèces; qu'il ne
« dépend point d'elles, comme les substances
« dépendent des accidents, » *ibid*. 23. « Que la
« substance du pain se change en laissant les ac-
« cidents immuables, » Heures dans la prose du
saint Sacrement. « Que Jésus-Christ repose dans
« l'Eucharistie avec la même gloire qu'il a dans
« le ciel, » Lettres de M. de Saint-Cyran, tom. I,
let. 93. « Que son humanité glorieuse réside dans
« les tabernacles de l'Église, sous les espèces du
« pain qui le couvrent visiblement; et que, sa-
« chant que nous sommes grossiers, il nous con-
« duit ainsi à l'adoration de sa divinité présente
« en tous lieux par celle de son humanité pré-
« sente en un lieu particulier, » *ibid*. « Que nous
« recevons le corps de Jésus-Christ sur la langue,
« et qu'il la sanctifie par son divin attouche-

« ment, » lettre 32. « Qu'il entre dans la bouche
« du prêtre, » lettre 72. « Que, quoique Jésus-
« Christ se soit rendu accessible dans le saint
« Sacrement, par un effet de son amour et de
« sa clémence, il ne laisse pas d'y conserver son
« inaccessibilité, comme une condition insépa-
« rable de sa nature divine; parce qu'encore que
« le seul corps et le seul sang y soient par la
« vertu des paroles, *vi verborum*, comme parle
« l'école, cela n'empêche pas que toute sa divi-
« nité, aussi-bien que toute son humanité, n'y
« soit par une conjonction nécessaire, » Défense
du chapelet du saint Sacrement, pag. 217. Et
enfin, « que l'Eucharistie est tout ensemble sa-
« crement et sacrifice, » Théol. fam. leç. 15. « Et
« qu'encore que ce sacrifice soit une commémo-
« ration de celui de la croix, toutefois il y a cette
« différence, que celui de la messe n'est offert
« que pour l'Église seule, et pour les fidèles qui
« sont dans sa communion; au lieu que celui
« de la croix a été offert pour tout le monde,
« comme l'Écriture parle, » *ibid.* p. 153. Cela
suffit, mes pères, pour faire voir clairement
qu'il n'y eut peut-être jamais une plus grande
impudence que la vôtre. Mais je veux encore
vous faire prononcer cet arrêt à vous-mêmes
contre vous-mêmes. Car que demandez-vous,
afin d'ôter toute apparence qu'un homme soit
d'intelligence avec Genève? « Si M. Arnauld, dit
« votre père Meynier, page 83, eût dit qu'en cet
« adorable mystère il n'y a aucune substance du

« pain sous les espèces, mais seulement la chair
« et le sang de Jésus-Christ, j'eusse avoué qu'il
« se seroit déclaré entièrement contre Genève. »
Avouez-le donc, imposteurs, et faites-lui une
réparation publique de cette injure publique.
Combien de fois l'avez-vous vu dans les passages
que je viens de citer! Mais de plus, la Théologie
familière de M. de Saint-Cyran étant approuvée
par M. Arnauld, elle contient les sentiments de
l'un et de l'autre. Lisez donc toute la leçon 15,
et surtout l'article second, et vous y trouverez
les paroles que vous demandez, encore plus formellement que vous-mêmes ne les exprimez.
« Y a-t-il du pain dans l'hostie, et du vin dans
« le calice? Non; car toute la substance du pain
« et celle du vin sont ôtées pour faire place à
« celle du corps et du sang de Jésus-Christ, la-
« quelle y demeure seule couverte des qualités et
« des espèces du pain et du vin. »

Eh bien, mes pères! direz-vous encore que le
Port-Royal n'enseigne rien *que Genève ne reçoive*, et que M. Arnauld n'a rien dit, dans sa
seconde lettre, *qui ne pût être dit par un ministre
de Charenton?* Faites donc parler Mestrezat
comme parle M. Arnauld dans cette lettre, p. 237
et suiv. Faites-lui dire : « Que c'est un mensonge
« infâme de l'accuser de nier la transsubstan-
« tiation; qu'il prend pour fondement de ses
« livres la vérité de la présence réelle du fils de
« Dieu, opposée à l'hérésie des calvinistes; qu'il
« se tient heureux d'être en un lieu où l'on adore

« continuellement le Saint des saints présent
« dans le sanctuaire »; ce qui est beaucoup plus
contraire à la créance des calvinistes que la présence réelle même; puisque, comme dit le cardinal de Richelieu, dans ses Controverses, p. 536 :
« Les nouveaux ministres de France s'étant unis
« avec les luthériens qui croient la présence
« réelle de Jésus-Christ dans l'Eucharistie, ils
« ont déclaré qu'ils ne demeurent séparés de
« l'Église, touchant ce mystère, qu'à cause de
« l'adoration que les catholiques rendent à l'Eu-
« charistie. » Faites signer à Genève tous les passages que je vous ai rapportés des livres de Port-
Royal, et non pas seulement les passages, mais
les traités entiers touchant ce mystère, comme
le livre de la Fréquente Communion, l'Explication des cérémonies de la messe, l'Exercice durant la messe, les Raisons de la suspension du
saint Sacrement, la Traduction des hymnes dans
les Heures de Port-Royal, etc. Et enfin faites établir à Charenton cette institution sainte d'adorer
sans cesse Jésus-Christ enfermé dans l'Eucharistie, comme on fait à Port-Royal, et ce sera le
plus signalé service que vous puissiez rendre à
l'Église, puisque alors le Port-Royal ne sera pas
d'*intelligence avec Genève*, mais Genève d'intelligence avec le Port-Royal et toute l'Église.

En vérité, mes pères, vous ne pouviez plus
mal choisir que d'accuser le Port-Royal de ne
pas croire l'Eucharistie; mais je veux faire voir
ce qui vous y a engagés. Vous savez que j'entends

un peu votre politique. Vous l'avez bien suivie
en cette rencontre. Si M. l'abbé de Saint-Cyran
et M. Arnauld n'avoient fait que dire ce qu'on
doit croire touchant ce mystère, et non pas ce
qu'on doit faire pour s'y préparer, ils auroient
été les meilleurs catholiques du monde, et il ne
se seroit point trouvé d'équivoques dans leurs
termes de *présence réelle* et de *transsubstantiation*.
Mais, parce qu'il faut que tous ceux qui combattent vos relâchements soient hérétiques, et dans
le point même où ils les combattent, comment
M. Arnauld ne le seroit-il pas sur l'Eucharistie,
après avoir fait un livre exprès contre les profa-
nations que vous faites de ce sacrement? Quoi,
mes pères! il auroit dit impunément : « Qu'on
« ne doit point donner le corps de Jésus-Christ à
« ceux qui retombent toujours dans les mêmes
« crimes, et auxquels on ne voit aucune espé-
« rance d'amendement; et qu'on doit les séparer
« quelque temps de l'autel, pour se purifier par
« une pénitence sincère, afin de s'en approcher
« ensuite avec fruit! » Ne souffrez pas qu'on
parle ainsi, mes pères; vous n'auriez pas tant
de gens dans vos confessionnaux. Car votre père
Brisacier dit « que, si vous suiviez cette mé-
« thode, vous n'appliqueriez le sang de Jésus-
« Christ sur personne. » Il vaut bien mieux pour
vous qu'on suive la pratique de votre Société,
que votre père Mascarenhas rapporte dans un
livre approuvé par vos docteurs, et même par
votre révérend père général, qui est : « Que toute

« sorte de personnes, et même les prêtres, peu-
« vent recevoir le corps de Jésus-Christ le jour
« même qu'ils se sont souillés par des péchés
« abominables; que, bien loin qu'il y ait de l'ir-
« révérence en ces communions, on est louable
« au contraire d'en user de la sorte; que les con-
« fesseurs ne les en doivent point détourner, et
« qu'ils doivent au contraire conseiller à ceux
« qui viennent de commettre ces crimes de com-
« munier à l'heure même; parce qu'encore que
« l'Église l'ait défendu, cette défense est abolie
« par la pratique universelle de toute la terre. »
Mascar. tr. 4, disp. 5, n. 284.

Voilà ce que c'est, mes pères, d'avoir des jésuites par toute la terre. Voilà la pratique universelle que vous y avez introduite et que vous
y voulez maintenir. Il n'importe que les tables
de Jésus-Christ soient remplies d'abominations,
pourvu que vos églises soient pleines de monde.
Rendez donc ceux qui s'y opposent hérétiques
sur le saint Sacrement : il le faut, à quelque prix
que ce soit. Mais comment le pourrez-vous faire
après tant de témoignages invincibles qu'ils ont
donnés de leur foi? N'avez-vous point de peur
que je rapporte les quatre grandes preuves que
vous donnez de leur hérésie? Vous le devriez,
mes pères, et je ne dois point vous en épargner
la honte. Examinons donc la première.

« M. de Saint-Cyran, dit le père Meynier, en
« consolant un de ses amis sur la mort de sa
« mère, tome I, lett. 14, dit que le plus agréable

« sacrifice qu'on puisse offrir à Dieu dans ces
« rencontres, est celui de la patience : donc il
« est calviniste. » Cela est bien subtil, mes pères,
et je ne sais si personne en voit la raison. Ap-
prenons-la donc de lui. « Parce, dit ce grand
« controversiste, qu'il ne croit donc pas le sacri-
« fice de la messe. Car c'est celui-là qui est le plus
« agréable à Dieu de tous. » Que l'on dise maintenant que les jésuites ne savent pas raisonner.
Ils le savent de telle sorte, qu'ils rendront hérétique tout ce qu'ils voudront, et même (*) l'Écri-

(*) M. Pascal avoit en vue sans doute le père Théophile
Raynauld, jésuite savoyard, qui s'avisa de faire une censure
du symbole des Apôtres, par laquelle il prétend prouver que
cette première confession de foi du christianisme est hérétique dans tous les chefs. Elle parut pour la première fois
dans le livre latin de ce jésuite, intitulé : *Erotemata de bonis
ac malis libris*, *in-4°*, *Lugduni*, 1653, et réimprimée depuis comme une impiété en plusieurs ouvrages. Je sais bien
que c'est une raillerie du père Théophile Raynauld pour se
moquer des censures de la Sorbonne. Mais pouvoit-il se permettre la raillerie sur un des actes les plus essentiels du
christianisme ? Voici le premier article de cette singulière
censure : *Erotemata*, *page* 294, *in-4°* : « Credo in Deum
« patrem omnipotentem, creatorem cœli et terræ. Primus
« iste articulus, si intelligatur, quasi solus pater sit Deus,
« et omnipotens et creator ; Filius autem et Spiritus sanctus
« solùm creaturæ sint. Ideòque nec Filius verè ac substan-
« tialiter dici possit Deus, et omnipotens et creator ; simili-
« terque Spiritus sanctus ; propositio et blasphema, indi-
« viduæ Trinitatis destructiva, et pridem in sacro et œcu-
« menico Nicæno concilio trecentorum decem et octo episco-
« porum, adversùs Arii impietatem, damnata. Quatenùs

ture sainte. Car ne seroit-ce pas une hérésie
de dire, comme fait l'Ecclésiastique : « Il n'y a
« rien de pire que d'aimer l'argent, *nihil est ini-*
« *quius quàm amare pecuniam;* » comme si les
adultères, les homicides et l'idolâtrie n'étoient
pas de plus grands crimes? Et à qui n'arrive-t-il
point de dire à toute heure des choses semblables; et que, par exemple, le sacrifice d'un cœur
contrit et humilié est le plus agréable aux yeux de
Dieu; parce qu'en ces discours on ne pense qu'à
comparer quelques vertus intérieures les unes
aux autres, et non pas au sacrifice de la messe,
qui est d'un ordre tout différent et infiniment
plus relevé? N'êtes-vous donc pas ridicules,
mes pères? et faut-il, pour achever de vous confondre, que je vous représente les termes de
cette même lettre où M. de Saint-Cyran parle
du sacrifice de la messe comme du *plus excellent*
de tous, en disant : « Qu'on offre à Dieu tous les
« jours et en tous lieux le sacrifice du corps de
« son fils, qui n'a point trouvé DE PLUS EXCELLENT
« MOYEN que celui-là pour honorer son père? »
Et ensuite : « Que Jésus-Christ nous a obligés de
« prendre en mourant son corps sacrifié, pour

« autem soli Patri creationem attribuit, nova est, temeraria,
« erronea, contra communem Ecclesiæ patrum ac theologo-
« rum omnium sensum, probata; cùm hactenùs receptum sit
« tanquam inviolabile decretum, omnes Trinitatis actiones
« ad extrà esse indivisibiliter toti Trinitati communes. » Le
reste de la pièce est sur le même ton.

(*Note de l'édit. de* 1812.)

« rendre plus agréable à Dieu le sacrifice du
« nôtre, et pour se joindre à nous lorsque nous
« mourons, afin de nous fortifier en sanctifiant
« par sa présence le dernier sacrifice que nous
« faisons à Dieu de notre vie et de notre corps. »
Dissimulez tout cela, mes pères, et ne laissez
pas de dire qu'il détournoit de communier à la
mort, comme vous faites, page 33, et qu'il ne
croyoit pas le sacrifice de la messe : car rien
n'est trop hardi pour des calomniateurs de profession.

Votre seconde preuve en est un grand témoignage. Pour rendre calviniste feu M. de Saint-
Cyran, à qui vous attribuez le livre de *Petrus Au-*
relius, vous vous servez d'un passage où Aurelius
explique, page 89, de quelle manière l'Église se
conduit à l'égard des prêtres, et même des évêques
qu'elle veut déposer ou dégrader. « L'Église, dit-
« il, ne pouvant pas leur ôter la puissance de
« l'ordre, parce que le caractère est ineffaçable,
« elle fait ce qui est en elle ; elle ôte de sa mé-
« moire ce caractère qu'elle ne peut ôter de l'âme
« de ceux qui l'ont reçu : elle les considère comme
« s'ils n'étoient plus prêtres ou évêques ; de sorte
« que, selon le langage ordinaire de l'Église, on
« peut dire qu'ils ne le sont plus, quoiqu'ils le
« soient toujours quant au caractère : *Ob inde-*
« *lebilitatem characteris.* » Vous voyez, mes pères,
que cet auteur, approuvé par trois assemblées
générales du clergé de France, dit clairement
que le caractère de la prêtrise est ineffaçable

et cependant vous lui faites dire tout au contraire, en ce lieu même, « que le caractère de « la prêtrise n'est pas ineffaçable. » Voilà une insigne calomnie, c'est-à-dire, selon vous, un petit péché véniel. Car ce livre vous avoit fait tort, ayant réfuté les hérésies de vos confrères d'Angleterre touchant l'autorité épiscopale. Mais voici une insigne extravagance; c'est qu'ayant faussement supposé que M. de Saint-Cyran tient que ce caractère est ineffaçable, vous en concluez qu'il ne croit donc pas la présence réelle de Jésus-Christ dans l'Eucharistie.

N'attendez pas que je vous réponde là-dessus, mes pères. Si vous n'avez point de sens commun, je ne puis pas vous en donner. Tous ceux qui en ont se moqueront assez de vous, aussi-bien que de votre troisième preuve, qui est fondée sur ces paroles de la Fréq. Comm. 3e p. ch. 11 : « Que « Dieu nous donne dans l'Eucharistie LA MÊME « VIANDE qu'aux saints dans le ciel, sans qu'il y « ait d'autre différence, sinon qu'ici il nous en « ôte la vue et le goût sensible, réservant l'un « et l'autre pour le ciel. » En vérité, mes pères, ces paroles expriment si naïvement le sens de l'Église, que j'oublie à toute heure par où vous vous y prenez pour en abuser. Car je n'y vois autre chose, sinon ce que le Concile de Trente enseigne, sess. 13, c. 8, qu'il n'y a point d'autre différence entre Jésus-Christ dans l'Eucharistie et Jésus-Christ dans le ciel, sinon qu'il est ici voilé, et non pas là. M. Arnauld ne dit pas qu'il n'y a point d'autre différence en la manière de recevoir Jésus-Christ, mais seulement qu'il n'y en a point d'autre en Jésus-Christ que l'on reçoit. Et cependant vous voulez, contre toute raison, lui faire dire par ce passage qu'on ne mange non plus ici Jésus-Christ de bouche que dans le ciel : d'où vous concluez son hérésie.

Vous me faites pitié, mes pères. Faut-il vous expliquer cela davantage? Pourquoi confondez-vous cette nourriture divine avec la manière de la recevoir? il n'y a qu'une seule différence, comme je le viens de dire, dans cette nourriture sur la terre et dans le ciel, qui est qu'elle est ici cachée sous des voiles qui nous en ôtent la vue et le goût sensible : mais il y a plusieurs différences dans la manière de la recevoir ici et là, dont la principale est que, comme dit M. Arnauld, 3ᵉ part. ch. 16, « il entre ici dans la bouche « et dans la poitrine, et des bons et des mé- « chants ; » ce qui n'est pas dans le ciel.

Et si vous ignorez la raison de cette diversité, je vous dirai, mes pères, que la cause pour laquelle Dieu a établi ces différentes manières de recevoir une même viande, est la différence qui se trouve entre l'état des chrétiens en cette vie et celui des bienheureux dans le ciel. L'état des chrétiens, comme dit le cardinal Du Perron après les pères, tient le milieu entre l'état des bienheureux et l'état des Juifs. Les bienheureux possèdent Jésus-Christ réellement, sans figure et sans voile. Les Juifs n'ont possédé de Jésus-Christ que les figures et les voiles, comme étoit la manne et l'agneau pascal. Et les chrétiens possèdent Jésus-Christ dans l'Eucharistie véritablement et réellement, mais encore couvert de voiles. « Dieu, dit saint Eucher, s'est fait trois « tabernacles : la synagogue, qui n'a eu que les « ombres sans vérité : l'Église qui a la vérité et « les ombres : et le ciel, où il n'y a point d'om-« bres, mais la seule vérité. » Nous sortirions de l'état où nous sommes, qui est l'état de foi, que saint Paul oppose tant à la loi qu'à la claire vision, si nous ne possédions que les figures sans Jésus-Christ, parce que c'est le propre de la loi de n'avoir que l'ombre, et non la substance des choses. Et nous en sortirions encore, si nous le possédions visiblement; parce que la foi, comme dit le même apôtre, n'est point des choses qui se voient. Et ainsi l'Eucharistie est parfaitement proportionnée à notre état de foi, parce qu'elle enferme véritablement Jésus-Christ, mais voilé. De sorte que cet état seroit détruit, si Jésus-Christ n'étoit pas réellement sous les espèces du pain et du vin, comme le prétendent les hérétiques : et il seroit détruit encore, si nous le recevions à découvert comme dans le ciel; puisque ce seroit confondre notre état, ou avec l'état du judaïsme, ou avec celui de la gloire.

Voilà, mes pères, la raison mystérieuse et divine de ce mystère tout divin. Voilà ce qui nous fait abhorrer les calvinistes, comme nous réduisant à la condition des Juifs ; et ce qui nous

fait aspirer à la gloire des bienheureux, qui nous
donnera la pleine et éternelle jouissance de Jésus-
Christ. Par où vous voyez qu'il y a plusieurs différences entre la manière dont il se communique
aux chrétiens et aux bienheureux, et qu'entre
autres on le reçoit ici de bouche, et non dans
le ciel; mais qu'elles dépendent toutes de la
seule différence qui est entre l'état de la foi où
nous sommes et l'état de la claire vision où ils
sont. Et c'est, mes pères, ce que M. Arnauld a
dit si clairement en ces termes : « qu'il faut qu'il
« n'y ait point d'autre différence entre la pureté
« de ceux qui reçoivent Jésus-Christ dans l'Eu-
« charistie et celle des bienheureux, qu'autant
« qu'il y en a entre la foi et la claire vision de
« Dieu, de laquelle seule dépend la différente
« manière dont on le mange sur la terre et dans
« le ciel. » Vous devriez, mes pères, avoir révéré
dans ces paroles ces saintes vérités, au lieu de
les corrompre pour y trouver une hérésie qui
n'y fut jamais, et qui n'y sauroit être; qui est
qu'on ne mange Jésus-Christ que par la foi, et
non par la bouche, comme le disent malicieusement vos pères Annat et Meynier, qui en font le
capital de leur accusation.

Vous voilà donc bien mal en preuves, mes
pères; et c'est pourquoi vous avez eu recours à
un nouvel artifice, qui a été de falsifier le concile de Trente, afin de faire que M. Arnauld n'y
fût pas conforme, tant vous avez de moyens de
rendre le monde hérétique. C'est ce que fait le

père Meynier en cinquante endroits de son livre,
et huit ou dix fois en la seule page 54, où il
prétend que, pour s'exprimer en catholique,
ce n'est pas assez de dire : Je crois que Jésus-
Christ est présent réellement dans l'Eucharistie;
mais qu'il faut dire : « Je crois, AVEC LE CONCILE,
« qu'il y est présent d'une vraie PRÉSENCE LOCALE,
« ou localement. » Et sur cela il cite le concile,
sess. 13, can. 3, can. 4, can. 6. Qui ne croiroit,
en voyant le mot de *présence locale* cité de trois
canons d'un concile universel, qu'il y seroit
effectivement? Cela vous a pu servir avant ma
quinzième lettre; mais à présent, mes pères,
on ne s'y prend plus. On va voir le concile, et
on trouve que vous êtes des imposteurs; car ces
termes de *présence locale, localement, localité,*
n'y furent jamais : et je vous déclare de plus,
mes pères, qu'ils ne sont dans aucun autre lieu
de ce concile, ni dans aucun autre concile pré-
cédent, ni dans aucun père de l'Église. Je vous
prie donc sur cela, mes pères, de dire si vous
prétendez rendre suspects de calvinisme tous
ceux qui n'ont point usé de ce terme? Si cela
est, le concile de Trente en est suspect, et tous
les saints pères sans exception. N'avez-vous point
d'autre voie pour rendre M. Arnauld hérétique,
sans offenser tant de gens qui ne vous ont point
fait de mal, et entre autres saint Thomas, qui
est un des plus grands défenseurs de l'Eucharistie, et qui s'est si peu servi de ce terme, qu'il
l'a rejeté au contraire, 3 *p. quæst.* 76, *a.* 5, où

il dit : *Nullo modo corpus Christi est in hoc sacra-mento localiter ?* Qui êtes-vous donc, mes pères, pour imposer, de votre autorité, de nouveaux termes, dont vous ordonnez de 'se servir pour bien exprimer sa foi : comme si la profession de foi dressée par les papes, selon l'ordre du concile, où ce terme ne se trouve point, étoit défectueuse, et laissoit une ambiguité dans la créance des fidèles, que vous seuls eussiez dé-couverte. Quelle témérité de prescrire ces termes aux docteurs mêmes ! quelle fausseté de les im-poser à des conciles généraux ! et quelle igno-rance de ne savoir pas les difficultés que les saints les plus éclairés ont fait de les recevoir ! *Rougissez*, mes pères, *de vos impostures ignoran-tes*, comme dit l'Écriture aux imposteurs igno-rants comme vous : *De mendacio ineruditionis tuæ confundere.*

N'entreprenez donc plus de faire les maîtres ; vous n'avez ni le caractère, ni la suffisance pour cela. Mais si vous voulez faire vos propositions plus modestement, on pourra les écouter; car encore que ce mot de *présence locale* ait été rejeté par saint Thomas, comme vous avez vu, à cause que le corps de Jésus-Christ n'est pas en l'Eucharistie dans l'étendue ordinaire des corps en leur lieu, néanmoins ce terme a été reçu par quelques nouveaux auteurs de controverse, parce qu'ils entendent seulement par là que le corps de Jésus-Christ est vraiment sous les espèces, lesquelles étant en un lieu particulier, le corps de Jésus-Christ y est aussi. Et en ce sens M. Arnauld ne fera point de difficulté de l'admettre, puisque M. de Saint-Cyran et lui ont déclaré tant de fois que Jésus-Christ, dans l'Eucharistie, est véritablement en un lieu particulier, et miraculeusement en plusieurs lieux à la fois. Ainsi tous vos raffinements tombent par terre, et vous n'avez pu donner la moindre apparence à une accusation qu'il n'eût été permis d'avancer qu'avec des preuves invincibles.

Mais à quoi sert, mes pères, d'opposer leur innocence à vos calomnies ? Vous ne leur attribuez pas ces erreurs dans la croyance qu'ils les soutiennent, mais dans la croyance qu'ils vous nuisent. C'en est assez, selon votre théologie, pour les calomnier sans crime, et vous pouvez, sans confession ni pénitence, dire la messe en même temps que vous imputez à des prêtres qui la disent tous les jours de croire que c'est une pure idolâtrie : ce qui seroit un si horrible sacrilége, que vous-mêmes avez fait pendre en effigie votre propre père Jarrige (*), sur ce qu'il avoit dit la messe *au temps où il étoit d'intelligence avec Genève.*

Je m'étonne donc, non pas de ce que vous leur imposez avec si peu de scrupule des crimes si grands et si faux, mais de ce que vous leur

(*) Jésuite fameux, qui se fit huguenot, et qui publia dans son apostasie un livre intitulé *le Jésuite sur l'échafaud,* où il reproche aux jésuites les faits les plus odieux.

imposez avec si peu de prudence des crimes si
peu vraisemblables ; car vous disposez bien des
péchés à votre gré ; mais pensez-vous disposer
de même de la croyance des hommes ? En vérité,
mes pères, s'il falloit que le soupçon de calvinisme tombât sur eux ou sur vous, je vous
trouverois en mauvais termes. Leurs discours
sont aussi catholiques que les vôtres ; mais leur
conduite confirme leur foi, et la vôtre la dé-
ment : car si vous croyez aussi-bien qu'eux que
ce pain est réellement changé au corps de Jésus-
Christ, pourquoi ne demandez-vous pas comme
eux que le cœur de pierre et de glace de ceux à
qui vous conseillez de s'en approcher soit sincèrement changé en un cœur de chair et d'amour ?
Si vous croyez que Jésus-Christ y est dans un
état de mort, pour apprendre à ceux qui s'en
approchent à mourir au monde, au péché et à
eux-mêmes, pourquoi portez-vous à en approcher ceux en qui les vices et les passions criminelles sont encore toutes vivantes ? Et comment
jugez-vous dignes de manger le pain du ciel ceux
qui ne le seroient pas de manger celui de la
terre ?

O grands vénérateurs de ce saint mystère,
dont le zèle s'emploie à persécuter ceux qui
l'honorent par tant de communions saintes, et
à flatter ceux qui le déshonorent par tant de
communions sacriléges ! Qu'il est digne de ces
défenseurs d'un si pur et si adorable sacrifice,
de faire environner la table de Jésus-Christ de

pécheurs envieillis tout sortant de leur infamie, et de placer au milieu d'eux un prêtre que son confesseur même envoie de ses impudicités à l'autel, pour y offrir, en la place de Jésus-Christ, cette victime toute sainte au Dieu de sainteté, et la porter de ses mains souillées en ces bouches toutes souillées! Ne sied-il pas bien à ceux qui pratiquent cette conduite *par toute la terre*, selon des maximes approuvées de leur propre général, d'imputer à l'auteur de la Fréquente Communion et aux Filles du saint Sacrement de ne pas croire le saint Sacrement?

Cependant cela ne leur suffit pas encore; il faut, pour satisfaire leur passion, qu'ils les accusent enfin d'avoir renoncé à Jésus-Christ et à leur baptême. Ce ne sont pas là, mes pères, des contes en l'air comme les vôtres; ce sont les funestes emportements par où vous avez comblé la mesure de vos calomnies. Une si insigne fausseté n'eût pas été en des mains dignes de la soutenir, en demeurant en celles de votre bon ami Filleau par qui vous l'avez fait naître : votre Société se l'est attribuée ouvertement; et votre père Meynier vient de soutenir, *comme une vérité certaine*, que Port-Royal forme une cabale secrète depuis trente-cinq ans, dont M. de Saint-Cyran et M. d'Ypres ont été les chefs, « pour « ruiner le mystère de l'incarnation, faire passer « l'Évangile pour une histoire apocryphe, ex-« terminer la religion chrétienne, et élever le « déisme sur les ruines du christianisme. » Est-ce là tout, mes pères? Serez-vous satisfaits si l'on croit tout cela de ceux que vous haïssez? Votre animosité seroit-elle enfin assouvie, si vous les aviez mis en horreur, non-seulement à tous ceux qui sont dans l'Église, par *l'intelligence avec Genève*, dont vous les accusez, mais encore à tous ceux qui croient en Jésus-Christ, quoique hors l'Église, par *le déisme* que vous leur imputez?

Mais à qui prétendez-vous persuader, sur votre seule parole, sans la moindre apparence de preuve, et avec toutes les contradictions imaginables, que des prêtres qui ne prêchent que la grâce de Jésus-Christ, la pureté de l'Évangile et les obligations du baptême, ont renoncé à leur baptême, à l'Évangile et à Jésus-Christ? Qui le croira, mes pères? Le croyez-vous vous-mêmes, misérables que vous êtes? Et à quelle extrémité êtes-vous réduits, puisqu'il faut nécessairement ou que vous prouviez qu'ils ne croient pas en Jésus-Christ, ou que vous passiez pour les plus abandonnés calomniateurs qui furent jamais! Prouvez-le donc, mes pères. Nommez *cet ecclésiastique de mérite*, que vous dites avoir assisté à cette assemblée de Bourg-Fontaine en 1621, et avoir découvert à votre Filleau le dessein qui y fut pris de détruire la religion chrétienne. Nommez ces six personnes que vous dites y avoir formé cette conspiration. Nommez *celui qui est désigné par ces lettres A. A.* que vous dites, page 15, *n'être pas Antoine*

Arnauld, parce qu'il vous a convaincus qu'il n'avoit alors que neuf ans, « mais un autre que « vous dites être encore en vie, et trop bon ami « de M. Arnauld pour lui être inconnu. » Vous le connoissez donc, mes pères ; et par conséquent, si vous n'êtes vous-mêmes sans religion, vous êtes obligés de déférer cet impie au roi et au parlement, pour le faire punir comme il le mériteroit. Il faut parler, mes pères : il faut le nommer, ou souffrir la confusion de n'être plus regardés que comme des menteurs indignes d'être jamais crus. C'est en cette manière que le bon père Valérien nous a appris qu'il falloit *mettre à la géne* et pousser à bout de tels imposteurs. Votre silence là-dessus sera une pleine et entière conviction de cette calomnie diabolique. Les plus aveugles de vos amis seront contraints d'avouer « que ce ne sera point un effet « de votre vertu, mais de votre impuissance, » et d'admirer que vous ayez été si méchants que de l'étendre jusqu'aux religieuses de Port-Royal ; et de dire, comme vous faites, page 14, que *le Chapelet secret du saint Sacrement*, composé par l'une d'elles, a été le premier fruit de cette conspiration contre Jésus-Christ ; et dans la page 95, « qu'on leur a inspiré toutes les détes- « tables maximes de cet écrit, » qui est, selon vous, une instruction *de déisme*. On a déjà ruiné invinciblement vos impostures sur cet écrit, dans la défense de la censure de feu M. l'archevêque de Paris contre votre père Brisacier. Vous n'avez rien à y repartir; et vous ne laissez pas d'en abuser encore d'une manière plus honteuse que jamais, pour attribuer à des filles d'une piété connue de tout le monde le comble de l'impiété. Cruels et lâches persécuteurs, faut-il donc que les cloîtres les plus retirés ne soient pas des asiles contre vos calomnies! Pendant que ces saintes vierges adorent nuit et jour Jésus-Christ au saint Sacrement, selon leur institution, vous ne cessez nuit et jour de publier qu'elles ne croient pas qu'il soit ni dans l'Eucharistie, ni même à la droite de son père, et vous les retranchez publiquement de l'Église, pendant qu'elles prient dans le secret pour vous et pour toute l'Église. Vous calomniez celles qui n'ont point d'oreilles pour vous ouïr, ni de bouche pour vous répondre. Mais Jésus-Christ, en qui elles sont cachées pour ne paroître qu'un jour avec lui, vous écoute et répond pour elles. On l'entend aujourd'hui cette voix sainte et terrible, qui étonne la nature et qui console l'Église. Et je crains, mes pères, que ceux qui endurcissent leurs cœurs, et qui refusent avec opiniâtreté de l'ouïr quand il parle en Dieu, ne soient forcés de l'ouïr avec effroi quand il leur parlera en juge.

Car enfin, mes pères, quel compte lui pourrez-vous rendre de tant de calomnies, lorsqu'il les examinera, non sur les fantaisies de vos pères Dicastillus, Gans et Pennalossa, qui les excusent, mais sur les règles de sa vérité éter-

nelle et sur les saintes ordonnances de son
Église, qui, bien loin d'excuser ce crime,
l'abhorre tellement, qu'elle l'a puni de même
qu'un homicide volontaire? Car elle a différé
aux calomniateurs, aussi-bien qu'aux meurtriers, la communion jusqu'à la mort, par le
premier et deuxième concile d'Arles. Le concile
de Latran a jugé indignes de l'état ecclésiastique
ceux qui en ont été convaincus, quoiqu'ils s'en
fussent corrigés. Les papes ont même menacé
ceux qui auroient calomnié des évêques, des
prêtres ou des diacres, de ne leur point donner
la communion à la mort. Et les auteurs d'un
écrit diffamatoire, qui ne peuvent prouver ce
qu'ils ont avancé, sont condamnés par le pape
Adrien *à être fouettés*, mes révérends pères,
flagellentur : tant l'Église a toujours été éloignée des erreurs de votre Société si corrompue,
qu'elle excuse d'aussi grands crimes que la calomnie, pour les commettre elle-même avec plus
de liberté.

Certainement, mes pères, vous seriez capables
de produire par là beaucoup de maux, si Dieu
n'avoit permis que vous ayez fourni vous-mêmes
les moyens de les empêcher, et de rendre toutes
vos impostures sans effet; car il ne faut que
publier cette étrange maxime qui les exempte
de crime, pour vous ôter toute créance. La calomnie est inutile, si elle n'est jointe à une
grande réputation de sincérité. Un médisant ne
peut réussir, s'il n'est en estime d'abhorrer la

médisance, comme un crime dont il est incapable. Et ainsi, mes pères, votre propre principe vous trahit. Vous l'avez rempli pour assurer
votre conscience; car vous vouliez médire sans
être damnés, et être *de ces saints et pieux calomniateurs* dont parle saint Athanase. Vous
avez donc embrassé, pour vous sauver de l'enfer, cette maxime, qui vous en sauve sur la foi
de vos docteurs : mais cette maxime même, qui
vous garantit, selon eux, des maux que vous
craignez en l'autre vie, vous ôte en celle-ci
l'utilité que vous en espériez : de sorte qu'en
pensant éviter le vice de la médisance, vous en
avez perdu le fruit : tant le mal est contraire à
soi-même, et tant il s'embarrasse et se détruit
par sa propre malice.

Vous calomnierez donc plus utilement pour
vous, en faisant profession de dire avec saint
Paul que les simples médisants, *maledici*, sont
indignes de voir Dieu, puisqu'au moins vos
médisances en seroient plutôt crues, quoiqu'à
la vérité vous vous condamneriez vous-mêmes.
Mais en disant, comme vous faites, que la calomnie contre vos ennemis n'est pas un crime,
vos médisances ne seront point crues, et vous
ne laisserez pas de vous damner : car il est certain, mes pères, et que vos auteurs graves
n'anéantiront pas la justice de Dieu, et que
vous ne pouviez donner une preuve plus certaine que vous n'êtes pas dans la vérité, qu'en
recourant au mensonge. Si la vérité étoit pour

vous, elle combattroit pour vous, elle vain-
croit pour vous; et, quelques ennemis que vous
eussiez, *la vérité vous en délivreroit*, selon sa
promesse. Vous n'avez recours au mensonge que
pour soutenir les erreurs dont vous flattez les
pécheurs du monde, et pour appuyer les calomnies dont vous opprimez les personnes de
piété qui s'y opposent. La vérité étant contraire
à vos fins, il a fallu mettre *votre confiance au
mensonge*, comme dit un prophète, *Isaï.* 28.
Vous avez dit : « Les malheurs qui affligent les
« hommes ne viendront pas jusques à nous : car
« nous avons espéré au mensonge, et le men-
« songe nous protégera. » Mais que leur répond
le prophète, ch. 30? « D'autant, dit-il, que vous
« avez mis votre espérance en la calomnie et
« au tumulte, *sperastis in calumniá et in tumultu,*
« cette iniquité vous sera imputée, et votre ruine
« sera semblable à celle d'une haute muraille
« qui tombe d'une chute imprévue ; et à celle
« d'un vaisseau de terre qu'on brise et qu'on
« écrase en toutes ses parties, par un effort si
« puissant et si universel, qu'il n'en restera pas
« un test avec lequel on puisse puiser un peu
« d'eau, ou porter un peu de feu : parce que
« (comme dit un autre prophète, *Ézéch.* 13),
« vous avez affligé le cœur du juste, que je n'ai
« point affligé moi-même; et vous avez flatté et
« fortifié la malice des impies. Je retirerai donc
« mon peuple de vos mains, et je ferai connoître
« que je suis leur seigneur et le vôtre. »

Oui, mes pères, il faut espérer que, si vous ne changez d'esprit, Dieu retirera de vos mains ceux que vous trompez depuis si long-temps, soit en les laissant dans leurs désordres par votre mauvaise conduite, soit en les empoisonnant par vos médisances. Il fera concevoir aux uns que les fausses règles de vos casuistes ne les mettront point à couvert de sa colère; et il imprimera dans l'esprit des autres la juste crainte de se perdre en vous écoutant et en ajoutant foi à vos impostures; comme vous vous perdez vous-mêmes en les inventant et en les semant dans le monde. Car il ne s'y faut pas tromper : on ne se moque point de Dieu, et on ne viole point impunément le commandement qu'il nous a fait dans l'Évangile, de ne point condamner notre prochain sans être bien assuré qu'il est coupable. Et ainsi, quelque profession de piété que fassent ceux qui se rendent faciles à recevoir vos mensonges, et sous quelque prétexte de dévotion qu'ils le fassent, ils doivent appréhender d'être exclus du royaume de Dieu pour ce seul crime, d'avoir imputé d'aussi grands crimes que l'hérésie et le schisme à des prêtres catholiques et à de saintes religieuses, sans autres preuves que des impostures aussi grossières que les vôtres. « Le démon, dit M. de Genève (*), est sur la

---

(*) M. de Genève. Saint François de Sales, évêque et prince de Genève, étoit ainsi nommé avant sa canonisation, qui se fit en 1665.

« langue de celui qui médit, et dans l'oreille de
« celui qui l'écoute. Et la médisance, dit saint
« Bernard, *serm.* 24 *in cant.*, est un poison qui
« éteint la charité en l'un et en l'autre. De sorte
« qu'une seule calomnie peut être mortelle à
« une infinité d'âmes, puisqu'elle tue non-seu-
« lement ceux qui la publient, mais encore tous
« ceux qui ne la rejettent pas. »

P. S. Mes révérends pères, mes lettres n'a-
voient pas accoutumé de se suivre de si près,
ni d'être si étendues. Le peu de temps que j'ai
eu a été cause de l'un et de l'autre. Je n'ai fait
celle-ci plus longue que parce que je n'ai pas eu
le loisir de la faire plus courte. La raison qui
m'a obligé de me hâter vous est mieux connue
qu'à moi. Vos réponses vous réussissoient mal.
Vous avez bien fait de changer de méthode ;
mais je ne sais si vous avez bien choisi, et si le
monde ne dira pas que vous avez eu peur des
bénédictins.

Je viens d'apprendre que celui que tout le
monde faisoit auteur de vos apologies les désavoue, et se fâche qu'on les lui attribue. Il a
raison, et j'ai eu tort de l'en avoir soupçonné ;
car quelque assurance qu'on m'en eût donnée,
je devois penser qu'il avoit trop de jugement
pour croire vos impostures, et trop d'honneur
pour les publier sans les croire. Il y a peu de
gens du monde capables de ces excès qui vous
sont propres, et qui marquent trop votre carac-

tère, pour me rendre excusable de ne vous y avoir pas reconnus. Le bruit commun m'avoit emporté. Mais cette excuse, qui seroit trop bonne pour vous, n'est pas suffisante pour moi, qui fais profession de ne rien dire sans preuve certaine, et qui n'en ai dit aucune que celle-là. Je m'en repens, je la désavoue, et je souhaite que vous profitiez de mon exemple.

DIX-SEPTIÈME LETTRE,

ÉCRITE AU R. P. ANNAT, JÉSUITE.

On fait voir, en levant l'équivoque du sens de Jansénius, qu'il n'y a aucune hérésie dans l'Église. On montre, par le consentement unanime de tous les théologiens, et principalement des jésuites, que l'autorité des papes et des conciles œcuméniques n'est point infaillible dans les questions de fait.

Du 23 janvier 1657.

MON RÉVÉREND PÈRE,

Votre procédé m'avoit fait croire que vous désiriez que nous demeurassions en repos de part et d'autre, et je m'y étois disposé. Mais vous avez depuis produit tant d'écrits en peu de temps, qu'il paroît bien qu'une paix n'est guère assurée quand elle dépend du silence des jésuites. Je ne sais si cette rupture vous sera fort avantageuse; mais, pour moi, je ne suis pas fâché qu'elle me donne le moyen de détruire ce reproche ordinaire d'hérésie dont vous remplissez tous vos livres.

Il est temps que j'arrête une fois pour toutes cette hardiesse que vous prenez de me traiter d'hérétique, qui s'augmente tous les jours. Vous le faites dans ce livre que vous venez de publier d'une manière qui ne se peut plus souffrir, et qui me rendroit enfin suspect, si je ne vous y répondois comme le mérite un reproche de cette nature. J'avois méprisé cette injure dans les écrits de vos confrères, aussi-bien qu'une infinité d'autres qu'ils y mêlent indifféremment. Ma quinzième lettre y avoit assez répondu ; mais vous en parlez maintenant d'un autre air, vous en faites sérieusement le capital de votre défense ; c'est presque la seule chose que vous y employez. Car vous dites « que, pour toute réponse à mes quinze lettres, il suffit de dire « quinze fois que je suïs hérétique ; et qu'étant « déclaré tel, je ne mérite aucune créance. » Enfin vous ne mettez pas mon apostasie en question, et vous la supposez comme un principe ferme, sur lequel vous bâtissez hardiment. C'est donc tout de bon, mon père, que vous me traitez d'hérétique ; et c'est aussi tout de bon que je vais vous y répondre.

Vous savez bien, mon père, que cette accusation est si importante, que c'est une témérité insupportable de l'avancer, si on n'a pas de quoi la prouver. Je vous demande quelles preuves vous en avez. Quand m'a-t-on vu à Charenton ? Quand ai-je manqué à la messe et aux devoirs des chrétiens à leur paroisse ? Quand ai-je fait quelque action d'union avec les hérétiques, ou de schisme avec l'Église ? Quel concile ai-je contredit ? Quelle constitution de pape ai-je violée ? Il faut répondre, mon père, ou..... Vous m'entendez bien. Et que répondez-vous ? Je prie tout

le monde de l'observer. Vous supposez premièrement « que celui qui écrit les lettres est de Port-
« Royal. » Vous dites ensuite « que le Port-Royal
« est déclaré hérétique ; » d'où vous concluez
« que celui qui écrit les lettres est déclaré héré-
« tique. » Ce n'est donc pas sur moi, mon père,
que tombe le fort de cette accusation, mais sur
le Port-Royal ; et vous ne m'en chargez que
parce que vous supposez que j'en suis. Ainsi
je n'aurai pas grande peine à m'en défendre,
puisque je n'ai qu'à vous dire que je n'en suis
pas, et à vous renvoyer à mes lettres, où j'ai
dit « que je suis seul, » et en propres termes,
« que je ne suis point de Port-Royal, » comme
j'ai fait dans la seizième qui a précédé votre
livre.

Prouvez donc d'une autre manière que je suis
hérétique, ou tout le monde reconnoîtra votre
impuissance. Prouvez par mes écrits que je ne
reçois pas la constitution. Ils ne sont pas en si
grand nombre ; il n'y a que seize lettres à examiner, où je vous défie, et vous, et toute la
terre, d'en produire la moindre marque. Mais je
vous y ferai bien voir le contraire. Car, quand
j'ai dit, par exemple, dans la quatorzième :
« Qu'en tuant, selon vos maximes, ses frères en
« péché mortel, on damne ceux pour qui Jésus-
« Christ est mort, » n'ai-je pas visiblement reconnu que Jésus-Christ est mort pour ces damnés, et qu'ainsi il est faux « qu'il ne soit mort
« que pour les seuls prédestinés, » ce qui est con-

damné dans la cinquième proposition ? Il est
donc sûr, mon père, que je n'ai rien dit pour
soutenir ces propositions impies, que je déteste
de tout mon cœur. Et quand le Port-Royal les
tiendroit, je vous déclare que vous n'en pouvez
rien conclure contre moi, parce que, grâces à
Dieu, je n'ai d'attache sur la terre qu'à la seule
Église catholique, apostolique et romaine, dans
laquelle je veux vivre et mourir, et dans la communion avec le pape son souverain chef, hors
de laquelle je suis très-persuadé qu'il n'y a point
de salut.

Que ferez-vous à une personne qui parle de
cette sorte, et par où m'attaquerez-vous, puisque
ni mes discours, ni mes écrits ne donnent aucun
prétexte à vos accusations d'hérésie, et que je
trouve ma sûreté contre vos menaces dans l'obscurité qui me couvre ? Vous vous sentez frappé
par une main invisible, qui rend vos égarements
visibles à toute la terre; et vous essayez en vain
de m'attaquer en la personne de ceux auxquels
vous me croyez uni. Je ne vous crains ni pour
moi, ni pour aucun autre, n'étant attaché ni à
quelque communauté, ni à quelque particulier
que ce soit. Tout le crédit que vous pouvez avoir
est inutile à mon égard. Je n'espère rien du
monde, je n'en appréhende rien, je n'en veux
rien; je n'ai besoin, par la grâce de Dieu, ni du
bien, ni de l'autorité de personne. Ainsi, mon
père, j'échappe à toutes vos prises. Vous ne me
sauriez prendre de quelque côté que vous le ten-

tiez. Vous pouvez bien toucher le Port-Royal, mais non pas moi. On a bien délogé des gens de Sorbonne, mais cela ne me déloge pas de chez moi. Vous pouvez bien préparer des violences contre des prêtres et des docteurs, mais non pas contre moi, qui n'ai point ces qualités. Et ainsi peut-être n'eûtes-vous jamais affaire à une personne qui fût si hors de vos atteintes, et si propre à combattre vos erreurs, étant libre, sans engagement, sans attachement, sans liaison, sans relation, sans affaires; assez instruit de vos maximes, et bien résolu de les pousser autant que je croirai que Dieu m'y engagera, sans qu'aucune considération humaine puisse arrêter ni ralentir mes poursuites.

A quoi vous sert-il donc, mon père, lorsque vous ne pouvez rien contre moi, de publier tant de calomnies contre des personnes qui ne sont point mêlées dans nos différends, comme font tous vos pères? Vous n'échapperez pas par ces fuites; vous sentirez la force de la vérité que je vous oppose. Je vous dis que vous anéantissez la morale chrétienne en la séparant de l'amour de Dieu, dont vous dispensez les hommes; et vous me parlez de *la mort du père Mester*, que je n'ai vu de ma vie. Je vous dis que vos auteurs permettent de tuer pour une pomme, quand il est honteux de la laisser perdre; et vous me dites « qu'on a ouvert un tronc à Saint-Merri. » Que voulez-vous dire de même, de me prendre tous les jours à partie sur le livre *de la Sainte-Virgi-*

nité (*) , fait par un père de l'Oratoire que je ne vis jamais, non plus que son livre? Je vous admire, mon père, de considérer ainsi tous ceux qui vous sont contraires comme une seule personne. Votre haine les embrasse tous ensemble, et en forme comme un corps de réprouvés, dont vous voulez que chacun réponde pour tous les autres.

Il y a bien de la différence entre les jésuites et ceux qui les combattent. Vous composez véritablement un corps uni sous un seul chef; et vos règles, comme je l'ai fait voir, vous défendent de rien imprimer sans l'aveu de vos supérieurs, qui sont rendus responsables des erreurs de tous les particuliers, « sans qu'ils puissent s'ex- « cuser en disant qu'ils n'ont pas remarqué les « erreurs qui y sont enseignées, parce qu'ils les « doivent remarquer » selon vos ordonnances, et selon les lettres de vos généraux Aquaviva, Wittelleschi, etc. C'est donc avec raison qu'on vous reproche les égarements de vos confrères,

---

(*) Ce livre de la Sainte-Virginité est une traduction que le père Seguenot, prêtre de l'Oratoire, avoit faite d'un livre de saint Augustin. Jusque-là il n'y avoit rien à reprendre : mais ce père y joignit quelques remarques bizarres et singulières, qui ont mérité une juste censure ; et comme ce livre venoit d'un père de l'Oratoire, dont la congrégation a toujours été attachée à la doctrine de saint Augustin, on chercha à en faire retomber le blâme sur les jansénistes.

(*Note de l'édit. de* 1812.)

qui se trouvent dans leurs ouvrages approuvés
par vos supérieurs et par les théologiens de votre
Compagnie. Mais quant à moi, mon père, il
en faut juger autrement. Je n'ai pas souscrit le
livre *de la Sainte-Virginité*. On ouvriroit tous les
troncs de Paris sans que j'en fusse moins catholique. Et enfin je vous déclare hautement et nettement que personne ne répond de mes lettres
que moi, et que je ne réponds de rien que de mes
lettres.

Je pourrois en demeurer là, mon père, sans
parler de ces autres personnes que vous traitez
d'hérétiques pour me comprendre dans cette accusation. Mais comme j'en suis l'occasion, je me
trouve engagé en quelque sorte à me servir de
cette même occasion pour en tirer trois avan-
tages; car c'en est un bien considérable de faire
paroître l'innocence de tant de personnes calomniées. C'en est un autre, et bien propre à mon
sujet, de montrer toujours les artifices de votre
politique dans cette accusation. Mais celui que
j'estime le plus, est que j'apprendrai par là à
tout le monde la fausseté de ce bruit scandaleux
que vous semez de tous côtés, « que l'Église est
« divisée par une nouvelle hérésie. » Et comme
vous abusez d'une infinité de personnes en leur
faisant accroire que les points sur lesquels vous
essayez d'exciter un si grand orage sont essentiels
à la foi, je trouve d'une extrême importance de
détruire ces fausses impressions, et d'expliquer
ici nettement en quoi ils consistent, pour mon-

trer qu'en effet il n'y a point d'hérétiques dans l'Église.

Car n'est-il pas vrai que, si l'on demande en quoi consiste l'hérésie de ceux que vous appelez jansénistes, on répondra incontinent que c'est en ce que ces gens-là disent « que les comman-« dements de Dieu sont impossibles ; qu'on ne « peut résister à la grâce, et qu'on n'a pas la li-« berté de faire le bien et le mal ; que Jésus-Christ « n'est pas mort pour tous les hommes, mais « seulement pour les prédestinés ; et enfin, qu'ils « soutiennent les cinq propositions condamnées « par le pape ? » Ne faites-vous pas entendre que c'est pour ce sujet que vous persécutez vos ad-versaires ? N'est-ce pas ce que vous dites dans vos livres, dans vos entretiens, dans vos caté-chismes, comme vous fîtes encore les fêtes de Noël à Saint-Louis, en demandant à une de vos petites bergères : « Pour qui est venu Jésus-« Christ, ma fille ? — Pour tous les hommes, « mon père. — Eh quoi, ma fille ! vous n'êtes « donc pas de ces nouveaux hérétiques qui disent « qu'il n'est venu que pour les prédestinés ? » Les enfants vous croient là-dessus, et plusieurs autres aussi ; car vous les entretenez de ces mêmes fables dans vos sermons, comme votre père Cras-set à Orléans, qui en a été interdit. Et je vous avoue que je vous ai cru aussi autrefois. Vous m'aviez donné cette même idée de toutes ces per-sonnes-là. De sorte que, lorsque vous les pressiez sur ces propositions, j'observois avec attention

quelle seroit leur réponse; et j'étois fort disposé
à ne les voir jamais, s'ils n'eussent déclaré qu'ils
y renonçoient comme à des impiétés visibles.
Mais ils le firent bien hautement. Car M. de
Sainte-Beuve (*), professeur du roi en Sorbonne,
censura dans ses écrits publics ces cinq propositions long-temps avant le pape; et ces docteurs
firent paroître plusieurs écrits, et entre autres
celui *de la grâce victorieuse* qu'ils produisirent
en même temps, où ils rejettent ces propositions, et comme hérétiques, et comme étran-
gères. Car ils disent, dans la préface, « que ce
« sont des propositions hérétiques et luthé-
« riennes, fabriquées et forgées à plaisir, qui ne
« se trouvent ni dans Jansénius, ni dans ses dé-
« fenseurs; » ce sont leurs termes. Ils se plaignent
de ce qu'on les leur attribue, et vous adressent
pour cela ces paroles de saint Prosper, le premier disciple de saint Augustin, leur maître, à
qui les semi-pélagiens de France en imputèrent
de pareilles pour le rendre odieux. « Il y a, dit
« ce saint, des personnes qui ont une passion
« si aveugle de nous décrier, qu'ils en ont pris
« un moyen qui ruine leur propre réputation.

(*) M. Jacques de Sainte-Beuve, l'un des plus habiles
théologiens de son siècle, et professeur de Sorbonne au
temps de la censure de M. Arnauld, aima mieux quitter sa
chaire que de condamner contre les règles un docteur son
confrère, dont la doctrine étoit très-orthodoxe. Il est mort
en 1677.

« Car ils ont fabriqué à dessein de certaines pro-
« positions pleines d'impiétés et de blasphèmes,
« qu'ils envoient de tous côtés pour faire croire
« que nous les soutenons au même sens qu'ils
« ont exprimé par leur écrit. Mais on verra par
« cette réponse, et notre innocence, et la malice
« de ceux qui nous ont imputé ces impiétés,
« dont ils sont les uniques inventeurs. »

En vérité, mon père, lorsque je les ouïs parler
de la sorte avant la constitution; quand je vis
qu'ils la reçurent ensuite avec tout ce qui se peut
de respect; qu'ils offrirent de la souscrire, et que
M. Arnauld eut déclaré tout cela, plus fortement
que je ne le puis rapporter, dans toute sa seconde lettre, j'eusse cru pécher de douter de leur
foi. Et en effet, ceux qui avoient voulu refuser
l'absolution à leurs amis avant la lettre de M. Arnauld, ont déclaré depuis qu'après qu'il avoit si
nettement condamné ces erreurs qu'on lui im-
putoit, il n'y avoit aucune raison de le retrancher ni lui, ni ses amis, de l'Eglise. Mais vous
n'en avez pas usé de même; et c'est sur quoi je
commençai à me défier que vous agissiez avec
passion.

Car, au lieu que vous les aviez menacés de leur
faire signer cette constitution, quand vous pensiez qu'ils y résisteroient, lorsque vous vîtes
qu'ils s'y portoient d'eux-mêmes, vous n'en par-
lâtes plus. Et quoiqu'il semblât que vous dussiez
après cela être satisfait de leur conduite, vous
ne laissâtes pas de les traiter encore d'hérétiques;

« parce, disiez-vous, que leur cœur démentoit
« leur main, et qu'ils, étoient catholiques exté-
« rieurement, et hérétiques intérieurement, »
comme vous-même l'avez dit dans votre Rép. à
quelques demandes, pag. 27 et 47.

Que ce procédé me parut étrange, mon père !
car de qui n'en peut-on pas dire autant? Et quel
trouble n'exciteroit-on point par ce prétexte?
« Si l'on refuse, dit saint Grégoire, pape, de
« croire la confession de foi de ceux qui la don-
« nent conforme aux sentiments de l'Église, on
« remet en doute la foi de toutes les personnes
« catholiques. » *Regist. l.* 5, *ep.* 15. Je craignis
donc, mon père, « que votre dessein ne fût de
« rendre ces personnes hérétiques sans qu'ils le
« fussent, » comme parle le même pape sur une
dispute pareille de son temps; « parce, dit-il,
« que ce n'est pas s'opposer aux hérésies, mais
« c'est faire une hérésie que de refuser de croire
« ceux qui par leur confession témoignent d'être
« dans la véritable foi : *Hoc non est hæresim*
« *purgare, sed facere. Ep.* 16. » Mais je connus
en vérité qu'il n'y avoit point en effet d'hérétiques dans l'Église, quand je vis qu'ils s'étoient
si bien justifiés de toutes ces hérésies, que vous
ne pûtes plus les accuser d'aucune erreur contre
la foi, et que vous fûtes réduit à les entreprendre
seulement sur des questions de fait touchant
Jansénius, qui ne pouvoient être matière d'hérésie. Car vous les voulûtes obliger à reconnoître
« que ces propositions étoient dans Jansénius,

« mot à mot, toutes, et en propres termes, »
comme vous l'écrivîtes encore vous-mêmes : *Sin-*
gulares, individuæ, totidem verbis apud Janse-
nium contentæ, dans vos *Cavilli*, p. 39.

Dès lors votre dispute commença à me devenir
indifférente. Quand je croyois que vous disputiez de la vérité ou de la fausseté des propositions, je vous écoutois avec attention, car cela
touchoit la foi : mais quand je vis que vous ne
disputiez plus que pour savoir si elles étoient
mot à mot dans Jansénius ou non, comme la
religion n'y étoit plus intéressée, je ne m'y inté-
ressois plus aussi. Ce n'est pas qu'il n'y eût bien
de l'apparence que vous disiez vrai : car de dire
que des paroles sont *mot à mot* dans un auteur,
c'est à quoi l'on ne peut se méprendre. Aussi je
ne m'étonne pas que tant de personnes, et en
France et à Rome, aient cru sur une expression
si peu suspecte que Jansénius les avoit enseignées en effet. Et c'est pourquoi je ne fus pas
peu surpris d'apprendre que ce même point de
fait, que vous aviez proposé comme si certain
et si important, étoit faux, et qu'on vous défia de
citer les pages de Jansénius où vous aviez trouvé
ces propositions *mot à mot*, sans que vous l'ayez
jamais pu faire.

Je rapporte toute cette suite, parce qu'il me
semble que cela découvre assez l'esprit de votre
Société en toute cette affaire, et qu'on admirera
de voir que, malgré tout ce que je viens de dire,
vous n'ayez pas cessé de publier qu'ils étoient

toujours hérétiques. Mais vous avez seulement
changé leur hérésie selon le temps. Car, à mesure
qu'ils se justifioient de l'une, vos pères en sub-
stituoient une autre, afin qu'ils n'en fussent jamais exempts. Ainsi, en 1653, leur hérésie étoit
sur la qualité des propositions. Ensuite elle fut
sur le *mot à mot*. Depuis vous la mîtes dans le
cœur. Mais aujourd'hui on ne parle plus de tout
cela; et l'on veut qu'ils soient hérétiques, s'ils
ne signent « que le sens de la doctrine de Jan-
« sénius se trouve dans le sens de ces cinq pro-
« positions. »

Voilà le sujet de votre dispute présente. Il ne
vous suffit pas qu'ils condamnent les cinq propositions, et encore tout ce qu'il y auroit dans
Jansénius qui pourroit y être conforme et contraire à saint Augustin; car ils font tout cela.
De sorte qu'il n'est pas question de savoir, par
exemple, « si Jésus-Christ n'est mort que pour les
« prédestinés,» ils condamnent cela aussi-bien que
vous; mais si Jansénius est de ce sentiment-là
ou non. Et c'est sur quoi je vous déclare plus
que jamais que votre dispute me touche peu,
comme elle touche peu l'Église. Car, encore que
je ne sois pas docteur non plus que vous, mon
père, je vois bien néanmoins qu'il n'y va point
de la foi, puisqu'il n'est question que de savoir
quel est le sens de Jansénius. S'ils croyoient que
sa doctrine fût conforme au sens propre et littéral de ces propositions, ils la condamneroient;
et ils ne refusent de le faire que parce qu'ils sont

persuadés qu'elle en est bien différente : ainsi quand ils l'entendroient mal, ils ne seroient pas hérétiques, puisqu'ils ne l'entendent qu'en un sens catholique.

Et pour expliquer cela par un exemple, je prendrai la diversité de sentiments qui fut entre saint Basile et saint Athanase, touchant les écrits de saint Denis d'Alexandrie, dans lesquels saint Basile, croyant trouver le sens d'Arius contre l'égalité du père et du fils, il les condamna comme hérétiques : mais saint Athanase, au contraire, y croyant trouver le véritable sens de l'Église, il les soutint comme catholiques. Pensez-vous donc, mon père, que saint Basile, qui tenoit ces écrits pour ariens, eût droit de traiter saint Athanase d'hérétique, parce qu'il les défendoit ? Et quel sujet en eût-il eu, puisque ce n'étoit pas l'arianisme qu'Athanase défendoit, mais la vérité de la foi qu'il pensoit y être ? Si ces deux saints fussent convenus du véritable sens de ces écrits, et qu'ils y eussent tous deux reconnu cette hérésie, sans doute saint Athanase n'eût pu les approuver sans hérésie : mais, comme ils étoient en différend touchant ce sens, saint Athanase étoit catholique en les soutenant, quand même il les eût mal entendus ; puisque ce n'eût été qu'une erreur de fait, et qu'il ne défendoit, dans cette doctrine, que la foi catholique qu'il y supposoit.

Je vous en dis de même, mon père. Si vous conveniez du sens de Jansénius, et que vos adversaires fussent d'accord avec vous, qu'il tient, par exemple, *qu'on ne peut résister à la grâce*, ceux qui refuseroient de le condamner seroient hérétiques. Mais lorsque vous disputez de son sens, et qu'ils croient que, selon sa doctrine, *on peut résister à la grâce*, vous n'avez aucun sujet de les traiter d'hérétiques, quelque hérésie que vous lui attribuïez vous-mêmes, puisqu'ils condamnent le sens que vous y supposez, et que vous n'oseriez condamner le sens qu'ils y supposent. Si vous voulez donc les convaincre, montrez que le sens qu'ils attribuent à Jansénius est hérétique; car alors ils le seront eux-mêmes. Mais comment le pourriez-vous faire, puisqu'il est constant, selon votre propre aveu, que celui qu'ils lui donnent n'est point condamné?

Pour vous le montrer clairement, je prendrai pour principe ce que vous reconnoissez vous-mêmes, « que la doctrine de la grâce efficace n'a « point été condamnée, et que le pape n'y a « point touché par sa constitution. » Et en effet, quand il voulut juger des cinq propositions, le point de la grâce efficace fut mis à couvert de toute censure. C'est ce qui paroît parfaitement par les avis des consulteurs auxquels le pape les donna à examiner. J'ai ces avis entre mes mains, aussi-bien que plusieurs personnes dans Paris, et entre autres M. l'évêque (*) de Mont-

_____

(*) L'évêque de Montpellier. Ce fut François du Bosquet,

pellier, qui les apporta de Rome. On y voit que
leurs opinions furent partagées; et que les principaux d'entre eux, comme le maître du sacré
palais, le commissaire du saint office, le général
des augustins, et d'autres, croyant que ces propositions pouvoient être prises au sens de la
grâce efficace, furent d'avis qu'elles ne devoient
point être censurées : au lieu que les autres,
demeurant d'accord qu'elles n'eussent pas dû
être condamnées si elles eussent eu ce sens,
estimèrent qu'elles le devoient être; parce que,
selon ce qu'ils déclarent, leur sens propre et
naturel en étoit très-éloigné. Et c'est pourquoi
le pape les condamna, et tout le monde s'est
rendu à son jugement.

Il est donc sûr, mon père, que la grâce efficace n'a point été condamnée. Aussi est-elle si
puissamment soutenue par saint Augustin, par
saint Thomas et toute son école, par tant de
papes et de conciles, et par toute la tradition,
que ce seroit une impiété de la taxer d'hérésie.
Or, tous ceux que vous traitez d'hérétiques
déclarent qu'ils ne trouvent autre chose dans
Jansénius que cette doctrine de la grâce efficace;
et c'est la seule chose qu'ils ont soutenue dans

---

qui, d'évêque de Lodève, fut fait en 1655 évêque de Montpellier, et mourut en 1676. C'étoit un des plus savants évêques de son temps, dans la science qui convient le plus à un
évêque, c'est-à-dire, dans les matières ecclésiastiques.

(*Note de l'édit. de* 1812.)

Rome. Vous-même l'avez reconnu, *Cavill.* p. 35, où vous avez déclaré « qu'en parlant devant le « pape, ils ne dirent aucun mot des proposi- « tions, *ne verbum quidem*, et qu'ils employèrent « tout le temps à parler de la grâce efficace. » Et ainsi, soit qu'ils se trompent ou non dans cette supposition, il est au moins sans doute que le sens qu'ils supposent n'est point héré- tique, et que, par conséquent, ils ne le sont point. Car, pour dire la chose en deux mots, ou Jansénius n'a enseigné que la grâce efficace, et en ce cas il n'a point d'erreur; ou il a enseigné autre chose, et en ce cas il n'a point de défen- seurs. Toute la question est donc de savoir si Jansénius a enseigné en effet autre chose que la grâce efficace; et si l'on trouve que oui, vous aurez la gloire de l'avoir mieux entendu; mais ils n'auront point le malheur d'avoir erré dans la foi.

Il faut donc louer Dieu, mon père, de ce qu'il n'y a point en effet d'hérésie dans l'Église, puis- qu'il ne s'agit en cela que d'un point de fait qui n'en peut former; car l'Église décide les points de foi avec une autorité divine, et elle retranche de son corps tous ceux qui refusent de les rece- voir. Mais elle n'en use pas de même pour les choses de fait; et la raison en est que notre salut est attaché à la foi qui nous a été révélée, et qui se conserve dans l'Église par la tradition; mais qu'il ne dépend point des autres faits particu- liers qui n'ont point été révélés de Dieu. Ainsi

on est obligé de croire que les commandements
de Dieu ne sont pas impossibles; mais on n'est
pas obligé de savoir ce que Jansénius a enseigné
sur ce sujet. C'est pourquoi Dieu conduit l'Église
dans la détermination des points de la foi, par
l'assistance de son esprit qui ne peut errer; au
lieu que, dans les choses de fait, il a laissé agir
par les sens et par la raison, qui en sont naturellement les juges; car il n'y a que Dieu qui ait
pu instruire l'Église de la foi. Mais il n'y a qu'à
lire Jansénius pour savoir si des propositions
sont dans son livre; et de là vient que c'est une
hérésie de résister aux décisions de foi, parce
que c'est opposer son esprit propre à l'esprit de
Dieu. Mais ce n'est pas une hérésie, quoique ce
puisse être une témérité, que de ne pas croire
certains faits particuliers, parce que ce n'est
qu'opposer la raison, qui peut être claire, à une
autorité qui est grande, mais qui en cela n'est
pas infaillible.

C'est ce que tous les théologiens reconnoissent, comme il paroît par cette maxime du cardinal Bellarmin, de votre Société : « Les con-
« ciles généraux et légitimes ne peuvent errer
« en définissant les dogmes de foi; mais ils peu-
« vent errer en des questions de fait. » *De Sum.*
Potent. Lib. iv, c. 11. Et ailleurs : « Le pape,
« comme pape, et même à la tête d'un concile
« universel, peut errer dans les controverses par-
« ticulières de fait, qui dépendent principale-
« ment de l'information et du témoignage des

« hommes. » C. 2. Et le cardinal Baronius de
même : « Il faut se soumettre entièrement aux
« décisions des conciles dans les points de foi ;
« mais pour ce qui concerne les personnes et
« leurs écrits, les censures qui en ont été faites
« ne se trouvent pas avoir été gardées avec tant
« de rigueur, parce qu'il n'y a personne à qui il
« ne puisse arriver d'y être trompé. » *Ad an.* 681 ,
n. 39. C'est aussi pour cette raison que M. l'archevêque de Toulouse (*) a tiré cette règle des
lettres de deux grands papes, saint Léon et Pé-
lage II : « Que le propre objet des conciles est
« la foi, et que tout ce qui s'y résout hors de la
« foi peut être revu et examiné de nouveau ; au
« lieu qu'on ne doit plus examiner ce qui a été
« décidé en matière de foi ; parce que, comme
« dit Tertullien, la règle de la foi est seule im-
« mobile et irrétractable. »

De là vient qu'au lieu qu'on n'a jamais vu les
conciles généraux et légitimes contraires les uns
aux autres dans les points de foi, « Parce que,
« comme dit M. de Toulouse, il n'est pas seule-
« ment permis d'examiner de nouveau ce qui a
« été déjà décidé en matière de foi ; » on a vu
quelquefois ces mêmes conciles opposés sur des
points de fait où il s'agissoit de l'intelligence
du sens d'un auteur, « Parce que, » comme dit

(*) M. de Marca. On sait que cet illustre prélat fut archevêque de Toulouse avant que de venir au siége de Paris,
dont la mort l'empêcha de prendre possession.

encore M. de Toulouse, après les papes qu'il cite, « tout ce qui se résout dans les conciles « hors de la foi peut être revu et examiné de « nouveau. » C'est ainsi que le quatrième et le cinquième concile paroissent contraires l'un à l'autre, en l'interprétation des mêmes auteurs : et là même chose arriva entre deux papes, sur une proposition de certains moines de Scythie ; car, après que le pape Hormisdas l'eut condamnée en l'entendant en un mauvais sens, le pape Jean II, son successeur, l'examinant de nouveau, et l'entendant en un bon sens, l'approuva et la déclara catholique. Diriez-vous, pour cela, qu'un de ces papes fut hérétique ? Et ne faut-il donc pas avouer que, pourvu que l'on condamne le sens hérétique qu'un pape auroit supposé dans un écrit, on n'est pas hérétique pour ne pas condamner cet écrit, en le prenant en un sens qu'il est certain que le pape n'a pas condamné, puisque autrement l'un de ces deux papes seroit tombé dans l'erreur ?

J'ai voulu, mon père, vous accoutumer à ces contrariétés qui arrivent entre les catholiques sur des questions de fait touchant l'intelligence du sens d'un auteur, en vous montrant sur cela un père de l'Église contre un autre, un pape contre un pape, et un concile contre un concile, pour vous mener de là à d'autres exemples d'une pareille opposition, mais plus disproportionnée ; car vous y verrez des conciles et des papes d'un côté, et des jésuites de l'autre, qui

s'opposeront à leurs décisions touchant le sens
d'un auteur, sans que vous accusiez vos confrères, je ne dis pas d'hérésie, mais non pas
même de témérité.

Vous savez bien, mon père, que les écrits
d'Origène furent condamnés par plusieurs conciles et par plusieurs papes, et même par le
cinquième concile général, comme contenant
des hérésies, et entre autres celle « de la récon-
« ciliation des démons au jour du jugement. »
Croyez-vous sur cela qu'il soit d'une nécessité
absolue, pour être catholique, de confesser
qu'Origène a tenu en effet ces erreurs, et qu'il
ne suffise pas de les condamner sans les lui
attribuer? Si cela étoit, que deviendroit votre
père Halloix, qui a soutenu la pureté de la foi
d'Origène, aussi-bien que plusieurs autres catholiques qui ont entrepris la même chose, comme
Pic de La Mirande, et Genebrard, docteur de
Sorbonne? Et n'est-il pas certain encore que ce
même cinquième concile général condamna les
écrits de Théodoret contre saint Cyrille, «comme
« impies, contraires à la vraie foi, et contenant
« l'hérésie nestorienne? » Et cependant le père
Sirmond, jésuite, n'a pas laissé de le défendre,
et de dire, dans la vie de ce père, « que ces
« mêmes écrits sont exempts de cette hérésie
« nestorienne. »

Vous voyez donc, mon père, que, quand
l'Église condamne des écrits, elle y suppose une
erreur qu'elle y condamne; et alors il est de foi

que cette erreur est condamnée, mais qu'il n'est pas de foi que ces écrits contiennent en effet l'erreur que l'Église y suppose. Je crois que cela est assez prouvé; et ainsi je finirai ces exemples par celui du pape Honorius, dont l'histoire est si connue. On sait qu'au commencement du septième siècle, l'Église étant troublée par l'hérésie des monothélites, ce pape, pour terminer ce différend, fit un décret qui sembloit favoriser ces hérétiques, de sorte que plusieurs en furent scandalisés. Cela se passa néanmoins avec peu de bruit sous son pontificat: mais, cinquante ans après, l'Église étant assemblée dans le sixième concile général, où le pape Agathon présidoit par ses légats, ce décret y fut déféré; et après avoir été lu et examiné, il fut condamné comme contenant l'hérésie des monothélites, et brûlé en cette qualité en pleine assemblée, avec les autres écrits de ces hérétiques. Et cette décision fut reçue avec tant de respect et d'uniformité dans toute l'Église, qu'elle fut confirmée ensuite par deux autres conciles généraux, et même par les papes Léon II, et Adrien II qui vivoit deux cents ans après, sans que personne ait troublé ce consentement si universel et si paisible durant sept ou huit siècles. Cependant quelques auteurs de ces derniers temps, et entre autres le cardinal Bellarmin, n'ont pas cru se rendre hérétiques pour avoir soutenu, contre tant de papes et de conciles, que les écrits d'Honorius sont exempts de l'erreur qu'ils avoient déclaré

y être : « Parce, dit-il, que des conciles généraux
« pouvant errer dans les questions de fait, on
« peut dire en toute assurance que le sixième con-
« cile s'est trompé en ce fait-là, et que, n'ayant
« pas bien entendu le sens des lettres d'Honorius,
« il a mis à tort ce pape au nombre des héréti-
« ques. » *De Sum. Pont.* L. IV, c. 11.

Remarquez donc bien, mon père, que ce n'est
pas être hérétique de dire que le pape Honorius
ne l'étoit pas, encore que plusieurs papes et plusieurs conciles l'eussent déclaré, et même après
l'avoir examiné. Je viens donc maintenant à
notre question, et je vous permets de faire votre
cause aussi bonne que vous le pourrez. Que
direz-vous, mon père, pour rendre vos adversaires hérétiques ? « Que le pape Innocent X a
« déclaré que l'erreur des cinq propositions est
« dans Jansénius ? » Je vous laisse dire tout cela.
Qu'en concluez-vous : « Que c'est être hérétique
« de ne pas reconnoître que l'erreur des cinq
« propositions est dans Jansénius ? » Que vous
en semble-t-il, mon père ? N'est-ce donc pas ici
une question de fait de même nature que les
précédentes ? Le pape a déclaré que l'erreur des
cinq propositions est dans Jansénius, de même
que ses prédécesseurs avoient déclaré que l'erreur des nestoriens et des monothélites étoit
dans les écrits de Théodoret et d'Honorius. Sur
quoi vos pères ont écrit qu'ils condamnent
bien ces hérésies, mais qu'ils ne demeurent pas
d'accord que ces auteurs les aient tenues : de

même que vos adversaires disent aujourd'hui qu'ils condamnent bien ces cinq propositions, mais qu'ils ne sont pas d'accord que Jansénius les ait enseignées. En vérité, mon père, ces cas-là sont bien semblables; et s'il s'y trouve quelque différence, il est aisé de voir combien elle est à l'avantage de la question présente, par la comparaison de plusieurs circonstances particulières qui sont visibles d'elles-mêmes, et que je ne m'arrête pas à rapporter. D'où vient donc, mon père, que, dans une même cause, vos pères sont catholiques et vos adversaires hérétiques? Et par quelle étrange exception les privez-vous d'une liberté que vous donnez à tout le reste des fidèles?

Que direz-vous sur cela, mon père? « Que le « pape a confirmé sa constitution par un bref? » Je vous répondrai que deux conciles généraux et deux papes ont confirmé la condamnation des lettres d'Honorius. Mais quel fond prétendez-vous faire sur les paroles de ce bref, par lesquelles le pape déclare « qu'il a condamné la « doctrine de Jansénius dans ces cinq proposi-« tions? » Qu'est-ce que cela ajoute à la constitution, et que s'ensuit-il de là? Sinon que comme le sixième concile condamna la doctrine d'Honorius, parce qu'il croyoit qu'elle étoit la même que celle des monothélites; de même le pape a dit qu'il a condamné la doctrine de Jansénius dans ces cinq propositions, parce qu'il a supposé qu'elle étoit la même que ces cinq propositions. Et comment ne l'eût-il pas cru? Votre Société ne publie autre chose; et vous-même, mon père, qui avez dit qu'elles y sont *mot à mot*, vous étiez à Rome au temps de la censure; car je vous rencontre partout. Se fût-il défié de la sincérité ou de la suffisance de tant de religieux graves? Et comment n'eût-il pas cru que la doctrine de Jansénius étoit la même que celle des cinq propositions, dans l'assurance que vous lui aviez donnée qu'elles étoient *mot à mot* de cet auteur? Il est donc visible, mon père, que, s'il se trouve que Jansénius ne les ait pas tenues, il ne faudra pas dire, comme vos pères ont fait dans leurs exemples, que le pape s'est trompé en ce point de fait, ce qu'il est toujours fàcheux de publier: mais il ne faudra que dire que vous avez trompé le pape; ce qui n'apporte plus de scandale, tant on vous connoît maintenant.

Ainsi, mon père, toute cette matière est bien éloignée de pouvoir former une hérésie. Mais comme vous voulez en faire une à quelque prix que ce soit, vous avez essayé de détourner la question du point de fait pour la mettre en un point de foi; et c'est ce que vous faites en cette sorte : « Le pape, dites-vous, déclare qu'il a con-« damné la doctrine de Jansénius dans ces cinq « propositions : donc il est de foi que la doctrine « de Jansénius touchant ces cinq propositions « est hérétique, telle qu'elle soit. » Voilà, mon père, un point de foi bien étrange, qu'une doctrine est hérétique telle qu'elle puisse être. Eh quoi! si, selon Jansénius, *on peut résister à la grâce intérieure*, et s'il est faux, selon lui, *que Jésus-Christ ne soit mort que pour les seuls prédestinés*, cela sera-t-il aussi condamné, parce que c'est sa doctrine? Sera-t-il vrai, dans la constitution du pape, *que l'on a la liberté de faire le bien et le mal?* et cela sera-t-il faux dans Jansénius? Et par quelle fatalité sera-t-il si malheureux, que la vérité devienne hérésie dans son livre? Ne faut-il donc pas confesser qu'il n'est hérétique, qu'au cas qu'il soit conforme à ces erreurs condamnées? puisque la constitution du pape est la règle à laquelle on doit appliquer Jansénius pour juger de ce qu'il est selon le rapport qu'il y aura; et qu'ainsi on résoudra cette question, *savoir si sa doctrine est hérétique*, par cette autre question de fait, *savoir si elle est conforme au sens de ces propositions;* étant impossible qu'elle ne soit hérétique, si elle y est conforme; et qu'elle ne soit catholique, si elle y est contraire. Car enfin, puisque, selon le pape et les évêques, *les propositions sont condamnées en leur sens propre et naturel*, il est impossible qu'elles soient condamnées au sens de Jansénius, sinon au cas que le sens de Jansénius soit le même que le sens propre et naturel de ces propositions, ce qui est un point de fait.

. La question demeure donc toujours dans ce point de fait, sans qu'on puisse en aucune sorte l'en tirer pour la mettre dans le droit. Et ainsi on n'en peut faire une matière d'hérésie; mais

vous en pourriez bien faire un prétexte de persé-
cution, s'il n'y avoit sujet d'espérer qu'il ne se
trouvera point de personnes qui entrent assez
dans vos intérêts pour suivre un procédé si injuste, et qui veuillent contraindre de signer,
comme vous le souhaitez, *que l'on condamne
ces propositions au sens de Jansénius* sans expliquer ce que c'est que ce sens de Jansénius. Peu
de gens sont disposés à signer une confession de
foi en blanc. Or, ce seroit en signer une en
blanc, que vous rempliriez ensuite de tout ce
qu'il vous plairoit; puisqu'il vous seroit libre
d'interpréter à votre gré ce que c'est que ce sens
de Jansénius qu'on n'auroit pas expliqué. Qu'on
l'explique donc auparavant, autrement vous
nous feriez encore ici un pouvoir prochain ; *abstrahendo ab omni sensu.* Vous savez que cela ne
réussit pas dans le monde. On y hait l'ambiguité,
et surtout en matière de foi, où il est bien juste
d'entendre pour le moins ce que c'est que l'on
condamne. Et comment se pourroit-il faire que
des docteurs, qui sont persuadés que Jansénius
n'a point d'autre sens que celui de la grâce efficace, consentissent à déclarer qu'ils condamnent
sa doctrine sans l'expliquer, puisque dans la
créance qu'ils en ont, et dont on ne les retire
point, ce ne seroit autre chose que condamner
la grâce efficace, qu'on ne peut condamner sans
crime? Ne seroit-ce donc pas une étrange tyrannie de les mettre dans cette malheureuse nécessité, ou de se rendre coupables devant Dieu,

s'ils signoient cette condamnation contre leur conscience, ou d'être traités d'hérétiques, s'ils refusoient de le faire?

Mais tout cela se conduit avec mystère. Toutes vos démarches sont politiques. Il faut que j'explique pourquoi vous n'expliquez pas ce sens de Jansénius. Je n'écris que pour découvrir vos desseins, et pour les rendre inutiles en les découvrant. Je dois donc apprendre à ceux qui l'ignorent que votre principal intérêt dans cette dispute étant de relever la grâce suffiante de votre Molina, vous ne le pouvez faire sans ruiner la grâce efficace, qui y est tout opposée. Mais comme vous voyez celle-ci aujourd'hui autorisée à Rome, et parmi tous les savants de l'Église, ne la pouvant combattre en elle-même, vous vous êtes avisés de l'attaquer sans qu'on s'en aperçoive, sous le nom de la doctrine de Jansénius. Ainsi il a fallu que vous ayez recherché de faire condamner Jansénius sans l'expliquer; et que, pour y réussir, vous ayez fait entendre que sa doctrine n'est point celle de la grâce efficace, afin qu'on croie pouvoir condamner l'une sans l'autre. De là vient que vous essayez aujourd'hui de le persuader à ceux qui n'ont aucune connoissance de cet auteur. Et c'est ce que vous faites encore vous-même, mon père, dans vos *Cavill.* p. 23, par ce fin raisonnement : « Le pape a condamné « la doctrine de Jansénius; or, le pape n'a pas « condamné la doctrine de la grâce efficace : « donc la doctrine de la grâce efficace est diffé-

« rente de celle de Jansénius. » Si cette preuve
étoit concluante, on montreroit de même qu'Honorius, et tous ceux qui le soutiennent, sont
hérétiques en cette sorte. Le sixième concile a
condamné la doctrine d'Honorius; or, le concile
n'a pas condamné la doctrine de l'Église : donc
la doctrine d'Honorius est différente de celle de
l'Église; donc tous ceux qui le défendent sont
hérétiques. Il est visible que cela ne conclut rien :
puisque le pape n'a condamné que la doctrine
des cinq propositions, qu'on lui a fait entendre
être celle de Jansénius.

Mais il n'importe ; car vous ne voulez pas vous
servir long-temps de ce raisonnement. Il durera
assez, tout foible qu'il est, pour le besoin que
vous en avez. Il ne vous est nécessaire que pour
faire que ceux qui ne veulent pas condamner la
grâce efficace, condamnent Jansénius sans scrupule. Quand cela sera fait, on oubliera bientôt
votre argument, et les signatures demeurant en
témoignage éternel de la condamnation de Jansénius, vous prendrez l'occasion d'attaquer directement la grâce efficace, par cet autre raisonnement bien plus solide, que vous formerez en
son temps : « La doctrine de Jansénius, direz-
« vous, a été condamnée par les souscriptions
« universelles de toute l'Église; or, cette doc-
« trine est manifestement celle de la grâce effi-
« cace; » et vous prouverez cela bien facilement :
« Donc la doctrine de la grâce efficace est con-
« damnée par l'aveu même de ses défenseurs. »

Voilà pourquoi vous proposez de signer cette condamnation d'une doctrine sans l'expliquer. Voilà l'avantage que vous prétendez tirer de ces souscriptions. Mais si vos adversaires y résistent, vous tendez un autre piége à leur refus. Car, ayant joint adroitement la question de foi à celle de fait, sans vouloir permettre qu'ils l'en séparent, ni qu'ils signent l'une sans l'autre, comme ils ne pourront souscrire les deux ensemble, vous irez publier partout qu'ils ont refusé les deux ensemble. Et ainsi, quoiqu'ils ne refusent en effet que de reconnoître que Jansénius ait tenu ces propositions qu'ils condamnent, ce qui ne peut faire d'hérésie, vous direz hardiment qu'ils ont refusé de condamner les propositions en elles-mêmes, et que c'est là leur hérésie.

Voilà le fruit que vous tirerez de leur refus, qui ne vous sera pas moins utile que celui que vous tireriez de leur consentement. De sorte que si on exige ces signatures, ils tomberont toujours dans vos embûches, soit qu'ils signent, ou qu'ils ne signent pas; et vous aurez votre compte de part ou d'autre : tant vous avez eu d'adresse à mettre les choses en état de vous être toujours avantageuses, quelque pente qu'elles puissent prendre.

Que je vous connois bien, mon père! et que j'ai de douleur de voir que Dieu vous abandonne, jusqu'à vous faire réussir si heureusement dans une conduite si malheureuse! Votre bonheur est digne de compassion, et ne peut être envié que par ceux qui ignorent quel est le véritable bonheur. C'est être charitable que de traverser celui que vous recherchez en toute cette conduite; puisque vous ne l'appuyez que sur le mensonge, et que vous ne tendez qu'à faire croire l'une de ces deux faussetés : ou que l'Église a condamné la grâce efficace, ou que ceux qui la défendent soutiennent les cinq erreurs condamnées.

Il faut donc apprendre à tout le monde, et que la grâce efficace n'est pas condamnée par votre propre aveu, et que personne ne soutient ces erreurs; afin qu'on sache que ceux qui refuse-roient de signer ce que vous voudriez qu'on exi-geât d'eux ne le refusent qu'à cause de la ques-tion de fait; et qu'étant prêts à signer celle de foi, ils ne sauroient être hérétiques par ce refus; puisque enfin il est bien de foi que ces proposi-tions sont hérétiques, mais qu'il ne sera jamais de foi qu'elles soient de Jansénius. Ils sont sans erreur, cela suffit. Peut-être interprètent-ils Jan-sénius trop favorablement; mais peut-être ne l'interprétez-vous pas assez favorablement. Je n'entre pas là-dedans. Je sais au moins que, selon vos maximes, vous croyez pouvoir sans crime publier qu'il est hérétique contre votre propre connoissance; au lieu que, selon les leurs, ils ne pourroient sans crime dire qu'il est catholique, s'ils n'en étoient persuadés. Ils sont donc plus sincères que vous, mon père; ils ont plus examiné Jansénius que vous; ils ne sont pas moins intelligents que vous ; ils ne sont donc pas moins croyables que vous. Mais quoi qu'il en soit de ce point de fait, ils sont certainement catholiques, puisqu'il n'est pas nécessaire, pour l'être, de dire qu'un autre ne l'est pas ; et que, sans charger personne d'erreur, c'est assez de s'en décharger soi-même.

———

A la fin de cette lettre, dans la première édition, se trouvent ces mots :

Mon révérend père, si vous avez peine à lire cette lettre, pour ne pas être en assez beau caractère, ne vous en prenez qu'à vous-même. On ne me donne pas des priviléges comme à vous. Vous en avez pour combattre jusqu'aux miracles ; je n'en ai pas pour me défendre. On court sans cesse les imprimeries. Vous ne me conseilleriez pas vous-même de vous écrire davantage dans cette difficulté ; car c'est un trop grand embarras d'être réduit à l'impression d'Osnabruck.

———

LETTRE

AU R. P. ANNAT, CONFESSEUR DU ROI (*),

Sur son écrit qui a pour titre :

LA BONNE FOI DES JANSÉNISTES, etc.

Du 15 janvier 1657.

MON RÉVÉREND PÈRE,

J'ai lu tout ce que vous dites dans votre écrit, qui a pour titre : LA BONNE FOI DES JANSÉNISTES, etc. J'y ai remarqué que vous traitez vos adversaires, c'est-à-dire messieurs de *Port-Royal*, d'hérétiques, d'une manière si ferme et si constante, qu'il semble qu'il n'est plus permis d'en douter; et que vous faites un bouclier de cette accusation pour repousser les attaques de l'auteur des LETTRES AU PROVINCIAL, que vous supposez être une per-

---

(*) Cette lettre, qui manque dans la plupart des éditions, se trouve dans celle de 1779, en tête du troisième volume, contenant les pièces attribuées à Pascal. J'ai cru, par plus d'une raison, qu'elle seroit mieux placée ici. Quoiqu'il ne soit pas invraisemblable que Pascal ait eu quelque part à cette lettre, on la croit de Nicole ; du moins y retrouve-t-on la manière de raisonner, la justesse et la précision qui convenoient à cet auteur. (*Note de l'Éditeur.*)

sonne de Port-Royal. Je ne sais s'il en est, ou
non, mon révérend père, et j'aime mieux croire
qu'il n'en est pas sur sa parole, que de croire
qu'il en est sur la vôtre, puisque vous n'en donnez aucune preuve. Pour moi, je ne suis certainement ni habitant, ni secrétaire de Port-Royal;
mais je ne puis m'empêcher de vous proposer,
sur cette qualité que vous leur donnez, quelques
difficultés, auxquelles, si vous me satisfaites
nettement et sans équivoque, je me rangerai de
votre côté, et je croirai qu'ils sont hérétiques.

Vous savez, mon révérend père, que de dire
à des gens qu'ils sont hérétiques, c'est une accusation vague, et qui passe plutôt pour une injure que la passion inspire, que pour une vérité,
si l'on ne montre en quoi et comment ils sont
hérétiques. Il faut alléguer les propositions hérétiques qu'ils défendent, et les livres dans lesquels ils les défendent et les soutiennent comme
des vérités orthodoxes.

Je vous demande donc en premier lieu, mon
révérend père, en quoi messieurs de Port-Royal
sont hérétiques? Est-ce parce qu'ils ne reçoivent
pas la constitution du pape Innocent X, et qu'ils
ne condamnent pas les cinq propositions qu'il a
condamnées? Si cela est, je les tiens pour hérétiques. Mais, mon révérend père, comment
puis-je croire cela d'eux, puisqu'ils disent et
écrivent clairement qu'ils reçoivent cette constitution, et qu'ils condamnent ce que le pape a
condamné?

Direz-vous qu'ils la reçoivent extérieurement, mais que dans leur cœur ils n'y croient pas? Je vous prie, mon révérend père, ne faites point la guerre à leurs pensées, contentez-vous de la faire à leurs paroles et à leurs écrits; car cette façon d'agir est injuste, et marque une animosité étrange et qui n'est point chrétienne; et si on la souffre, il n'y aura personne qu'on ne puisse faire hérétique, et même mahométan, si l'on veut, en disant qu'on ne croit dans le cœur aucun des mystères de la religion chrétienne.

En quoi sont-ils donc hérétiques? Est-ce parce qu'ils ne veulent pas reconnoître que ces cinq propositions soient dans le livre de Jansénius? Mais je vous soutiens, mon révérend père, que ce ne fut jamais, et jamais ne sera matière d'hérésie, de savoir si des propositions condamnées sont dans un livre ou non. Par exemple, quiconque dit que l'attrition, telle que l'a décrite le sacré *concile de Trente*, est mauvaise, et qu'elle est péché, il est hérétique; mais, si quelqu'un doutoit que cette proposition condamnée fût dans Luther ou Calvin, il ne seroit pas pour cela hérétique. De même celui qui soutiendroit comme catholiques les cinq propositions condamnées par le pape seroit hérétique : mais qu'elles soient dans Jansénius ou non, ce n'est point matière de foi; quoiqu'il ne faille pas pour cela se diviser ni faire schisme. Ajoutons, mon révérend père, que vos adversaires ont déclaré qu'ils ne se mettoient pas en peine si ces propo-

sitions étoient ou n'étoient pas dans Jansénius,
et qu'en quelques livres qu'elles soient, ils les
condamnent. Où est donc leur hérésie, pour dire
et répéter avec tant de hardiesse qu'ils sont hérétiques?

Ne me répondez pas, je vous prie, que, le
pape et les évêques disant qu'elles sont dans
Jansénius, c'est hérésie de le nier. Car je main-
tiens que ce peut bien être péché de le nier, si
l'on n'est assuré du contraire. Je dis plus, ce
seroit schisme de se diviser d'avec eux pour ce
sujet, mais ce ne peut jamais être hérésie. Que
si quelqu'un qui a des yeux pour lire ne les y a
point trouvées, il peut dire: Je ne les y ai pas
lues, sans que pour cela on puisse l'appeler hérétique.

Que direz-vous donc, mon révérend père, pour
prouver que vos adversaires sont hérétiques?
Vous direz sans doute que M. Arnauld, en sa
seconde lettre, a renouvelé une des cinq propositions. Mais qui le dit? Quelques docteurs de
la Faculté divisés sur cela d'avec leurs frères. Et
sur quoi se sont-ils fondés pour le dire? Non pas
sur ses paroles, car elles sont de saint Chrysostôme et de saint Augustin, mais sur un sens
qu'ils prétendent avoir été dans l'esprit de M. Arnauld, et que M. Arnauld nie avoir jamais eu.
Or, je crois que la charité oblige tout le monde
à croire un prêtre et un docteur qui rend raison
de ce qui est caché dans son esprit, et qui n'est
connu que de Dieu. Mais d'ailleurs, mon révé-

rend père, la Faculté, non pas divisée, mais unie, a si souvent condamné vos auteurs, et même votre Société tout entière, que vous avez trop d'intérêt de ne pas vouloir qu'on regarde comme des hérétiques tous ceux qu'elle condamne.

Je ne trouve donc point en quoi et comment ces personnes que vous appelez *jansénistes* sont hérétiques. Cependant, mon révérend père, si dire à son frère qu'il est *fou*, c'est se rendre coupable de la géhenne du feu, selon le témoignage de Jésus-Christ dans son Évangile; lui dire sans preuve et sans raison qu'il est *hérétique* est bien un plus grand crime, et qui mérite de plus grands châtiments. Toutes ces accusations d'hérésie, qui ne vous coûtent rien qu'à les avancer hardiment, ne sont bonnes qu'à faire peur aux ignorants et à étonner des femmes; mais sachez que des hommes d'esprit veulent savoir où est cette hérésie. Quoi! mon révérend père, Lessius sera à couvert quand il aura pour auteur et pour garant de ce qu'il dit, Victoria et Navarre; et M. Arnauld ne le sera pas quand il parlera comme ont parlé saint Augustin, saint Chrysostôme, saint Hilaire, saint Thomas et toute son école? Et depuis quel temps l'antiquité est-elle devenue criminelle? Quand la foi de nos pères a-t-elle changé?

Vous faites tout ce que vous pouvez pour montrer que MM. de Port-Royal ont le caractère et l'esprit des hérétiques; mais, avant que d'en venir là, il faudroit avoir montré qu'ils le sont, et c'est ce que vous ne pouvez faire; et je veux faire voir clairement qu'ils n'en ont ni la forme ni la marque.

Quand l'Église a combattu les ariens, elle les a accusés de nier la consubstantialité du fils avec le Père éternel. Les ariens ont-ils renoncé à cette proposition? Ont-ils déclaré qu'ils admettoient l'égalité et la consubstantialité entre le père et le fils? Jamais ils ne l'ont fait, et c'est pourquoi ils étoient hérétiques. Vous accusez vos adversaires de dire *que les préceptes sont impossibles.* Ils nient qu'ils.l'aient dit. Ils avouent que c'est hérésie de le dire. Ils soutiennent que, ni avant, ni après la constitution du pape, ils ne l'ont point dit. Ils déclarent avec vous hérétiques ceux. qui le disent. Ils ne sont donc point hérétiques.

Quand les saints pères ont déclaré Nestorius hérétique, parce qu'il nioit l'union hypostatique du Verbe avec l'humanité sainte, et qu'il mettoit deux personnes en Jésus-Christ, les nestoriens de ce temps-là, et ceux qui ont continué depuis dans l'Orient ont-ils renoncé à ce dont on les accusoit? N'ont-ils pas dit: Il est vrai que nous admettons deux personnes en Jésus-Christ, mais nous soutenons que ce n'est point hérésie? Voilà leur langage, et c'est pourquoi ils étoient hérétiques, et le sont encore. Mais quand vous dites que MM. de Port-Royal soutiennent que *l'on ne résiste point à la grâce intérieure*, ils le nient; et,

confessant avec vous que c'est une hérésie, ils
en détestent la proposition : tout au contraire
des autres, qui admettent la proposition, et
nient que ce soit hérésie. Ils ne sont donc pas
hérétiques.

Quand les pères ont condamné Eutychès,
parce qu'il ne croyoit qu'une nature en Jésus-
Christ, a-t-il dit que non, et qu'il en croyoit
deux? S'il l'avoit dit, il n'auroit pas été condamné; mais il disoit qu'il n'y avoit qu'une nature, et prétendoit que de le dire ce n'étoit point
hérésie, et c'est pourquoi il étoit hérétique.
Quand vous dites que MM. de Port-Royal tiennent « que Jésus-Christ n'est pas mort pour tout
« le monde, ou pour tous les hommes, et qu'il
« n'a répandu son sang que pour le salut des
« prédestinés; » que répondent-ils? Disent-ils
qu'il est vrai qu'ils sont de ce sentiment? Tout
au contraire, ne déclarent-ils pas qu'ils tiennent
ce sentiment pour hérétique, qu'ils ne l'ont jamais dit et ne le diront jamais? Et ils déclarent
qu'ils croient au contraire qu'il est faux que
Jésus-Christ n'ait répandu son sang que pour
le salut des prédestinés, qu'il l'a aussi répandu
pour les réprouvés, qui résistent à sa grâce. Et
enfin ils croient qu'il est mort pour tous les
hommes, comme saint Augustin l'a cru, comme
saint Thomas l'a enseigné, et comme le concile
de Trente l'a défini. Cela, mon révérend père,
ne vaut-il pas pour le moins autant que de dire
qu'on le croit comme les jésuites le croient et

comme Molina l'explique? Ils ne sont donc pas hérétiques.

Quand on a soutenu contre les monothélites deux volontés et deux opérations en Jésus-Christ, Cyrus d'Alexandrie et Sergius de Constantinople, et les autres, ont-ils dit qu'on leur imposoit? Ont-ils déclaré qu'ils admettoient deux volontés et deux opérations en notre Seigneur Jésus-Christ? Non, ils ne l'ont pas fait; c'est pourquoi ils étoient hérétiques. Quand vous opposez à MM. de Port-Royal qu'en cet état de la nature corrompue, «ils n'excluent et ne rejettent au- « cune nécessité de l'action méritoire ou démé- « ritoire, sinon la nécessité de contrainte,» ils le nient, et enseignent au contraire que nous avons toujours en cette vie, dans toutes les actions par lesquelles nous méritons et déméritons, l'indifférence d'agir ou de ne pas agir, même avec la grâce efficace qui ne nous nécessite pas, quoiqu'elle nous fasse infailliblement faire le bien comme l'enseignent tous les thomistes. Ils ne sont donc pas hérétiques.

Enfin, mon révérend père, quand l'Église à repris Luther et Calvin de ce qu'ils nioient nos sacrements, et de ce qu'ils ne croyoient pas la transsubstantiation, et n'obéissoient pas au pape, ces hérésiarques, auxquels vous comparez si souvent vos adversaires, se sont-ils plaints de ce qu'on leur imposoit ce qu'ils ne disoient pas? N'ont-ils pas soutenu, et ne soutiennent-ils pas encore ces propositions? Et c'est pour-

quoi ils sont hérétiques. Quand vous dites à
MM. de Port-Royal « qu'ils ne reconnoissent pas
« le pape, qu'ils ne reçoivent pas le concile de
« Trente, etc., » ils se servent comme ils doivent du MENTIRIS IMPUDENTISSIMÈ, c'est-à-dire,
que vous en avez menti, mon révérend père :
car, dans les matières de cette importance, il
est permis, et même nécessaire, de donner un
démenti. Ils ne sont donc pas hérétiques; ou,
s'ils le sont, ils n'en ont ni le génie, ni le caractère. Nous n'en avons point encore vu de cette
sorte dans l'Église; et il est plus aisé de montrer
dans leurs adversaires la marque et l'esprit de
calomniateurs et d'imposteurs, qu'en eux le caractère d'hérétiques.

Je trouve bien, mon révérend père, que les
hérétiques ont souvent imposé aux catholiques
des hérésies. Les pélagiens ont dit que saint
Augustin nioit le franc arbitre : les eutychiens
ont dit que les catholiques nioient l'union sub-
stantielle de Dieu et de l'homme en Jésus-Christ:
les monothélites accusoient les catholiques de
mettre une division et une contrariété entre la
volonté divine et l'humaine de Jésus-Christ :
les iconoclastes ont dit que nous adorions les
images du culte qui n'est dû qu'à Dieu seul :
les luthériens et les calvinistes nous appellent
papolâtres, et disent que le pape est l'*Antechrist*.
Nous disons que toutes ces propositions sont
hérétiques, et nous les détestons en même
temps, et c'est pourquoi nous ne sommes pas

hérétiques. Ainsi je crains, mon révérend père, que l'on ne dise que vous avez plutôt le caractère des hérétiques que ceux que vous accusez d'hérésie ; car les propositions moliniennes qu'ils vous objectent, vous les avouez, mais vous dites que ce ne sont pas des hérésies. Celles que vous leur objectez, ils les rejettent, disant que ce sont des hérésies, et par là ils font comme ont toujours fait les catholiques ; et vous, mon révérend père, vous faites comme ont toujours fait les hérétiques.

Mais quand vous vous servez de leur piété et de leur zèle pour la morale chrétienne comme d'une marque de leur hérésie, c'est le dernier de vos excès. Si vous aviez démontré qu'ils sont hérétiques, il vous seroit permis d'appeler tout cela hypocrisie et dissimulation ; mais qu'un des moyens dont vous vous servez pour montrer qu'ils sont hérétiques, ce soit leur piété et leur zèle pour la discipline de l'Église et pour la doctrine des saints pères, c'est, mon révérend père, ce qui ne se peut souffrir ; aussi nous nous donnerons bien de garde de vous suivre en cela.

Cependant, à vous entendre parler, il semble que c'en est fait ; ils sont hérétiques, il n'en faut non plus douter que de Luther et de Calvin. Mais, mon révérend père, permettez-moi, dans une affaire de cette importance, de suspendre mon jugement, ou même de n'en rien croire jusqu'à ce que je les voie révoltés contre le pape et soutenir les propositions qu'il a condamnées, et les soutenir dans leurs propres termes, ainsi qu'elles ont été condamnées. Car, dites-moi, mon révérend père, si ces messieurs ne sont point hérétiques, comme je le crois certainement, me justifierez-vous devant Dieu si je les crois hérétiques? Et tous ceux qui, sur votre parole, les croient hérétiques, et le disent partout, seront-ils excusés au tribunal du souverain juge, quand ils diront qu'ils l'ont lu dans vos écrits?

Voilà, mon révérend père, tout ce que j'avois à vous dire; car, pour le détail des falsifications prétendues, je vous laisse à l'auteur des lettres. Il a déjà fort malmené vos confrères, qui lui avoient fait de semblables reproches; et il ne vous épargnera pas, si ce n'est qu'après tout il seroit bien inutile de vous répondre, puisque vous ne dites rien de considérable que ce que vos confrères ont dit; à quoi cet auteur a très-admirablement bien répondu : car le livre que vous produisez aujourd'hui est un vieil écrit, que vous dites vous-même avoir fait il y a quatre mois ; aussi vous n'y dites pas une seule parole de la 10, 11, 12, 13, 14 et 15e lettres, qui ont toutes paru avant votre écrit; et néanmoins vous promettez, dans le titre, de *convaincre de mauvaise foi les lettres écrites depuis Pâques*. Que diroit-il donc, mon révérend père, à un livre rempli d'impostures jusques au titre?

DIX-HUITIÈME LETTRE,

ÉCRITE AU R. P. ANNAT, JÉSUITE.

On fait voir encore plus invinciblement, par la réponse même du père Annat, qu'il n'y a aucune hérésie dans l'Église : que tout le monde condamne la doctrine que les jésuites renferment dans le sens de Jansénius, et qu'ainsi tous les fidèles sont dans les mêmes sentiments sur la matière des cinq propositions. On marque la différence qu'il y a entre les disputes de droit et celles de fait, et on montre que, dans les questions de fait, on doit plus s'en rapporter à ce qu'on voit qu'à aucune autorité humaine.

Du 24 mars 1657.

MON RÉVÉREND PÈRE,

Il y a long-temps que vous travaillez à trouver quelque erreur dans vos adversaires ; mais je m'assure que vous avouerez à la fin qu'il n'y a peut-être rien de si difficile que de rendre hérétiques ceux qui ne le sont pas, et qui ne fuient rien tant que de l'être. J'ai fait voir, dans ma dernière lettre, combien vous leur aviez imputé d'hérésies l'une après l'autre, manque d'en trouver une que vous ayez pu long-temps maintenir ; de sorte qu'il ne vous étoit plus resté que de les en accuser, sur ce qu'ils refusoient de condamner le sens de Jansénius, que vous vouliez qu'ils condamnassent sans qu'on l'expliquât.

C'étoit bien manquer d'hérésies à leur reprocher
que d'en être réduits là : car qui a jamais ouï
parler d'une hérésie que l'on ne puisse exprimer ?
Aussi on vous a facilement répondu, en vous
représentant que, si Jansénius n'a point d'erreurs, il n'est pas juste de le condamner ; et
que, s'il en a, vous deviez les déclarer, afin
que l'on sût au moins ce que c'est que l'on condamne. Vous ne l'aviez néanmoins jamais voulu
faire ; mais vous aviez essayé de fortifier votre
prétention par des décrets qui ne faisoient rien
pour vous, puisqu'on n'y explique en aucune
sorte le sens de Jansénius, qu'on dit avoir été
condamné dans ces cinq propositions. Or, ce
n'étoit pas là le moyen de terminer vos disputes.
Si vous conveniez de part et d'autre du véritable
sens de Jansénius, et que vous ne fussiez plus en
différend que de savoir si ce sens est hérétique
ou non, alors les jugements qui déclareroient
que ce sens est hérétique, toucheroient ce qui
seroit véritablement en question. Mais la grande
dispute étant de savoir quel est ce sens de Jansénius, les uns disant qu'ils n'y voient que le
sens de saint Augustin et de saint Thomas ; et
les autres, qu'ils y en voient un qui est hérétique,
et qu'ils n'expriment point ; il est clair qu'une
constitution qui ne dit pas un mot touchant ce
différend, et qui ne fait que condamner en général le sens de Jansénius sans l'expliquer, ne décide rien de ce qui est en dispute.

C'est pourquoi l'on vous a dit cent fois que

votre différend n'étant que sur ce fait, vous ne
le finiriez jamais qu'en déclarant ce que vous
entendez par le sens de Jansénius. Mais comme
vous vous étiez toujours opiniâtré à le refuser,
je vous ai enfin poussé dans ma dernière lettre,
où j'ai fait entendre que ce n'est pas sans mystère
que vous aviez entrepris de faire condamner ce
sens sans l'expliquer, et que votre dessein étoit
de faire retomber un jour cette condamnation
indéterminée sur la doctrine de la grâce efficace,
en montrant que ce n'est autre chose que celle
de Jansénius, ce qui ne vous seroit pas difficile.
Cela vous a mis dans la nécessité de répondre :
car, si vous vous fussiez encore obstiné après
cela à ne point expliquer ce sens, il eût paru
aux moins éclairés que vous n'en vouliez en effet
qu'à la grâce efficace ; ce qui eût été la dernière
confusion pour vous, dans la vénération qu'a
l'Église pour une doctrine si sainte.

Vous avez donc été obligé de vous déclarer ;
et c'est ce que vous venez de faire en répondant à ma lettre, où je vous avois représenté
« que si Jansénius avoit, sur ces cinq proposi-
« tions, quelque autre sens que celui de la grâce
« efficace, il n'avoit point de défenseurs ; mais
« que, s'il n'avoit point d'autre sens que celui
« de la grâce efficace, il n'avoit point d'erreurs. »
Vous n'avez pu désavouer cela, mon père ; mais
vous y faites une distinction en cette sorte,
page 21 : « Il ne suffit pas, dites-vous, pour jus-
« tifier Jansénius, de dire qu'il ne tient que la

« grâce efficace, parce qu'on la peut tenir en
« deux manières : l'une hérétique, selon Calvin,
« qui consiste à dire que la volonté mue par la
« grâce n'a pas le pouvoir d'y résister ; l'autre
« orthodoxe, selon les thomistes et les sorbo-
« nistes, qui est fondée sur des principes éta-
« blis par les conciles, qui est que la grâce
« efficace par elle-même gouverne la volonté
« de telle sorte, qu'on a toujours le pouvoir d'y
« résister. »

On vous accorde tout cela, mon père, et vous
finissez en disant « que Jansénius seroit catho-
« lique, s'il défendoit la grâce efficace selon les
« thomistes ; mais qu'il est hérétique, parce qu'il
« est contraire aux thomistes et conforme à Cal-
« vin, qui nie le pouvoir de résister à la grâce. »
Je n'examine pas ici, mon père, ce point de
fait ; savoir, si Jansénius est en effet conforme
à Calvin. Il me suffit que vous le prétendiez, et
que vous nous fassiez savoir aujourd'hui que,
par le sens de Jansénius, vous n'avez entendu
autre chose que celui de Calvin. N'étoit-ce donc
que cela, mon père, que vous vouliez dire ?
N'étoit-ce que l'erreur de Calvin que vous vouliez faire condamner sous le nom du sens de
Jansénius ? Que ne le déclariez-vous plus tôt ?
Vous vous fussiez épargné bien de la peine ;
car, sans bulles ni brefs, tout le monde eût
condamné cette erreur avec vous. Que cet éclaircissement étoit nécessaire ! et qu'il lève de difficultés ! Nous ne savions, mon père, quelle

erreur les papes et les évêques avoient voulu condamner sous le nom du sens de Jansénius. Toute l'Église en étoit dans une peine extrême, et personne ne nous le vouloit expliquer. Vous le faites maintenant, mon père, vous que tout votre parti considère comme le chef et le premier moteur de tous ses conseils, et qui savez le secret de toute cette conduite. Vous nous l'avez donc dit, que ce sens de Jansénius n'est autre chose que le sens de Calvin condamné par le concile. Voilà bien des doutes résolus. Nous savons maintenant que l'erreur qu'ils ont eu dessein de condamner sous ces termes du *sens de Jansénius* n'est autre chose que le sens de Calvin, et qu'ainsi nous demeurons dans l'obéissance à leurs décrets en condamnant avec eux ce sens de Calvin qu'ils ont voulu condamner. Nous ne sommes plus étonnés de voir que les papes et quelques évêques aient été si zélés contre le sens de Jansénius. Comment ne l'auroient-ils pas été, mon père, ayant créance en ceux qui disent publiquement que ce sens est le même que celui de Calvin?

Je vous déclare donc, mon père, que vous n'avez plus rien à reprendre en vos adversaires, parce qu'ils détestent assurément ce que vous détestez. Je suis seulement étonné de voir que vous l'ignoriez, et que vous ayez si peu de connoissance de leurs sentiments sur ce sujet, qu'ils ont tant de fois déclarés dans leurs ouvrages. Je m'assure que, si vous en étiez mieux informé,

vous auriez du regret de ne vous être pas instruit
avec un esprit de paix d'une doctrine si pure et
si chrétienne, que la passion vous fait combattre
sans la connoître. Vous verriez, mon père, que
non-seulement ils tiennent qu'on résiste effectivement à ces grâces foibles, qu'on appelle
excitantes, ou inefficaces, en n'exécutant pas
le bien qu'elles nous inspirent, mais qu'ils sont
encore aussi fermes à soutenir contre Calvin le
pouvoir que la volonté a de résister même à la
grâce efficace et victorieuse qu'à défendre contre
Molina le pouvoir de cette grâce sur la volonté,
aussi jaloux de l'une de ces vérités que de l'autre.
Ils ne savent que trop que l'homme, par sa
propre nature, a toujours le pouvoir de pécher
et de résister à la grâce, et que, depuis sa corruption, il porte un fonds malheureux de concupiscence, qui lui augmente infiniment ce pouvoir ; mais que néanmoins, quand il plaît à Dieu
de le toucher par sa miséricorde, il lui fait faire
ce qu'il veut et en la manière qu'il le veut, sans
que cette infaillibilité de l'opération de Dieu
détruise en aucune sorte la liberté naturelle de
l'homme, par les secrètes et admirables manières
dont Dieu opère ce changement, que saint Augustin a si excellemment expliquées, et qui
dissipent toutes les contradictions imaginaires
que les ennemis de la grâce efficace se figurent
entre le pouvoir souverain de la grâce sur le
libre arbitre, et la puissance qu'a le libre arbitre
de résister à la grâce ; car, selon ce grand saint,

que les papes de l'Église ont donné pour règle en cette matière, Dieu change le cœur de l'homme par une douceur céleste qu'il y répand, qui, surmontant la délectation de la chair, fait que l'homme sentant d'un côté sa mortalité et son néant, et découvrant de l'autre la grandeur et l'éternité de Dieu, conçoit du dégoût pour les délices du péché qui le séparent du bien incorruptible. Trouvant sa plus grande joie dans le Dieu qui le charme, il s'y porte infailliblement de lui-même, par un mouvement tout libre, tout volontaire, tout amoureux; de sorte que ce lui seroit une peine et un supplice de s'en séparer. Ce n'est pas qu'il ne puisse toujours s'en éloigner, et qu'il ne s'en éloignât effectivement, s'il le vouloit. Mais comment le voudroit-il, puisque la volonté ne se porte jamais qu'à ce qui lui plaît le plus, et que rien ne lui plaît tant alors que ce bien unique, qui comprend en soi tous les autres biens? *Quod enim ampliùs nos delectat, secundùm id operemur necesse est*, comme dit saint Augustin, *Exp. Ep. ad Gal.* n. 49.

C'est ainsi que Dieu dispose de la volonté libre de l'homme sans lui imposer de nécessité; et que le libre arbitre, qui peut toujours résister à la grâce, mais qui ne le veut pas toujours, se porte aussi librement qu'infailliblement à Dieu, lorsqu'il veut l'attirer par la douceur de ses inspirations efficaces.

Ce sont là, mon père, les divins principes de

saint Augustin et de saint Thomas, selon lesquels il est véritable que « nous pouvons résister
« à la grâce, » contre l'opinion de Calvin; et que
néanmoins, comme dit le pape Clément VIII,
dans son écrit adressé à la congrégation *de
Auxiliis*, Art. 5 et 6 : « Dieu forme en nous le
« mouvement de notre volonté, et dispose effi-
« cacement de notre cœur, par l'empire que
« sa majesté suprême a sur les volontés des
« hommes aussi-bien que sur le reste des créa-
« tures qui sont sous le ciel, selon saint Au-
« gustin. »

C'est encore selon ces principes que nous
agissons de nous-mêmes; ce qui fait que nous
avons des mérites qui sont véritablement nôtres
contre l'erreur de Calvin; et que néanmoins
Dieu étant le premier principe de nos actions,
et « faisant en nous ce qui lui est agréable, »
comme dit saint Paul, « nos mérites sont des
« dons de Dieu, » comme dit le concile de Trente.

C'est par là qu'est détruite cette impiété de
Luther, condamnée par le même concile : « Que
« nous ne coopérons en aucune sorte à notre
« salut, non plus que des choses inanimées : »
et c'est par là qu'est encore détruite l'impiété de
l'école de Molina, qui ne veut pas reconnoître
que c'est la force de la grâce même qui fait que
nous coopérons avec elle dans l'œuvre de notre
salut : par où il ruine ce principe de foi établi
par saint Paul : « Que c'est Dieu qui forme en
« nous et la volonté et l'action. »

Et c'est enfin par ce moyen que s'accordent tous ces passages de l'Écriture, qui semblent les plus opposés : « Convertissez-vous à Dieu : « Seigneur, convertissez-nous à vous. Rejetez « vos iniquités hors de vous : c'est Dieu qui ôte « les iniquités de son peuple. Faites des œuvres « dignes de pénitence : Seigneur, vous avez fait « en nous toutes nos œuvres. Faites-vous un « cœur nouveau et un esprit nouveau : Je vous « donnerai un esprit nouveau, et je créerai en « vous un cœur nouveau, etc. »

L'unique moyen d'accorder ces contrariétés apparentes qui attribuent nos bonnes actions, tantôt à Dieu, et tantôt à nous, est de reconnoître que, comme dit saint Augustin, « nos actions « sont nôtres, à cause du libre arbitre qui les « produit; et qu'elles sont aussi de Dieu, à cause « de sa grâce qui fait que notre arbitre les pro- « duit. » Et que, comme il dit ailleurs, Dieu nous fait faire ce qu'il lui plaît, en nous faisant vouloir ce que nous pourrions ne vouloir pas : *A Deo factum est ut vellent quod nolle potuissent.*

Ainsi, mon père, vos adversaires sont parfaitement d'accord avec les nouveaux thomistes mêmes, puisque les thomistes tiennent comme eux, et le pouvoir de résister à la grâce, et l'infaillibilité de l'effet de la grâce, qu'ils font profession de soutenir si hautement, selon cette maxime capitale de leur doctrine, qu'Alvarez (*), l'un

_____

(*) Diégo (ou Didacus) Alvarez fut un des plus célèbres

des plus considérables d'entre eux, répète si souvent dans son livre, et qu'il exprime, *Disp.* 72,
L. VIII, n. 4, en ces termes : « Quand la grâce effi-
« cace meut le libre arbitre, il consent infailli-
« blement; parce que l'effet de la grâce est de
« faire qu'encore qu'il puisse ne pas consentir, il
« consente néanmoins en effet. » Dont il donne
« pour raison celle-ci de saint Thomas, son maître,
1, 2, q. 112, a. 3 : « Que la volonté de Dieu ne
« peut manquer d'être accomplie; et qu'ainsi,
« quand il veut qu'un homme consente à la
« grâce, il consent infailliblement, et même né-
« cessairement, non pas d'une nécessité abso-
« lue, mais d'une nécessité d'infaillibilité. » En
quoi la grâce ne blesse pas « le pouvoir qu'on
« a de résister si on le veut; » puisqu'elle fait
seulement qu'on ne veut pas y résister, comme
votre père Pétau le reconnoît en ces termes,
t. I, *Théol. dogm.* L. IX, c. 7, p. 602 : « La grâce

---

théologiens de l'ordre de saint Dominique : il vivoit aux
seizième et dix-septième siècles, et mourut en 1635. On
l'avoit fait venir d'Espagne à Rome en 1596, pour y soutenir, avec le père Thomas Lémos, les intérêts de la grâce
de Jésus-Christ, énervée et comme anéantie par le jésuite
Molina. Il brilla beaucoup dans la fameuse congrégation *de
auxiliis*. Le livre d'Alvarez, dont il est ici question, a pour
titre : *Didaci Alvarez de auxiliis divinæ gratiæ, et humani
arbitrii viribus et libertate, ac legitimâ ejus cum efficaciâ
eorumdem auxiliorum concordiâ, Lib.* XIII, *in-folio, Romæ,*
1610 ; et *in-folio, Lugduni,* 1620.

(*Note de l'édit. de* 1812.)

« de Jésus-Christ fait qu'on persévère infaillible-
« ment dans la piété, quoique non par nécessité :
« car on peut n'y pas consentir si on le veut,
« comme dit le concile; mais cette même grâce
« fait que l'on ne le veut pas. »

C'est là, mon père, la doctrine constante de
saint Augustin, de saint Prosper, des pères qui
les ont suivis, des conciles, de saint Thomas, et
de tous les thomistes en général. C'est aussi celle
de vos adversaires, quoique vous ne l'ayez pas
pensé. Et c'est enfin celle que vous venez d'approuver vous-même en ces termes : « La doctrine
« de la grâce efficace, qui reconnoît qu'on a le
« pouvoir d'y résister, est orthodoxe, appuyée
« sur les conciles, et soutenue par les thomistes
« et les sorbonistes. » Dites la vérité, mon père :
si vous eussiez su que vos adversaires tiennent
effectivement cette doctrine, peut-être que l'intérêt de votre Compagnie vous eût empêché d'y
donner cette approbation publique : mais, vous
étant imaginé qu'ils y étoient opposés, ce même
intérêt de votre Compagnie vous a porté à autoriser des sentiments que vous croyiez contraires
aux leurs; et par cette méprise, voulant ruiner
leurs principes, vous les avez vous-même parfaitement établis. De sorte qu'on voit aujour-
d'hui, par une espèce de prodige, les défenseurs
de la grâce efficace justifiés par les défenseurs
de Molina : tant la conduite de Dieu est admirable pour faire concourir toutes choses à la
gloire de sa vérité !

Que tout le monde apprenne donc, par votre propre déclaration, que cette vérité de la grâce efficace, nécessaire à toutes les actions de piété, qui est si chère à l'Église, et qui est le prix du sang de son Sauveur, est si constamment catholique, qu'il n'y a pas un catholique, jusques aux jésuites mêmes, qui ne la reconnoisse pour orthodoxe. Et l'on saura en même temps, par votre propre confession, qu'il n'y a pas le moindre soupçon d'erreur dans ceux que vous en avez tant accusés; car, quand vous leur en imputiez de cachées sans les vouloir découvrir, il leur étoit aussi difficile de s'en défendre qu'il vous étoit facile de les en accuser de cette sorte; mais maintenant que vous venez de déclarer que cette erreur qui vous oblige à les combattre est celle de Calvin, que vous pensiez qu'ils soutinssent, il n'y a personne qui ne voie clairement qu'ils sont exempts de toute erreur, puisqu'ils sont si contraires à la seule que vous leur imposez, et qu'ils protestent, par leurs discours, par leurs livres, et par tout ce qu'ils peuvent produire pour témoigner leurs sentiments, qu'ils condamnent cette hérésie de tout leur cœur, et de la même manière que font les thomistes, que vous reconnoissez sans difficulté pour catholiques, et qui n'ont jamais été suspects de ne le pas être.

Que direz-vous donc maintenant contre eux, mon père? Qu'encore qu'ils ne suivent pas le sens de Calvin. ils sont néanmoins hérétiques, parce qu'ils ne veulent pas reconnoître que le sens de Jansénius est le même que celui de Calvin? Oseriez-vous dire que ce soit là une matière d'hérésie? et n'est-ce pas une pure question de fait qui n'en peut former? C'en seroit bien une de dire qu'on n'a pas le pouvoir de résister à la grâce efficace; mais en est-ce une de douter si Jansénius le soutient? est-ce une vérité révélée? est-ce un article de foi qu'il faille croire sur peine de damnation? et n'est-ce pas malgré vous un point de fait pour lequel il seroit ridicule de prétendre qu'il y eût des hérétiques dans l'Église?

Ne leur donnez donc plus ce nom, mon père, mais quelque autre qui soit proportionné à la nature de votre différend. Dites que ce sont des ignorants et des stupides, et qu'ils entendent mal Jansénius; ce seront des reproches assortis à votre dispute; mais de les appeler hérétiques, cela n'y a nul rapport. Et comme c'est la seule injure dont je les veux défendre, je ne me mettrai pas beaucoup en peine de montrer qu'ils entendent bien Jansénius. Tout ce que je vous en dirai, est qu'il me semble, mon père, qu'en le jugeant par vos propres règles, il est difficile qu'il ne passe pour catholique : car voici ce que vous établissez pour l'examiner.

« Pour savoir, dites-vous, si Jansénius est à « couvert, il faut savoir s'il défend la grâce effi- « cace à la manière de Calvin, qui nie qu'on « ait le pouvoir d'y résister ; car alors il seroit

« hérétique : ou à la manière des thomistes, qui
« l'admettent ; car alors il seroit catholique. »
Voyez donc, mon père, s'il tient qu'on a le pouvoir de résister, quand il dit, dans des traités
entiers, et entre autres au tom. III, L. VIII, c. 20 :
« Qu'on a toujours le pouvoir de résister à la
« grâce, selon le concile : QUE LE LIBRE ARBITRE
« PEUT TOUJOURS AGIR ET N'AGIR PAS, vouloir et
« ne vouloir pas, consentir et ne consentir pas,
« faire le bien et le mal ; et que l'homme en cette
« vie a toujours ces deux libertés, que vous
« appelez de contrariété et de contradiction. »
Voyez de même s'il n'est pas contraire à l'erreur
de Calvin, telle que vous-même la représentez,
lui qui montre, dans tout le chapitre 21, « que
« l'Église a condamné cet hérétique, qui sou-
« tient que la grâce efficace n'agit pas sur le
« libre arbitre en la manière qu'on l'a cru si
« long-temps dans l'Église, en sorte qu'il soit
« ensuite au pouvoir du libre arbitre de con-
« sentir ou de ne consentir pas : au lieu que,
« selon saint Augustin et le concile, on a tou-
« jours le pouvoir de ne consentir pas, si on le
« veut ; et que, selon saint Prosper, Dieu donne
» à ses élus mêmes la volonté de persévérer, en
« sorte qu'il ne leur ôte pas la puissance de vou-
« loir le contraire. » Et enfin jugez s'il n'est pas
d'accord avec les thomistes, lorsqu'il déclare,
c. 4, « que tout ce que les thomistes ont écrit
« pour accorder l'efficacité de la grâce avec le
« pouvoir d'y résister est si conforme à son sens,

« qu'on n'a qu'à voir leurs livres pour y ap-
« prendre ses sentiments. *Quod ipsi dixerunt,*
« *dictum puta.* »

Voilà comme il parle sur tous ces chefs, et
c'est sur quoi je m'imagine qu'il croit le pouvoir
de résister à la grâce; qu'il est contraire à Calvin, et conforme aux thomistes, parce qu'il le
dit, et qu'ainsi il est catholique selon vous. Que
si vous avez quelque voie pour connoître le sens
d'un auteur autrement que par ses expressions,
et que, sans rapporter aucun de ses passages,
vous vouliez soutenir, contre toutes ses paroles,
qu'il nie le pouvoir de résister, et qu'il est pour
Calvin contre les thomistes, n'ayez pas peur,
mon père, que je vous accuse d'hérésie pour cela:
je dirai seulement qu'il semble que vous entendez
mal Jansénius; mais nous n'en serons pas moins
enfants de la même Église.

D'où vient donc, mon père, que vous agissez
dans ce différend d'une manière si passionnée,
et que vous traitez comme vos plus cruels ennemis, et comme les plus dangereux hérétiques, ceux que vous ne pouvez accuser d'aucune erreur, ni d'autre chose, sinon qu'ils n'entendent pas Jansénius comme vous? Car de quoi
disputez-vous, sinon du sens de cet auteur?
Vous voulez qu'ils le condamnent, mais ils vous
demandent ce que vous entendez par là? Vous
dites que vous entendez l'erreur de Calvin; ils
répondent qu'ils la condamnent : et ainsi, si
vous n'en voulez pas aux syllabes, mais à la

chose qu'elles signifient, vous devez être satisfait. S'ils refusent de dire qu'ils condamnent
le sens de Jansénius, c'est parce qu'ils croient
que c'est celui de saint Thomas. Et ainsi ce
mot est bien équivoque entre vous. Dans votre
bouche, il signifie le sens de Calvin; dans la
leur, c'est le sens de saint Thomas : de sorte que
ces différentes idées que vous avez d'un même
terme, causant toutes vos divisions, si j'étois
maître de vos disputes, je vous interdirois le
mot de Jansénius de part et d'autre. Et ainsi, en
n'exprimant que ce que vous entendez par là,
on verroit que vous ne demandez autre chose
que la condamnation du sens de Calvin, à quoi
ils consentent; et qu'ils ne demandent autre
chose que la défense du sens de saint Augustin
et de saint Thomas, en quoi vous êtes tous
d'accord.

Je vous déclare donc, mon père, que, pour
moi, je les tiendrai toujours pour catholiques,
soit qu'ils condamnent Jansénius, s'ils y trouvent des erreurs, soit qu'ils ne le condamnent
point quand ils n'y trouvent que ce que vous-
même déclarez être catholique; et que je leur
parlerai comme saint Jérôme à Jean, évêque de
Jérusalem, accusé de tenir huit propositions
d'Origène. « Ou condamnez Origène, disoit ce
« saint, si vous reconnoissez qu'il a tenu ces
« erreurs, ou bien niez qu'il les ait tenues : *aut*
« *nega hoc dixisse eum qui arguitur ; aut, si*
« *locutus est talia, eum damna qui dixerit.* »

Voilà, mon père, comment agissent ceux qui n'en veulent qu'aux erreurs, et non pas aux personnes; au lieu que vous, qui en voulez aux personnes plus qu'aux erreurs, vous trouvez que ce n'est rien de condamner les erreurs, si on ne condamne les personnes à qui vous les voulez imputer.

Que votre procédé est violent, mon père, mais qu'il est peu capable de réussir! Je vous l'ai dit ailleurs, et je vous le redis encore, la violence et la vérité ne peuvent rien l'une sur l'autre. Jamais vos accusations ne furent plus outrageuses, et jamais l'innocence de vos adversaires ne fut plus connue : jamais la grâce efficace ne fut plus artificieusement attaquée, et jamais nous ne l'avons vue si affermie. Vous employez les derniers efforts pour faire croire que vos disputes sont sur des points de foi, et jamais on ne connut mieux que toute votre dispute n'est que sur un point de fait. Enfin vous remuez toutes choses pour faire croire que ce point de fait est véritable, et jamais on ne fut plus disposé à en douter. Et la raison en est facile : c'est, mon père, que vous ne prenez pas les voies naturelles pour faire croire un point de fait, qui sont de convaincre les sens, et de montrer dans un livre les mots que l'on dit y être. Mais vous allez chercher des moyens si éloignés de cette simplicité, que cela frappe nécessairement les plus stupides. Que ne preniez-vous la même voie que j'ai tenue dans mes lettres pour

découvrir tant de mauvaises maximes de vos
auteurs, qui est de citer fidèlement les lieux
d'où elles sont tirées? C'est ainsi qu'ont fait les
curés de Paris; et cela ne manque jamais de
persuader le monde. Mais qu'auriez-vous dit, et
qu'auroit-on pensé, lorsqu'ils, vous reprochè-
rent, par exemple, cette proposition du père
Lamy : « Qu'un religieux peut tuer celui qui
« menace de publier des calomnies contre lui ou
« contre sa communauté, quand il ne s'en peut
« défendre autrement, » s'ils n'avoient point cité
le lieu où elle est en propres termes; que, quelque demande qu'on leur en eût faite, ils se
fussent toujours obstinés à le refuser; et qu'au
lieu de cela, ils eussent été à Rome obtenir une
bulle qui ordonnât à tout le monde de le reconnoître? N'auroit-on pas jugé sans doute qu'ils
auroient surpris le pape, et qu'ils n'auroient eu
recours à ce moyen extraordinaire que manque
des moyens naturels que les vérités de fait mettent en main à tous ceux qui les soutiennent?
Aussi ils n'ont fait que marquer que le père
Lamy enseigne cette doctrine au t. V, disp. 36,
n. 118, p. 544 de l'édition de Douai; et ainsi
tous ceux qui l'ont voulu voir l'ont trouvée, et
personne n'en a pu douter. Voilà une manière
bien facile et bien prompte de vider les questions
de fait où l'on a raison.

D'où vient donc, mon père, que vous n'en
usez pas de la sorte? Vous avez dit, dans vos
Cavilli, « que les cinq propositions sont dans

« Jansénius mot à mot, toutes en propres ter-
« mes, IISDEM VERBIS. » On vous a dit que non.
Qu'y avoit-il à faire là-dessus, sinon ou de citer
la page, si vous les aviez vues en effet, ou de
confesser que vous vous étiez trompé? Mais vous
ne faites ni l'un ni l'autre ; et, au lieu de cela,
voyant bien que tous les endroits de Jansénius,
que vous alléguez quelquefois pour éblouir le
monde, ne sont point les « propositions con-
« damnées, individuelles et singulières » que
vous vous étiez engagé de faire voir dans son
livre, vous nous présentez des constitutions qui
déclarent qu'elles en sont extraites, sans marquer le lieu.

Je sais, mon père, le respect que les chrétiens
doivent au saint-siége, et vos adversaires témoignent assez d'être très-résolus à ne s'en départir
jamais. Mais ne vous imaginez pas que ce fût en
manquer que de représenter au pape, avec toute
la soumission que des enfants doivent à leur
père, et les membres à leur chef, qu'on peut
l'avoir surpris en ce point de fait; qu'il ne l'a
point fait examiner depuis son pontificat, et
que son prédécesseur Innocent X avoit fait seulement examiner si les propositions étoient hérétiques, mais non pas si elles étoient de Jansénius. Ce qui a fait dire au commissaire du
saint-office, l'un des principaux examinateurs,
« qu'elles ne pouvoient être censurées au sens
« d'aucun auteur : *non sunt qualificabiles in sensu*
« *proferentis;* parce qu'elles leur avoient été pré-

« sentées pour être examinées en elles-mêmes,
« et sans considérer de quel auteur elles pou-
« voient être : *in abstracto, et ut præscindunt ab*
« *omni proferente*, » comme il se voit dans leurs
suffrages nouvellement imprimés : que plus de
soixante docteurs, et un grand nombre d'autres
personnes habiles et pieuses ont lu ce livre
exactement sans les y avoir jamais vues, et
qu'ils y en ont trouvé de contraires : que ceux
qui ont donné cette impression au pape pourroient bien avoir abusé de la créance qu'il a en
eux, étant intéressés, comme ils le sont, à décrier cet auteur, qui a convaincu Molina (*) de
plus de cinquante erreurs : que ce qui rend la
chose plus croyable, est qu'ils ont cette maxime,
l'une des plus autorisées de leur théologie,
« qu'ils peuvent calomnier sans crime ceux
« dont ils se croient injustement attaqués »; et
qu'ainsi leur témoignage étant si suspect, et le

(*) De plus de cinquante erreurs. Voici, à ce qu'on prétend, l'origine de la haine des jésuites contre Jansénius.
Quand on imprima l'*Augustinus* de Jansénius, en 1640,
Libertus Fromond, célèbre professeur de Louvain, s'avisa
de mettre à la fin du livre de son ami, qui étoit mort deux
ans auparavant, un parallèle de la doctrine des jésuites sur
la grâce avec les erreurs des Marseillois ou demi-pélagiens.
Les jésuites, qui prirent faussement Jansénius pour l'auteur
de ce parallèle, commencèrent, dans les Pays-Bas mêmes, à
s'élever contre son livre, par un grand volume de thèses
théologiques, qui sont fort singulières et très-rares, *in-folio*,
1641. (*Note de l'édit. de* 1812.)

PROVINCIALES. 28

témoignage des autres étant si considérable, on a quelque sujet de supplier sa Sainteté avec toute l'humilité possible, de faire examiner ce fait en présence des docteurs de l'un et de l'autre parti, afin d'en pouvoir former une décision solennelle et régulière. « Qu'on assemble des « juges habiles, » disoit saint Basile sur un semblable sujet, ép. 75; « que chacun y soit libre : « qu'on examine mes écrits : qu'on voie s'il y « a des erreurs contre la foi : qu'on lise les ob- « jections et les réponses, afin que ce soit un « jugement rendu avec connoissance de cause et « dans les formes, et non pas une diffamation « sans examen. »

Ne prétendez pas, mon père, de faire passer pour peu soumis au saint-siége ceux qui en uséroient de la sorte. Les papes sont bien éloignés de traiter les chrétiens avec cet empire que l'on voudroit exercer sous leur nom. « L'Église, dit « le pape saint Grégoire, *in Job.* L. VIII, c. I, qui « a été formée dans l'école d'humilité, ne com- « mande pas avec autorité, mais persuade par « raison ce qu'elle enseigne à ses enfants qu'elle « croit engagés dans quelque erreur : *recta quæ* « *errantibus dicit, non quasi ex auctoritate præ-* « *cipit, sed ex ratione persuadet.* » Et bien loin de tenir à déshonneur de réformer un jugement où on les auroit surpris, ils en font gloire au contraire, comme le témoigne saint Bernard, ép. 180. « Le siége apostolique, dit-il, a cela de « recommandable, qu'il ne se pique pas d'hon-

« neur, et se porte volontiers à révoquer ce qu'on
« en a tiré par surprise : aussi est-il bien juste
« que personne ne profite de l'injustice, et prin-
« cipalement devant le saint-siége. »

Voilà, mon père, les vrais sentiments qu'il
faut inspirer aux papes, puisque tous les théologiens demeurent d'accord qu'ils peuvent être
surpris, et que cette qualité suprême est si éloignée de les en garantir, qu'elle les y expose au
contraire davantage, à cause du grand nombre
de soins qui les partagent. C'est ce que dit le
même saint Grégoire à des personnes qui s'étonnoient de ce qu'un autre pape s'étoit laissé tromper. « Pourquoi admirez-vous, dit-il, L. 1, c. 4,
« *Dial.*, que nous soyons trompés, nous qui
« sommes des hommes ? N'avez-vous pas vu que
« David, ce roi qui avoit l'esprit de prophétie,
« ayant donné créance aux impostures de Siba,
« rendit un jugement injuste contre le fils de
« Jonathas ? Qui trouvera donc étrange que des
« imposteurs nous surprennent quelquefois,
« nous qui ne sommes point prophètes ? La foule
« des affaires nous accable; et notre esprit, qui,
« étant partagé en tant de choses, s'applique
« moins à chacune en particulier, en est plus
« aisément trompé en une. » En vérité, mon
père, je crois que les papes savent mieux que
vous s'ils peuvent être surpris ou non. Ils nous
déclarent eux-mêmes que les papes et que les
plus grands rois sont plus exposés à être trompés
que les personnes qui ont moins d'occupations

importantes. Il les en faut croire ; et il est bien
aisé de s'imaginer par quelle voie on arrive à
les surprendre. Saint Bernard en fait la description dans la lettre qu'il écrivit à Innocent II,
en cette sorte, *ep.* 327 : « Ce n'est pas une
« chose étonnante, ni nouvelle, que l'esprit de
« l'homme puisse tromper et être trompé. Des
« religieux sont venus à vous dans un esprit
« de mensonge et d'illusion. Ils vous ont parlé
« contre un évêque qu'ils haïssent, et dont la
« vie a été exemplaire. Ces personnes mordent
« comme des chiens, et veulent faire passer le
« bien pour le mal. Cependant, très-saint-père,
« vous vous mettez en colère contre votre fils.
« Pourquoi avez-vous donné un sujet de joie à
« ses adversaires ? Ne croyez pas à tout esprit,
« mais éprouvez si les esprits sont de Dieu. J'es-
« père que, quand vous aurez connu la vérité,
« tout ce qui a été fondé sur un faux rapport
« sera dissipé. Je prie l'esprit de vérité de vous
« donner la grâce de séparer la lumière des té-
« nèbres, et de réprouver le mal pour favoriser
« le bien. » Vous voyez donc, mon père, que le
degré éminent où sont les papes ne les exempte
pas de surprise, et qu'il ne fait autre chose que
rendre leurs surprises plus dangereuses et plus
importantes. C'est ce que saint Bernard représente au pape Eugène, *de Consid.* L. II, c. ult. :
« Il y a un autre défaut si général, que je n'ai
« vu personne des grands du monde qui l'évite.
« C'est, saint-père, la trop grande crédulité d'où

« naissent tant de désordres ; car c'est de là que
« viennent les persécutions violentes contre les
« innocents, les préjugés injustes contre les ab-
« sents, et les colères terribles pour des choses
« de néant, *pro nihilo.* Voilà, saint-père, un mal
« universel, duquel, si vous êtes exempt, je dirai
« que vous êtes le seul qui ayez cet avantage
« entre tous vos confrères. »

Je m'imagine, mon père, que cela commence
à vous persuader que les papes sont exposés à
être surpris. Mais, pour vous le montrer parfaitement, je vous ferai seulement ressouvenir des
exemples que vous-même rapportez dans votre
livre, de papes et d'empereurs, que des hérétiques ont surpris effectivement. Car vous dites
qu'Apollinaire surprit le pape Damase, de même
que Célestius surprit Zozime. Vous dites encore
qu'un nommé Athanase trompa l'empereur Hé-
raclius, et le porta à persécuter les catholiques ;
et qu'enfin Sergius obtint d'Honorius ce décret
qui fut brûlé au sixième concile, *en faisant*,
dites-vous, *le bon valet auprès de ce pape.*

Il est donc constant par vous-même que ceux,
mon père, qui en usent ainsi auprès des rois et
des papes, les engagent quelquefois artificieusement à persécuter ceux qui défendent la vérité
de la foi en pensant persécuter des hérésies. Et
de là vient que les papes, qui n'ont rien tant en
horreur que ces surprises, ont fait d'une lettre
d'Alexandre III une loi ecclésiastique, insérée
dans le droit canonique, pour permettre de sus-

pendre l'exécution de leurs bulles et de leurs
décrets quand on croit qu'ils ont été trompés.
« Si quelquefois (dit ce pape à l'archevêque de
« Ravenne, c. 5, *Extr. de Rescrip.*) nous en-
« voyons à votre fraternité des décrets qui cho-
« quent vos sentiments, ne vous en inquiétez
« pas. Car ou vous les exécuterez avec révérence,
« ou vous nous manderez la raison que vous
« croyez avoir de ne le pas faire; parce que nous
« trouverons bon que vous n'exécutiez pas un
« décret qu'on auroit tiré de nous par surprise
« et par artifice. » C'est ainsi qu'agissent les papes
qui ne cherchent qu'à éclaircir les différends
des chrétiens, et non pas à suivre la passion de
ceux qui veulent y jeter le trouble. Ils n'usent
pas de domination, comme disent saint Pierre
et saint Paul après Jésus-Christ; mais l'esprit
qui paroît en toute leur conduite est celui de
paix et de vérité. Ce qui fait qu'ils mettent ordinairement dans leurs lettres cette clause, qui est
sous-entendue en toutes : *Si ita est; Si preces veritate nitantur* : «Si la chose est comme on nous
« la fait entendre; Si les faits sont véritables. »
D'où il se voit que, puisque les papes ne donnent de force à leurs bulles qu'à mesure qu'elles
sont appuyées sur des faits véritables, ce ne
sont pas les bulles seules qui prouvent la vérité
des faits; mais qu'au contraire, selon les canonistes mêmes, c'est la vérité des faits qui rend
les bulles recevables.

D'où apprendrons-nous donc la vérité des

faits? Ce sera des yeux, mon père, qui en sont les légitimes juges, comme la raison l'est des choses naturelles et intelligibles, et la foi des choses surnaturelles et révélées. Car, puisque vous m'y obligez, mon père, je vous dirai que, selon les sentiments de deux des plus grands docteurs de l'Église, saint Augustin et saint Thomas, ces trois principes de nos connoissances, les sens, la raison et la foi ont chacun leurs objets séparés, et leur certitude dans cette étendue. Et comme Dieu a voulu se servir de l'entremise des sens pour donner entrée à la foi, *fides ex auditu*, tant s'en faut que la foi détruise la certitude des sens, que ce seroit au contraire détruire la foi que de vouloir révoquer en doute le rapport fidèle des sens. C'est pourquoi saint Thomas remarque expressément que Dieu a voulu que les accidents sensibles subsistassent dans l'Eucharistie, afin que les sens, qui ne jugent que de ces accidents, ne fussent pas trompés : *Ut sensus à deceptione reddantur immunes.*

Concluons donc de là que, quelque proposition qu'on nous présente à examiner, il en faut d'abord reconnoître la nature, pour voir auquel de ces trois principes nous devons nous en rapporter. S'il s'agit d'une chose surnaturelle, nous n'en jugerons ni par les sens, ni par la raison, mais par l'Écriture et par les décisions de l'Église. S'il s'agit d'une proposition non révélée, et proportionnée à la raison naturelle, elle en sera le propre juge. Et s'il s'agit enfin d'un point de fait, nous en croirons les sens, auxquels il appartient naturellement d'en connoître.

Cette règle est si générale, que, selon saint Augustin et saint Thomas, quand l'Écriture même nous présente quelque passage, dont le premier sens littéral se trouve contraire à ce que les sens ou la raison reconnoissent avec certitude, il ne faut pas entreprendre de les désavouer en cette rencontre pour les soumettre à l'autorité de ce sens apparent de l'Écriture; mais il faut interpréter l'Écriture, et y chercher un autre sens qui s'accorde avec cette vérité sensible; parce que, la parole de Dieu étant infaillible dans les faits mêmes, et le rapport des sens et de la raison agissant dans leur étendue étant certain aussi, il faut que ces deux vérités s'accordent; et comme l'Écriture se peut interpréter en différentes manières, au lieu que le rapport des sens est unique, on doit, en ces matières, prendre pour la véritable interprétation de l'Écriture celle qui convient au rapport fidèle des sens. « Il faut, dit saint Thomas, 1.re part., « q. 68, a. 1, observer deux choses, selon saint « Augustin : l'une, que l'Écriture a toujours un « sens véritable; l'autre que, comme elle peut « recevoir plusieurs sens, quand on en trouve « un que la raison convainc certainement de « fausseté, il ne faut pas s'obstiner à dire que « c'en soit le sens naturel, mais en chercher un « autre qui s'y accorde. »

C'est ce qu'il explique par l'exemple du passage de la Genèse, où il est écrit « que Dieu créa
« deux grands luminaires, le soleil et la lune, et
« aussi les étoiles; » par où l'Écriture semble dire
que la lune est plus grande que toutes les étoiles :
mais parce qu'il est constant, par des démon-
strations indubitables, que cela est faux, on ne
doit pas, dit ce saint, s'opiniâtrer à défendre ce
sens littéral, mais il faut en chercher un autre
conforme à cette vérité de fait; comme en disant,
« Que le mot de grand luminaire ne marque que
« la grandeur de la lumière de la lune à notre
« égard, et non pas la grandeur de son corps
« en lui-même. »

Que si l'on vouloit en user autrement, ce ne
seroit pas rendre l'écriture vénérable, mais ce
seroit au contraire l'exposer au mépris des infidèles; « parce, comme dit saint Augustin, *de
« Gen. ad Litt.* L. 1, c. 19, que, quand ils auroient
« connu que nous croyons dans l'Écriture des
« choses qu'ils savent certainement être fausses,
« ils se riroient de notre crédulité dans les autres
« choses qui sont plus cachées, comme la résur-
« rection des morts, et la vie éternelle. » Et ainsi,
ajoute saint Thomas, « ce seroit leur rendre
« notre religion méprisable, et même leur en
« fermer l'entrée. »

Et ce seroit aussi, mon père, le moyen d'en
fermer l'entrée aux hérétiques, et de leur rendre
l'autorité du pape méprisable, que de refuser de
tenir pour catholiques ceux qui ne croiroient

pas que des paroles sont dans un livre où elles
ne se trouvent point, parce qu'un pape l'auroit
déclaré par surprise. Car ce n'est que l'examen
d'un livre qui peut faire savoir que des paroles
y sont. Les choses de fait ne se prouvent que
par les sens. Si ce que vous soutenez est véritable, montrez-le; sinon ne sollicitez personne
pour le faire croire, ce seroit inutilement. Toutes
les puissances du monde ne peuvent par autorité
persuader un point de fait, non plus que le
changer; car il n'y a rien qui puisse faire que ce
qui est ne soit pas.

C'est en vain, par exemple, que des religieux
de Ratisbonne obtinrent du pape saint Léon IX,
un décret solennel, par lequel il déclara que le
corps de saint Denis, premier évêque de Paris,
qu'on tient communément être l'aréopagite, avoit
été enlevé de France, et porté dans l'église de
leur monastère. Cela n'empêche pas que le corps
de ce saint n'ait toujours été et ne soit encore
dans la célèbre abbaye qui porte son nom, dans
laquelle vous auriez peine à faire recevoir cette
bulle, quoique ce pape y témoigne avoir examiné la chose « avec toute la diligence possible,
« *diligentissimè*, et avec le conseil de plusieurs
« évêques et prélats : de sorte qu'il oblige étroi-
« tement tous les François, *districtè præcipien-*
« *tes*, de reconnoître et de confesser qu'ils n'ont
« plus ces saintes reliques. » Et néanmoins les
François, qui savoient la fausseté de ce fait
par leurs propres yeux, et qui, ayant ouvert la

châsse, y trouvèrent toutes ces reliques entières, comme le témoignent les historiens de ce temps-là, crurent alors, comme on l'a toujours cru depuis, le contraire de ce que ce saint pape leur avoit enjoint de croire, sachant bien que même les saints et les prophètes sont sujets à être surpris.

Ce fut aussi en vain que vous obtîntes contre Galilée un décret de Rome, qui condamnoit son opinion touchant le mouvement de la terre. Ce ne sera pas cela qui prouvera qu'elle demeure en repos; et si l'on avoit des observations constantes qui prouvassent que c'est elle qui tourne, tous les hommes ensemble ne l'empêcheroient pas de tourner, et ne s'empêcheroient pas de tourner aussi avec elle. Ne vous imaginez pas de même que les lettres du pape Zacharie pour l'excommunication de saint Virgile, sur ce qu'il tenoit qu'il y avoit des antipodes, aient anéanti ce nouveau monde; et qu'encore qu'il eût déclaré que cette opinion étoit une erreur bien dangereuse, le roi d'Espagne ne se soit pas bien trouvé d'en avoir plutôt cru Christophe Colomb qui en venoit. que le jugement de ce pape qui n'y avoit pas été; et que l'Église n'en ait pas reçu un grand avantage, puisque cela a procuré la connoissance de l'Évangile à tant de peuples qui fussent péris dans leur infidélité.

Vous voyez donc, mon père, quelle est la nature des choses de fait, et par quels principes on en doit juger : d'où il est aisé de conclure, sur

notre sujet, que, si les cinq propositions ne sont
point de Jansénius, il est impossible qu'elles en
aient été extraites, et que le seul moyen d'en
bien juger et d'en persuader le monde, est d'examiner ce livre en une conférence réglée, comme
on vous le demande depuis si long-temps. Jusque-
là vous n'avez aucun droit d'appeler vos adversaires opiniâtres : car ils seront sans blâme sur
ce point de fait, comme ils sont sans erreurs
sur les points de foi; catholiques sur le droit,
raisonnables sur le fait, et innocents en l'un et
en l'autre.

Qui ne s'étonnera donc, mon père, en voyant
d'un côté une justification si pleine, de voir de
l'autre des accusations si violentes? Qui pense-
roit qu'il n'est question entre vous que d'un fait
de nulle importance, qu'on veut faire croire sans
le montrer? Et qui oseroit s'imaginer qu'on fît
par toute l'Église tant de bruit pour rien, *pro
nihilo*, mon père, comme le dit saint Bernard?
Mais c'est cela même qui est le principal artifice
de votre conduite, de faire croire qu'il y va de
tout en une affaire qui n'est de rien; et de donner
à entendre aux personnes puissantes qui vous
écoutent qu'il s'agit dans vos disputes des erreurs
les plus pernicieuses de Calvin, et des principes
les plus importants de la foi; afin que dans cette
persuasion ils emploient tout leur zèle et toute
leur autorité contre ceux que vous combattez,
comme si le salut de la religion catholique en
dépendoit : au lieu que, s'ils venoient à con-

noître qu'il n'est question que de ce petit point
de fait, ils n'en seroient nullement touchés, et
ils auroient au contraire bien du regret d'avoir
fait tant d'efforts pour suivre vos passions particulières en une affaire qui n'est d'aucune conséquence pour l'Église.

Car enfin, pour prendre les choses au pis,
quand même il seroit véritable que Jansénius
auroit tenu ces propositions, quel malheur arri-
veroit-il de ce que quelques personnes en dou-
teroient, pourvu qu'ils les détestent, comme ils
le font publiquement? N'est-ce pas assez qu'elles
soient condamnées par tout le monde sans exception, au sens même où vous avez expliqué que
vous voulez qu'on les condamne? En seroient-
elles plus censurées, quand on diroit que Jansénius les a tenues? A quoi serviroit donc d'exiger
cette reconnoissance, sinon à décrier un docteur
et un évêque qui est mort dans la communion
de l'Église? Je ne vois pas que ce soit là un si
grand bien, qu'il faille l'acheter par tant de
troubles. Quel intérêt y a l'état, le pape, les
évêques, les docteurs et toute l'Église? Cela ne
les touche en aucune sorte, mon père; et il n'y
a que votre seule Société qui recevroit véritablement quelque plaisir de cette diffamation d'un
auteur qui vous a fait quelque tort. Cependant
tout se remue, parce que vous faites entendre
que tout est menacé. C'est la cause secrète qui
donne le branle à tous ces grands mouvements,
qui cesseroient aussitôt qu'on auroit su le véri-

table état de vos disputes. Et c'est pourquoi, comme le repos de l'Église dépend de cet éclaircissement, il étoit d'une extrême importance de le donner, afin que, tous vos déguisements étant découverts, il paroisse à tout le monde que vos accusations sont sans fondement, vos adversaires sans erreurs, et l'Église sans hérésie.

Voilà, mon père, le bien que j'ai eu pour objet de procurer, qui me semble si considérable pour toute la religion, que j'ai de la peine à comprendre comment ceux à qui vous donnez tant de sujet de parler peuvent demeurer dans le silence. Quand les injures que vous leur faites ne les toucheroient pas, celles que l'Église souffre devroient, ce me semble, les porter à s'en plaindre: outre que je doute que les ecclésiastiques puissent abandonner leur réputation à la calomnie, surtout en matière de foi. Cependant ils vous laissent dire tout ce qu'il vous plaît; de sorte que, sans l'occasion que vous m'en avez donnée par hasard, peut-être que rien ne seroit opposé aux impressions scandaleuses que vous semez de tous côtés. Ainsi leur patience m'étonne, et d'autant plus, qu'elle ne peut m'être suspecte ni de timidité, ni d'impuissance, sachant bien qu'ils ne manquent ni de raisons pour leur justification, ni de zèle pour la vérité. Je les vois néanmoins si religieux à se taire, que je crains qu'il n'y ait en cela de l'excès. Pour moi, mon père, je ne crois pas pouvoir le faire. Laissez l'Église en paix, et je vous y laisserai de bon cœur. Mais

pendant que vous ne travaillerez qu'à y entretenir le trouble, ne doutez pas qu'il ne se trouve
des enfants de la paix qui se croiront obligés
d'employer tous leurs efforts pour y conserver
la tranquillité.

FRAGMENT

D'UNE DIX-NEUVIÈME LETTRE PROVINCIALE ADRESSÉE
AU PÈRE ANNAT.

MON RÉVÉREND PÈRE,

Si je vous ai donné quelque déplaisir par mes
autres lettres, en manifestant l'innocence de
ceux qu'il vous importoit de noircir, je vous
donnerai de la joie par celle-ci, en vous y faisant paroître la douleur dont vous les avez
remplis. Consolez-vous, mon père; ceux que
vous haïssez sont affligés; et si MM. les évêques
exécutent dans leurs diocèses les conseils que
vous leur donnez, de contraindre à jurer et à
signer qu'on croit une chose de fait qu'il n'est
pas véritable qu'on croie, et qu'on n'est pas
obligé de croire, vous réduirez vos adversaires
dans la dernière tristesse, de voir l'Église en
cet état. Je les ai vus, mon père (et je vous
avoue que j'en ai eu une satisfaction extrême),
je les ai vus, non pas dans une générosité philosophique, ou dans cette fermeté irrespectueuse
qui fait suivre impérieusement ce qu'on croit
être de son devoir; non aussi dans cette lâcheté
molle et timide qui empêche, ou de voir la vérité, ou de la suivre, mais dans une piété douce
et solide, pleins de défiance d'eux-mêmes, de

respect pour les puissances de l'Église, d'amour pour la paix, de tendresse et de zèle pour la vérité, de désir de la connoître et de la défendre, de crainte pour leur infirmité, de regret d'être mis dans ces épreuves, et d'espérance néanmoins que Dieu daignera les y soutenir par sa lumière et par sa force, et que la grâce de Jésus-Christ qu'ils soutiennent, et pour laquelle ils souffrent, sera elle-même leur lumière et leur force. J'ai vu enfin en eux le caractère de la piété chrétienne qui fait paroître une force.....

Je les ai trouvés environnés de personnes de leur connoissance, qui étoient venues sur ce sujet pour les porter à ce qu'ils croient le meilleur dans l'état présent des choses. J'ai ouï les conseils qu'on leur a donnés; j'ai remarqué la manière dont ils les ont reçus et les réponses qu'ils y ont faites : en vérité, mon père, si vous y aviez été présent, je crois que vous avoueriez vous-même qu'il n'y a rien en tout leur procédé qui ne soit infiniment éloigné de l'air de révolte et d'hérésie, comme tout le monde pourra connoître par les tempéraments qu'ils ont apportés, et que vous allez voir ici, pour conserver tout ensemble ces deux choses qui leur sont infiniment chères, la paix et la vérité.

Car après qu'on leur a représenté, en général, les peines qu'ils vont s'attirer par leur refus, si on leur présente cette nouvelle Constitution à signer, et le scandale qui pourra en naître dans l'Église, ils ont fait remarquer......

VINGTIÈME LETTRE. (*)

Qui a couru sous le titre de Lettre d'un Avocat au Parlement à un de ses amis, touchant l'inquisition qu'on veut établir en France à l'occasion de la nouvelle bulle du pape Alexandre VII.

Du 1er juin 1657.

MONSIEUR,

Vous croyez que toutes vos affaires vont bien, parce que votre procès ne va pas mal; mais vous allez bien apprendre que vous ne savez guère ce qui se passe. Vous êtes bien heureux de voir les

---

(*) Cette lettre, si belle et si savante, n'est point de M. Pascal ; elle vient de M. Le Maistre, frère de M. Le Maistre de Sacy, tous deux neveux de M. Arnauld par leur mère, fille du célèbre Antoine Arnauld l'avocat, si connu dans les différends des jésuites avec l'université de Paris. M. Le Maistre, de qui nous avons les plaidoyers, fut un des hommes des plus éloquents, des plus habiles et des plus vertueux de son temps. Il quitta la profession d'avocat pour se retirer au dehors de Port-Royal de Paris, comme dans le sein de sa propre famille ; et ensuite, pour mener une vie plus solitaire, il alla s'enterrer à Port-Royal-des-Champs, qui étoit alors abandonné. Il s'y livra tout entier à l'étude de la religion et aux travaux de la pénitence. Il mourut le 4 novembre 1658.

Nous réimprimons cette lettre, parce qu'on ne sauroit trop répandre les préservatifs contre les invasions de la cour de Rome.

affaires de loin. Nous nous sommes trouvés à la
veille d'une inquisition qu'on vouloit établir en
France, et dont nous ne sommes pas tout-à-fait
dehors. Les agents de la cour de Rome, et quelques évêques qui dominoient dans l'assemblée,
ont travaillé de concert à cet établissement,
dont ils ont pris pour fondement la bulle du
pape Alexandre VII sur les cinq propositions.
Ils l'ont fait recevoir au clergé, et avec des suites
propres à leur dessein; car il a été arrêté dans
l'assemblée, qu'elle seroit souscrite (*) par tous
les ecclésiastiques du royaume sans exception,
et qu'il seroit procédé contre ceux qui refuse-
roient de la signer, par toutes les peines ordon-
nées contre les hérétiques, c'est-à-dire, par la
perte de leurs bénéfices, et par bien d'autres
violences, comme tout le monde le sait.

Vous voyez bien ce que cela veut dire, et que
l'inquisition est établie, si le Parlement ne s'y
oppose. Cependant on parle d'y envoyer cette
bulle; de sorte que, si elle y est reçue, voilà la
France assujettie et bridée comme les autres
peuples.

Je pense souvent à tout ceci, et je n'y trouve
rien de bon. Le monde ne sait pas où cela va, ni
quelles en sont les conséquences. Ce n'est point
ici une affaire de religion, mais de politique,

(*) Ce formulaire a été formé et souscrit dans toute la
France, quelquefois avec plus, quelquefois avec moins de
rigueur, selon le caractère des évêques.

et je suis trompé si le jansénisme, qui semble en être le sujet, en est autre chose en effet que l'occasion et le prétexte; car, pendant qu'on nous amuse de l'espérance de le voir abolir, on nous asservit insensiblement à l'inquisition, qui nous opprimera avant que nous nous en soyons aperçus.

Je veux que ce soit un louable dessein de faire croire que ces cinq propositions soient de Jansénius; mais le moyen ne m'en plaît nullement. Je trouve que cette manière de priver les gens de leurs bénéfices est une nouveauté de mauvais exemple, et qui touche tel qui n'y pense pas : car croyez-vous, monsieur, que nous n'y ayons point d'intérêt, parce que nous ne sommes pas ecclésiastiques? Ne nous abusons pas, cela nous regarde tous tant que nous sommes, sinon pour nous-mêmes, au moins pour nos parents, pour nos amis, pour nos enfants. Monsieur votre fils, qui étudie maintenant en Sorbonne, ne peut-il pas avoir les bénéfices de son oncle? et mon fils le prieur n'y est-il pas intéressé pour lui-même? Vous me direz qu'ils n'ont qu'à signer pour se mettre en assurance. J'en demeure d'accord. Mais qu'avons-nous affaire que leur assurance dépende de là? Quoi! si mon fils se va mettre dans la tête que ces propositions ne sont point de Jansénius, comme j'ai peur qu'il le fasse, car il voit souvent son cousin le docteur, qui dit qu'il ne les y a jamais pu trouver, et qu'ainsi, ne croyant

pas qu'elles y soient, il ne peut signer qu'il croit
qu'elles y sont, parce qu'il dit que ce seroit
mentir, et qu'il aime mieux tout perdre que
d'offenser Dieu ; si donc mon fils se met tout
cela dans la fantaisie, adieu mes bénéfices que
j'ai tant eu de peine à lui procurer.

Vous voyez donc bien que tel qui n'y a point
d'intérêt aujourd'hui peut y en avoir demain,
et que tout cela ne vaut guère. Que ne cher-
chent-ils d'autres voies pour montrer que ces
propositions sont dans ce livre, sans inquiéter
tout un royaume ? Voilà bien de quoi faire tant
de vacarme ! Quand ils ne faisoient que disputer
par livres, je les laissois dire sans m'en mêler.
Mais c'est une plaisante manière de vider leurs
différends, que de venir troubler tant de familles qui n'ont point de part à leurs disputes,
et de nous planter en France une nouvelle
inquisition qui nous meneroit beau train. Car
Dieu sait combien elle croîtra en peu de temps,
si peu qu'elle puisse prendre racine : nous verrons, en moins de rien, qu'il n'y aura personne
qui puisse être en sûreté chez soi, puisqu'il ne
faudra qu'avoir de puissants ennemis, qui vous
défèrent et vous accusent d'être jansénistes, sur
ce que vous aurez de leurs livres dans votre
cabinet, ou sur un discours un peu libre touchant ces nouvelles bulles, comme vous savez
que nous autres avocats (*) en faisons assez

(*) Les avocats ont bien fait voir dans tous les temps

souvent; sur quoi on mettra votre bien en compromis. Et quand on ne vous feroit par là qu'un procès, n'est-ce pas toujours un assez grand mal? Or il n'y a rien de si facile que d'en faire, et à ceux qui en sont les moins suspects. Nous en avons déjà des exemples. Ce n'est pas d'aujourd'hui qu'ils méditent ce dessein; ils se sont appris à tourmenter les gens sur la bulle et sur les brefs d'Innocent X, sur le sujet desquels vous savez combien les chanoines de Beauvais ont été inquiétés, quand on les voulut forcer à y souscrire, à peine de perdre leurs prébendes, dont ils seroient peut-être dépossédés aujourd'hui, sans l'appel comme d'abus qu'ils en firent au Parlement; ce qui a ruiné tous ces desseins.

Car il n'y a rien si bon contre l'inquisition que les appels comme d'abus. Aussi ils le savent bien, et ils ne manquent pas de fermer cette porte quand ils veulent tyranniser quelqu'un à leur aise. C'est ainsi qu'ils en ont usé contre le curé de Libourne en Guyenne, qu'ils firent accuser de jansénisme par des récollets, et le citèrent devant des commissaires qu'ils lui firent donner par les gens du conseil de M. l'archevêque de Bordeaux. Mais, comme ils n'étoient pas ses juges naturels, et qu'ils paroissoient

---

qu'ils exerçoient une profession libre. Dès qu'ils ne disoient rien qui attaquât la religion et les puissances, ou même quand il n'y avoit dans leurs mémoires aucun excès condamnable, ils jouissoient d'une grande liberté.

d'ailleurs fort passionnés, il en appela, et demanda d'être renvoyé par-devant les grands-vicaires, ou par-devant l'official de M. de Bordeaux, ce qu'on lui refusa. De sorte qu'il en appela à M. de Bordeaux même, et enfin au pape, sans que ces commissaires aient voulu se désister de sa cause. Mais il en appela enfin comme d'abus au Parlement, qui lui donna des défenses, par où il alloit leur échapper, quand ils obtinrent un arrêt du Conseil qui défendit au Parlement de connoître de cette affaire, et le remit entre les mains de ces premiers commissaires. De sorte qu'ils l'ont maltraité durant plus de six mois, pendant lesquels il a été obligé de quitter sa cure, et de venir à Paris avec beaucoup de peine et de dépense, pour en demander justice au roi et à son archevêque; d'où j'ai appris qu'il s'en étoit retourné depuis peu de jours dans sa cure après toute cette fatigue, que ses accusateurs ont eu le plaisir de lui causer, sans s'exposer eux-mêmes à aucun péril.

Ne trouvez-vous donc pas que l'inquisition est une manière bien sûre et bien commode pour travailler ses ennemis, quelque innocents qu'ils soient? Car celui-ci n'a pu être accusé d'aucune faute, non plus que le curé de Pomeyrol, encore en Guyenne, qu'ils firent mettre d'abord en prison et dans un cachot, sans information précédente, et sans lui dire pourquoi, selon le style de l'inquisition romaine. Ensuite de quoi ils cherchèrent des preuves pour le convaincre de jansénisme. Mais les juges qui travailloient à son procès furent bien surpris de voir, par l'information qu'ils en firent, l'innocence de ce bon homme, et les superstitions incroyables de ses paroissiens ; car un des plus grands chefs de leur accusation, et où ils insistoient le plus, étoit celui-ci : « Qu'il leur avoit « prêché que Jésus-Christ étoit dans le saint « Sacrement, et non pas dans leur bannière ; » parce qu'il les avoit repris de ce que, lorsqu'on levoit la sainte hostie, ils se tournoient vers leur bannière où Jésus-Christ étoit peint, et non pas vers le saint Sacrement pour l'adorer. Ce qui combla tellement les juges de confusion, qu'ils le firent sortir incontinent de la prison où il avoit été deux mois ; et quelque demande qu'il fît qu'on achevât son procès, et qu'on punît ou lui, ou ses accusateurs, il ne put avoir aucune raison de tant de mauvais traitements.

En vérité, monsieur, cela n'est pas tant mal pour des inquisiteurs qui ne font encore que commencer : et s'ils ont bien usé de ces violences sur des constitutions et des brefs qui n'ont pas été reçus au Parlement, que ne feroient-ils point sur une bulle qui y auroit été reçue ! Car on me fait mourir de rire quand on me dit que la déclaration du roi pour l'enregistrement de la bulle portera que ce sera sans établir d'inquisition, et sans préjudice de nos libertés. J'aimerois autant qu'on nous fît mourir sans préjudice de notre vie. Ce n'est pas le mot d'inquisition qui nous fait peur, mais la chose même. Or, de quelque mot qu'on l'appelle, c'en est bien une effective, et un véritable violement de nos libertés, que de nous traiter comme le clergé le prétend.

Et ne trouvez-vous pas de même que c'est aussi une foible consolation de nous dire que le Parlement sera toujours maître des appels comme d'abus, puisqu'en recevant la bulle, il ôteroit l'un des plus grands moyens d'appeler comme d'abus, qu'on auroit, si elle avoit été refusée? Mais, quoiqu'on pût toujours en appeler, combien persécuteroit-on de gens dans les provinces éloignées qui ne pourroient se servir de ce remède! Car, que ne souffriroit point un pauvre curé du Lyonnois ou du Poitou plutôt que de venir à Paris!

Ils sont donc assez forts si cette bulle est reçue, encore que les appels comme d'abus soient permis. De sorte que je trouve qu'ils ont été mal conseillés de prendre la délibération qui se voit dans leur dernier procès-verbal imprimé chez Vitré, page 2 : « Que le roi sera très-humble- « ment supplié d'envoyer à tous les parlements « une défense générale de connoître des appels « comme d'abus qu'on pourroit faire à raison de « ces signatures. » Qu'ont-ils gagné par là, sinon de témoigner qu'ils sentent bien eux-mêmes l'injustice de leur dessein, puisqu'ils ont craint les parlements, et qu'ils ont pensé à leur lier les mains pour le faire réussir? Pouvoient-ils mieux marquer la passion qu'ils ont d'agir en maîtres et en souverains inquisiteurs? Ils ne sont donc pas adroits d'avoir ainsi averti tout le monde de leur intention. Car ce n'étoit pas le moyen d'obtenir l'enregistrement qu'ils demandent, que de montrer ainsi par avance à quoi ils s'en veulent servir. Aussi l'ont-ils bien reconnu, mais trop tard. Car, après avoir laissé courir ce procès-verbal imprimé, dont ils ont même envoyé aux évêques des exemplaires en forme, et signés par les agents du clergé; quand ils se sont aperçus que cela leur faisoit tort, ils se sont avisés d'essayer de le supprimer, ce qui ne fait que montrer de mieux en mieux leur artifice. Cependant ils s'imaginent que, parce qu'ils ne demandent maintenant qu'une simple attache, la plus douce du monde en apparence, le Parlement se prendra à ce piége, et ne s'arrêtera qu'à considérer simplement cette bulle qu'on lui présente, sans prendre garde à la fin à laquelle on la destine, et qu'ils ont fait paroître si à découvert dans des pièces authentiques. Ils sont admirables de vouloir prendre le Parlement pour dupe. Mais je suis trompé, s'ils ne sont trompés eux-mêmes. Je vois assez l'air que cette affaire prend. Je parle tous les matins à des conseillers au sortir du palais; et il n'y en a point qui ne voie clair en tout cela. Votre rapporteur me disoit encore ce matin qu'il ne regardoit pas cette affaire comme une affaire ordinaire, et qu'on ne devoit pas considérer cette bulle comme une simple bulle qui décide quelque point contesté, ce qui seroit de peu de conséquence; mais comme le fondement d'une nouvelle inquisition qu'on veut former, et à laquelle il ne manque plus que le consentement du Parlement pour être achevée.

J'ai été bien aise de voir que le (*) Parlement prend ainsi les choses à fond. Et en effet, quand il n'y auroit rien en cette bulle qui la rendît rejetable par elle-même, au lieu qu'elle est toute pleine de nullités essentielles, néanmoins le Parlement ne pourroit la recevoir aujourd'hui, dans la seule vue des suites qu'on en veut faire dépendre. Car combien y a-t-il de choses que l'on peut recevoir en un temps, et non pas en un autre? C'est ce que la Sorbonne représenta fort bien lorsqu'on voulut obliger tous les docteurs de protester, « qu'ils ne diroient rien de con- « traire aux décrets des papes, sans restriction, « et sans ajouter que ce seroit sauf les droits et « les libertés du royaume; » à quoi on essayoit de les porter par l'exemple de quelques docteurs anciens que l'on disoit l'avoir fait. Mais ils déclarèrent, dans l'examen de cette matière, que M. Fillesac, doyen de Sorbonne, fit imprimer alors en 1628, premièrement, « que si quelques- « uns avoient fait cette protestation autrefois,

---

(*) Le pape et les évêques, joignons-y même les jésuites, n'appréhendoient rien tant que le Parlement de Paris.

« c'étoit une chose extraordinaire qui ne leur
« imposoit point de loi; et de plus, qu'on pour-
« roit l'avoir fait en d'autre temps en conscience
« sans qu'on pût le faire aujourd'hui, à cause de
« la nouvelle disposition des choses. » Et les raisons qu'ils en donnent, page 89, sont : « Que
« depuis quelques siècles les papes ont fait un
« grand nombre de décrets, de décrétales, de
« bulles et de constitutions contraires aux an-
« ciens décrets, et même à l'Écriture sainte, »
dont ils donnent plusieurs exemples, tant de
ceux qui sont contre l'Écriture, que de ceux qui
sont contre les libertés de l'Église gallicane, et
l'autorité de nos rois, et entre autres celui du
pape Boniface VIII, qui déclara hérétiques ceux
qui ne croiront pas que le roi de France lui est
soumis, même dans les choses temporelles, et
qui définit, dans sa bulle *Unam sanctam*, « qu'il
« est de nécessité de salut de croire que le pape
« est maître de l'un et de l'autre glaive, tant spi-
« rituel que temporel, et que toute humaine
« créature lui est sujette. » De sorte que c'est
être hérétique, selon ce pape, que de dire le
contraire. A quoi ces docteurs joignent la bulle
Cum ex apostolatus, qui déclare « que toutes
« sortes de personnes, rois et particuliers, qui
« tombent dans l'hérésie, ou qui favorisent, re-
« tirent, ou recèlent des hérétiques, sont déchus
« et pour jamais rendus incapables de tous hon-
« neurs, dignités et biens, lesquels il expose au
« premier qui s'en pourra emparer. » Ils témoi-

gnent donc sur cela que, dans l'air présent de la
cour de Rome, il est impossible de s'obliger à
leur obéir sans restriction; et c'est ce qu'ils con-
firment par la disposition des esprits de ce temps-
là, comme ils disent, page 47, en ces termes :
« Nous sommes arrivés en un temps où, depuis
« cinquante ans en çà, on a vu publier plusieurs
« bulles semblables, et qui s'attribuent ce droit
« imaginaire de disposer des royaumes. Nous
« avons vu en même temps plusieurs livres de
« cette trempe, au grand préjudice de l'état, et
« de la vie même de nos rois; et entre autres le
« livre exécrable intitulé (*) *Admonitio*, et celui

(*) Ce livre impie parut en 1625, sous le titre : *G. R.
Theologi ad Ludovicum XIII, Admonitio, etc., in-4°.,
Augustæ Vindelicorum*, 1625. — *Idem*, en allemand, *in-4°.*,
1625. — *Idem*, en françois, *in-4°., Francheville*, 1627. On
l'attribua d'abord à Jean Boucher, fameux ligueur, jadis
curé de Saint-Benoît à Paris, et depuis archidiacre de Tournai : mais on a su qu'il étoit d'André Eudœmon-Johannes,
jésuite, qui vint en France avec le cardinal Barberin, légat
du pape. Ce jésuite mourut à Rome le 24 décembre 1625. Il
attaque dans ce livre les alliances que le roi, pour la défense de son royaume, avoit faites avec des puissances pro-
testantes. Ce jésuite a semé dans ce livre une infinité de
maximes pernicieuses en matière d'état, qui révoltèrent tous
les ordres du royaume. Il a été condamné plus d'une fois;
mais aujourd'hui il est entièrement oublié. Sanctarel fut un
autre jésuite, dont les écrits, également dangereux pour le
roi et pour l'état, ont été condamnés par la Sorbonne. On
doit voir ces condamnations dans le *Collectio judiciorum* de
M. Dargentré, évêque de Tulles.

« de Sanctarel, jésuite, fait pour soutenir ces
« maximes contre le roi et ses états. D'où l'on
« voit clairement, disent-ils, pag. 53 et 95, quel
« est le dessein de ceux qui poursuivent ces nou-
« velles protestations qu'on nous demande, qui
« n'est autre que de renverser finement les
« maximes fondamentales de cet état, qui sont
« ruinées par les décrets des papes; n'étant que
« trop évident et manifeste que les pratiques et
« menées qu'ils font pour cette nouveauté n'est
« pour autre sujet et autre fin que pour auto-
« riser les bulles contraires à l'autorité du roi,
« et pour éluder les censures des livres de Sanc-
« tarel et de Mariana, jésuite (*), comme aussi
« les arrêts du conseil et du Parlement, qui con-
« damnent telle doctrine comme détestable. »
D'où ils concluent ce qu'ils avoient dit pag. 46
et 47, « que, quand il seroit vrai que depuis
« long-temps on auroit consenti à faire ces pro-
« testations, ce qui n'est pas, il seroit à présent
« nécessaire de les refuser. »

J'en dis de même sur notre affaire. Quand il
seroit vrai, ce qui n'est pas, que cette bulle pourroit être reçue, en ne la regardant qu'en elle-

---

(*) Le livre de Mariana, jésuite, *de Rege et Regis Insti-
tutione*, fut aussi condamné au Parlement, pour la maxime
si dangereuse qu'il avance, en permettant aux peuples de
tuer les rois qu'ils regardent comme des tyrans. C'est de
cette école que sont sortis tant de parricides qui ont attenté
à la vie de Henri IV, l'un de nos meilleurs princes.

même, on ne devroit pourtant point la recevoir maintenant ; parce que ce seroit favoriser les desseins visibles de ceux qui n'en demandent la réception que pour en abuser, et nous asservir à ce vilain tribunal de l'inquisition (*), sous lequel presque toute la chrétienté gémit. Mais je dis de plus qu'elle est tellement pleine de nullités en elle-même, qu'elle ne peut être reçue sans blesser toutes les formes de la justice. Je vous dirai ici quelques-unes de ces nullités, car je n'ai pas encore oublié tout mon droit canon.

Ne pensez pas rire de la première, qui est le gros solécisme connu de tout le monde dans le mot *imprimantur*. Car cela la rend nulle par les décrets du pape Luce III, *c. ad Audientiam*, *tit. de Rescriptis* ; et si indubitablement nulle, que la glose ajoute « que, selon le sentiment de tous « les canonistes, on ne doit écouter aucune « preuve de la validité d'une bulle contre une « telle présomption de fausseté : *contra istam « præsumptionem non est admittenda probatio* ; » tant cela marque qu'elle a été faite par légèreté et par surprise. Aussi on en a fait beau bruit en Flandre ; car il est constant que cette faute est dans l'original, et qu'ainsi il n'a de rien servi de la réformer dans les dernières impressions

---

(*) Les novices en histoire savent que la seule idée d'inquisition a occasionné en 1565 les guerres civiles des Pays-Bas, et la séparation des sept Provinces-Unies.

qu'on en a faites; parce que, l'original étant nul, les copies le sont aussi; outre qu'il est porté dans le droit, « que le moindre changement, « même d'un point, rend une bulle nulle, et que « celui qui l'a fait est excommunié. » *In bullâ Cœnæ, c. licet, Rebuf. in praxi.*

Une autre nullité, et qui nous touche de plus près, est que le pape y menace de peines ceux qui n'obéiront pas à sa bulle. Sur quoi je laisse au Parlement à juger s'il appartient au pape de menacer de peines les sujets du roi : *sub pœnis ipso facto incurrendis.*

Mais une autre nullité importante est la manière injurieuse dont on y a rabaisé l'ordre sacré et suprême de l'épiscopat, en le mettant au rang des moindres ordres, dans la clause où le pape, parlant de soi, quand il étoit cardinal et évêque, dit qu'il étoit alors *in minoribus;* ce qui est une expression qui rend la bulle nulle, selon le chapitre, *Quàm gravi, titul. de crimine falsi,* où il est dit que, si un pape parlant d'un évêque, l'appelle *son fils* au lieu de l'appeler *son frère,* au préjudice de la société qui est entre lui et tous les évêques du monde dans l'épiscopat, l'acte où se trouvera une telle expression soit nul. Que dira-t-on donc de celle-ci, où le pape traite les évêques, non pas de *fils,* mais de *mineurs ;* ce qui est un terme si choquant et si méprisant, que l'assemblée du clergé, qui n'a pas eu d'ailleurs trop de zèle pour les intérêts de l'épiscopat, l'a changé dans la version qu'elle a faite de la bulle, où l'on a réformé cette période comme on a pu. Mais ils n'ont pas relevé par là l'honneur de leur caractère, qui demeure flétri dans l'original, et dans le latin même qu'ils rapportent. De sorte que cette correction ne rend que plus visible l'outrage qui a été fait à leur dignité, et la foiblesse qu'ils ont témoignée en le souffrant.

En voulez-vous d'autres? Que direz-vous de ce que le pape ne se contente pas de défendre d'écrire, de prêcher, et de rien dire de contraire à ses décisions, comme on reconnoît qu'il en a le pouvoir par le rang suprême qu'il tient dans l'Église? Mais il veut aller au-delà, et nous imposer de croire ce qu'il a décidé lui seul, *Te-neant :* et c'est ce que nous ne pourrions reconnoître sans confesser que « nous et nos rois « sommes ses sujets dans le temporel même; » puisque leurs bulles déclarent nettement « que « c'est une hérésie de dire le contraire : » *Aliter sentientes hæreticos reputamus*, disoit Boniface VIII à notre roi Philippe-le-Bel. Il est donc sans doute que, si nous tenons le pape pour infaillible, il faut que nous nous déclarions pour ses esclaves, ou que nous passions pour hérétiques, puisque nous résisterions à une autorité infaillible. Aussi jamais l'Église n'a reconnu cette infaillibilité dans le pape, mais seulement dans le concile universel, auquel on a toujours appelé des jugements injustes des papes. Et au lieu que, pour établir leur souveraine domination, ils ont souvent entrepris de traiter comme hérétiques ceux qui appelleroient d'eux aux conciles, comme firent Pie II, Jules II, et Léon X, l'Église au contraire soutient, comme il a été déterminé en plein concile universel, que le pape lui est soumis. Et c'est pourquoi nos rois, leurs procureurs-généraux, les universités entières, et les particuliers, ont si souvent appelé des bulles au concile, ainsi qu'il se voit dans tout le chapitre 13 des libertés de l'Église gallicane. Aussi le principal fondement de nos libertés, et dont M. Pithou les fait presque toutes dépendre, est cette ancienne maxime : « Qu'encore que le pape soit souverain ès choses « spirituelles, néanmoins en France la puis- « sance souveraine n'a point de lieu, mais qu'elle « est bornée par les canons et règles des anciens « conciles : *et in hoc maximè consistit libertas Ec- « clesiæ gallicanæ,* selon l'Université de Paris. » Sur quoi M. du Puy, dans ses Commentaires sur ces libertés, dédiés à feu M. Molé, premier président et garde des sceaux, imprimés chez Cramoisy avec bon privilége, rapporte, p. 30, que nos théologiens appellent cette pleine puis- sance du pape, « une tempête consommée et « une parole diabolique, *plenam tempestatem et « verbum diabolicum.* »

Voilà les sentiments de nos docteurs, selon lesquels nous avons toujours tenu « que la dé- « cision du pape n'oblige point à croire ce qu'il « a décidé, même en matière de foi, parce qu'il

« est sujet à errer dans la foi ; mais seulement
« à n'y rien dire de contraire, s'il n'y en a de
« grandes raisons : *In causis fidei, determinatio*
« *solius papæ ut papæ non ligat ad credendum,*
« *quia est deviabilis à fide,* » comme dit Gerson.
Le pape entreprend donc sur nos libertés dans
cette bulle, où il nous veut obliger de croire
ses décisions; et ainsi c'en est une nullité manifeste.

C'en est aussi une autre plus considérable
qu'il ne semble, lorsque le pape dit qu'on a
employé à examiner cette matière la plus grande
diligence qui se puisse désirer, *quâ major desi-*
derari non possit; car il y a ici un artifice secret
qu'il faut découvrir : c'est que, comme je vous
l'ai déjà dit, les papes veulent qu'on croie qu'ils
peuvent seuls décider les points de foi, en sorte
qu'après cela il ne faut rien désirer davantage;
au lieu que nous soutenons qu'il n'y a que les
conciles qui puissent obliger à croire, et qui ne
laissent rien à désirer. Et ainsi le pape fait fort
bien, selon sa prétention, de nous vouloir faire
avouer qu'on a apporté en cette matière *tout*
ce qui se peut désirer, quoiqu'il n'ait fait autre
chose que consulter quelques réguliers. Mais
nous ferions fort mal d'y consentir, puisque ce
seroit le reconnoître pour infaillible, blesser
infiniment nos libertés, ruiner les appels au
concile général, et même rendre tous les conciles inutiles, puisque le pape suffiroit seul,
s'il étoit infaillible. Et ne doutez point que les

partisans de la cour de Rome ne fissent bien
valoir un jour la réception de cette bulle, pour
en tirer ces conséquences.

Il y a bien d'autres nullités essentielles que
je serois trop long à rapporter. Jamais bulle
n'en eut tant. Mais ce qui la met le plus hors
d'état d'être reçue au Parlement, est qu'ayant
été faite par le pape seul, sans concile, et même
sans l'avis du collége des cardinaux, elle ne peut
être considérée que comme ayant été faite par
le propre mouvement du pape, *motu proprio*,
que l'on ne reconnoît point en France; car on
n'y a jamais reçu les bulles faites *motu proprio* (*) en matière de foi ou de chose qui regarde toute l'Église, quelque effort qu'aient fait
les papes pour cela, comme fit Innocent X,
dans sa bulle de la résidence des cardinaux, de
l'an 1646, où il déclare « qu'encore qu'elle soit
« faite par son propre mouvement, il entend
« qu'elle ait la même force que si elle avoit été
« faite par le conseil des cardinaux. » Sur quoi
feu M. l'avocat-général Talon dit « que c'étoit

(*) Les bulles DE MOTU PROPRIO du pape ont toujours été
rejetées en France pour cette seule clause. Nous voulons
qu'il paroisse que nous avons consulté le pape sur les difficultés qui s'élèvent parmi nous. Nous n'avons jamais reconnu cette plénitude de puissance qui autoriseroit le pape
à se mêler de lui-même du gouvernement particulier de nos
églises. Il ne le pourroit tout au plus que par voie de remon-
trance, et non par voie d'autorité, chaque évêque étant
pape dans son diocèse.

« en vain que dans cette clause le pape avoit
« voulu suppléer, par la voie de puissance, à
« l'essence d'un acte important; » de sorte qu'elle
fut rejetée comme abusive. Et la dernière constitution du même pape, sur les cinq propositions, quoiqu'elle décidât des points de foi qui
étoient reconnus de tous les théologiens sans
exception, néanmoins, par cette seule raison
que le pape y parloit seul, on n'osa pas seulement en demander l'enregistrement, quelque
désir que l'on en eût. Comment donc celle
d'Alexandre n'y seroit-elle pas refusée, puisque,
quand elle n'auroit point tant d'autres nullités,
ce défaut essentiel d'être faite par le pape seul
la rend incapable d'y être admise?

Il est donc constant, monsieur, qu'il n'y eut
jamais de bulle moins recevable que celle-ci,
puisqu'on la devroit rejeter à cause de ses nullités, quand on n'en voudroit point faire de
mauvais usage, et qu'on la devroit encore rejeter à cause du mauvais usage qu'on médite
d'en faire, quand elle n'auroit point de nullités.
Que sera-ce donc si l'on en considère tout ensemble et les nullités et l'usage? N'est-il pas visible que, si celle-ci passe, il n'y en aura point
qu'on ne soit obligé d'admettre, et qu'ainsi
nous voilà exposés à toutes celles qui pourront
arriver de Rome; ce qui n'est pas d'une petite
conséquence! Car on peut juger de ce qui en
peut venir par ce qui en est déjà venu. Ne
voyez-vous pas qu'on ne tâche qu'à multiplier

les bulles, afin que ce soient autant de titres de
l'infaillibilité, qui en a besoin, et que le monde
s'accoutume peu à peu à y ajouter une créance
aveugle? Quand ils se seront ainsi rendus maîtres de l'esprit des peuples, ce sera en vain que
les Parlements (*) s'opposeront aux entreprises
de Rome sur la puissance temporelle de nos
rois. Leur opposition ne passera que pour un
effet de politique, et non pas pour une décharge
de conscience. On les fera passer eux-mêmes
pour hérétiques, quand il plaira à Rome; car le
moyen de faire croire qu'une autorité infaillible
se soit trompée? De sorte qu'après les bulles de
Boniface VIII, et de ses semblables, il n'y a
point de différence entre dire que le pape est
infaillible, et dire que nous sommes ses sujets.

Vous voyez par tout cela, monsieur, et combien cette bulle est dangereuse par la fin où
l'on veut la faire servir, et combien elle est défectueuse dans la manière dont elle est dressée.
Il ne me reste qu'à vous faire remarquer combien elle est peu considérable dans le fond,
et dans la matière qui y est décidée, laquelle

(*) Le clergé mollit souvent sur ce qui regarde l'autorité
temporelle des princes, soit pour faire valoir l'autorité spirituelle à laquelle il participe, soit par des égards trop
marqués pour la cour de Rome. On a l'obligation aux parlements, surtout à celui de Paris, d'avoir toujours main-
tenu la juste autorité de nos rois contre les entreprises de
la cour de Rome.

n'étant qu'un simple point de fait, est bien éloignée de mériter tout le bruit qu'on en veut faire; car il est constant, selon tous les théologiens du monde, que ce fait ne peut rendre hérétiques ceux qui le nient, mais tout au plus téméraires. Or, qu'une témérité mérite qu'on prive les gens de leurs biens et bénéfices, et qu'on les punisse comme des hérétiques, cela n'est pas raisonnable : car pourquoi traiter comme hérétiques ceux qui ne le sont point, la dispute n'étant que sur un point de fait qui ne peut faire d'hérésie? Cependant quelques évêques, qui ont résolu de déposséder les bénéficiers, et qui n'en ont de prétexte que sur ce point de fait, ont arrêté, dans leur lettre circulaire du 17 mars dernier, « que ceux qui refuse- « ront de souscrire le fait seront traités comme « s'ils refusoient de souscrire le droit. » Ils ont beau faire néanmoins, ils ne sauroient confondre par toute leur puissance ces choses qui sont séparées par leur nature. Un simple fait demeurera toujours un simple fait, et celui-ci ne sauroit jamais donner lieu de priver les gens de leurs bénéfices; car j'en reviens toujours là.

N'est-il donc pas plus clair que le jour, qu'en tout ceci ils n'ont point du tout songé à nous instruire dans la foi, mais seulement à nous assujettir à l'inquisition? C'est ce que je vous montrerois au long, si j'en avois le loisir, tant pour le point qu'ils ont choisi pour objet de leurs décisions, que par la manière dont ils s'y pren-

nent. Car n'est-ce pas un bel article de foi de
croire que des propositions que tout le monde
condamne sont dans un livre? et peut-on s'imaginer que ce soit seulement pour faire croire
ce point qu'on exige des signatures de toute
l'Église? Il faudroit être bien simple. S'ils avoient
tant voulu le faire croire, ils n'avoient qu'à en
citer les pages : et s'ils avoient eu dessein de
nous éclairer tout de bon, ils nous auroient
expliqué ce sens de Jansénius, qu'ils condamnent sans dire ce que c'est, comme dit fort bien
la dix-huitième, que mon fils m'a montrée ce matin. Reconnoissez-le donc, monsieur. Ils n'ont
pensé qu'à eux, et non pas à nous. Ils n'ont
choisi ce point que parce qu'il leur étoit favorable, à cause de la passion qu'on a contre Jansénius. Ils ont voulu ménager cette occasion,
et, tournant à leurs fins le désir qu'on a témoigné de voir condamner cette doctrine, ils
ont cru que nous y serions assez échauffés pour
acheter leurs bulles par la perte de nos libertés.

Comme j'écrivois ces dernières lignes, je viens
de voir un conseiller des plus habiles, qui m'a
dit que c'est une maxime constante dans les
Parlements, qu'ils sont les juges légitimes et
naturels des questions de fait qui se rencontrent
dans les matières ecclésiastiques; et qu'ainsi
n'étant question ici que de savoir si les cinq
propositions condamnées sont tirées de Jansénius, il leur appartient d'examiner si elles y
sont, au cas qu'on leur présente cette bulle. De

même que dans la célèbre conférence de Fontainebleau, où le cardinal du Perron accusa de faux cinq cents passages des pères, allégués par du Plessis Mornay, le roi Henri IV nomma des commissaires laïques pour juger cette affaire, où il étoit question d'examiner si ces passages étoient véritablement dans les pères, comme il s'agit ici de savoir si ces propositions sont dans Jansénius ; et quelque bruit que fît le nonce d'abord, de ce qu'on ne prenoit pas des ecclésiastiques pour connoître d'une matière ecclésiastique, ils en demeurèrent les juges, parce qu'il n'étoit question que d'examiner des points de fait. Il m'en donna encore d'autres exemples : mais celui-là suffit pour mettre la chose hors de doute, et pour montrer que, si l'on presse le Parlement sur le sujet de la bulle, nous aurons le plaisir de leur voir examiner régulièrement, et en pleine assemblée des chambres, si ces cinq propositions sont dans le livre de Jansénius : nous saurons s'il est vrai que ce soit une témérité de ne le pas croire, et nous verrons le jugement du pape exposé au jugement du Parlement.

Ainsi, je ne puis assez admirer combien ce dessein d'inquisition a été mal concerté, pour avoir été conduit par de si habiles gens ; car ils ne pouvoient choisir de base plus foible et plus ruineuse que cette bulle, qui, n'étant que sur un fait, ne pouvoit jamais être assez considérable pour soutenir une si grande entreprise. Car ne seroit-ce pas une chose honteuse et in-

supportable que l'inquisition qu'on n'a point
voulu souffrir en France, pour les choses mêmes
de la foi, s'introduisît aujourd'hui sur ce point
de fait; et que tout le monde y contribuât volontairement, les évêques en l'établissant par
leur autorité, et le Parlement en les laissant
faire ?

Je ne crois pas qu'il soit disposé à cela. Il n'y
a point ici de raillerie. Cela les touche eux-
mêmes, comme j'ai dit tantôt, au moins pour
leurs parents et amis, n'y ayant guère de personnes qui puissent être sans intérêt dans une
affaire générale. Le moins de servitude qu'on
peut est le meilleur. Les gens sages ne s'en attireront jamais de gaîté de cœur. Qu'ils cherchent
donc d'autres manières de faire croire que ces
propositions sont dans ce livre. Qu'ils écrivent
tant qu'ils voudront, ou plutôt qu'ils se taisent
tous. On n'a que trop parlé de tout cela. Qu'ils
laissent le monde en repos, et nos bénéfices en
assurance.

Si le Parlement prend connoissance de cette
affaire, j'ai d'assez bons mémoires pour montrer
combien il y a de différence entre la primauté
que Dieu a véritablement donnée au pape pour
l'édification de l'Église, et l'infaillibilité que ses
flatteurs lui voudroient donner pour la destruc-
tion de l'Église et de nos libertés.

CENSURE ET CONDAMNATION

DES

LETTRES PROVINCIALES.

On sait que la censure prononcée contre le docteur Arnauld, par une partie de la Sorbonne, fut ce qui donna lieu aux Lettres Provinciales. On a vu que Pascal, en prenant la défense de son ami, n'épargna pas les jésuites, qui, quoique secrètement, avoient eu une part fort active à cette condamnation ; et il sut leur faire expier chèrement la joie que ce succès leur avoit causée. Il montra dans tout leur jour et le relâchement de la morale et l'esprit d'envahissement de cette société.

Les jésuites combattus avec leurs propres armes, et livrés à la risée publique, abandonnèrent bientôt une lutte qui devenoit pour eux une source de mortifications ; et pour se venger d'un adversaire qui leur avoit porté de si furieux coups, ils commencèrent par obtenir, en 1657, de la cour de Rome la condamnation des Lettres Provinciales.

Il ne sera pas inutile de faire ici une remarque qui doit fournir à l'observateur un exemple de plus des bizarreries de l'esprit humain : c'est que cette même cour de Rome, par une inconséquence trop fréquente dans les jugements des hommes, condamna, en septembre 1665 et mars 1666, les mêmes maximes que l'illustre auteur des Provinciales avoit si éloquemment combattues.

Ce premier acte de vengeance, loin de profiter aux jésuites, ne fut considéré, par la saine partie du public, que comme un nouveau triomphe pour leurs ennemis ; et l'*Apologie* de leurs casuistes, que ces religieux avoient publiée, finit par ranger du parti de leurs adversaires ceux mêmes qui, jusque-là, s'étoient montrés indifférents à la querelle. Tout le monde vouloit lire les Lettres Provinciales, et les jansénistes, pour les répandre davantage, s'empressoient de les traduire en plusieurs langues.

Tant d'humiliations ne firent qu'irriter l'orgueil et la haine des jésuites. Ils mirent en jeu tous les ressorts de leur astucieuse politique, et à force d'intrigues ils surprirent à l'autorité souveraine la condamnation et la proscription des Lettres Provinciales. On verra par le texte même de l'arrêt du conseil du roi, que pour l'obtenir, la Sorbonne, de concert avec la société jésuitique, ne se fit pas scrupule de présenter l'ouvrage comme *insolent et séditieux* envers l'autorité spirituelle et temporelle.

Pour donner une idée de la bonne foi des détracteurs des Lettres Provinciales, je rapporte ici quelques passages qui précèdent les pièces à l'appui de la condamnation, prises dans un recueil de bulles et autres actes du même genre, volume *in*-8°, imprimé cinq à six fois dans le dix-septième siècle, et dont est tiré tout ce qui suit. (*L'Éditeur.*)

EN 1656, pendant qu'on examinoit avec plus de chaleur en Sorbonne les Lettres de M. Arnauld, on fit paroître avec grand éclat les fameuses Lettres au Provincial, de la façon de M. Pascal, son bon ami, et la meilleure plume qui fût dans le parti. On crut que ce seroit un excellent moyen de donner le change aux gens les moins éclairés, et de faire oublier les erreurs que les jansénistes défendoient opiniâtrément, en les faisant paroître comme les défenseurs de la pureté et de la sévérité de la morale chrétienne.

Les premières Lettres n'eurent pas tout le succès qu'on s'en étoit promis, parce que, traitant du dogme de la grâce, et tâchant, par toutes sortes d'artifices, de mettre à couvert la deuxième lettre de M. Arnauld, elles ne purent ni empêcher sa condamnation, ni en faire voir la prétendue injustice, ni rejeter sur les seuls jésuites l'envie du dogme de foi qu'on avoit attaqué, où toute l'Église catholique étoit également intéressée.

Il fallut donc abandonner les matières de la grâce, pour ne s'attacher uniquement qu'à la morale des jésuites, comme on fit dans les quatorze lettres suivantes, qui parurent les unes après les autres, jusqu'au mois de mars 1657.

Les jésuites y répondirent d'abord par différents écrits, et puis plus régulièrement, en faisant voir les impostures de chaque lettre, et la mauvaise foi dont on rapportoit les passages de leurs auteurs, et la différence visible qu'il y avoit entre la sévérité des maximes de M. Pascal, et les adoucissements que les jansénistes y apportoient dans la pratique de leur morale.

Cela ferma la bouche à l'écrivain, dont toutes les lettres furent condamnées par le pape le 6 de septembre l'an 1657, ayant déjà été brûlées par la main du bourreau, par arrêt du Parlement d'Aix, du 22 de février 1657, après l'avoir été à Paris, par arrêt du conseil d'état, donné après une consultation des prélats et des docteurs très-habiles.

CONDAMNATION DES LETTRES DE M. PASCAL,
LE JEUDI 6 SEPTEMBRE 1657. (*)

Dans la Congregation generale de la sainte et universelle Inquisition de Rome, tenuë au palais apostolique de Sainte-Marie Majeure, en presence de notre Saint-Père ALEXANDRE, *par la providence de Dieu Pape VII. du nom, et des eminentissimes et reverendissimes Cardinaux inquisiteurs generaux dans toute la republique chrétienne contre les heretiques, deputez specialement par le Saint-Siege apostolique.*

NOTRE S. Pere le Pape Alexandre VII défend et condamne par le présent decret, et veut qu'on tienne pour défendus et condamnez les livres suivans, sous les peines et les censures contenuës dans le Concile de Trente, et dans l'Indice des livres défendus, et autres peines et censures qu'il plaira à Sa Sainteté d'ordonner.

Dix-huit Lettres écrites en françois, dont la premiere a pour titre....

Suivent les titres des dix-huit Lettres et de plusieurs autres Opuscules, et ensuite une censure d'un autre ouvrage étranger aux Provinciales. (*Suffrages de treize Théologiens.*)

———

Pour donner plus de cours aux Lettres Provinciales, et animer plus de monde contre la prétendue morale des jésuites, on jugea à propos, dans le parti, de les mettre

———

(*) On croit suffisant de mettre ici la traduction françoise, qui, dans le recueil, accompagne les pièces latines.

en latin (*), et d'y ajouter des notes encore plus calom-
nieuses que le texte. Le succès n'en fut pas tel qu'on se
l'étoit promis. Montaltius, qui fut le nom emprunté pour
cette traduction, et Wendrock, qui fut un semblable
nom forgé à plaisir pour celui qui avoit fait les notes,
furent examinés par ordre du roi, qui nomma pour céla
quatre évêques des plus éclairés, et dix docteurs des
plus savants. Ils donnèrent leur avis sur ces deux ouvrages, qui déclaroit que les hérésies condamnées dans
Jansénius y étoient ouvertement soutenues, et qu'ils
étoient pleins de sentiments injurieux au pape, aux
évêques, à la sacrée personne du roi, à celle de ses ministres, à la Faculté de Paris et aux ordres religieux.
Comme tel par arrêt du conseil d'état, au rapport de
M. Baltazar, il fut remis au lieutenant-civil pour être
lacéré et brûlé par la main du bourreau. L'arrêt est du
23 de septembre 1660. La sentence du lieutenant-civil
du 8 d'octobre, et l'exécution faite à la Croix-du-Tiroir
est du 14 du même mois 1660. On joignit à ces deux
livres celui qu'on avoit nommé les *Disquisitions de Paul
Irenée*, qui eut le même sort en vertu du même jugement.

JUGEMENT DES ÉVÊQUES ET DES DOCTEURS SUR LES LETTRES PROVINCIALES LATINES.

Nous soussignez, qui avons été nommez par arrêt du
conseil de Sa Majesté, pour porter jugement d'un Livre
intitulé : *Lettres à un Provincial, par Loüis de Montalte, etc.* Après avoir diligemment examiné ledit Livre,
declarons que les heresies de Jansenius condamnées par

(*) Nicole avoit traduit les Lettres Provinciales en latin, sous
ce titre : *Litteræ de morali et politicâ Jesuitarum disciplinâ.*

l'Église y sont contenuës et défenduës, tant dans les Lettres dudit Loüis de Montalte, que dans les *Notes de Guillaume Wendrock*, sur lesdites Lettres, comme aussi dans les *Disquisitions de Paul Irenée*, qui y sont jointes : ce qui est si manifeste, que si quelqu'un le nie, il faut necessairement ou qu'il n'ait pas lû ledit Livre, ou qu'il ne l'ait pas entendu, ou, ce qui pis est, qu'il ne croye pas heretique ce qui est condamné comme heretique par les souverains pontifes, par l'Église Gallicane, et par la sacrée Faculté de Paris. Nous declarons, en outre, que ces trois auteurs sont si insolens et si hardis à médire, que si l'on en excepte les Jansenistes, ils n'épargnent la condition de personne, non pas même du souverain Pontife, ni des évêques, ni du Roy, ni des principaux ministres du royaume, ni la sacrée Faculté de Paris, ni les ordres religieux, et que par ainsi ledit Livre est digne de la peine ordonnée de droit contre les libelles diffamatoires, et les Livres heretiques. Fait à Paris, le 7 septembre 1660.

HENRY DE LA MOTHE, *evêque de Rennes ;* HARDUIN, *evêque de Rhodez ;* FRANÇOIS, *evêque d'Amiens ;* CHARLES, *evêque de Soissons ;* M. GRANDIN; G. DE L'ESTOCQ; C. MOREL ; L. BAIL ; CHAPELAS, *curé de Saint-Jacques ;* CHAMILLARD ; SAUSSOY ; FR. JEAN NICÓLAI, *de l'ordre des Freres Prescheurs ;* F. MATHIEU DE GANGY, *carme.*

ARRÊT DU CONSEIL D'ÉTAT CONTRE LES LETTRES AU PROVINCIAL.

VEU PAR LE ROY ETANT EN SON CONSEIL, l'arrêt donné en icelui le 12 août dernier, sur le sujet de plusieurs plaintes renduës à Sa Majesté, de ce qu'encore que les constitutions des Papes Innocent X et Alexandre VII condamnent la doctrine de Jansenius, evêque d'Ypres, contenuë dans le Livre intitulé : *Augustinus*, et que lesdites conclusions ayant été reçûës par l'assemblée générale du clergé de France, publiées par les prélats dans leurs diocèses, exécutées par les universitez, même confirmées par les declarations de Sa Majesté, lesquelles ont été registrées dans les cours de parlement ; Néanmoins on voïoit tous les jours dans le public de nouveaux écrits et imprimez, qui tendoient à soûtenir ladite doctrine condamnée : et un entr'autres sous le titre de *Ludovici Montaltii Litteræ Provinciales*, etc., lequel, outre les propositions heretiques qu'il contient, est outrageux à la reputation du feu roy Loüis XIII, de glorieuse memoire, et à celle des principaux ministres qui ont eu la direction de ses affaires ; par lequel arrêt Sa Majesté, pour y pourvoir incessamment, afin d'en prévenir les mauvaises suites, A ordonné que ledit Livre, intitulé *Ludovici Montaltii Litteræ Provinciales*, etc., seroit remis par devers le sieur Baltazar, commissaire à ce député, pour être vu et examiné, et avoir le sentiment des sieurs evêques de Rennes, Rodez, Amiens et Soissons, ensemble des sieurs Grandin, L'Estocq, Morel, Bail, Chapelas, Chamillard, du Saussoy, et des pères Nicolai et Gangy, docteurs en theologie de la Faculté de Sorbonne, que Sa Majesté a commis à cet éfet pour donner leurs avis, en être dressé procés verbal, et le tout rapporté à Sa Majesté, et y être pourvû ainsi qu'il appartiendra ; le procés verbal desdits commissaires, du 7 du present mois de septembre, par lequel, aprés avoir diligemment examiné ledit Livre, ils declarent que les heresies de Jansenius condamnées par l'Église, sont soûtenuës et défenduës tant dans lesdites *Lettres de Loüis Montalte* et dans les *Notes de Guillaume Wendrock*, que dans les *Disquisitions* adjointes *de Paul Irenée*. Que cela est si manifeste, que si quelqu'un le nie, il faut

necessairement, ou qu'il n'ait pas lû ledit Livre, ou
qu'il ne l'ait pas entendu, ou, ce qui pis est, qu'il ne
croye point heretique ce qui a été comme heretique condamné par les saints Pontifes, par l'Église Gallicane,
et par la sacrée Faculté de théologie de Paris, que la
détraction et petulance est tellement familière à ces trois
auteurs, qu'ils ne pardonnent à la condition de personne, non pas même au souverain Pontife, aux rois,
aux evêques, et aux principaux ministres du royaume,
à la sacrée Faculté de theologie de Paris, ni aux familles
religieuses; et que ledit Livre est digne de la peine ordonnée de droit pour les libelles diffamatoires et livres
heretiques. OUY le rapport du sieur Baltazar : Et tout
considéré. SA MAJESTÉ ETANT EN SON CONSEIL,
A Ordonné et ordonne que ledit Livre, intitulé *Ludovici Montaltii Litteræ Provinciales, etc.*, sera remis par
devers le sieur Daubray, lieutenant civil au châtelet de
Paris, pour, à la diligence du procureur de Sa Majesté,
le faire lacerer et brûler à la Croix du Tiroir par les
mains de l'executeur de la haute-justice, dont Sadite
Majesté sera certifiée dans la huitaine ; Faisant cependant trés expresses inhibitions et défenses à tous imprimeurs, libraires, colporteurs et autres, de quelque
qualité et condition qu'ils soient, d'imprimer, vendre
et debiter, ni même retenir ledit Livre sans notes, ou
avec les notes, additions et Disquisitions desdits Wendrock et Paul Irenée, sur peine de punition exemplaire.
Et sera le present arrêt executé nonobstant oppositions
ou appellations quelconques, dont si aucunes inter-
viennent, Sadite Majesté s'est reservé la connoissance
d'icelles, interdite à tous autres juges. Fait au conseil
d'État du Roy, Sa Majesté y étant, tenu à Paris le
vingt-troisième de septembre mil six cens soixante.
Signé PHELIPPEAUX.

L'arrêt fut executé dans toutes les formes, comme l'extrait suivant en fait foy.

Extrait des Registres du Châtelet de Paris.

EXECUTION DE L'ARRÊT DU CONSEIL D'ÉTAT CONDAMNANT AU FEU LES LETTRES AU PROVINCIAL.

L'AN mil six cens soixante, le 14 octobre, Nous soûsignés greffiers de la chambre civile, tournelle et police du châtelet de Paris : en consequence de l'arrêt du conseil d'état du Roy, du 23 septembre dernier, *signé* PHELIPPEAUX, et scellé ; portant entre autres choses que le Livre intitulé *Ludovici Montaltii Litteræ Provinciales, etc.*, seroit brûlé par les mains de l'executeur de la haute-justice à la Croix du Tiroir, avec défenses à tous imprimeurs, libraires, colporteurs et autres, de quelque qualité et condition qu'ils soient, d'imprimer, vendre et debiter, ni même retenir ledit Livre ; pour l'execution duquel arrêt S. M. a renvoyé pardevant M. le lieutenant civil, pour, à la diligence de M. son procureur audit châtelet, être executé ; auquel arrêt est attachée la commission dudit jour avec contrescel ; et en vertu de la sentence renduë par mondit sieur le lieutenant civil le 8 du présent mois, sur les remontrances et conclusions de mondit sieur procureur de S. M., portant que ledit Livre ci-dessus mentionné seroit brûlé audit lieu de la Croix du Tiroir par l'executeur de la haute-justice, conformément audit arrêt ; et que pour sçavoir les auteurs, ceux qui ont fait icelui, imprimé et vendu, qu'il en seroit informé à la requête dudit sieur procureur de S. M., saisir et arrêter les exemplaires dudit Livre, pour être le procez fait aux coupables suivant la rigueur des ordonnances ; et icelle sentence leuë et affichée à son de trompe et cry public és lieux et places accoûtumées ; nous nous sommes transportés sur l'heure du midy au carrefour de ladite Croix du Tiroir, où etant, et aprés avoir fait allumer un feu par ledit executeur de la haute-justice, aurions par la bouche d'icelui, à haute et intelligible voix, fait repeter tout le contenu en ladite sentence ci-dessus dattée, et ensuite fait mettre dans le feu ledit Livre, intitulé *Ludovici Montaltii Litteræ Provinciales*, *etc.*, par les mains dudit executeur, lequel, après avoir été converti en cendres, nous nous serions retirés, dont et de ce que dessus avons dressé le present procez-verbal, pour servir et valoir à quoy que de raison.

Signé, BERTHELOT.

FIN.

TABLE DES MATIÈRES

CONTENUES DANS LES PROVINCIALES.

FIN DE LA TABLE.

www.ingramcontent.com/pod-product-compliance
Lightning Source LLC
Chambersburg PA
CBHW061024030726

47504CB00002B/239